QUEEN BEE

Ce livre est une fiction. Toute référence à des évènements historiques, des personnages ou des lieux réels serait utilisée de façon fictive. Les autres noms, personnages, lieux et évènements sont issus de l'imagination de l'auteure, et toute ressemblance avec des personnages vivants ou ayant existé serait totalement fortuite.

Image de couverture : Shutterstock ©Dean Drobot
Couverture : Ariane Galateau
Collection créée par Hugues de Saint Vincent
Collection dirigée par Arthur de Saint Vincent
Ouvrage dirigé par Marine Flour

34-36, rue La Pérouse
75116 Paris

ISBN : 9782755692655
Dépôt légal : novembre 2021
Imprimé en France par CPI Brodard et Taupin - N° d'impression : 3044087

GAÏA ALEXIA

NEW ROMANCE®

QUEEN BEE

Hugo Roman

1
Joana

Debout devant le miroir de ma salle de bains, je tente de dompter quelques mèches rebelles grâce à un fer à boucler qui n'est pas encore sur le marché. Un petit bijou high-tech que tout le monde s'arrachera bientôt. Mon portable, posé sur la tablette devant moi, diffuse le refrain d'une chanson que j'adore. Je danse en rythme quand j'entends la porte d'entrée s'ouvrir plus loin dans l'appartement.

— Hello ! clame Karine en refermant derrière elle.

Oups, je suis encore à la bourre ! Pas le temps de mettre en ligne de *story* pour mes petites abeilles, elles devront attendre. Et tant pis pour mes cheveux, ça ira bien. Je dois absolument passer au *make up.*

— T'es là ?

— Salle de bains ! aiguillé-je mon amie, même si, les lieux n'étant pas bien grands, elle m'aurait vite trouvée.

— Qu'est-ce que tu fous ? On part, là ! La boîte a payé pour arriver avant 22 heures.

— Je suis prête, pas de panique !

Le temps qu'elle me rejoigne, j'étale sur ma zone T une fine couche de fond de teint, à l'éponge. *Vite, vite !* Je l'entends enjamber le *léger* bazar qui règne dans le salon. J'attrape l'anticernes de luxe offert par un partenaire et force un peu dessus, j'en ai besoin.

— Circuler en escarpins ici, c'est pas possible ! Sérieux ! J'ai une tranche de pain de mie plantée sur mon talon aiguille, Jo !

— Tout est prévu pour te ralentir !

Et ça fonctionne, puisque la pause qu'elle doit marquer me laisse le temps de recouvrir mes cils avec mon tout dernier achat : un mascara à 75 euros. *Oh ! J'adore, il est génial.* On ne voit plus la différence entre mes cils et les faux, collés tout à l'heure.

Je me déhanche à nouveau en m'éventant pour que le maquillage sèche.

— T'as mis le paquet ! Tu comptes séduire un pape, ce soir ? me demande mon amie en détaillant ma tenue. En tout cas, si tu danses comme ça, c'est un mal de dos que tu vas attraper !

— Ah, ah, ah ! T'es prof de danse, toi ? Et merci, mais les papes sont tous plus vieux que Madonna, répliqué-je.

Je saisis le *highlighter.* Ce sera la touche finale. Enfin, non, il me faut du rouge à lèvres, mais il est dans mon sac, je le mettrai sur le chemin.

— Ouais ! Mais les papes sont riches, enchaîne Karine.

Je fronce les sourcils en la regardant via le miroir, puis les hausse.

— Ah ! Ben s'ils sont riches, alors...

Elle scrute la boîte qui contenait le mascara.

— On ne se refuse rien, dis donc !

— J'avais le choix entre ça et régler ma facture d'eau... Du coup, demain, je me doucherai chez toi !

Elle explose de rire en se tournant vers le miroir à côté d'elle. Si elle se doutait une seconde que c'était vrai, serait-elle encore là ?

— Il fait une chaleur, dehors... soupire-t-elle.

— Tant mieux, on n'aura pas froid en sortant de boîte.

Je jette un dernier coup d'œil à mon reflet — une reine doit toujours éblouir ses abeilles si elle veut conserver son trône — au moment où mon portable vibre. La notification d'un SMS écrit en majuscules s'affiche instantanément.

— C'est qui ? interroge mon acolyte.

Ma logeuse... Qui me demande encore une fois où en est le virement. Mais bien sûr, je ne peux pas lui dire ça.

— Un spam. Je te jure, y'en a marre, de ces pubs !
— Trop ! Bon, on y va ?
— *Yes*, je suis prête !

Alors que nous arrivons dans le salon, la porte d'entrée s'ouvre sans que personne n'ait frappé. Comme souvent. Cette fois, c'est Sonia.

— Hello, les filles. Alors, *ready* ? C'est quoi, ce mascara ? Il est ouf ! remarque-t-elle aussitôt. Fais une *story*, tout le monde va le vouloir.

— Hum... Non, c'est pas un partenariat.

— En route, dans ce cas ! Au fait, il y avait ça qui dépassait de ta boîte aux lettres, Joana. Il faudrait que tu penses à relever ton courrier, parfois !

Elle me tend une pile de papiers en tout genre. Lorsque je les saisis, une partie s'étale par terre. Un des plis attire mon attention. Mon adresse y est inscrite à la main. Ne reconnaissant pas l'écriture, je retourne l'enveloppe pour voir qui l'envoie.

— Qui connaît une meuf qui s'en fout plus de sa paperasse que Jo ? interroge Karine.

— Personne ! Tu te souviens quand elle a calé le micro-ondes avec un contrat de partenariat ? rétorque Sonia.

— À croire qu'elle n'est pas influenceuse et dépendante des colis qu'elle reçoit en permanence !

— Je comprends mieux pourquoi les marques lui envoient systématiquement des coursiers...

Je les entends exploser de rire alors que l'adresse au dos de la lettre me coupe le souffle. Après quelques secondes de panique, je balance tout sur la table basse comme si ça me brûlait les doigts.

— Je croyais qu'il ne fallait pas arriver en retard, envoyé-je en frappant dans mes mains. En route !

Mes deux amies, hilares, ne se rendent pas compte que je fais ce que je fais toujours : occulter mes problèmes au lieu de les affronter.

***

Je me recoiffe un peu, positionne l'écran en hauteur pour éviter toute apparition de double menton, et, du pouce, je lance l'enregistrement. L'ascenseur n'est pas grand, mais l'angle le fait paraître de bonne taille.

— Mes *bees*[1], vous l'avez vu dans mes *stories* précédentes, cette soirée était dingue. Merci à tous d'avoir fait le déplacement. On gardera en tête le mec bourré qui a vomi dans les shooters avant de s'en enfiler trois.

— Et celui qui t'a demandé si tu voulais loucher avec lui ! enchaîne Sonia. *Queen Bee, tu veux... loucher avec moi toute la nuit ?* imite-t-elle.

On explose de rire et, aidées par l'alcool ingurgité, on est à deux doigts de s'écrouler par terre lorsque les portes s'ouvrent sur mon étage.

— Je vais vous révéler un truc hyper intime... Je sais pas loucher !

— Moi je sais ! s'exclame Karine alors que je zoome sur son regard en pleine action.

J'arrête l'enregistrement de la *story* et la poste aussitôt alors qu'on sort de la cabine.

— Merci les filtres... J'ai une tête irrespectueuse, marmonné-je alors que chacune d'entre nous a le nez plongé sur ses réseaux sociaux.

— T'as oublié de me mentionner, râle Karine.

— Oups ! Désolée. J'en ajoute une en te taguant.

Je m'exécute puis regarde les statistiques de mes publications précédentes.

— Ce mec était plus que bourré, constaté-je en le voyant à l'écran tandis que je cherche les clés dans mon sac.

— Ou alors il voulait vraiment loucher avec toi cette nuit... se marre Sonia.

---

1. Abeilles (en anglais).

Je ris tout en titubant jusqu'à mon appartement. La tête encore remplie des sons trop forts de la boîte, j'ai les oreilles qui bourdonnent. Les soirées de partenariat, c'est la meilleure chose que je connaisse. Tout est gratuit !

Je trouve difficilement l'interstice pour glisser ma clé, et enfin, la porte s'ouvre. Sonia marche en biais, on dirait un crabe géant. Comme souvent, elles vont s'effondrer dans le canapé-lit avec Karine. De mon côté, il est urgent que je rejoigne les toilettes.

Lorsque j'en ressors, elles ronflent déjà. Plus qu'à traverser le salon pour retrouver ma chambre et mon lit. Portable en main, je fais un pas, puis un autre, et j'enfonce mon genou si fort dans la table basse que j'en pousse un cri de douleur. Tout ce qui se trouvait sur le plateau tombe par terre.

— Ah ! Saloperie de...

Je me frotte l'articulation tout en continuant difficilement ma route, mais un de mes talons, que je n'ai pas encore quittés, transperce quelque chose.

— Mais, qu'est-ce qu...

Ne me dites pas que c'est le pain de mie dont m'a parlé Karine tout à l'heure !

Je me contorsionne pour atteindre l'objet sans tomber, et c'est une lettre que j'attrape. De colère, je la balance le plus loin possible et, sans que je comprenne comment, elle termine sa course sur mon front. La douleur du coin en papier dans ma peau est si intense que les larmes me montent aux yeux.

— Mais c'est pas vrai ! Quelle poisse !

Je la ramasse et m'apprête à la déchirer lorsque l'écriture manuscrite qui apparaît à la lumière de la fenêtre me freine. C'est la lettre qui vient de *là-bas*. Mon cœur se serre, et je dois déglutir pour pouvoir reprendre mon souffle. *Il* est le seul à connaître cette adresse... Qu'est-ce qu'il veut ?

Arrivée dans ma chambre, je m'assieds sur le lit et pose mon portable à mes côtés. L'enveloppe entre les mains, je cherche une bonne raison de l'ouvrir. La curiosité ? Oui, c'est une bonne raison. Mais la peur prend le dessus, et je la lâche. Elle glisse sur le tapis. Je me laisse tomber en arrière. Alors que je frotte mon front, je sens du liquide chaud couler entre mes doigts. Je me redresse d'un bond. *Je rêve ou je saigne ? Même avec les kilomètres que j'ai instaurés entre nous, il trouve le moyen de me faire du mal !*

— Tu vas voir...

J'attrape la lettre et, en y mettant toutes mes forces, je la déchire en deux, tachant le papier blanc. Puis je superpose les couches et je recommence, et encore une fois. Sauf que je manque déjà de force. Je distingue quelques mots dépasser de mon forfait.

« Nous a quittés »

Ma poitrine se comprime. Des questions se bousculent dans mon esprit. Tant bien que mal, je reconstitue le contenu de l'enveloppe.

« Chère Joana,

Je me permets de t'envoyer ce courrier à ton adresse parisienne. Je l'ai trouvée dans les papiers de ton père. Eh oui, il m'a avoué votre secret il y a quelque temps... Je n'en reviens toujours pas. Mais c'est une bonne chose.

C'est une terrible nouvelle que je t'apporte avec ce pli. Malheureusement, ton père nous a quittés le 3 de ce mois-ci, emportant avec lui une partie de mon cœur. Comme tu le sais sûrement, il était très malade ces derniers temps. Il a finalement perdu son combat. Il est parti dans le calme, dans son sommeil, et avec un léger sourire.

L'enterrement est prévu pour samedi 9, à 13 heures. J'espère de tout cœur que tu seras présente... malgré

tout. Nous serons là pour te soutenir dans cette terrible épreuve. Tout le village est sous le coup de l'émotion, ton père était très apprécié.

Je te présente mes plus sincères condoléances.

Prends soin de toi,

Mireille. »

Je cligne plusieurs fois des paupières. On est le combien ? J'attrape mon portable pour vérifier. Je ne dois pas être triste qu'on soit le 15... Je ne devrais pas être triste d'apprendre qu'il était malade en même temps qu'il est mort. *Il* est mort.

Je détourne le regard de l'écran, mes yeux parcourent les mots de la lettre encore une fois. « Nous a quittés... ». En vérité, *je* l'ai quitté il y a longtemps. Son enterrement, même si j'avais été au courant à temps, je n'y serais pas allée. Que Mireille offre ses condoléances à quelqu'un d'autre. Il a dit que j'étais morte pour lui, mais il est mort avant moi. Au fait, Mireille, c'est la voisine qui me gardait quand il travaillait ?

Je balance la lettre par terre. Ses morceaux s'éparpillent comme des confettis grotesques. Je me glisse sous ma couette et, alors que la fatigue me submergeait il y a quelques minutes, mes yeux demeurent parfaitement ouverts. *Je n'aurais pas dû la lire. J'avais presque réussi à l'oublier, à faire disparaître tout ce que je voulais lui hurler dessus pour vider mon sac. Et maintenant... je ne pourrai plus jamais le faire.* J'abaisse mes paupières. *Ça suffit, Joana. Tu as fait un choix, assume-le. Tu as quitté cette maison, ce bled paumé, et ça a été la meilleure décision de ta vie. Alors, chasse immédiatement ce tiraillement de ta poitrine !*

Sans que j'arrive à la retenir, une larme coule le long de ma tempe jusqu'à aller se perdre dans mes cheveux. Mon père est mort. Un violent sentiment de détresse me happe. J'ai plus d'un million d'abonnés sur Instagram, pourtant je suis plus seule que jamais.

2
Joana

Je sens qu'ouvrir les paupières va être une épreuve. J'ai mal au crâne, la gorge sèche et de la peine à déterminer ce qui a le plus de difficulté à passer : l'alcool ingurgité ou le contenu de cette lettre.

Même si ça m'a pris du temps, j'ai fini par m'endormir. Alors que je repousse encore le moment d'ouvrir les yeux, mon portable vibre. Je le cherche à tâtons et l'extirpe des plis de la couette. Regarder le message de Sonia qui s'affiche est aussi douloureux que prévu, c'est comme si la luminosité de l'appareil se répercutait directement sur mon cerveau. Mon amie m'annonce qu'elle est rentrée chez elle parce qu'elle bosse aujourd'hui, et que Karine l'a suivie. Je lui réponds avec le GIF d'un chat qui a l'air passablement ennuyé avant de vérifier mes réseaux sociaux. Mes *stories* d'hier ont de bonnes statistiques, mission réussie.

Il n'est pas loin de 17 heures lorsque je me traîne jusque dans la salle de bains, après une tripotée de mails envoyés. Qui a dit que c'était de tout repos d'être influenceur ? Je passe mon temps à stresser que tout s'arrête du jour au lendemain. Heureusement pour moi, j'ai des partenaires fidèles à la reine des abeilles et sa ruche.

Une fois prête, j'avale une soupe chinoise sur le pouce. Ce soir, je sors. Hors de question que je reste toute seule ici, à tourner en rond.

***

J'adore Paris la nuit, et particulièrement son silence approximatif. Le calme m'angoisse, j'ai besoin de rester en mouvement pour éviter d'être rattrapée par mes démons.

Mes copines et moi nous arrêtons à une intersection, portables en main, ouverts sur l'application Uber. Merci à la carte bleue de mon ex, toujours enregistrée dessus, qui m'offre régulièrement des trajets.

— *Girls*, merci d'être venues, m'exclamé-je.

— Tu sais qu'on traîne avec toi juste parce que ton statut d'influenceuse nous donne accès aux soirées les plus prisées de la capitale ? demande Karine avec un sourire en coin.

— Absolument. Et j'espère avoir votre reconnaissance à vie pour ça.

— Tu l'as, bébé ! répondent-elles à l'unisson avec Sonia.

Deux petites sonneries nous font baisser les yeux sur nos écrans respectifs.

— Ah ! C'est le mien, précisé-je en ouvrant la notification.

— Raaah ! Le mien est à l'autre bout de la rue, il est sérieux ? J'ai douze centimètres de talons, merde ! râle Sonia. Bisous, les filles ! Rentrez bien.

— Toi aussi ! N'oublie pas le SMS ! Toi non plus, Jo, qu'on ne s'inquiète pas ! Pas comme l'autre fois...

Une fois arrivée chez moi, j'actionne la lumière de l'entrée, mais elle reste plongée dans le noir complet. Je fronce les sourcils et appuie à nouveau sur le bouton. Rien. Je m'acharne un moment puis, grâce à la lampe torche de mon téléphone, j'avance dans l'appartement. Je libère mes pieds des escarpins tout neufs qui, même si chaque nana croisée ce soir me les enviait, m'ont torturé la voûte plantaire.

Dans le tiroir à couverts, je déniche une bougie chauffe-plat que je pose sur la table du salon après avoir poussé par terre ce qui traînait dessus. Ne pas avoir payé sa facture d'électricité à son marchand de sommeil et être punie n'empêche pas de passer un bon moment. Je sors mon briquet de mon sac — celui qui me sert uniquement à donner du feu aux mecs qui en demandent, parce que je ne fume pas — et je l'actionne. Quelques étincelles jaillissent, mais pas de flamme. Après plusieurs tentatives vaines, il traverse la pièce, accompagné de la bougie. Voilà comment mon appart termine sens dessus dessous, même quand je range.

— Foutue vie de merde...

Assise dans le noir, je me retrouve à devoir affronter ce que j'évite toujours parce que c'est trop dur. Ma vie. Pas celle où je sors et je ris. Celle où j'ai des dettes et où je passe mon temps à faire l'autruche.

Dans la cuisine, j'aperçois les deux bouteilles du dernier apéro. Je me lève et je vais les chercher. J'ouvre la première et je finis le fond de whisky d'une traite. Pour le vin rouge, quasi pas entamé, je me motive à prendre un verre, je ne suis pas une sauvage. Je ne trouve finalement qu'une tasse ébréchée, mais ça ira.

— Taxi ! Taaxi ! Tata ! Taxi !

Une voiture s'arrête enfin devant moi.

— Vous allez où ?

— Bah ! Chez moi... Quelle question ? Vous z'être une femme ?

— Oui, jeune fille ! Allez, monte, je te ramène chez toi. C'est pas prudent de se balader dehors dans ton état en pleine nuit.

Elle me tutoie déjà ? Peut-être qu'elle m'a reconnue, ou le fait que je sois torchée enlève certaines barrières. Bref, peu importe ! Je tire sur la poignée de la portière. Le tissu de la banquette qui m'accueille est chaud et doux. En fait, j'avais super froid.

— Alors, c'est où, chez toi ?

J'ouvre la bouche, mais j'oublie aussitôt ce que je compte dire. Je lève un index entre nous.

— 'tends... Je... j... Et il était tout seul... Je...

Je fouille dans mon sac et lui montre l'adresse que j'y trouve.

— O.K. ! Ceinture ! C'est parti.

— Y fait tout noir chez moi, expliqué-je en m'attachant. Alors j'ai sorti pour marcher, parce que j'aime pas... j'a... j'aime pas pleurer dans le noir !

— Chagrin d'amour ?

— Non. Chagrin de vie...

— Ah ! De vie ? Carrément !

— C'est beaucoup pire... parce que la vie, tu pas peux la virer quand elle te soûle. T'as pas le choix, tu dois fuivre... cuivre... truite... Non, tu dois...

— Suivre ?

— C'est ça !

— Nous y voilà !

J'ouvre un œil en sursautant. Je vois deux sièges de voiture, de dos. *Qu'est-ce que...* Le doux bercement qui m'apaisait s'arrête, me ramenant brusquement à la réalité. Pourquoi suis-je si lucide, d'un coup ? Je n'ai jamais dessoûlé aussi vite. Lorsque je me redresse, mon regard se pose sur le compteur d'un taxi. Mon cœur fait un bond dans ma poitrine.

— Ça fait un sacré bout de chemin jusque chez toi, précise la conductrice en s'étirant.

Je cligne des paupières. Mais pourquoi j'ai hélé un taxi ? Je ne passe que par Uber, habituellement. Je tente de retracer le cours de ma soirée. La sortie avec les filles, puis le noir complet de mon appartement, l'alcool et... *Oups !* Je me revois vaguement hurler sur des gens en pleine rue, puis cette conductrice, et moi qui lui donne... l'adresse de mon père. *Comment est-ce que j'ai pu être aussi stupide ?* C'est la question à 287 €.

Somme qu'elle va me demander de régler d'une seconde à l'autre.

Elle se tourne justement vers moi.

— Carte bleue ? se renseigne-t-elle aimablement.

De l'oxygène entre dans mes poumons, et un sourire apparaît sur mon visage. Elle ne semble pas se douter une seconde que je ne payerai jamais. Merci au look hors de prix pour lequel je sacrifie tout et qui me donne l'air d'être quelqu'un de responsable !

— Carte bleue ! confirmé-je sur le même ton qu'elle.

Je fouille dans mon sac à la recherche de mon portefeuille. Une fois que j'ai mis la main dessus, j'en extirpe ma carte bancaire et la lui tends. Ce truc ne vaut même pas le prix du plastique qui a été utilisé pour le fabriquer.

— J'ai jamais vu quelqu'un s'endormir aussi vite ! plaisante-t-elle en se concentrant sur sa petite machine de payement. Vous avez dû sacrément forcer sur les cocktails, ce soir...

— Ça, vous pouvez le dire ! D'ailleurs, je vais prendre un peu l'air avant de rendre sur votre moquette...

— Ah ! Oui, il vaut mieux !

Je quitte la voiture en embarquant mon sac où j'enfonce mes escarpins et je m'éloigne en faisant mine de faire passer la nausée. *Bon, bah, ciao !* Je serre mon sac contre moi et je disparais dans la pénombre. Je fuis aussi vite que possible.

J'erre un moment, l'oreille attentive à tout bruit de moteur, mais aucun son ne me parvient. *J'ai réussi à semer mon taxi aussi facilement ?*

L'odeur des champs portée par le vent m'assaille, faisant remonter en moi de mauvais souvenirs que je cherche à fuir. J'avance, perdue dans mes pensées. Lorsque je relève la tête, devant moi se dresse une maison familière. Sa maison. Sinistre... J'ai les clés au fond de mon sac, je les traîne depuis toutes ces années, pourtant, maintenant que je suis là, il m'est impossible d'entrer. Je longe la bâtisse pour pénétrer dans le jardin.

Ma gorge se serre lorsque je pousse le vieux panneau en bois. Il grince, exactement comme avant. Rien n'a changé, mais tout est à la fois si différent... Je reconnais le cabanon. Ce truc est toujours là ? Je vais peut-être pouvoir dormir sur un des bains de soleil qu'il abritait autrefois. Et quand le jour se sera levé, je ferai ce que j'ai fait il y a dix ans : je fuirai.

Je retrouve en effet les matelas convoités, et même une vieille couverture. Alors que je quitte l'endroit trop petit pour m'y allonger, je repense soudain à quelque chose. Je repose mon paquetage et fais le tour du minuscule chalet. Je tente de soulever une dalle de pierre, et râle de ne pas y parvenir.

— Putain, mes ongles coûtent la peau des fesses !

Je me penche davantage, je tire de toutes mes forces, déchirant au passage légèrement ma robe, et, après avoir poussé un grognement d'impuissance, la dalle cède enfin et me livre son trésor. En dehors de son étiquette, la bouteille en verre que j'ai cachée là il y a des années est intacte.

— Victoire !

Je rejoins la terrasse, y dépose ma meilleure amie de la soirée, puis repars chercher les bains de soleil et la couverture avant de m'installer. Je dévisse le bouchon de la bouteille et bois de longues gorgées à même le goulot.

— C'est dégueulasse ! m'exclamé-je en secouant la tête.

Je laisse passer un instant, reluque cette maison qui me terrifie et approche de nouveau la bouteille de mes lèvres.

3
Joana

Immobile devant les grilles d'un autre âge du cimetière, mes pieds refusent d'aller plus loin. J'ai pourtant renfilé mes chaussures, là n'est pas le problème. J'ai mal à la gorge et au cœur. Est-ce que ce dernier essaie de sortir de ma poitrine ? *C'est sûr ! En même temps, qui voudrait affronter ça ?* Je tangue légèrement, comme s'il y avait trop de vent. Je prends une grande bouffée d'air et me force à avancer, l'anse de mon sac dans une main et ma bouteille de tequila vide dans l'autre. *Allez, ce sera bien la première fois que tu pourras parler à ton père sans qu'il te coupe la parole...*

Mes talons hauts s'enfoncent dans les gravillons, je me tords les chevilles. Et l'alcool ne m'aide pas à conserver l'équilibre. D'ailleurs, je dois m'activer, parce que d'ici vingt minutes je ne serai plus en pleine possession de mes moyens. La tequila aura fini son œuvre majestueuse, et je serai bourrée pour de bon.

Avant même de tenter d'abaisser la poignée, je remarque qu'une chaîne lie fermement les deux battants d'acier.

— Eh merde ! Je vais devoir escalader.

Sur ma droite, j'analyse la robustesse d'un arbuste. *Ça devrait faire l'affaire !* Je pose ma bouteille dans la pelouse et accroche mon sac à une branche un peu plus loin. *Il n'est pas question que ce truc hors de prix finisse dans l'herbe !* Je m'assure que personne ne me voit faire, mais il n'y a déjà pas un chat dans ce bled en plein jour, alors en pleine nuit... j'ai le champ libre. J'entreprends de grimper dans le feuillage en attrapant le haut du mur du bout des doigts. Je m'en sors plutôt bien, jusqu'à ce qu'une branche plie sous mon poids. J'arrive de justesse à hisser mon visage au-dessus de l'obstacle en vieilles pierres, mais une de mes chaussures reste coincée. Je mouline des pieds dans le vide puis, après un effort surhumain pour enjamber le mur, un déchirement sonore annonce la fin de vie de ma robe. Je me laisse lamentablement couler de l'autre côté.

C'est une stèle qui me réceptionne. Je pose un pied dessus, puis l'autre, et je m'accroupis en guettant autour de moi. Le sol n'est plus très loin. Je me penche un peu en arrière, et avant que j'aie le temps de comprendre ce qui se passe, tout mon corps bascule. La stèle est en train de chuter. N'ayant pas de prise pour me retenir, je saute dans l'herbe sans parvenir à garder mon équilibre et m'étale lamentablement. J'ai tout de même réussi l'exploit de conserver mon deuxième talon, mais un de mes faux ongles s'est fait la malle. *Saloperie !*

Après quelques secondes à reprendre mon souffle, je me redresse. La stèle est brisée en plusieurs gros morceaux et recouvre la pierre tombale qu'elle surplombait il y a un instant.

— Je suis vraiment désolée, monsieur... ou madame.

Je me ressaisis et avance sur une allée de graviers en boitant. Sous mes yeux défilent les silhouettes angoissantes de stèles et de pots de fleurs. Les inscriptions sur quelques marbres sont réfléchies par le vieux lampadaire merdique de l'entrée, mais les noms que je distingue me sont inconnus.

Un frisson me remonte brusquement dans le dos lorsque quelque chose bondit de derrière un caveau pour disparaître sur ma gauche. Je ne parviens pas à retenir un cri. *Qu'est-ce que c'était ? Un zombie affamé ?* Un feulement m'apporte une réponse. Les yeux d'un chat scintillent dans le noir.

— Oh ! La vache, il a failli me tuer de peur !

Je sors mon portable de sa cachette, soit le bonnet droit de mon soutien-gorge, et allume la lampe torche. Ce qui m'entoure apparaît si soudainement que je sursaute bêtement en poussant un petit cri. *C'est un cimetière, Joana !*

J'éclaire les stèles devant lesquelles je passe jusqu'à découvrir la sienne, tout au fond, près du vieux mur en pierre qui donne sur les champs. *Tu dois être bien ici, papa...* Ma gorge se noue, et je secoue la tête. Alors que je me penche pour toucher le prénom gravé dans le marbre, mon unique talon se plante dans la pelouse et m'entraîne vers l'avant. Un de mes coudes percute le sol, s'enfonce dans les graviers, et sans que je ne puisse rien faire, ma joue s'écrase tout près de la tombe de mon père. Je me mets à jurer. *Ce n'est pas possible, ça fait déjà deux fois en quelques minutes que je me ramasse !* De l'herbe mouillée, de la boue et des cailloux se sont incrustés dans la peau de ma jambe droite. Alors que je me redresse, percluse de douleurs, un prénom me saute aux yeux.

— Hein ?

Sur une plaque en pierre perdue au milieu de la pelouse, comme si elle était là depuis longtemps et qu'elle s'enfonçait lentement, mon prénom me nargue. Je m'accroupis au-dessus et dégage la mousse qui la recouvre en partie.

« Joana Mancini. 1er août 1997 – 2012
À ma fille tant aimée, nous ne t'oublierons jamais. »

Je cligne des paupières, les yeux rivés sur les mots qui me percutent avec une violence inouïe.

— Il n'a pas osé ? demandé-je à voix haute.

Pourquoi ma tombe est-elle à côté de celle de mon père ? Je suis pourtant bien vivante ! Je reste immobile, incapable de réagir et de trouver une explication logique à tout ça. *Est-ce que c'est l'alcool qui me fait délirer ?*

Ça doit être ça. D'ailleurs, mes gestes sont brusquement moins précis. Mes idées aussi. *Et si je creusais sous ma tombe pour découvrir si j'y suis ?*

— Alors, papa, ça fait quoi de voir une morte... vivante ? Flippant, hein ! Je peux m'asseoir là ?

Je pose mes fesses sur ma tombe et me retrouve juste en face de mon cher paternel, prête pour la grande conversation.

— Après tout, y'a mon nom dessus, je peux donc même... pisser là, personne n'y trouvera d'inconvénient. Hein, qu'est-ce que tu dis ? Que je suis morte pour toi ? Ça, je sais déjà, papa, puisque c'est le dernier foutu truc que tu m'as dit en face !

J'attrape une motte de terre et la balance sur sa pierre tombale avec rage.

— Pardon, je me suis emportée. Je vais respirer un grand coup et tenter de me calmer. Je vais même respirer tout court, en fait. C'est ce que font les gens en vie.

Je laisse un silence s'installer.

— T'as pas changé, à c'que j'vois. Toujours aussi bavard qu'une pierre tombale...

Je sens monter un rire qui éclate entre mes lèvres.

— T'as saisi ? Une pierre tombale !

Évidemment, il ne me répond pas.

— Allez, marre-toi un peu, papa ! T'as jamais eu d'humour ! Pour te bidonner comme un goret quand je comprenais rien en mathématiques, t'étais là, hein, mais pour le reste...

Je ne parviens pas à contrôler le sanglot qui monte en moi.

— Ton rire... Putain, ce qu'il me manque, papa ! En fait, je ne me rappelle plus vraiment à quoi il ressemblait. Le temps efface tout... Et maintenant, je ne pourrai plus jamais savoir si tu as regretté tout ça...

Mes doigts parcourent mon prénom, juste à côté de mes fesses. La rage monte en moi et chasse la boule qui noue ma gorge. Je fais disparaître les larmes de mes joues d'un revers de main.

— Enfin, visiblement, tu avais pris ta décision ! J'espère que t'as aimé crever seul dans ta baraque de bouseux ! Parce qu'une fille morte valait mieux qu'une fille qui ne fait pas ce que tu veux, hein ! Eh bah, figure-toi que j'en ai rien à foutre !

Je me redresse pour me rapprocher de sa pierre tombale.

— Alors, papa, qu'est-ce que tu veux que je fasse, maintenant ? Parce que « être morte », c'est pas ma vocation, tu vois ! Je suis vivante et heureuse, bordel !

De rage, je tente de faire tomber sa stèle, comme celle de tout à l'heure, mais elle ne bouge pas d'un centimètre.

— C'est une blague ou quoi ?

Je tire de toutes mes forces et finis par m'étaler en arrière. *Allez, trois fois que je me retrouve à terre !* Je pousse un cri qui résonne autour de moi et déclenche des aboiements dans le village.

— Qui est là ? s'exclame une voix masculine au loin.

J'aperçois une silhouette qui avance dans ma direction. Je crois reconnaître l'uniforme d'un gendarme. *Eh bien, parfait, je vais pouvoir lui montrer ma tombe !* En lui faisant un signe, je laisse échapper mon portable qui, telle une tartine beurrée, semble être tombé du mauvais côté car je me retrouve plongée dans le noir ! Je le cherche à tâtons dans l'herbe, repousse mes cheveux et refoule un haut-le-cœur.

— Y'a quelqu'un ?

Oui, moi ! Je pense crier, mais je n'entends pas le son de ma voix. *Le gendarme a une lampe torche, il faut qu'il m'aide pour mon téléphone !* J'aurais dû prendre cette putain de tombe en photo, pour avoir une preuve ! Je redresse la tête tant bien que mal, elle paraît peser une tonne. *Est-ce que mon père a vraiment dit à tout ce village que j'étais morte ?*

— Ah ! vous voilà ! m'exclamé-je quand le représentant de l'ordre arrive à ma hauteur.

Un hurlement résonne en retour.

— Quoi ? Qu'est-ce qu'il y a ?

C'est en tout cas ce que je voulais dire, mais des syllabes qui ne semblent pas avoir de sens m'échappent. Le rayon de sa lampe m'aveugle, me volant un cri. Un beuglement sonore explose au même moment. J'agrippe la terre à mains nues pour m'aider à me relever.

— Oh ! Jésus Marie Joseph !

Non, mais qui jure encore comme ça ? C'est totalement dépassé !

— Monsieur ! Il faut que vous...

L'homme en face de moi me coupe la parole pour articuler quelque chose qui ressemble à « morte ».

— Oh ! Je suis pas morte, merde ! C'est une habitude de vouloir m'enterrer dans ce bled paumé ou quoi ?

Pourquoi il se tire en courant ?

— Mais attendez, j'ai perdu mon portable !

Il a disparu. Je jure de dépit avant de partir à sa poursuite.

4
Henri

Bras tendus au-dessus de la tête, jambes croisées droit devant moi, le tout accompagné d'un bâillement qui me déboîte presque la mâchoire, je m'étire longuement sans quitter ma chaise, soulageant au passage quelques douleurs musculaires. *Et dire que c'est moi qui ai demandé à avoir ce poste de nuit, mais qu'est-ce qui m'a pris ?* J'ai bien une idée de ce qui m'a poussé à faire ce choix, mais je refuse d'y repenser.

Je me repositionne correctement et pose mon livre sur le bureau devant moi. Alors que j'effectue un tour complet avec ma chaise, mon regard est attiré par la pendule fixée au-dessus de la porte. Il est bientôt 4 heures du matin, et ma garde ne se termine que vers 8 heures, si tout va bien. *L'attente va être longue...* Être gendarme ici, c'est pire que la bonne planque. Il ne se passe rien, jamais. Ah ! Si. Il y a un an, la vieille Ballard qui vit en face du cimetière avec son frère Louis a perdu son chat. On l'a retrouvé à minuit dix, en train de déchiqueter la poubelle du maire.

Après le boulot, je dois filer au domaine de La Valette pour m'y farcir le discours annuel du préfet aux forces de l'ordre du département. Alors, si cette nuit il pouvait se passer un truc suffisamment grave pour que j'échappe à ça, je serais preneur ! Ce n'est pas tellement de voir mon supérieur hiérarchique le plus haut placé qui m'exaspère ni de l'entendre s'écouter parler pendant une heure, mais le fait qu'il me rappelle un moment de ma vie que je dois oublier. Je fronce les sourcils, inspire un grand coup et fais un nouveau tour sur ma chaise. J'étais loin de cette tranquillité assommante il y a six mois. Mon quotidien était cadré, rythmé. Je n'avais pas une minute à moi, et mes angoisses dirigeaient tous mes actes. J'en suis arrivé à avoir peur de moi-même... Aujourd'hui, je ne sais pas trop ce qu'il en est.

— Je l'savais, tu flippes, hein ! entends-je brusquement.

Je fais un bond qui manque de me faire tomber tandis qu'Éric, mon collègue, apparaît dans mon champ de vision, accompagné d'un bruit de chasse d'eau. Sa phrase ne m'est pas adressée. Le nez sur son portable, il sort des cabinets sans avoir reboutonné son pantalon. Je pivote pour ne pas voir ça.

— Garce... Tu dégaines un diplodocus ? Eh bah moi, j'ai un T-Rex de niveau 5 ! s'exclame-t-il en rejoignant sa chaise derrière le comptoir d'accueil désert.

— T'es encore sur ton jeu de combat de dinosaures ?

— Mmh... J'ai enfin un ennemi à ma hauteur. Mais elle élève que des brouteux. Qu'est-ce qu'elle croit, la végane ?

— Des quoi ? demandé-je en tournant dans sa direction.

Aussi dingue que ça puisse paraître, mon besoin de distraction est si fort que cette conversation m'intéresse.

— Ben, des dinos qui bouffent que d... Quoi ? Attends, elle est sérieuse, là ? Une carte de PV ? Bouge pas !

Il approche le portable de son nez, ses deux pouces s'affolent sur l'écran. Les sourcils froncés et les lèvres pincées, il est hypnotisé par son combat virtuel. Dire qu'il a passé le cap des 35 balais et qu'il est gendarme, ça fait peur !

— Bordel, j'ai perdu... ajoute-t-il quelques secondes plus tard. J'ai perdu contre un herbivore !

Ah ! Les brouteux sont donc des herbivores... Le niveau de connerie de mon collègue m'étonnera toujours. Pour autant, j'aimerais être passionné par quelque chose, moi aussi. Même un jeu vidéo auquel je découvrirais un intérêt insoupçonné, je prends. Mon grand-père a raison, j'ai complètement arrêté de vivre.

— Et voilà, j'ai plus de batterie, en plus ! s'exclame Éric avec humeur. T'as un chargeur ?

— Va fouiller dans mon casier, mais tu touches pas à mes gâteaux, O.K. ? préviens-je.

Il s'éloigne sans relever. De mon côté, je me reconcentre sur mon bouquin.

Mes yeux distinguent les lignes, les phrases et les mots, mais mon cerveau n'arrive plus à analyser quoi que ce soit. Il me faut un café si je ne veux pas m'endormir ! Je m'extrais de ma chaise pour rejoindre une pièce au fond du poste. C'est une cuisine, pas très grande, mais avec l'essentiel. Même si le frigo est trop petit au goût d'Éric qui estime que trois packs de canettes de soda devraient pouvoir y être stockés pour être serein.

Je lave ma tasse en prenant soin d'éviter d'éclabousser ma tenue puis m'apprête à la remplir quand une sonnerie retentit. *Mais qui sonne à cette heure-là ?* Éric commence à paniquer. Je suis sûr que son fute n'est toujours pas attaché.

— C'est une inspection ! Je suis pas prêt !

Tu ne l'as jamais été, mon ami !

Lorsque j'arrive vers l'accueil, il tourne et vire en brassant de l'air.

— T'as checké le matos ? Et, attends, on a rempli le rapport, hier ? Et les extincteurs, ils ont été vérifiés ? Merde, j'ai une bière dans mon casier ! Je vais la boire, comme ça, pas de preuve ! s'affole-t-il, toujours pas correctement habillé.

Ça sonne à nouveau. J'avance vers la porte en répondant à Éric.

— J'ai tout fait, calme-toi. Et, non, surtout tu ne bois pas la bière, mec ! Tu vas la poser sur le bord extérieur de la fenêtre des chiottes et tu refermes. N'importe qui aura pu la foutre là. Et rhabille-toi, bon sang !

Si c'est une inspection, ma coupe de cheveux va me causer des problèmes... Mais tant pis, il est trop tard pour y faire quoi que ce soit. Je déverrouille la première porte du sas d'entrée avant d'activer la caméra de l'interphone. Une silhouette apparaît sur l'écran de ce dernier. Une femme, la quarantaine, patiente dans la nuit. Le village est assez petit pour que tout le monde se connaisse, et cette femme, je ne l'ai jamais vue. J'actionne un autre bouton et je parle :

— Bonsoir, que se passe-t-il ?

— Je suis taxi, j'ai déposé une gamine juste à côté. Elle est partie en courant, sans payer !

Quoi ? Mais qui a eu besoin d'un taxi ici ? À cette heure, en plus.

— Ah ! Un taxi basket ? s'étonne Éric dans mon dos. Attends, elle a dit une gamine ? Mais qui ?

Du coin de l'œil, je devine qu'il arrête de mettre ses vêtements en ordre, presque déçu. Je m'éclaircis la voix et enchaîne :

— Entrez, madame, on va voir ce qu'on peut faire.

Je déverrouille la porte. Un court instant plus tard, la femme se trouve en face de nous, de l'autre côté du comptoir.

— Elle m'a laissé sa carte bleue, il y a son nom dessus, je souhaiterais donc porter plainte.

Je saisis la carte qu'elle me tend. Qui laisse ce genre de chose derrière lui pour faire un taxi basket ?

— Ah ? Vous savez, on va peut-être la retrouver avant de devoir porter plainte. Ici, tout le monde se co...

Le nom que je découvre me coupe la parole. Je le relis, pour être sûr, en fronçant les sourcils. *Qu'est-ce que...*

— Un problème ? interroge la femme en face de moi.

— Hum... Non, non, du tout. C'est juste que...

Joana Mancini ? Mon regard dérive un quart de seconde sur le tableau des annonces qui est fixé au mur non loin de la porte d'entrée depuis des années. À côté de la photo du tracteur du vieux Guy, qu'on n'a jamais retrouvé, il y a celle d'une fille de 15 ans. Une fille qui a fugué un jour et qu'on a cherchée partout pendant des semaines… jusqu'à l'annonce de son décès. D'ailleurs, n'est-ce pas un peu glauque d'avoir gardé le portrait d'une morte affiché au poste ? J'imagine qu'il a été placardé là et que tout le monde l'a oublié.

J'accuse de longues secondes sans savoir comment finir ma phrase, mon regard passant du portrait à la carte que je tiens. C'est peut-être une jeune femme qui s'appelle comme elle. *Ici, dans ce même village ? Le hasard serait trop gros, Henri !*

— Vous pouvez me dire à quoi elle ressemble ?

— Pas épaisse, brune, la peau métisse, et habillée comme si elle revenait de soirée. Ah ! Et elle était totalement soûle, elle a ronflé pendant tout le trajet.

— D'accord.

Ça correspond à la description de Joana Mancini, mais ça pourrait tout aussi bien être quelqu'un d'autre.

Éric se pointe à côté de moi, vise la carte bleue à son tour avant de me l'arracher de la main.

— Oh ! Waouh… O.K. Non, souffle-t-il en la reposant comme si elle lui brûlait les doigts.

La femme ouvre de grands yeux étonnés. Je me racle la gorge, mal à l'aise. Elle va nous prendre pour des fous. Éric tourne les talons en continuant de marmonner dans sa barbe. *Il n'a pas changé… toujours aussi courageux !*

— Bon, vous savez quoi, je vais régler la note pour elle, on ne va pas lancer une plainte pour ça. Ça vous convient si on s'arrange de cette façon ?

Éberluée, elle me dévisage un instant, puis acquiesce d'un signe de tête. Depuis quand les gendarmes règlent-ils les notes des fuyards ? Elle a de quoi être étonnée. Même moi je le suis d'avoir proposé ça. Mais il est trop tard pour faire marche arrière. Et puis, ça nous évitera certainement un paquet d'emmerdes et une enquête insoluble.

— Ça me va ! Vous me devez donc...

Elle sort un papier que je devine être sa facture.

— 287 euros.

Quoi ? Éric, qui n'a rien manqué de la conversation, s'étouffe dans la pièce voisine. *Mais comment on peut en avoir pour autant de taxi ?* Elle sort d'où, cette nana ? J'avais un doute, mais il semblerait qu'elle revienne effectivement d'entre les morts !

5
Henri

Je scrute le ticket en me mordant les lèvres. Je ne suis même pas sûr d'avoir cette somme actuellement.

— Comment ça, 287 € ?

— De Paris à ici, ça fait 287 €. Et encore, je n'ai mis le compteur en route qu'en sortant de la capitale parce qu'elle m'a fait de la peine à pleurer toutes les larmes de son corps pour la mort de son père. Si j'avais su !

La mort de son père... M. Mancini est effectivement décédé. Son enterrement a eu lieu il y a quelques jours. *Alors, c'est bien elle...* Je tente d'imaginer une explication plausible à cette situation, sans succès.

— Très bien. Attendez un instant.

Je rejoins mon casier, que je trouve grand ouvert, tout comme mon paquet de gâteaux. *Éric va m'entendre !* J'attrape mon portefeuille et reviens sur mes pas.

Plus léger de 287 foutus euros alors que je n'ai jamais pris un taxi de ma vie, je conseille à la conductrice d'être prudente pour son retour. La porte se referme sur elle, et le calme s'installe à nouveau autour de moi. Je sens Éric se matérialiser à mes côtés. Lorsque je le dévisage, il est plus pâle qu'à l'accoutumée.

— Si ça se trouve, elle n'avait pas sa licence, cette bonne femme, et tu viens de te faire enfler de quasi trois cents balles.

— Quel escroc se pointerait de lui-même dans une gendarmerie ? Mais y'a tout de même un truc louche...

Je tends la carte bleue de la fugitive à mon collègue.

— Carrément louche, même. Cette fille est morte. Elle ne peut pas arnaquer qui que ce soit !

— Et si... Si elle n'était jamais décédée, en réalité ?

— Mon pote, on est allé à son enterrement. On a vu son cercueil. Elle est morte, point. Pour que les gendarmes de l'époque déclarent son décès, c'est qu'ils avaient des preuves solides. Ça doit être une sale blague de celle qui s'est tirée du taxi, soutient-il obstinément.

Mais qui irait faire ce genre de vanne pourrie ?

— Range ce truc dans le rapport et oublie cette histoire. T'auras perdu une belle petite somme, mais tu t'éviteras des emmerdes. Les affaires de revenants en pleine nuit, c'est pas un délire pour moi !

Je le fixe du regard deux secondes, perplexe.

— On va quand même aller faire un tour dehors, parce que si le taxi disait vrai, il y a une jeune femme soûle qui traîne dans les rues.

Éric prend une profonde bouffée d'air et finit par reculer d'un pas. Le règlement nous oblige à toujours sortir en binôme, mais ça semble mal engagé, encore une fois.

— Tu ne viens pas ?

— Non, la chasse au fantôme, c'est pas pour moi !

En deux temps, trois mouvements, j'ai enfilé mon manteau et je quitte la gendarmerie avec une lampe torche. Le silence de la nuit enveloppe tout le village. Seuls les lampadaires municipaux, qui font la fierté du maire, éclairent les trottoirs déserts. Je marche sans me presser, prendre l'air me fait du bien.

Devant chez les Morin, je croise un chat qui miaule. Je lui ouvre le portail et referme quand il est entré. *Tu ne pourrais pas sauter pour escalader le mur comme tes copains ? Feignasse !*

Je passe ensuite devant le cimetière. *Rien à signaler ici non plus !*

Après une petite vingtaine de minutes, j'ai fait un tour succin du village. Je n'ai croisé ni humain ni fantôme. Je rentre avec des questions plein la tête. À l'époque, après des semaines de recherches, Joana Mancini a été déclarée morte. Ce qui n'était de toute évidence pas le cas. J'étais loin d'être gendarme à ce moment-là, et on n'a rien vu dans les journaux. Je ne comprends pas pourquoi personne n'a cherché à en savoir plus. Le cercueil a logiquement dû être enterré vide. Qui était au courant ? Les forces de l'ordre ? Son père ? Et puisque Joana était bien vivante, pourquoi n'a-t-elle pas réapparu ? Comment a-t-elle pu vivre sans qu'on la repère jusqu'ici ? Je suis pourtant certain que la peine de son père était réelle lors des funérailles. Il a été triste tout le reste de sa vie après ça.

De retour au bercail, j'annonce à Éric qu'il n'y a pas de fantôme dans le village. Il passe la main dans ses cheveux de soulagement.

— Tant mieux. Non, parce que moi, je sais élever des dinosaures de combat mais pas attraper les fantômes !

— Et c'est tout à ton honneur, mon pote. Il me faut un café. Et toi, tu iras faire un tour tout à l'heure quand même !

Un long moment plus tard, ma tasse est vide. Je vais me resservir. J'ai du mal à garder les yeux ouverts, cette nuit. Éric se lève et me lance un regard étrange. Je le fixe une longue seconde.

— Je vais faire ma ronde...

— Hum... O.K.

Il s'habille, fait quelques pas vers la sortie, puis s'immobilise.

— Si je ne reviens pas, dis à mes parents que je les aimais.

— O.K., ce sera fait.

Il avance à nouveau, mais s'arrête et fait demi-tour.

— Je prends ma lampe torche, c'est une nuit sans lune.

— Ça marche.

— Et ma clope électronique qui fait aussi taser.

— Hein, hein.

J'arrive dans la petite cuisine. J'ai le sentiment de passer mes heures de boulot à faire ça : remplir ma tasse, la vider, la rincer, la remplir et recommencer. Je sors le filtre de la machine à café et le jette à la poubelle, avant de m'occuper du réservoir.

— Bon. J'y vais, annonce Éric.

— O.K. Bonne ronde.

Du coin de l'œil, je le sens immobile. Je remets un filtre neuf et attrape la boîte de café moulu. Mon collègue n'a pas bougé d'un pouce.

— Éric, casse-toi.

— Et si y'avait un fantôme ? Je fais comment ?

— Je sais pas, prends l'aspirateur avec toi ?

— Le câble ne sera jamais assez long !

— Mec, les fantômes, ça n'existe pas. O.K. ? Alors va patrouiller, qu'on en finisse !

Il tourne les talons, visiblement contrarié.

— Et emporte ton talkie. Si tu as trop peur, je viendrai te chercher, Princesse !

— M'appelle pas comme ça !

— C'est ton nom de famille, j'y peux rien.

Il attrape un des talkies et disparaît enfin de mon champ de vision. J'entends la porte et la grille s'ouvrir et se refermer. *S'il trouve vraiment le fantôme de cette nana, je lui file cent balles !*

Quand mon nouveau café est prêt, je me sers et retourne à mon livre. *Un gendarme qui lit des policiers, c'est un peu con, non ?* Les pages défilent sans que mon cerveau capte grand-chose. Alors que je porte ma tasse à ma bouche, un grésillement suivi d'un son sinistre me fait tressaillir. Le liquide encore bien chaud qu'elle contenait se déverse sur mon polo en me brûlant la peau au travers du tissu. Mon livre s'étale par terre tandis que je déboutonne mon col précipitamment pour pouvoir retirer mon vêtement. Un gémissement torturé retentit de nouveau, accompagné de crépitements désagréables. Il me faut quelques secondes pour comprendre qu'Éric essaie de me joindre depuis son talkie. *Ah ! Oui, tiens, il n'est pas rentré !*

Je file vers le comptoir de l'accueil, attrape l'appareil et quitte la pièce pour me diriger aux toilettes tenter de limiter les dégâts.

— Ici Minot, tu me reçois ?

Je distingue difficilement comme une forte respiration. *Mais qu'est-ce qu'il fout ?*

— Éric ? Qu'est-ce qui se passe ?

— Elle... Elle... est so... sortie de sa tombe !

Quoi ? Je m'immobilise à la porte des cabinets, la tête penchée sur le côté comme pour mieux capter, mais il ne dit plus rien.

— Mec, de quoi tu parles ?

La connexion reprend, j'entends qu'il est essoufflé en plus de gémir, comme s'il pleurait. *Mais qu'est-ce que c'est, ce délire ?*

— Elle... pleine de terre ! Morte vivante !

— Euuuuuh, coupe une voix de femme me glaçant le sang.

Même si ça me fait chier de l'admettre, elle semble venue d'outre-tombe. Éric se met brusquement à hurler dans une tonalité particulièrement aiguë. S'ensuivent des sons incompréhensibles, comme s'il tombait ou qu'il avait lancé le talkie. J'essaie de rester lucide, mais son hurlement a fait se dresser mes cheveux sur ma nuque.

— Au secours, mec ! s'égosille-t-il, paniqué.

— J'arrive ! T'es où ? m'affolé-je soudain.

Aucune réponse ne me parvient. Je tente de retirer mon polo, mais il résiste, alors j'abandonne. Tant pis, je me changerai quand je l'aurai trouvé.

— Éric ! Où est-ce que tu es ?

Silence radio.

J'attrape mon manteau, fourre le talkie à l'emplacement prévu à cet effet et me précipite dehors. La porte vole sous l'élan que je lui donne, la grille juste après en fait de même. Je cours puis m'immobilise quelques secondes pour écouter. Silence total dans le village. *Merde...* Soudain, je distingue une silhouette qui déambule au loin dans la rue principale, vers le cimetière. Je reconnais mon collègue et me précipite à ses côtés.

— J'y retournerai jamais, s'exclame-t-il en s'agrippant à mon manteau.

— Où ça ? Au cimetière ?

— Oui ! Elle... elle est sortie de sa tombe, putain ! Je l'ai vue. Une saloperie de zombie !

Il est en sueur et a le souffle si court qu'il a du mal à parler. Mais qu'est-ce qu'il a aperçu, au juste ?

Un beuglement sonore résonne brusquement non loin de nous. Je n'ai jamais entendu un animal pousser un cri pareil. Mais qu'est-ce qui se passe, ici ?

— Elle arrive ! Elle va nous bouffer le... le cerveau !

Éric détale vers le poste. Un autre hurlement retentit. Je serre les dents. *Henri, tu es un gendarme, tu n'as peur de rien !* Je décide de me diriger vers le cimetière pour éclaircir cette affaire. Les zombies, les fantômes, les vampires, les loups-garous, je n'y crois pas.

Les grilles sont grandes ouvertes. Éric a dû aller vérifier que personne n'y traînait. Les lieux sont normalement fermés par une chaîne et un cadenas, mais celui-ci est cassé depuis des années. Il est juste là pour décorer. Le lampadaire à côté de l'entrée éclaire quelques mètres d'une allée gravillonnée mais pas plus loin. Le paysage disparaît ensuite dans l'obscurité.

Je lance un regard autour de moi. Personne. Par contre, je suis interpellé par une bouteille d'alcool, posée dans l'herbe. En m'approchant, je remarque un sac à main suspendu à une branche. Je décide de le récupérer. Je vérifierai ce qu'il y a dedans à la gendarmerie. Dans la foulée, je distingue une chaussure coincée dans un arbuste. Je la saisis et la fourre dans le sac bien assez grand pour l'accueillir. *On dirait que je suis sur la bonne piste...*

Je vais faire un tour dans le cimetière pour m'assurer que personne ne s'y cache. Je progresse lentement, à l'affût. Si je voulais être discret, ça serait raté parce que chacun de mes pas crisse dans les graviers. Quand je ne vois plus rien autour de moi, je tire ma petite lampe torche de ma poche. Il n'y a pas plus glauque, comme balade nocturne...

Un son me fait sursauter. Comme un frottement, tout près de mon oreille. Pourtant, le faisceau lumineux de ma lampe n'éclaire que des tombes. Je suis seul. Je reprends mon souffle et recule doucement. *Il n'y a rien, mec... C'est qu'un cimetière, O.K. ? C'est dans ta putain de tête.*

— Éric ? C'est toi ? envoyé-je tout haut.

J'espère que ce con n'est pas en train de me faire une vanne, parce qu'il va me le payer cher ! Un nouveau frottement dans mon dos m'incite à me retourner. Toujours rien. J'attends quelques secondes, attentif, mais il n'y a pas un bruit autour de moi. *O.K., il n'y a personne ici, à part quelques animaux qui doivent bien se foutre de moi !*

Par acquit de conscience, je continue tout de même jusqu'au bout de l'allée. Alors que j'effectue un quart de tour, je percute brusquement quelque chose d'informe. *Nom de Dieu ! Qu'est-ce que c'est ?* En voulant reculer le plus vite possible, je perds l'équilibre. Un hurlement inhumain retentit. Mon cœur cogne dans ma poitrine si fort que j'en crie de stupeur. Ma torche vole, et quand je rouvre les yeux, j'ai le cul par terre.

— Qu'elle oùé cette jeudi de trombone ? Monsieur l'agent ? entends-je. Toubé mon phel ! T'cheule !

Je me redresse en vitesse, attrape ma lampe torche et éclaire devant moi. Le truc étrange dans lequel j'ai foncé n'est autre qu'une nana en robe à paillettes avec je ne sais combien de feuilles coincées dans les cheveux. Et, si je ne m'abuse, elle est bien vivante. Malgré la terre qui la recouvre en partie. Je reste à bonne distance, mais je pense que j'ai retrouvé la responsable du taxi basket de tout à l'heure.

— Ah lé où ? articule-t-elle.

— Comment ? dis-je.

— Roooh, des lutins... des mutins... des... roooh, chiant là. La trombeuh, elle est où ? Paut une piccccccc tureuh. Breuve !

Je fronce les sourcils et éclaire son visage. Elle se protège comme un vampire au soleil. *Stop ! Les vampires n'existent pas.*

— Je ne comprends pas ce que vous dites.

— Béh retrouvé mon tétéphone d'l'herbe ! Bravo ! articule-t-elle encore.

Et elle me fixe du regard un instant sans bouger. Mais comment a-t-elle réussi à se mettre dans cet état-là ? De toute évidence, je dois la ramener au poste. La cellule de dégrisement va servir à quelqu'un d'autre qu'à Éric pour ses siestes. Cette nana n'est pas une morte vivante, elle est à deux doigts du coma éthylique !

— T'es venu me chercher ? articule-t-elle soudain plus calmement.

Euh...

— Oui ?

6
Henri

— Ah ! Enfin je... perdue ici et...

Les mots sont à peine compréhensibles, mais en me concentrant, je devine où elle veut en venir.

— Vous vous êtes perdue dans le cimetière, c'est ça ?

— Oui ! Et... Oh ! Vomi.

Elle se penche en avant et accuse plusieurs haut-le-cœur qui la déséquilibrent. Ses cheveux bouclés tanguent devant elle, menaçant d'éponger ce qu'elle pourrait rendre. Je m'approche pour lui dégager le visage. Elle est tellement soûle qu'elle ne semble pas sentir les graviers sur lesquels elle marche de manière déséquilibrée puisqu'elle ne porte qu'une chaussure. Après un instant, finalement, elle ne vomit pas.

— On va aller à la gendarmerie, vous voulez bien ?

— Ouais...

— O.K. Dans ce cas, on se redresse, doucement...

Elle se remet difficilement d'aplomb.

— Je pense que c'est vos affaires que j'ai retrouvées, lui fais-je remarquer en désignant son sac.

— Oh ! ...ci.

Sa main libre agrippe la manche de mon manteau. Elle saisit la chaussure qui dépasse de son sac, l'enfile et me laisse me débrouiller avec ce dernier. *O.K., si ça peut la faire aller jusqu'à la gendarmerie, je le garde !*

Alors que nous avançons vers la sortie, elle se jette soudain sur moi. Elle serre le col de mon manteau dans ses poings et colle son corps contre le mien.

— T'es putain de beau, toi...

Je manque de trébucher.

— Euh... O.K.

— C'est quoi, ton nom, bébé ?

— Henri... On y va ?

Pourquoi je lui réponds ?

— Je veux porter plainte, Henri.

— Ah ! Et pourquoi ? interrogé-je en la faisant doucement progresser.

Je vais devoir détourner son attention jusqu'à ce que nous atteignions cette satanée cellule de dégrisement.

— Pour... euh... mort sans... intention de l'être ! Ouais, pour ça.

Quoi ?

Après trois pas, elle s'immobilise. La tête posée sur mon épaule, elle enfonce son avant-bras dans son décolleté. *Mais qu'est-ce qu'elle fout, ça va pas ?* Elle en sort un téléphone portable d'un geste victorieux. L'écran s'allume et elle fait je ne sais quoi.

— Vous risquez de ne pas avoir de réseau ici, lui précisé-je. Venez, on va...

— Salut mes... Bees ! Vous allez pas le croire. Mon sauveur, Henri ! Henri du nord de Paris... C'est plus classe qu'Henri du bled paumé, nan ? Ah ! Et...

Mais qu'est-ce qu'elle fout ? J'ai le temps pour ses conneries ? Non. Je saisis son portable qu'elle retient à peine, enfonce ce truc dans ma poche et lui attrape la taille pour l'obliger à marcher.

— On doit vraiment y aller, là, envoyé-je froidement.

J'avance, elle suit, mais sans faire attention où elle va. Sa main se pose sur ma joue et remonte dans mes cheveux trop longs.

— Moi, je veux bien loucher avec toi...

— Loucher ? O.K... On louchera ensemble, si tu veux. Mais d'abord, regarde où tu marches, sinon je te porte !

Elle ne répond pas. Plus j'avance, plus son corps se fait lourd. Je comprends qu'elle est en train de s'endormir debout. Je m'immobilise et contemple le ciel.

— Alors t'existes et tu exauces mes prières, maintenant ?

Aucun retour ne me parvient, évidemment. Mais j'ai mon alibi pour éviter la rencontre avec le préfet tout à l'heure, c'est tout ce qui compte !

Après une manipulation plutôt complexe, j'arrive à soulever la jeune femme. Un bras sous son dos, l'autre passant sous ses genoux, je sors du cimetière.

Presque parvenu à la gendarmerie avec le souffle court, je dirige mon regard vers mon torse qui sent le café à plein nez. La robe déjà courte de celle que je porte remonte beaucoup trop haut. Je scrute un point devant moi sans plus oser baisser la tête, même quand elle envoie son coude par-dessus mon épaule sans se réveiller.

Quand j'arrive à la grille du poste, j'ai vraiment chaud.

— Éric ! appelé-je pour qu'il m'ouvre.

Pas de réponse. Je donne un coup de pied dans les barreaux, créant un vacarme de tous les diables.

— Éric !

— C'est qui ? demande-t-il via l'interphone.

— C'est moi, qui d'autre ? Ouvre, dépêche-toi !

— C'est la morte que je vois dans tes bras ?

— Elle est pas morte mais bourrée ! Active-toi !

Il se passe une longue seconde avant que j'entende la grille se déverrouiller. J'entre prudemment avec mon colis alcoolisé. Éric la détaille avec une tête étrange.

— Tu vas la mettre où ?

— Dans la cellule de dégrisement... Et arrête de la mater !

— Pa... Pardon...

Il me précède dans les lieux. Lorsque je dépose la jeune femme sur la couchette, son corps roule mollement. Elle émet un grognement quand je retire ses talons hauts.

Ces trucs sont tellement pointus qu'ils pourraient tuer. Je me penche sur elle et tire sur la couverture à ses pieds pour camoufler sa hanche sur laquelle sa robe est remontée. Je la cale bien sur le côté au cas où elle vomirait et je recule.

— Va chercher de l'eau. Elle va avoir super soif en se réveillant.

— Oui, chef !

Quand tout est en place et une fois qu'Éric est reparti, je referme la porte, sans donner un tour de clé, et dépose les talons près du battant. *C'est plus sûr, si elle se met à rendre ses tripes !*

De retour dans la salle principale, Éric me dévisage. Il analyse mon haut où le café a laissé une tache immense. Lui aussi est dans un état lamentable. Je crois qu'elle lui a fait la peur de sa vie.

Je pose les affaires de la nana sur ma chaise et retire mon manteau avant de m'attaquer à mon polo. Dans mon vestiaire, je n'en trouve pas de nouveau, je prends donc mon tee-shirt de civil et le passe en vitesse. Je le rentre dans mon pantalon, pour faire un semblant d'uniforme, et me dirige vers les cabinets. J'ouvre la fenêtre de la pièce pour respirer convenablement. Je distingue la canette de bière d'Éric posée sur le rebord. Je me penche vers le robinet pour me rincer le visage. Je repousse mes cheveux puis je me scrute dans le miroir.

— Quelle nuit...

— Tu penses qu'on devrait fouiller dans son sac ? interroge Éric.

J'ai essayé de me replonger dans mon livre après avoir rempli un rapport de ronde, mais les mots s'emmêlent dans mon esprit. Celui-ci est tourné vers la nana qui ronfle à pleins poumons dans la cellule non loin. Je crois que c'est bien elle... la fille disparue il y a dix ans. Mais j'ai besoin de comprendre. Et pour ça, il va falloir attendre qu'elle se réveille.

— Oh ! Ducon ! insiste Éric à qui je n'ai pas répondu.

— M'appelle pas comme ça.

— Bon, je fouille dans son sac pour découvrir son identité. Et il faudrait la faire souffler, aussi, juste pour être certain !

Je me tourne vers lui. *Pour être certain qu'elle est vivante ou vraiment très soûle ?* Il extrait une trousse du sac à main de notre mystérieuse inconnue et en sort du maquillage. Il s'intéresse à une autre trousse. Même contenu.

— C'est normal de se trimballer avec autant de produits de beauté ?

Je hausse les épaules en me souvenant de l'état de ma salle de bains quand je ne vivais pas seul. *Elle* avait une tonne de trucs dont l'utilité dépassait mon entendement.

La bouche d'Éric s'arrondit lorsqu'il met la main sur un portefeuille.

— Tu verrais le poids de ce truc...

Il l'ouvre, des tickets en pagaille s'en échappent et s'étalent par terre. Mon collègue s'active pour tout ramasser en posant le portefeuille sur sa chaise. Je me lève et le saisis. L'emplacement réservé à la carte bleue est vide, les autres contiennent un nombre hallucinant de cartes de fidélité. Une pièce d'identité attire en revanche mon attention. Son verso m'apprend qu'elle est périmée depuis un moment... Elle semble dater de l'époque où elle a disparu. Je la retourne, et le nom de sa propriétaire me saute aux yeux. Joana Mancini. La photo est vieille, mais c'est exactement celle de l'avis de recherche toujours affiché ici.

— Alors ?

Je tends la carte à mon pote dont les sourcils se haussent.

— O.K. Je comprends plus rien...

— On d...

Un gémissement me coupe la parole. Notre disparue se réveille ? Éric ouvre un tiroir en vitesse et me tend l'éthylomètre. Je secoue la tête. *Qu'il se débrouille !*

— C'est ta délinquante, raille-t-il en me balançant l'objet rectangulaire.

J'hésite à lutter, mais je sais qu'il n'ira jamais. Je râle pour la forme, m'empare d'un embout neuf et le fixe sur l'appareil avant de l'allumer. Le dernier qui a soufflé là-dedans, c'est le père Lapin, qui bat régulièrement son propre record. Du haut de ses 81 ans, il tient toujours aussi bien l'alcool.

Je rejoins Joana Mancini dans sa cellule. Elle est roulée en boule sur le côté. Ses cheveux et tout ce qui est coincé dedans lui cachent le visage.

— Hum... J'ai soif... marmonne-t-elle sans bouger.

Je m'accroupis près elle.

— Il y a de l'eau juste là.

Sa main tâtonne autour d'elle. Je place la bouteille sur son trajet aveugle. Elle la saisit et s'immobilise.

— Faut te redresser pour boire.

— Hum...

Elle s'exécute avec difficulté. Comment peut-on picoler assez pour se mettre dans un état pareil ?

Une fois assise, elle chasse ses cheveux de son visage, en arrache une petite branche qu'elle laisse tomber par terre et entreprend d'ouvrir le contenant. Tout ça sans relever les yeux. Elle ne semble pas avoir capté ma présence. Comme elle n'arrive pas à ses fins, je l'aide et retire le bouchon avant de replacer la bouteille dans sa paume.

— ...ci.

Elle boit, les paupières toujours fermées, en s'en foutant partout. Elle descend la moitié du liquide avant de s'arrêter brusquement. *Je suis con ou... Pourquoi j'adore tout ce que je vois ?*

— Il va falloir souffler, maintenant.

— Pou'quoi ?

— Pour...

— Je suis pas bourrée.

— Ah ? Elle est bonne, celle-là...

— Tu parles de moi, connard ? réplique-t-elle aussitôt.

Mon attention se porte sur son visage. Je suis tellement choqué que j'ai ouvert la bouche sans qu'aucun son n'en sorte. Mon regard se plante dans ses yeux bleu foncé.

— Bah quoi ? Tu comprends pas ce que je te dis ? enchaîne-t-elle après un instant.

— Tu... Mademoiselle, vous êtes en train de vous adresser à un gendarme, je vous prie de rester polie.

Elle se met à rire en repoussant ses cheveux vers l'arrière.

— Sérieusement ? Il était poli, Monsieur le gendarme, quand il me matait tout à l'heure ?

La vision de ses cuisses nues quand je la portais me frappe de plein fouet. Je détourne le regard.

— C'est bien ce qu'il me semblait, Henri.

Comment elle a pu se rendre compte de ça ?

— Bon. Merci d'avoir retenu mon prénom. On souffle là-dedans et dodo, O.K. ? proposé-je en me relevant.

— Nan. Je souffle pas.

— Ça sera donc une amende pour état d'ivresse sur la voie publique, Mademoiselle Je-ne-suis-pas-bourrée. En plus du refus d'obtempérer.

Elle secoue la tête et se redresse brusquement.

— O.K., je sou... ffle.

Je lui présente l'appareil.

— Soufflez le plus fort possible jusqu'à ce que je vous dise d'arrêter.

Elle acquiesce.

— Allez-y.

Elle s'exécute. J'attends que l'éthylomètre se mette à sonner.

— C'est bon, parfait. Merci, mademoiselle.

Je me redresse et ressors tandis qu'elle s'affale sur le lit.

— Je suis pas bourrée... ajoute-t-elle.

— C'est ça.

— Je suis triste.

Je fronce les sourcils et me tourne pour la regarder. Elle tire la couverture sur elle. Ses yeux fermés n'empêchent pas une larme de couler sur sa joue.

De retour près d'Éric, je lui file l'appareil. Il découvre le résultat et l'annote aussitôt dans le rapport.

— Elle arrivait encore à marcher dans le cimetière avec ce taux-là ? s'interroge-t-il.

— Elle n'a pas battu le record du vieux père Lapin, quand même ?

— Si. Haut la main !

Éric me lance un regard admiratif, et on explose de rire.

— Elle va avoir le droit à son nom sur le tableau du bistro du village dès demain matin !

Au même instant, on sonne à la porte de la gendarmerie. Il est 6 heures pile, et en parlant du père Lapin, le voilà qui arrive.

— Putain, c'est fou d'être toujours aussi ponctuel... souffle Éric en lui donnant accès au sas d'entrée.

Je suis en train de ranger la paperasse quand le vieillard vient s'accouder au comptoir derrière lequel je me tiens. Il ne doit pas mesurer plus d'un mètre soixante-dix et a la même tenue jour après jour, un bleu de travail si daté qu'il est cartonné. Ça lui donne un air de Charlie Chaplin lorsqu'il traîne la savate dans le coin. Il lui manque la canne et le chapeau rond !

— Oh ! gamin, sers-moi un café. Noir, ordonne-t-il.

Je l'observe. Son regard est porté au loin, dehors. Sauf que les volets ne sont pas ouverts. Allez savoir ce qu'il voit... Dans sa poche gauche, je distingue le couteau pliant d'un autre âge avec lequel il a menacé Mme Duval parce qu'elle avait garé sa voiture devant le passage qui mène à la mare à l'est du village. Dans sa poche droite, je suis certain qu'il y a des francs. Comme d'habitude...

— C'est toujours pas un bistro, ici...

Tous les jours, à 6 heures pile, le vieux est là. Et tous les jours, je lui répète la même chose. Et tous les jours, je finis par lui servir un café.

— Dans l'temps, si. Alors, tu me l'sers, ce p'tit noir ?

— Arrête d'insister... grogne Éric dans mon dos en extirpant une lettre rafistolée au ruban adhésif du sac de Joana.

Je laisse ma tête tomber en arrière. Le père Lapin lâche le comptoir, enfonce sa main ridée dans sa poche et en sort une pièce de 1 franc. Il reprend sa position initiale et frappe avec sa monnaie contre le bois.

— Bien serré, gamin.

Je fais un mètre quatre-vingt-huit, j'ai 26 ans, et il m'appelle toujours gamin... Je tourne les talons et pars en direction de la cuisine. Je passe devant la cellule de dégrisement et devant les cabinets avant d'arriver. Je remplis une tasse de café chaud et je retourne à l'entrée.

Je suis presque revenu au niveau du père Lapin quand un détail m'incite à m'arrêter. J'avais posé les chaussures de la nana dans le couloir, non ? Je fronce les sourcils en avançant vers la porte que j'ai repoussée en partant il y a peu, et un courant d'air frais me fait tourner la tête vers les toilettes. Tiens, la fenêtre est grande ouverte, j'ai dû oublier de la refermer tout à l'heure... Et la bière d'Éric n'est plus là ? Si ma première pensée est d'engueuler mon collègue, j'ai soudain un drôle de pressentiment. Du pied, j'ouvre la porte de la cellule, et c'est un lit vide qui me saute aux yeux.

— Nom de Dieu ! m'exclamé-je.

— Alors on a le droit de jurer, main'nant ? envoie le père Lapin.

Je vais vite déposer son café sous son nez et j'attrape mon manteau.

— Qu'est-ce qu'il se passe ? interroge Éric avec surprise.

— Elle s'est évadée !

— Quoi ? Mais elle tenait à peine debout, comment elle a fait ça ?

Aucune idée, mais je compte bien l'enfermer trois jours pour lui faire payer ça. J'enfile mon vêtement en courant vers la sortie.

— Tu parles de la môme à paillettes ? me coupe le vieux.

Je m'immobilise.

— Tu l'as vue ?

— Oui. C'est toujours 1 franc le café ?

Je pousse un grognement de colère et je me casse. Je le connais assez pour savoir qu'il ne dira rien de plus. *Et toi, ma belle, je vais te tomber dessus, tu n'es pas prête !*

7
Joana

— Je suis pas bourrée.

— C'est ça.

— Je suis triste…

Sans ouvrir les yeux, je sens Henri le Gendarme s'éloigner. Le silence revient. J'annonce que je suis triste, et il est moins réactif qu'une grand-mère sur Instagram ? O.K., compris. Ça, ajouté au fait que son collègue ait fouillé dans mon sac et touché mon *make up* de luxe… Les sortilèges que je suis en train de lancer sur eux et leurs descendances sont interrompus lorsque je les entends discuter.

— Elle arrivait encore à marcher dans le cimetière avec ce taux-là ?

— Elle n'a pas battu le record du vieux père Lapin, quand même ?

— Si. Haut la main !

Bande de nazes ! Vous êtes des petits joueurs ! Je me lève de cette couchette quand je veux. J'ai presque entièrement dégrisé, j'attends juste que mes membres pèsent moins lourd… Maintenant, je sais ce qu'a ressenti Hermione Granger au moment où elle a été pétrifiée par le basilic. Sauf que moi, ce n'est pas un Harry qui me colle aux basques, c'est un Henri. Henri Potter, avec une toute petite baguette, j'en suis certaine.

Lorsque je rouvre les yeux, je me sens prête. Dans l'interstice de la porte, je vois que les deux gendarmes me tournent le dos. J'en profite. Je me redresse, plus souple qu'une gazelle... Je guette le moment idéal. Je prends la sonnerie qui retentit soudain comme un signe. Et que dire de mes chaussures que je découvre juste devant la cellule ? Je les saisis, regarde autour de moi et bénis les puissances supérieures d'être de mon côté lorsque j'aperçois une fenêtre par laquelle je vais pouvoir m'éclipser.

Après trois enjambées, j'ouvre le battant pendant que les deux crétins se racontent je ne sais quoi. Je monte sur la lunette des cabinets et me retrouve nez à nez avec une canette de bière. *La vie me fait des cadeaux pour se faire pardonner !* Je la prends et tire ma révérence en sautant dehors.

Aïe ! La vache, c'était plus haut que je pensais ! Je me relève vite et longe le mur. Un petit vieux bizarre venu d'on ne sait où me détaille.

— C'est quoi, c'te t'nue ?

— Une robe Zadig & Voltaire, évidemment ! Quelle question...

Il hausse les sourcils tandis que la porte juste devant lui s'ouvre. De peur d'être aperçue, je recule d'un pas. Il entre, et le battant se referme.

J'attends trois secondes, j'enfile mes talons et je pars en courant droit devant moi. *Il fait jour, je vais me casser de ce bled et ne plus jamais revenir !*

Ma joie est cependant de courte durée. Je m'arrête brusquement derrière une voiture. *Quelle imbécile, mon sac est resté à la gendarmerie !* En y réfléchissant, ce n'est pas si grave, je peux payer le train avec mon portable. Portable que j'ai habituellement toujours en main. Pourtant, j'ai beau scruter ces dernières, elles ne tiennent qu'une bière. D'aussi loin que je me souvienne, je n'ai jamais eu les ongles aussi sales. Comment j'ai pu me foutre de la terre partout comme ça ? Mon attention se fixe sur ma main droite. L'ongle de mon majeur a disparu.

Aussitôt, un flash me percute. Je me vois le chercher dans le noir, tout près de la tombe de... de *sa* tombe. J'y suis allée cette nuit ? D'autres images me viennent, en pagaille, mais ce que je comprends, c'est que mon ongle à 30 euros est resté dans ce cimetière. Je compte bien retourner le chercher !

Je me relève d'un bond pour m'accroupir aussi vite. Henri Potter passe en courant.

— Elle est où, cette garce ? grommèle-t-il, le souffle court.

Sportif, dis donc... et grand, j'aime bien. Je n'avais pas fait attention cette nuit. Il s'éloigne rapidement.

J'attends de ne plus le voir et je m'enfuis dans l'autre direction. Bizarrement, je me souviens très bien des rues de ce village. Je n'y suis pourtant pas restée longtemps, puisque je suis repartie l'été même de mon arrivée. Mais j'en ai passé, des heures, à traîner et à éviter les personnes de mon âge quand j'étais punie. Quel genre de type fout sa fille dehors pour la punir de ne pas avoir réussi à être heureuse ici ? Ton père, Jo...

Je tourne dans une ruelle coincée entre deux maisons en pierre. Mes talons sont en train de me maudire, c'est certain. Entre la terre et les cailloux, je ne suis pas sûre de parvenir à les récupérer... Arrivée au bout de la venelle, je m'immobilise. Sur ma gauche, la rue mène au cimetière. En face de moi, le soleil apparaît entre des arbres et m'éclate les yeux.

— Oh ! Je déteste la campagne !

À peine ai-je terminé ma phrase que du bruit retentit dans mon dos. Le gendarme est toujours en train de me chercher, il passe en courant au bout de la ruelle sans s'arrêter. Une seconde, je pense qu'il ne m'a pas vue, mais il revient sur ses pas et me fixe du regard avec rage avant de s'engouffrer entre les deux maisons.

— Oh ! Venez ici !

— Ah ! On me vouvoie, maintenant ? C'est plus la « garce » ? envoyé-je avant de partir en vitesse.

— Vous allez avoir des problèmes, cette fois !

Je ne vais pas bien loin. Je jette littéralement mon corps par-dessus une haie feuillue, dans un jardin. Je sais qu'en talons je n'ai aucune chance contre lui. Je l'entends approcher, déraper, puis ses pas s'éloignent. Je me redresse, et mon coude glisse sur quelque chose avec une drôle de texture. Je constate en me relevant que j'ai atterri dans une énorme merde. La seconde suivante, un grognement sourd résonne sur ma droite. Un chien immense est planté juste là, et il m'adresse un sourire menaçant.

— O.K... Tout doux... Je vais... partir...

Lentement, je recule. *Pourvu qu'il ne saute pas la barrière !* S'il fait ça, je n'aurai plus d'autre choix que d'invoquer Henri Potter pour me secourir. Je prends la bière que je tiens toujours et la secoue avec ferveur. Le chien grogne plus fort. Je glisse mon ongle du pouce sous l'opercule métallique.

— Mais qui êtes-vous ? entends-je au moment où j'exerce une pression pour ouvrir la boisson.

Derrière le canidé, une dame avec un bébé dans les bras sort par une baie vitrée, mais il est trop tard, la canette explose dans mes mains et déverse son contenu sur l'animal qui se carapate en hurlant. Je balance tout et me jette à nouveau par-dessus la barrière végétale. J'atterris sur le trottoir tandis que la nana beugle je ne sais quoi. Où sont mes chaussures ? Merde !

Je cours sans regarder en arrière et ne m'arrête que lorsque j'ai atteint ce putain de cimetière. Les grilles sont grandes ouvertes. Sur la droite, avant d'entrer, je vois une bouteille de tequila vide posée dans l'herbe. Un flash me percute. J'ai grimpé dans ce petit arbre cette nuit... Oui, je m'en souviens. Ensuite, je suis allée sur la tombe de mon père et... L'image très nette de ma propre tombe me revient. Voilà sur quoi je suis tombée en voulant aller dire à mon paternel que je regrettais tout...

Lorsque j'arrive vers sa tombe après avoir évité les graviers de l'allée en longeant la pelouse sur les côtés, je constate qu'il y a de la terre partout. C'est pourtant le dernier de mes soucis.

— Mais t'es un vrai cinglé, en fait, lui lancé-je comme s'il pouvait m'entendre et me répondre.

Ce qu'il ne fait évidemment pas.

— En plus d'être méchant, t'es totalement malade ! Qui est venu à cet enterrement ? Tu as fait ça tout seul dans ton coin ou tu as invité les habitants de ce bled à pleurer une nana qui n'était pas morte ?

Je tourne sur moi-même en repoussant mes cheveux. Je fais quelques pas dans l'herbe et je reviens vers lui.

— Je ne sais pas pourquoi je te parle, tu ne mérites même pas mes mots, vieux con !

Une idée lumineuse m'apparaît soudain. Je remonte ma robe, baisse ma culotte et m'accroupis sur la tombe fraîche. *Je ne pourrai pas lui dire plus clairement que je l'emmerde.*

J'attends quelques secondes, mais ma vessie qui criait jusque-là pour être soulagée semble s'être téléportée.

— Sérieusement ? Allez !

Un rugissement humain éclate au loin. J'entends les graviers souffrir sous le poids de quelqu'un qui court. J'ai à peine le temps de remonter ma culotte qu'Henri le Gendarme déboule dans mon champ de vision.

— Mais qu'est-ce que tu fous ? hurle-t-il en se précipitant vers moi.

Merde, merde, merde ! Je panique et fuis le plus rapidement possible en me rhabillant. Je me faufile entre les tombes, faisant tomber quelques plaques commémoratives et des pots de fleurs au passage.

— Arrête-toi !

— Et il me tutoie de nouveau, Henri du nord de Paris.

Foutu pour foutu, autant que je dise ce que je pense...

— Tu sais quoi, je ne tutoie les gens que quand je veux leur faire du mal ! Et, crois-moi, j'ai très envie de m'en prendre à toi. Tu n'as aucun respect pour rien ! Y'a des personnes, là-dessous, bordel !

J'enjambe une tombe pour sauter sur la suivante. Henri, qui slalome entre elles, ne parvient pas à m'atteindre.

— Tu m'attraperas pas ! m'exclamé-je en l'évitant de peu.

Finalement, je suis peut-être encore super bourrée pour provoquer un type immense comme lui sans flipper. En temps normal, je respecte les gens, vivants ou morts. Enfin, sauf mon père ces dix dernières années. Le gendarme me lance un regard empli de fureur. Je prie pour qu'il ne m'attrape jamais, car c'est certain, il me mettra en cellule pour le reste de mes jours. Il avance une main dans ma direction mais ne m'atteint pas. Il s'immobilise et croise les bras.

— Tu sais quoi ? Je vais rester là. J'ai tout mon putain de temps. Tu vas bien vouloir sortir de ce cimetière à un moment donné, et je connais ce bled par cœur.

Il n'attend pas de réaction de ma part, il tourne les talons et s'éloigne pour disparaître à travers les grilles d'entrée. Après un instant, je reviens au bord de l'allée. Je me penche pour voir où il est. Soit plusieurs mètres plus loin. Il me fixe du regard sans ciller, les bras croisés sur son torse.

Je rebrousse chemin pour qu'il ne me voie plus.

— J'attends !

— Moi, je réfléchis... grogné-je.

Sur ma droite, j'aperçois un bout de mur qui est un peu moins haut que le reste. *Très bien.* Je me penche, le gendarme est toujours planté au même endroit. Je parcours les mètres qui me séparent du mur et je grimpe sur une tombe pour me hisser dessus. *J'ai comme une impression de déjà-vu...* J'arrive à l'escalader. De l'autre côté, un conteneur fermé semble avoir été placé là pour rendre possible la descente. Même si cela reste acrobatique. J'exécute une manœuvre pour que mes pieds touchent la poubelle en premier et je me laisse couler doucement.

Le mur et ses aspérités me rentrent dans la peau. J'ai déjà des griffures partout, mais je ne suis plus à ça près.

— En attendant, je t'ai bien niqué, con de flic, articulé-je alors que mon gros orteil atteint le couvercle.

— Je ne suis pas flic, je suis gendarme, ça n'a rien à voir, entends-je au moment où mon pied touche pour de bon le plastique.

Merde ! Mon appui principal disparaît. Je tente de me retenir au mur, mais ma peau accuse le coup, et je crie de douleur. Du coin de l'œil, je discerne ce cinglé de gendarme tirer la poubelle plus loin et revenir se planter derrière moi avec les bras croisés.

— Alors... commence-t-il. Qu'est-ce que je vais faire de toi ?

— Je vais lâcher ! Au secours !

Il ne dit rien, mais j'entends un petit ricanement.

— Ça fait super mal ! Aide-moi !

Silence.

— Henri ! S'il te plaît, aide-moi, je vais tomber !

Il ne répond pas, et cette fois, les larmes me montent aux yeux. *O.K., j'ai été conne, j'aurais pas dû le prendre pour un imbécile, je suis désolée !*

Je tente de retrouver un appui sur le mur, mais je n'ai plus de forces, je me sens chuter. Je ferme les paupières, attendant le choc avec le sol, mais à la place, ce sont deux grandes mains qui agrippent ma taille.

8
Henri

— Mais ça va pas ! J'ai failli mourir, putain ! hurle-t-elle.

Mourir ? Quand même ! Je suis à deux doigts de lui répondre sèchement, mais les larmes qui coulent sur ses joues me freinent. *Mec, fais juste ton job, arrête de te laisser attendrir !*

— C'est pas mon problème. Vous êtes en état d'arrestation pour ivresse sur la voie publique, délit de fuite et détérioration de biens publics. Maintenant, en route !

J'attrape son avant-bras, mais elle se débat et tourne les talons.

— Aïe ! Au secours ! se met-elle à hurler.

Heureusement que le village est encore endormi, cela ferait jaser, sinon. Et je n'ai clairement pas besoin de ça.

Je commence à avancer sur le trottoir en la traînant derrière moi de force. Mon téléphone vibre dans ma poche. Je le sors et réponds à l'appel d'Éric.

— Quoi ?

— Mec, Chaton vient de se pointer. T'es où ?

— J'arrive.

— Tu l'as trouvée ?

— Oui, prépare le bureau, je vais faire la paperasse pour sa garde à vue immédiatement. Et cette fois, crois-moi, elle ne risque pas de sortir de cellule en douce.

— O.K. À tout de suite.

Je raccroche et range l'appareil dans ma poche. Joana Mancini ne dit plus rien. Du coin de l'œil, je vois qu'elle fixe le sol du regard en avançant.

— On peut marcher moins vite ? J'ai les pieds en compote !

— Où sont vos chaussures ?

Elle hausse les épaules. Je ralentis le pas.

— Et, Henri, tu me fais mal, je vais finir par avoir un bleu.

Elle montre mes doigts contractés autour du haut de son bras droit. Je desserre ma prise sans la lâcher pour autant. Je n'ai aucune confiance en elle.

— Je te déteste, Henri.

— Ce qui est parfaitement réciproque.

— Dis donc, on connaît des mots du langage soutenu, par ici. Je suis choquée.

J'inspire profondément pour éviter de la secouer. Elle bouge l'épaule en grimaçant. Je desserre à nouveau ma prise, puis finis par la lâcher. Pieds nus, elle n'ira pas bien loin, et on est presque arrivés. Elle n'attend pas trois pas de plus pour tenter de se tirer en courant. *Sérieusement !*

Je la rattrape sans peine. Elle se débat et crie tandis qu'une voiture s'arrête juste devant nous alors que je la soulève du sol en entourant mes bras autour de sa taille. La vitre du conducteur s'abaisse, et je vois apparaître le dernier visage que j'aurais voulu croiser : le préfet de la région. Autrement dit, mon supérieur hiérarchique le plus haut placé avant le ministre de l'Intérieur. Et il me trouve là, à presque 7 heures du matin, sans ma tenue réglementaire, en train d'attraper de force une nana qui hurle qu'on la kidnappe. *Oh ! Là-haut, qu'est-ce que t'as foutu ? Je voulais pas du tout le croiser, le préfet !*

— Henri ?

Je repose Joana aussitôt.

— Monsieur le préfet ? Euh... Bonjour. Que faites-vous ici ?

— Je... me rends au tennis, comme toutes les semaines.

Il dévisage ma captive, puis son regard revient sur moi.

— Officier gendarme Minot, pouvez-vous m'expliquer ce que vous faites avec cette jeune femme ?

— Ce n'est pas ce que vous pensez.

— Ah ! Et qu'est-ce que je pense ?

— Que... que je suis en train de... En réalité, je suis en train d'appréhender cette personne.

— Pour quel motif ?

Évasion. Parce que je n'ai pas bien fait mon job... Une cellule de dégrisement doit toujours être fermée lorsque quelqu'un s'y trouve, je ne peux donc pas lui dire ça.

— De... Tout simplement, d'ivresse sur la voie publique.

Il me sonde. Ce mec n'a pas changé, il me prend de haut, ce que je déteste par-dessus tout. Joana relève le nez dans ma direction. *Si elle l'ouvre, je suis foutu !*

— Je ne fais que mon travail.

— Je vois ça... On se retrouvera tout à l'heure, n'est-ce pas ?

Je hoche la tête brièvement. *Tu peux toujours rêver !*

— Je suis... commence soudain Joana. Monsieur le Je-ne-sais-quoi, je suis complètement bourrée ! Et c'est... c'est absolument tout ce que j'ai fait cette nuit.

Elle a vraiment l'air de nouveau soûle. *Quel talent !*

— Henri m'a... m'a sauvée d'une chute, même. Hein, bébé... Il est beau, hein, monsieur le préfax ?

L'homme à bord de sa petite Jeep hors de prix se racle la gorge et me regarde, effaré.

— À ce que je vois... tout va très bien pour vous, dorénavant.

Joana doit penser qu'elle n'en a pas suffisamment fait parce qu'elle s'accroche autour de mon cou en montant sur la pointe des pieds.

— Tu me portes ? Le sol est si dur...

Le préfet m'adresse un signe d'encouragement et redémarre tandis que la fugitive se dandine contre moi. Dès que la voiture est assez éloignée, elle interrompt ses conneries.

— C'est fou ce que je joue bien ! Il faudra que je pense à tweeter ça...

Je respire longuement. Ce qu'elle vient de faire, c'est pire que tout ce qu'il a pu se passer cette nuit.

***

— Assis.

Je ne la pousse pas vers la chaise, mais l'envie y est. Elle y pose ses fesses sans me provoquer davantage. Elle doit lire sur mon visage que j'ai atteint mes limites.

Dans mon dos, Chaton et Princesse nous observent sans rien dire, mais je sens leurs regards amusés, ce qui nourrit ma colère. Sans leur accorder d'attention, je file vers le comptoir d'accueil, saisis la paire de menottes qui y traîne – la ceinture d'équipements que je suis censé porter étant trop loin... – et reviens à mon point de départ. Joana Mancini relève le nez vers moi et ouvre de grands yeux offusqués.

— Hors de question que j'enfile ça !

— Vous n'allez rien enfiler du tout, je vais vous les passer.

— Dans d'autres circonstances, j'aurais trouvé cet échange super excitant, mais pas là !

J'entends ricaner dans mon dos. *Profitez, les gars, je vais vous tomber dessus aussi.*

— Et passer quelque temps en prison, vous trouveriez ça excitant ? Parce que ça pourrait vous arriver plus vite que prévu, répliqué-je en posant le genou au sol à côté d'elle.

— Va te faire foutre, Henri.

— J'ajoute outrage à agent à la longue liste des accusations... Autre chose, mademoiselle Mancini ?

Elle me fusille du regard tandis que je fixe le bracelet encore libre sur la chaise.

— Et on fait comment si j'ai envie d'aller aux toilettes ?

— Il me semblait que vous vous étiez soulagée au cimetière... C'était la tombe de qui, d'ailleurs ?

Elle se détourne et ne répond pas. Je jette un coup d'œil vers mes collègues. Chaton, Jérémie de son prénom, serre les lèvres pour retenir un fou rire. Éric, quant à lui, ne paraît pas totalement remis de sa frousse de cette nuit.

— Elle est bien vivante, mec, asséné-je en le rejoignant.

— Quoi ? interroge aussitôt Chaton.

— Il ne t'a rien dit ?

Il secoue la tête.

— C'est Joana Mancini.

Il fronce les sourcils, puis son regard dérive sur le tableau de liège à l'entrée du poste, et sa bouche s'arrondit de surprise.

— Tu déconnes, là ?

— Je l'ai vu sortir de sa tombe... ajoute Éric.

— Non, il a vu une nana bourrée dans un cimetière. Le bureau est prêt ? J'ai du boulot.

— Bah écoute, une évasion, c'est une grande première, ici... Je te laisse l'honneur, Minot !

— J'ai soif ! râle la principale concernée dans mon dos.

— Justement, j'ai croisé le préfet... marmonné-je.

— Ah ?

— Oh ! J'ai soif ! s'énerve Joana.

Bordel !

— Je crois que ta meuf voudrait un dernier verre, Minot... raille Chaton.

Je serre les dents tandis qu'il part vaquer à ses occupations en se marrant.

— Je me déshydrate, et tout le monde s'en fout ? fulmine mon interpellée.

— C'est absolument ça, mademoiselle Mancini.

— Je vais vraiment porter plainte contre toi, Henri ! Le scandale, je te jure ! J'ai de l'influence, tu sais pas à qui tu parles !

Je ne peux retenir un rire sardonique.

— De l'influence... mais oui. T'es qui, au juste ?

— Je suis Queen Bee ! La reine des abeilles, en français.

— Reine des abeilles ou pas, quand on fait n'importe quoi, il nous arrive n'importe quoi. Vu ?

— Vu...

Je la détache de la chaise où elle était attachée et lui fais signe de me suivre jusqu'au bureau. Il nous sert également de salle d'interrogatoire, de déposition, de réunion et a même accueilli un berger allemand en train de mettre bas, une fois.

Je referme les menottes sur l'accoudoir du siège sur lequel je la fais asseoir et m'installe en face d'elle. *Bon sang, j'ai mal partout, je n'ai plus l'habitude de courir comme un lapin !*

J'allume l'écran de l'ordinateur qui se trouve sur ma gauche. Joana m'observe en silence. *Enfin !*

Je la quitte un instant pour aller récupérer ses affaires et dépose le tout entre nous. Ses yeux accrochent immédiatement son portable dont la batterie a rendu l'âme. De mon côté, je ne sais pas sur quoi me pencher en premier : ce qui a mené à cette nuit hors de contrôle ou le fait qu'il existe une tombe à son nom alors qu'elle est bel et bien en vie.

9
Joana

Les sourcils froncés, Henri le Gendarme fixe du regard l'écran de l'ordinateur à sa gauche en bougeant la souris rapidement.

— Donc... Votre nom est bien Joana Mancini ?

Je m'apprête à répondre, mais il me dévisage soudain, ce qui me coupe la parole. Les secondes s'écoulent avec une lenteur infinie. Je me sens comme une biche devant les phares d'une voiture. Il saisit ma carte d'identité et me la montre.

— C'est bien vous, là ?

Son intonation sonne comme une affirmation. Je hoche la tête.

— O.K.

Henri se concentre à nouveau sur son écran. Je dois boire de l'eau, j'ai la bouche pâteuse et la gorge en feu. Tout mon corps est en train de me dire que j'ai merdé, pourtant je ne regrette pas vraiment. Après tout, j'ai réussi à parler à mon père. Ce n'était pas arrivé depuis dix ans.

Celui qui m'interroge s'arrête d'écrire et aspire une grande bouffée d'air avant de saisir ma carte bleue, aussi périmée que ma carte d'identité.

— Ceci vous appartient ?

Ma réponse fuse.

— Non.

Mais pourquoi ai-je dit ça ? Bien sûr qu'elle m'appartient. Il fronce aussitôt les sourcils et tourne l'objet face à lui pour lire.

— Joana Mancini, c'est bien vous ?

— Hum...

— Il est donc particulièrement étrange que cette carte ne soit pas à vous, elle porte exactement votre nom.

Il me scrute à nouveau et se penche un peu dans ma direction. Un rayon de soleil éclaire son visage en passant par-dessus l'écran de l'ordinateur, et ses yeux changent brusquement de couleur. Ils sont presque noisette ? Je n'arrive pas à déterminer leur teinte exacte, mais ça lui donne un regard perçant et charmant, même si ça me fait mal de le reconnaître. Je détourne vite la tête pour détailler ma main libre posée, le poing serré, sur mes cuisses. J'ai si froid que j'en tremble presque.

— Cette carte bleue m'a été apportée par un taxi vers quatre heures du matin qui a souhaité porter plainte pour un...

— Je ne savais pas que ma carte bleue ne passait pas ! coupé-je brusquement.

Henri plisse les paupières.

— Et ?

— Bah... c'est pas de ma faute, du coup... Et...

Il fronce les sourcils. *Merde, ça sent pas bon !*

— Vous voulez dire que vous êtes la victime dans cette affaire ?

— Euh... Oui !

— Mademoiselle Mancini, cette carte est périmée depuis trois mois, vous saviez donc très bien qu'elle n'avait aucune chance de passer !

— Ah bon ?

Ma voix a monté dans les aiguës sans que je m'y attende. Je me pensais meilleure actrice.

— Ah bon ? répète-t-il en gardant la bouche un peu ouverte.

Je plonge mon regard dans le sien, méfiante.

— Vous avez oublié la nuit qu'on vient de passer ou quoi ?

— La nuit qu'on... on... Oh ! Mon Dieu, je m'en souviens pas du tout ! Vous... vous avez profité de moi ? Quand j'étais soûle ?

Il reste immobile, les bras croisés sur le bureau devant lui, ce qui lui donne un air baraqué qui me fait presque regretter qu'il ne se soit rien passé entre nous...

— Ça ne fonctionne pas avec moi, ce genre d'accusation, rétorque-t-il simplement.

— O... kay.

Il s'adosse à son siège et étire ses épaules. Son attention se perd à l'extérieur pendant un moment, puis il se redresse.

— Allez, on enchaîne, envoie-t-il en me faisant sursauter. Donc, on a déjà un délit de filouterie avéré. Vous êtes bonne en maths ? Parce qu'il va falloir additionner les peines encourues pour la suite des faits qui vous sont reprochés.

Je ne peux retenir un ricanement, ce qui exaspère mon interlocuteur.

— Qu'est-ce qu'il y a ?

— Un délit de... filouterie ?

— Oui, pourquoi ? Partir sans payer, c'est un délit de filouterie.

Je serre les lèvres, mais c'est plus fort que moi, un fou rire m'échappe. Le visage de l'officier se durcit, et son regard, même sans soleil, prend feu.

— C'est pas vrai, c'est votre délit qui vous fait rire ?

— Mais ça existe vraiment ou vous vous foutez de moi ?

Il ne répond pas.

— Parce que c'est... c'est l'info la plus instagrammable de France !

J'en ai les larmes aux yeux. Il se lève, les mâchoires contractées, et quitte la pièce. *Aucun humour, ces flics !* Je me calme vite, mais repenser à sa bouche prononçant ce terme improbable provoque une autre crise de rire.

Henri réapparaît après un instant. Il s'assied en face de moi avec deux petites bouteilles d'eau. Il en ouvre une et boit. Il pose l'autre loin de moi sans un mot.

— Ça va mieux ?

— Excusez-moi d'avoir de l'humour.

— C'est fou comme les gens ont tendance à confondre l'humour avec l'immaturité.

Je lui envoie toute ma haine par regard, mais je ne réponds pas.

— Donc, je vous demandais si vous êtes douée en calcul...

— Ouais.

Faux ! S'il y a bien une matière dans laquelle je n'ai jamais rien compris, c'est les mathématiques. Par contre, je sais déterminer quelle teinte choisir pour une peau en un clin d'œil. Pour la sienne, plutôt mate et bronzée, j'opterais pour le Bior Forever 4WP sans hésitation.

— Commençons donc le calcul : délit de filouterie avec une facture impayée de 287 €, ça va chercher jusqu'à 7 500 € d'amende et six mois de prison, sans compter les dommages et intérêts.

Le fond de teint de luxe est vite chassé de mon esprit. *Comment ça, 7 500 € ? C'est une blague ?*

— Ne me regardez pas comme ça, je n'invente rien, mademoiselle Mancini.

— C'est pas un peu abusé ?

Il plisse les paupières en tapant sur son clavier.

— C'est ce qu'on appelle des conséquences, vous connaissez ?

— Nan.

— Eh bah je vais vous apprendre, ajoute-t-il avec un air léger.

Super. J'ai hâte de voir ça ! Il continue d'annoter je ne sais quoi quand le téléphone posé sur le bureau sonne. Il l'attrape et le coince entre son épaule et sa mâchoire.

— Officier Minot, bonjour. Hum ? Je t'écoute.

Il se tait puis arrête d'écrire en se tournant dans ma direction pour me dévisager bizarrement. *Quoi encore ?*

— De la bière ? D'accord, ajoute-t-il en me fusillant du regard. Oui, j'imagine... Je m'en occupe.

Il raccroche et relève le nez pour me regarder.

— Une femme vient de nous signaler que son chien s'est vu aspergé de bière par quelqu'un qui correspond à la description suivante : des cheveux mal entretenus, une robe à paillettes dans un sale état et une paire d'escarpins pleine de boue, laissée sur place. C'est fou, on dirait que c'est vous.

— Ah ? C'est fou parce que moi, c'est de merde dont j'ai été recouverte. Ce n'était que justice, répliqué-je. Et mes cheveux sont très bien entretenus ! Elle s'est vue, elle, avec son bébé obèse ? C'était pas des joues, c'était des prothèses mammaires !

Il cligne plusieurs fois des paupières puis respire bruyamment.

— J'écris ça, annonce-t-il. Le juge en fera ce qu'il voudra.

— Le juge ?

— Hum, lui-même.

Merde, merde, merde ! Le truc des joues, c'était en trop, non ?

— Donc, j'ajoute à notre calcul une violation de propriété privée, soit jusqu'à 15 000 € d'amende et un an de prison, et une voie de fait pour le chien... 450 € d'amende.

Je fronce les sourcils. *Bon, c'est officiel, je suis surendettée !* Dans ma terreur, quelque chose pique mon esprit.

— Et allez, on paie plus cher pour être entré chez les gens en essayant de semer un gendarme fou que pour avoir agressé un chien. Bravo, la France !

— L'auteur des faits avoue l'agression sur le canidé, récite l'homme en tapant sur son clavier.

— L'auteur des faits... Qu'est-ce qu'il ne faut pas entendre !

Mon interlocuteur me lance un regard étrange et s'intéresse de nouveau à son clavier. Quelqu'un passe la tête par la porte, un autre gendarme. Celui qui était de garde avec Henri Potter cette nuit.

— On nous a rapporté ceci, fait-il en exhibant mes pauvres escarpins Vuitton qu'il vient déposer sur le bureau sans trop m'approcher. Bon, j'y vais.

— Merci. O.K. Profite bien de la cérémonie, raille Henri. À demain.

— Chaton peut prendre le relais, si tu veux !

Chaton ? Je ne savais pas qu'on se donnait des petits surnoms dans la gendarmerie !

— Non, je m'en occupe.

L'autre s'en va, et le silence revient. J'attends un certain temps qu'il termine de taper. *Quelle lenteur !* Il n'utilise que deux doigts, un de chaque main : l'index... *Ce n'était donc pas une légende...*

Je ne peux m'empêcher de scruter la bouteille qui me nargue.

— Soif ?

Il arrive à m'observer tout en regardant son écran ?

— Nan.

— O.K. Ensuite, on a quoi ? État d'ivresse sur la voie publique, intrusion dans le cimetière, délit de fuite, outrage à officier de gendarmerie. Et pour finir en beauté, évasion...

Il relève le nez dans ma direction et soupire en secouant la tête.

— À quoi vous pensiez, au juste ?

À *mon père...* Je ne réponds pas. Je détourne la tête pour regarder dehors. Il va faire beau, j'aurais pu profiter de Paris aujourd'hui !

— Minot ? Y'a la veuve du maire qui vient d'arriver, coupe brusquement le troisième gendarme que j'ai vu tout à l'heure.

— Quoi ? Pourquoi ?

— Viens, fait-il avec un coup de menton vers le reste du poste.

— La chaise ne passe pas par la fenêtre, me précise Henri en suivant son collègue.

J'attends quelques secondes, puis je me lève pour attraper, avec ma seule main libre, la bouteille neuve. Je l'ouvre avec les dents et j'en descends la moitié cul sec. *J'en pouvais plus !* J'attrape ensuite mon portable posé non loin depuis tout à l'heure. Il est éteint, j'essaie de l'allumer, mais je dois le balancer sur le bureau parce que j'entends Henri le Gendarme revenir.

— Une... stèle qui a été posée dans le cimetière il y a près de deux cents ans a été retrouvée brisée ce matin.

— Ah ? Bah ! Un truc aussi vieux, fallait le changer.

Il dépose quelque chose devant moi. Je louche aussitôt sur la prothèse ongulaire de mon majeur, perdue cette nuit, et un flash me revient. Je passe le mur et atterris sur la pierre tombale qui s'affaisse et se brise en gros morceaux.

Le gendarme désigne ma main à laquelle il manque un ongle.

— C'est le même, non ?

— Non.

— Si.

— N'importe qui peut en avoir, ça ne coûte que 30 € pièce !

— Tren... Peu importe. Il est à vous, j'ajoute donc à ma liste dégradation de sépulture.

Je respire un bon coup et reprends un peu d'eau. La migraine me tombe dessus sans que l'alcool y soit pour quoi que ce soit, cette fois. Ses calculs merdiques sont en train de m'embrouiller la tête. Je réponds donc de la manière qui m'est la plus familière : l'attaque.

— Et donc, quand est-ce que je vais en prison ?

Je ne me souviens pas de grand-chose de mes courtes études de droit — trois mois en fac qui m'ont permis de rencontrer mes meilleures amies —, mais j'ai compris qu'il essaie juste de me mettre la pression. Une leçon de morale vaut parfois mieux qu'une condamnation... C'est exactement ce qu'il est en train de faire. Mais ça ne fonctionne pas, parce que je ne regrette pas une seconde ma nuit.

10
Henri

Elle me lâche sa question sans ciller, semblant se foutre complètement de ce que je viens de lui dire.

— Sinon, le préfet, vous êtes pote avec lui ? demande-t-elle sans attendre de réponse de ma part.

— Ça ne vous regarde pas.

Pourquoi elle me parle de lui ? Décidément, elle a le don de mettre son nez où il ne faut pas.

— Il avait l'air sacrément énervé de vous trouver en train d'appréhender une jeune femme charmante, sans la tenue de rigueur. Pas de tee-shirt adapté, pas de radio, pas d'arme de service... Et seul !

Touché !

— Vous pouvez dire adieu aux motifs de mes deux arrestations. Qu'est-ce qui me dit que c'était bien un gendarme qui me pourchassait dans les rues sordides de ce bled paumé où un taxi m'a déposée sans que je ne lui demande rien ? Votre adorable délit de filouterie ne tient donc pas la route. Et pour l'évasion, j'ai un doute... la cellule doit être fermée à clef ou non ? Concrètement, j'ai juste poussé la porte et je suis partie.

— Par une fenêtre, argumenté-je pauvrement.

— C'est un délit ? Au fait, pardon de vous avoir volé votre bière. C'est autorisé dans une gendarmerie ?

Je crois que je la préférais bourrée. D'où est-ce qu'elle sort tout ça ? Je n'ai pas dormi de la nuit, je suis rincé, et mon cerveau a du mal à suivre. Je tourne les yeux vers l'écran. Je relis ma liste d'infractions, conscient qu'elle est en train de me prendre à mon propre jeu. Mon manque de professionnalisme annule chacune de mes interventions.

— Qu'avez-vous à dire à propos de la violation de domicile ? Dois-je convoquer la plaignante pour qu'elle vous identifie formellement ?

— Étant légèrement éméchée, je suis tombée dans son jardin, réplique-t-elle. J'en suis ressortie aussitôt sans causer de dégâts.

— Si ce n'est au chien présent sur place...

— J'ai bu une bière pour me remettre de ma chute, elle a explosé accidentellement sur le chien qui m'aurait sans ça attaquée. Il faudrait veiller à ce que ses vaccins soient à jour, d'ailleurs, si cette dame veut éviter un drame...

— Vous admettez donc avoir été en état d'ivresse sur la voie publique...

— Très peu d'alcool suffit à me faire faire n'importe quoi. Je n'avais bu que deux petites bières.

— L'éthylomètre dans lequel vous avez soufflé indiquait pourtant un taux bien supérieur au seuil autorisé.

— Le test que vous m'avez forcée à faire suite à une arrestation illégale, vous voulez dire ?

— Vous avez réponse à tout, on dirait. Et pour ce qui est de l'intrusion dans un cimetière en dehors des horaires d'ouverture et la dégradation de stèle, je mets quoi ? Que vous ne savez pas lire les panneaux municipaux et souffrez de déficience visuelle ? Que votre ongle est arrivé là par l'opération du Saint-Esprit ?

Elle évite mon regard et serre les dents. Je la tiens enfin ! C'est merdique par rapport à ce qu'elle a fait, mais au point où j'en suis... Elle reste silencieuse un instant et prononce finalement à voix basse :

— Je... C'est un délit d'avoir loupé l'enterrement de son père et de vouloir s'excuser ?

Une larme coule sur une de ses joues. J'ouvre un tiroir pour prendre la boîte de mouchoirs qui y est depuis des années et la dépose devant elle. Elle se sert en silence, essuie son visage et se mouche bruyamment.

Au vu des circonstances, un juge n'entamera jamais de poursuites, alors pourquoi lancer une procédure pour rien ? Je ne suis pas du genre à m'acharner sur les gens, elle repartira donc d'ici libre. Il y a cependant une chose que je tiens à éclaircir.

— Ainsi, vous êtes bien la fille de M. Mancini ? Pouvez-vous m'expliquer pourquoi il y a une tombe à votre nom à côté de celle de votre père alors que vous êtes de toute évidence bien vivante ?

— J'allais vous poser la même question.

— Comment ça ?

— Je suis tombée dessus cette nuit, littéralement, avoue-t-elle en montrant au passage une blessure sur son front. Je suis pourtant bien là, alors pourquoi y a-t-il une tombe à mon nom dans votre cimetière ? Comment votre village de paumés peut m'expliquer ça ?

— Je n'étais pas gendarme il y a dix ans, mais je peux vous dire ce dont je me souviens. Après que votre disparition a été signalée aux forces de l'ordre, des recherches qui ont duré des semaines ont été lancées. Vous avez finalement été déclarée morte et, logiquement, enterrée. Ce qui a poussé les enquêteurs à cette conclusion n'a pas été rendu public. Je n'émets que des suppositions, mais lorsque nous ne retrouvons pas un corps tout en étant persuadés du décès de la personne, la famille peut demander des funérailles et une sépulture...

— Mais quel enfoiré ! souffle-t-elle pour elle.

— Pardon ?

— Laissez tomber...

— J'aimerais beaucoup. Mais il va falloir m'expliquer ce que vous avez fait pendant toutes ces années. Pourquoi ne vous êtes-vous pas signalée aux autorités ?

— Mais je savais même pas que j'étais morte ! Allez donc tirer les vers du nez du connard enterré dans votre précieux cimetière, sans mauvais jeu de mots !

Son ton ne contient plus de trace d'ironie, juste une douleur profonde et de la colère à revendre. De la pointe de mon stylo, j'approche encore davantage la boîte de mouchoirs d'elle. Elle fronce d'abord les sourcils, puis en prend deux. Ses larmes coulent sans discontinuer. Je comprends sa réaction. Ce que je ne comprends pas, c'est le rôle joué par son père dans tout ça. Elle le tient de toute évidence responsable de ce merdier.

— Du coup, je vais en prison ou pas ? questionne-t-elle en retrouvant sa hargne.

Je n'ai rien contre elle. D'où l'importance de respecter les protocoles... Tout ça n'est que la suite logique de ma longue chute des six derniers mois. Je ne peux en vouloir qu'à moi-même. Je ne me serais jamais retrouvé dans cette situation auparavant.

— Il faut croire que vous avez tiré une carte « libérée de prison » pour cette fois... soupiré-je.

— Ah ! Pour une fois que la chance est de mon côté... Je passe par la case départ et je touche 20 000 € aussi ?

Le regard que je lui lance est éloquent.

— Oh ! Ça va, détendez-vous... Et si je peux me permettre, reprend-elle en pointant son index à l'ongle bleu trop long vers mon visage. Cette coupe de cheveux, c'est très Will Turner, le pirate le plus sexy des Caraïbes, mais pas du tout gendarme exemplaire.

Je ne comprends rien à ce qu'elle raconte. Je me lève pour aller lui retirer la menotte.

— Patientez ici cinq minutes, le temps que j'imprime votre déposition et que vous la signiez. Ensuite, vous pourrez repartir.

Elle se contente d'un haussement de sourcil pour seule réponse et attrape son portable.

Je la laisse dans le bureau et retrouve Chaton assis près du comptoir d'accueil où l'impression est en train de sortir.

— Elle est jolie... me souffle-t-il.

Quoi ? Il est sérieux ?

— Je sais pas, je vais envoyer sa photo à ta femme, on verra ce qu'elle en pense, répliqué-je.

— Je parlais pour toi, abruti !

Je le fusille du regard. *Il est malade !*

— Eh oui, t'es sur le marché... Je n'oublie pas, moi.

— Quelqu'un a un chargeur d'iPhone, ici ? clame soudain une voix qui me fait lever les yeux au ciel.

Chaton et moi nous retournons d'un même mouvement pour découvrir ma fuyarde, sac sur l'avant-bras et téléphone dans la main, perchée sur ses talons hauts. Elle a recoiffé ses cheveux et retiré les feuilles et les branches qui y étaient coincées.

— Pour votre portable, mademoiselle ? interroge Chaton.

— Non, pour mon sac. Il n'a plus de batterie.

Il ouvre la bouche sans parler, se demandant certainement si elle se moque de lui. *Oui, évidemment !*

— On n'en a pas, désolé. L'électricité n'arrive pas jusqu'ici, envoyé-je froidement.

— Ah bon ? Alors comment vous pouvez fonctionner, Monsieur le Robot-Gendarme sans émotion ? réplique-t-elle instantanément en finissant sa phrase avec une imitation robotique pas si mal.

— Énergie solaire. Maintenant, signez-moi ça et sortez de mon poste, mademoiselle Mancini, balancé-je en posant sa déclaration sur le comptoir tandis qu'elle nous dépasse afin de se retrouver à l'accueil.

— C'est bien ce que je disais, aucun humour, celui-là... marmonne-t-elle en saisissant le stylo que je lui tends et en gribouillant rapidement une signature.

— Parfait ! Maintenant, dehors. Et que je ne vous revois plus.

— C'est ce que je fais. Arrêtez de mater mon cul ou je porte plainte.

Elle tire la porte, me fusille du regard avec provocation et disparaît enfin. Le silence revient dans le poste. Il est pas loin de 9 heures. Je dois dormir de toute urgence. Je tourne les talons vers le vestiaire, mais j'ai le malheur de lorgner mon collègue. Il a la bouche ouverte avec un petit sourire.

— On va vous marier, vous deux.

Je le toise et ignore sa réflexion. Il me suit jusque dans les vestiaires. J'attrape mes affaires pour filer, mon service étant terminé, mais il me bloque le passage.

— Cette tension entre vous, mec... Tu peux pas ne pas la sentir, quand même !

— T'es en train de confondre de la colère avec du désir ou je rêve ? Maintenant, bouge ou je te bouge.

Il s'écarte. Je passe par le bureau éteindre l'ordinateur. Elle a posé tout ce qu'elle avait dans les cheveux à côté du clavier. Je balance toute sa crasse à la poubelle. J'attrape la souris et vise l'écran, mais quelque chose m'interpelle. Elle y a écrit un message.

« Cher Henri du nord de Paris, je te laisse mener l'enquête pour découvrir comment j'ai pu être déclarée morte alors que je ne le suis pas. Je t'embauche officiellement. Tu peux me joindre au numéro de téléphone à la fin de ce message dès que tu as du nouveau. Bisous. Queen Bee. P.-S. : j'ai mis 6 secondes à taper tout ça. Ça marche mieux en utilisant tous les doigts sur le clavier. Si tu veux, je t'apprendrai... »

Elle termine en effet par son numéro. Je ferme les yeux et respire un bon coup. *Peut-on sourire et avoir la rage en même temps ? Oui.*

11
Joana

J'entends la porte de ce maudit poste paumé claquer dans mon dos. Éblouie par la trop forte luminosité, je sors mes lunettes de soleil de mon sac à main. C'est officiel, j'ai la gueule de bois et je suis plantée au milieu de nulle part. Je reste immobile un instant, me demandant comment rentrer chez moi. Mon portable est désespérément éteint, et aucun taxi ne passera dans le coin par hasard. De toute façon, je n'ai rien pour payer si ce n'est quelques pièces de monnaie, et un nouveau taxi-basket ne me semble pas être l'idée du siècle.

Un souvenir douloureux, datant d'il y a dix ans, s'impose dans mon esprit. Mon départ d'ici, sans un sou en poche, en pleine nuit. *Je l'ai déjà fait, je peux le refaire !*

Je m'éloigne le plus rapidement possible du maudit poste de Monsieur Henri. Sans surprise, je ne croise personne en allant jusqu'à l'arrêt de bus près du parc pour enfants. Enfin, un arrêt de bus, c'est vite dit. Il s'agit d'un poteau planté au bord d'une route sans ligne centrale. À quelques mètres de là, le panneau qui porte le nom de ce bled me nargue.

Soit j'attends ici, soit je marche jusqu'à la gare comme la première fois... Ou j'opte pour le stop. J'ai une bombe au poivre dans mon sac, je ne risque donc pas grand-chose. *O.K., on va faire ça !* Je regarde à droite : personne. À gauche : c'est désert...

Je tape les pointes de mes talons au sol en rythme lorsqu'un bruit me fait relever la tête. Plantés entre deux arbres de la forêt en face de moi, deux petits vieux vêtus de salopettes me reluquent bizarrement.

— Tiens, c'est la môme à paillettes.

Je reconnais celui qui vient de parler : je l'ai croisé lorsque je fuyais ma cellule de taularde. L'autre lui ressemble comme deux gouttes d'eau.

— Y'a pas de bus avant 11 heures, ici, la môme, envoie-t-il justement.

— Onze heures ? répété-je, sous le choc.

Comment peut-il y avoir si peu de transports en commun ? J'ai quitté la France ou quoi ?

— La gare, c'est toujours par là ? les questionné-je.

Les deux acquiescent d'un coup de menton.

— Huit bornes, articule le premier alors qu'ils s'éloignent vers le centre du village.

Voilà pourquoi je déteste cet endroit : pas de transport en commun et des gens chelous au possible.

Je scrute mes talons aiguilles.

— Allez, les gars, huit kilomètres, on peut le faire. Je crois en vous !

Je remonte mon sac sur mon épaule et je me mets en route.

Lorsque j'entends une voiture arriver au loin, je tends aussitôt mon bras en levant le pouce. Voilà une heure que j'use mes semelles pour rejoindre cette foutue gare, et c'est la première voiture que je croise. Si elle ne s'arrête pas, je la caillasse. Le son s'approche, et à ma grande surprise, le véhicule ralentit et s'immobilise à ma hauteur. *Qu'est-ce que c'est que ça ? Une Smart d'un autre temps ? Je ne vais jamais entrer là-dedans avec mes talons ! On s'en fout, Jo. C'est ça ou marcher !*

— Bah, où tu vas comme ça ? me demande une dame d'un certain âge.

— À la gare, dites-moi que c'est sur votre chemin !

— Non, désolée.

Je suis maudite !

— Vous pouvez m'avancer un peu ?

— Allez, grimpe !

Elle se penche côté passager et ouvre la portière. Je m'installe en me cognant les tibias dans la boîte à gants et la tempe sur le montant métallique du toit. Une fois les fesses sur le fauteuil, je dois en effet retirer mes talons, sinon j'ai les genoux dans le menton.

— T'es pas d'ici, constate la petite dame en se mettant en route.

— Oh ! que non !

— Tourisme ?

— Du tourisme ? Par ici ?

— Y'a plein de belles choses à voir dans le coin ! Tout au nord du village, il y a une survivance païenne. Tu sais ce que c'est ?

— Pas du tout. Ça se mange ?

Elle me répond, mais j'écoute à moitié. Je regarde défiler le paysage avec une lenteur oppressante. Je lance un coup d'œil au compteur : il affiche 55 km/h. Je ferme les paupières et inspire profondément. *C'est toujours plus rapide qu'en marchant...*

— Tu sais, on n'est pas pressés dans la région. On prend le temps de vivre ! Mais les gens d'la ville, c'est pas vot' truc, hein ? C'est à Paris que tu vas ?

— Ouais, je rentre chez moi.

Cette nuit m'a définitivement convaincue que je n'ai rien à faire ici.

Un tracteur et deux vaches plus tard, elle me dépose à une intersection en me disant que la gare se situe à un kilomètre, tout droit. Ce n'est pas compliqué, il n'y a de toute façon qu'une route.

Me voilà dans un autre village paumé, mais plus grand que celui que je cherche à fuir. La gare est facile à trouver. Un guichet semble me tendre les bras pour acheter un billet. Planqué derrière un Plexiglas nickel, chose que j'ai rarement aperçue à Paris, un jeune type s'ennuie.

— Bonjour. Un ticket pour Paris, s'il vous plaît.

Il me dévisage puis tourne la tête vers un écran disposé sur ma gauche. J'approche ma main au-dessus de la coupelle en métal prête à déposer ma monnaie.

— Ça fera 16 euros et 45 centimes.

— Quoi ?

— C'est le prix du ticket, madame.

Madame ? Il m'a bien regardée ?

— J'ai demandé un aller pour Paris, pas pour le Festival de Cannes.

Il écarquille les yeux de surprise.

— Oui, j'avais bien compris, et c'est 16 euros et 45 centimes.

Je le fixe sans respirer. Comment me sortir de ce guêpier ? La reine des abeilles va forcément trouver... *Ça y est, je sais !*

— Mais...

Je mets le paquet en termes de tristesse.

— Je... je viens d'avoir un accident de voiture en... revenant de l'enterrement de mon père et...

Et hop, une larme sur la joue !

— J'ai perdu ma carte bleue et là vous me dites que je ne peux plus rentrer chez moi ?

Il cligne plusieurs fois des paupières avant de se lever et de disparaître. *Quoi ? Mais il va où ? Merde, c'est loupé... Bon, tant pis, je sauterai au-dessus d'un des portiques quand le train arrivera...*

— Madame ? Venez !

Un gros trousseau de clefs en main, le type du guichet m'ouvre le passage pour les personnes handicapées.

— Allez-y, c'est la voie B, ajoute-t-il.

— Merci beaucoup ! Vous avez Instagram ?

Et un abonné en plus ! Un court instant plus tard, j'attends le train, assise sur un banc. Seule sur le quai.

Ah... Les immeubles gris et tagués le long des voies, les déchèteries à ciel ouvert dans des terrains vagues, les quais bondés de monde. Enfin, je pénètre dans la capitale ! Ici, je me sens en confiance totale, et ça fait du bien après la nuit merdique que je viens de subir. C'est avec le sourire que je quitte le train, avec le sourire que je saute par-dessus un tourniquet, et toujours avec le sourire que j'arrive en vue de chez moi. J'ai déjà mes clefs en main, tellement j'ai hâte.

C'est fou comme il est plus facile de marcher sur les trottoirs parisiens que sur les routes de campagne avec mes talons.

Une fois sur mon palier, j'enfonce ma clef dans la serrure, mais cette dernière ne tourne pas. Je recule de quelques pas pour voir le numéro d'étage. Je suis bien au bon endroit. Je retente ma chance, en vain. C'est comme si quelqu'un avait laissé sa clef dans le barillet, à l'intérieur.

La porte s'ouvre soudain, je manque de tomber en avant. Je me retiens au montant en bois.

— Joana.

— Oh ! Stella... Qu'est-ce que tu fais là ?

Ma logeuse s'est déplacée en personne. Ce n'est pas bon signe.

— J'habite ici à nouveau depuis ce matin. Et toi, tu dois aller vivre ailleurs.

Pardon ? Dans son dos, je vois qu'un type tripote mes affaires pour les fourrer dans des sacs-poubelle. *Personne ne touche à mes sacs à main !* Je tente donc d'entrer, mais Stella bloque le passage.

— Tu pourras tout récupérer quand tu m'auras payé les six mois de loyer que tu me dois et tout le reste. Je t'ai envoyé un mail avec la facture totale.

Elle kidnappe mes biens ? Je rêve ou quoi ? J'ouvre la bouche pour lui hurler dessus, mais le battant me claque au nez. Aussitôt, je sonne et frappe contre le bois. La porte pivote à nouveau sur le type peloteur de sacs à main.

— Je veux mon chargeur, et aussi...

— Fous-la dehors, bébé ! s'exclame Stella depuis la cuisine.

— Je te préviens, je vais porter plainte ! la menacé-je.

— C'est ça ! Pour quel motif ? Avoir été expulsée d'un appartement dont tu n'as jamais payé le loyer ? La trêve hivernale est finie, dommage !

Elle veut jouer à ça ? Très bien !

— Ils réagiront comment tes parents quand ils apprendront qu'ils paient un loyer à Paris alors que tu n'es allée que deux mois à la fac, finalement ? Et que tu sous-loues pour te faire de l'argent sur leur dos ?

Elle ne répond rien mais approche à nouveau de la porte.

— Je disais donc que je veux mon chargeur et deux sacs de vêtements.

— Après, tu t'en vas ?

— Oui. Ah ! Non, je veux mes produits de beauté aussi !

— O.K... Donne-lui tout ça, bébé.

Depuis que j'ai récupéré mes affaires de première nécessité, mes larmes coulent sans discontinuer. Me retrouver sans logement me paralyse. Cela me rappelle trop de mauvais souvenirs. Qu'est-ce que je vais faire ?

Les mains tremblantes, je branche mon portable au chargeur, et ce dernier au mur. J'ai trouvé une prise dans les escaliers. Assise entre deux étages, j'attends que l'écran s'allume. Je vais appeler Karine. Elle m'aidera, non ? C'est ce que font les amis... Mais dissimule-t-on tout de son passé à ses amis ?

12
Joana

Ça fait des années que mon portable ne me quitte pas. L'idée de déconnecter ne m'a jamais traversé l'esprit. Les réseaux sociaux, c'est mon travail mais aussi toute ma vie. Cette coupure d'une nuit a été un calvaire.

Après quelques minutes, la jauge de batterie affiche 8 %. J'entre mon code PIN, puis mon code de déverrouillage. Mon fond d'écran apparaît : une photo des filles et moi, en haut de la tour Eiffel, pour mon anniversaire. Je soupire de soulagement.

J'appuie sur le contact de Karine pour l'appeler tout en enclenchant le haut-parleur. En attendant qu'elle décroche, j'ouvre rapidement mon compte Instagram dont les notifications sont en sourdine depuis des années. Leur nombre, justement, a totalement explosé. J'ai l'habitude qu'elles soient nombreuses, mais là, ça dépasse l'entendement. Je clique sur le cœur pour en lire une au hasard tandis que Karine répond.

— Jo ! Mais qu'est-ce que t'as foutu, au juste ?

— Hein ?

— Bordel, t'étais où ?

— J'étais... Peu importe. Je suis à Paris maintenant et...

— Va tout de suite sur Instagram ! ordonne-t-elle avec colère.

— Je suis dessus, là, pourquoi ?

— Tu as regardé les messages que tu as reçus sur tes dernières *stories* ?

— Non, pas eu le temps...

— Et t'as pas reçu de mails de tes partenaires ?

— Euh...

J'ouvre ma boîte mail pro. En effet, mes partenaires semblent s'être donné le mot pour me contacter en même temps. Bizarre... Je fronce les sourcils.

— Joana, tu es assise, là ?

— Ouais, pourquoi ?

— Va voir tes *stories* Insta.

Un mail de mon principal partenaire vient d'arriver. Le titre « Rupture de contrat » me donne le vertige. Je l'ignore pour l'instant et reviens sur Instagram. Des *stories* ont été postées hier soir. J'avais programmé des trucs ? Je ne me rappelle plus. Leur contenu charge alors que Karine émet un bruit de grognement à l'autre bout du fil. Lorsque la lecture des *stories* démarre, je me reconnais dans mon appartement. Enfin, celui de Stella. Mon mascara coule sur mes joues — ça vaut bien le coup qu'il coûte si cher... —, accompagné par des pleurs qui déforment mon visage. Ma voix tremblante articule :

— Mes Bees, il faut que je vous dise... On croirait pas comme ça, mais j'ai appris une bonne nouvelle. Mon père est mort ! Il a crevé seul, et c'est tout ce qu'il méritait. Si je pleure, c'est juste de n'avoir pas eu l'occasion de cracher sur son cercueil, car j'ai loupé l'enterrement.

Mais qu'est-ce que j'ai foutu ? J'ai tourné ça hier soir, après avoir descendu la fin du whisky cul sec et le vin rouge... La honte m'assaille avec une telle force que je manque d'air. La douleur et l'alcool m'ont vraiment fait dire des horreurs. Mon regard dévie sur le coin inférieur droit de l'écran, et le nombre de personnes qui a vu ça m'achève. Près de trois millions.

Sur la série de *stories* suivante, je fête ça en pleine rue. Je les saute presque toutes, puis le visage d'Henri Potter le Gendarme apparaît, les sourcils froncés. J'ai la tête sur son épaule et je raconte n'importe quoi. O.K., je n'ai pas la force d'en regarder plus, j'arrête là. Je n'ai même plus honte, c'est au-delà de ça.

— Je vais tout supprimer, annoncé-je pour Karine.

— C'est trop tard, Jo, ça a déjà été repris par des comptes fan, ça fait le tour des réseaux. Le badbuzz est lancé.

— Badbuzz ?

Le cauchemar de tous les influenceurs. Je suis en plein dedans. En même temps, à quoi ai-je pensé ? Les Instagrammeurs n'ont pas le droit à ce genre d'écart.

— Joana, tu as fêté la mort de ton père. Tu t'attendais à quoi, au juste ?

Il est clair que ma communauté ne va pas me louper. Je me réjouis du décès de mon père alors que certains n'ont pas la chance de connaître le leur ou l'ont perdu dans des circonstances tragiques. Et que vont penser les parents des jeunes qui me suivent ? Quel genre d'exemple je donne ? Je comprends aussi les mails de mes partenaires, ils n'ont pas tous subitement du travail à me confier, ils quittent le navire. Je suis censée porter les valeurs de leurs marques, être une fille positive que tout le monde a envie d'imiter, pas une névrosée qui insulte les morts...

— Je... J'avais trop bu... J'ai jamais voulu faire un truc pareil.

— T'es où, là ? interroge mon amie.

— Chez moi, je viens de rentrer.

— Ah ! O.K. T'es chez toi ?

— Oui, pourquoi ?

— Parce que j'ai dû filer 300 euros à Stella et son connard de mec alors que je venais toquer chez toi en panique pour voir si tu allais bien !

Quoi ?

— Mais pourquoi t'as fait ça ?

— Parce qu'ils voulaient porter plainte contre toi ! Tu peux m'expliquer pourquoi t'as pas payé ton loyer depuis des mois ? Et ne me dis pas que tu n'y as juste pas pensé.

Parce que je n'ai pas les moyens... J'ai beau gagner pas mal grâce aux partenariats, je claque tout aussi vite en soirées, en fringues de luxe, en gadgets inutiles. Je pourrais lui répondre ça, mais je n'en fais rien. Mes problèmes, je les ai toujours gardés pour moi.

— J'ai... Je sais pas.

Je serre les dents pendant que mon cœur fait des tonneaux dans ma poitrine. J'ai le sentiment de revivre ma descente aux Enfers d'il y a dix ans. Quand je suis partie de chez lui, que je suis arrivée sur Paris pour retrouver ma mère et qu'elle m'a tourné le dos, me laissant à la rue. J'avais réussi à remonter la pente, mais une seule nuit aura suffi pour que je dégringole sans pouvoir me rattraper.

— J'ai eu Sonia au téléphone, elle est aussi choquée que moi, Jo ! C'est comme si on ne te connaissait pas. Comment tu...

Je raccroche et balance l'appareil devant moi. Je ne suis pas apte à en entendre plus. Je ne peux pas l'écouter me dire qu'elles m'éjectent de leur vie. Je l'ai déjà trop subi. Un abandon de plus me serait fatal. Alors, je préfère être celle qui disparaît. Ça me connaît. Je récupère mon chargeur, mes deux sacs-poubelle, et je quitte cet immeuble de malheur. Je n'ai pas d'argent, pas de voiture, pas de toit sur la tête... et j'ai la journée pour trouver une solution.

13
Henri

Je traverse la place du village pour rentrer chez moi. Pas de trace de Joana Mancini, elle a dû trouver le moyen de retourner à Paris. Je me demande comment. *Henri, ce n'est pas ton problème ! Ta nuit de boulot est terminée, ça ne te regarde plus.*

La maison où je loge, celle de mon grand-père, est accolée à la forêt. Les vieilles pierres qui composent sa façade sont éclairées par le soleil et la porte d'entrée est grande ouverte, comme toujours. Le chemin de terre qu'il est nécessaire d'emprunter pour arriver jusqu'ici continue vers une clairière au milieu des bois.

L'air pur, le calme et les oiseaux qui chantent me font immédiatement oublier cette nuit épuisante. Je rêve néanmoins d'aller m'affaler sur mon canapé. Je longe la bâtisse et ouvre la porte de la grange où je me suis installé il y a six mois. Depuis, rien n'a bougé. Les cartons contenant mes affaires sont toujours entassés contre le mur du fond, près du coin cuisine. Des travaux seraient nécessaires pour que ça soit confortable, mais je n'arrive pas à me lancer. Alors, les murs sont restés défraîchis malgré le potentiel du lieu.

Je m'apprête à franchir le seuil de la porte, mais un bruit sur ma gauche attire mon attention. Au bout du chemin en terre, venant de la clairière en amont, deux silhouettes se dirigent vers moi. Je reconnais mon grand-père, dit papi Gris, et son compère de toujours, le père Lapin, soit notre buveur de café noir de 6 heures du matin.

Ces deux-là ensemble, c'est pire qu'une bande de gosses avide de conneries à faire. Mon grand-père m'adresse un signe de la main pour que je les attende. Le père Lapin mâchouille un bâton de réglisse tandis que papi Gris joue avec une pomme.

— Tu pourras passer au potager de la Bigotte ? Y'a une bête qui a presque tout détruit là-bas.

— Ah ! Un sanglier ? demandé-je.

Mon grand-père grogne un coup. Traduire : ce n'est pas un sanglier.

— Qu'est-ce que ça peut être, d'après vous ?

— Une bête, précise-t-il comme une évidence.

Je ne connais personne d'aussi peu loquace. Jamais une parole inutile. *Tout le contraire de celle qui m'a fait cavaler cette nuit...*

— Vous avez vu des empreintes ?

Le père Lapin fait la moue, et mon grand-père siffle. Comprendre : « Il y en a peut-être, mais on n'a pas regardé ! »

— Bon, j'irai jeter un coup d'œil plus tard.

— Et tu l'as retrouvée ? interroge le père Lapin.

Je penche la tête sur le côté, ne saisissant pas où il veut en venir.

— La môme à paillettes ! précise-t-il.

— Ah ! Oui, affaire classée.

Je vois mon grand-père tiquer, mais comme toujours il ne dit rien. *Va savoir ce qu'il pense !*

— Elle va r'venir, ajoute le père Lapin.

Alors là, ça m'étonnerait !

Papi Gris siffle, ce qui doit vouloir dire « On a toujours des surprises ». Je n'espère pas. Et son compère hausse les épaules.

— Dommage, elle t'avait r'donné des couleurs, envoie-t-il alors qu'ils se remettent en route.

N'importe quoi !

— Hé ! Pas de conneries, hein ? les préviens-je en les voyant s'éloigner.

Ils lèvent tous les deux un bras en l'air pour me signifier qu'ils feront bien ce qu'ils veulent. Comme d'habitude. Je secoue la tête de dépit. En ville, ils ont des jeunes qui traînent en bas des immeubles, ici, on a deux petits vieux à l'imagination sans limite qui traînent la savate.

J'entre chez moi, retire mon manteau et mes baskets, et les laisse dans le coin sur ma droite. Un jour, à cet endroit, on trouvera des rangements. Pour l'instant, il y a un clou au mur pour mes vestes, et les paires de chaussures s'entassent au sol.

Je lorgne la mezzanine en face de moi tout en avançant vers le fond de la grange. En haut, c'est ma chambre. Enfin, des cartons de fringues jamais ouverts et un matelas posé à même le plancher en bois. L'échelle pour l'atteindre anéantit toute chance que j'aille m'y coucher. Après une nuit pareille, le canapé au rez-de-chaussée fera très bien l'affaire.

Je prends une canette de thé glacé dans le réfrigérateur et me laisse tomber devant la télé. La télécommande est si proche que j'ai juste à tendre ma main pour l'attraper. En quelques secondes, je me suis calé comme il faut et je sens la fatigue m'assaillir. J'arrête de zapper sur une chaîne musicale avant de boire deux longues gorgées. Je pose la canette sur le touret qui me sert de table basse et je ferme les yeux. Le visage de la fugitive de cette nuit apparaît derrière mes paupières closes. Je revois ses cheveux en bataille et les larmes qui coulent sur ses joues. Je me fais la promesse de commencer les recherches sur sa déclaration de décès ce soir. Je dois comprendre ce qu'il s'est passé il y a dix ans.

Le regard aux sourcils froncés du préfet s'impose dans mon esprit. Je rouvre les yeux et scrute les poutres sur le plafond haut. Je referme aussitôt les paupières en roulant sur le côté. Comment a-t-elle pu se comporter comme ça devant ce type ? Cette nana n'a aucune notion des conséquences de ses actes ! La Reine des Abeilles… Non, mais je te jure, c'est n'importe quoi !

— Oh ! Henri…

— Tu l'as trouvé ?

— Ouais, il est chez lui… Henri ? Réveille-toi, mec !

J'ouvre les yeux en sentant qu'on me touche l'épaule. Le visage de mon collègue Éric apparaît brusquement dans mon champ de vision.

— Qu'est-ce que tu fous là ? articulé-je, encore endormi.

— Tu répondais pas au téléphone, on s'est inquiétés avec Chaton… dit-il, visiblement en ligne avec ce dernier.

Ils se sont inquiétés… J'attrape l'appareil qui a dû glisser de ma poche jusque sur le tapis à mes pieds. L'écran affiche treize appels manqués et davantage de SMS. Je fronce les sourcils.

— Y'avait une urgence ?

— Ouais et non… C'est le préfet, il veut te voir.

Quoi ? Merde. Je déverrouille mon portable et constate que sur les treize appels manqués, deux proviennent du préfet en personne. Ce qui équivaut à soixante-douze en termes d'importance. Les autres sont de Princesse et Chaton, ainsi que les SMS.

— Ça va ? interroge mon pote.

— Ouais.

— Tu devrais vraiment le rappeler… me conseille-t-il.

Je hoche la tête. J'ai aucune envie de parler avec ce type, d'autant plus que je pense savoir ce qu'il me veut. La folle nuit de Joana Mancini va finalement me causer des emmerdes. À moins que ça soit ma coupe de cheveux qui a convaincu le préfet que je n'ai plus rien à faire dans la gendarmerie… Il était temps qu'il s'en rende compte !

— J'ai mis quelques trucs dans ton frigo, et la femme de Chaton a laissé un bon petit plat au poste.

— O.K., merci…

On échange un regard, et je détourne la tête. Je suis toujours aussi gêné de prendre conscience d'à quel point je suis devenu un boulet. Mes potes me nourrissent, lavent mon linge et s'inquiètent pour moi.

— T'as besoin d'un truc ? ajoute-t-il.

— Non, non, c'est bon. Vous en faites déjà trop...

Il ricane et m'envoie un coup sur l'épaule.

— Raconte pas n'importe quoi, Minot, c'est normal.

Je m'étire et me lève.

— Putain de préfet...

— Je te le fais pas dire. La cérémonie, ce matin, c'était l'horreur !

— Pire qu'une morte-vivante dans un cimetière ? me moqué-je.

— Ah, ah, ah ! Franchement, rien ne peut être pire. J'espère ne plus jamais la croiser !

— Aucune chance.

— Ouf !

Nos paumes frappent l'une contre l'autre, et il s'en va.

Je reste planté au milieu de mon salon, le nez rivé sur mon portable. Mon pouce se pose sur le contact du préfet. Je porte l'appareil à mon oreille en me dirigeant vers la salle de bains au fond de la grange.

— Henri, enfin vous me rappelez !

— Bonjour.

— Je vous attends au château.

Je hausse les sourcils. Le jour où ce type dira « Ça vous embête de passer me voir ? » plutôt que d'aboyer un ordre, j'aurai réussi ma vie...

— Je ne pourrai pas être là avant une bonne heure.

— Très bien. À tout à l'heure.

Je raccroche sans répondre. Je ne suis pas en service, après tout.

Je balance mon portable sur la tablette au-dessus du lavabo et j'enlève mes vêtements à la hâte. La fenêtre de la pièce donne sur le potager. Elle n'est pas grande mais offre assez de lumière pour que je distingue parfaitement ma tronche en vrac dans le miroir devant moi. Je n'ai pas assez dormi, plusieurs heures sont pourtant passées depuis que j'ai fermé les yeux.

En face de ma porte d'entrée, de l'autre côté du chemin, se dresse l'atelier de papi Gris. N'importe qui dans ce village sait qu'il trouvera ici ce dont il a besoin pour bricoler. Mon grand-père entasse tout ce qu'il peut récupérer depuis des années. Il doit même avoir des pièces de tracteurs qui n'existent plus chez les fabricants. Une vraie caverne d'Ali Baba.

Je me dirige vers la vieille Clio garée là. Ce truc est plus âgé que moi et sa couleur blanche est clairement passée, mais elle roule, c'est tout ce qui m'importe. Je me glisse derrière le volant et fais tourner la clef déjà sur le contact. *Qui voudrait voler ce vieux truc, ici ?* Elle démarre au quart de tour.

Après vingt minutes de route, j'arrive au manoir De Valette. *Dire que j'avais réussi à échapper au fait d'y venir ce matin...* Je stationne ma petite cinq-portes sans pot d'échappement entre une Tesla et la Jeep de chasse du préfet. Plus loin dans les garages, j'aperçois plusieurs quads. Je déteste cet endroit, j'y ai trop de souvenirs...

14
Henri

— Henri !

Je sursaute dans l'habitacle trop étroit pour moi et tourne rapidement la tête vers la fenêtre. Par-dessus le capot de la Tesla, je vois le préfet arriver dans ma direction. *Je n'aurais pas dû venir...* Pourtant, je suis là. Il va donc falloir affronter la situation. Je m'extrais de la voiture et salue mon interlocuteur d'une poignée de main. Il m'entraîne aussitôt vers l'entrée. J'espère parvenir à dissimuler que je n'ai aucune envie d'être là.

— Vous boirez bien un verre avec moi ? J'ai fait l'acquisition d'un scotch ambré... Vous m'en direz des nouvelles.

— Non, merci.

— Ah ! Quel dommage !

Alors que nous pénétrons dans la bâtisse, je suis happé par un nombre incalculable de souvenirs d'enfance. Parties de cache-cache, jeu du chat et de la souris... Les boiseries de l'escalier ont été faites par mon grand-père. Étant gamin, je l'accompagnais dès que je le pouvais pendant les vacances. Il y a six mois encore, je passais une partie de mon temps ici. Pourtant, aujourd'hui, je ne m'y sens pas du tout à ma place. Je me demande même si je l'ai été un jour.

— Amanda ? Pouvez-vous servir ce qui lui plaira à notre invité ?

— Oui, monsieur, répond la personne concernée en apparaissant dans mon champ de vision.

— Un jus de pomme ? me questionne celle qui me connaît depuis ma plus tendre enfance. Comme lorsque vous étiez petit.

Je lui adresse un bref sourire, touché qu'elle se souvienne de ça, et je hoche la tête.

M. De Valette-Lasant m'enjoint à le suivre jusqu'à son bureau, dans l'aile droite du château. Chaque pièce traversée est bourrée de souvenirs que j'aurais voulu oublier. Je me confronte en silence à une vie à laquelle j'ai tourné le dos. *C'est trop tôt, j'aurais dû refuser.*

— Asseyez-vous, je vous en prie, me dit le propriétaire des lieux une fois arrivé à destination.

Je prends place dans l'un des gros fauteuils en cuir gris faisant face à son bureau, lui derrière celui-ci, dont il sort une boîte d'un tiroir.

— En bon amateur de cigares, vous goûterez bien celui-ci...

Il ne changera jamais...

— Je n'ai jamais aimé ça.

— Ah ? J'étais certain que...

Je secoue la tête, et il referme la boîte avant de la pousser plus loin. Amanda, qui arrive à ce moment-là, chasse le malaise. Elle dépose un verre de jus de pomme devant moi, sur un petit guéridon.

— Comment va votre grand-père ? s'intéresse le préfet.

— Bien. Il... traîne avec le père Lapin, comme toujours.

— Font-ils toujours des travaux à droite à gauche ?

— Oui, oui, ils aident les gens du village...

Entre deux conneries ! Qui a dû les faire descendre du château d'eau il y a quinze jours ?

— La cohésion au sein de ce village est remarquable. Personne n'est jamais laissé de côté. Je pense qu'on ne remerciera jamais assez votre grand-père pour ça.

Je ne réponds pas, mais un coup de menton lui signifie que j'approuve. Amanda sert poliment un verre d'alcool à son patron, puis elle s'éclipse en m'adressant un dernier sourire. Jusque-là, je tenais le coup, mais le regard qu'elle vient de me lancer était limpide : elle sait tout. J'avale ma salive en fermant les yeux une seconde. Le décor disparaît, mais je n'arrive pas à desserrer les dents pour autant.

— Alors, il paraît que vous avez eu une nuit agitée, ce qui vous a empêché d'assister au meeting annuel des forces de l'ordre.

— En effet... Mais tout est finalement rentré dans l'ordre.

— J'ai reçu un coup de fil exceptionnel de votre colonel ce midi. Suite à la lecture de vos différents rapports, il a jugé primordial de m'informer que...

Mes bourdes de cette nuit sont déjà une affaire d'État ?

— Vous avez découvert un cas particulièrement étrange. Une jeune femme déclarée morte il y a dix ans alors qu'elle est de toute évidence bien en vie... Expliquez-moi tout, termine-t-il.

C'est tout ?

— Ah ! En effet, la jeune femme avec laquelle vous m'avez croisé ce matin affirme être Joana Mancini. La même Joana Mancini qui a été déclarée morte peu après sa disparition, il y a des années. Et je n'ai aucun doute sur la véracité de ses dires...

Il semble pensif un instant, puis son regard revient sur moi.

— Elle est encore en cellule de dégrisement ? Profitez-en pour lui soutirer plus d'informations !

— Elle n'en sait pas beaucoup plus sur sa déclaration de décès et euh... Il se trouve que son interpellation n'a pas tout à fait respecté le protocole. J'ai dû la relâcher...

Quitte à être dans la merde, autant être honnête. Le préfet fronce les sourcils.

— Je devrais vous sermonner, mais je sais ce que vous traversez en ce moment, je vais donc m'en passer. Et puis, nous parlons d'ébriété sur la voie publique, nous avons déjà rencontré pire !

Il sait ce que je traverse ? Comment ça ? Pour Joana, il n'est pas au courant de tous les détails de cette nuit puisque je n'en ai pas fait mention dans mon rapport. Ça explique qu'il ne se mette pas à me hurler dessus. À la place, il s'éclaircit la gorge.

— Et vous ? Vous remettez-vous bien ?

Je le regarde sans répondre. *De quoi me parle-t-il exactement ?*

— J'ai un peu discuté avec l'officier Princesse, avoue-t-il un peu mal à l'aise.

Je détourne le regard. *Putain, Éric, je sais pas ce que je vais te faire !*

— Il y a des pentes plus difficiles à remonter que d'autres, continue-t-il. Mais je suis certain que vous allez vous en sortir.

J'avale ma salive et l'air revient dans mes poumons. Je ne réponds pas, je ne le regarde même plus.

Trois coups portés contre la porte m'évitent de quitter les lieux en courant.

— Monsieur, votre femme tente de vous joindre, annonce Amanda après qu'il lui a ordonné d'entrer.

— Dites-lui que je discute avec Henri. Je la rappellerai.

— Bien, monsieur.

La gouvernante disparaît aussitôt.

— Bon, quoi qu'il en soit, je vous donne une mission, enchaîne-t-il en frappant dans ses mains. Et je compte sur vous. Je voudrais comprendre comment nous en sommes arrivés à déclarer la mort de cette jeune femme à tort et pourquoi elle n'a pas réapparu plus tôt. De graves manquements ont dû être commis à l'époque, identifiez-les. Si la gendarmerie doit être inquiétée, je dois pouvoir me préparer à répondre aux médias.

— O.K.

— Bien ! Avez-vous déjà dîné ? Peut-être pourr...

— Papa !

La voix qui résonne non loin nous fait sursauter tous les deux. Je me relève en un quart de seconde.

— Oh ! Bon sang ! Quel jour sommes-nous ? Je... commence à articuler le préfet en brassant de l'air.

Il ne sait plus où se mettre, tout comme moi. Quoique, si, je sais : loin d'ici. J'extirpe la clef de la vieille Clio de ma poche et, sans demander son avis au propriétaire des lieux, je me dirige vers l'une des grandes portes-fenêtres derrière lui.

— Je suis navré, Henri, je ne pensais pas qu...

— Bonne soirée, coupé-je en sortant.

— Ah ! T'es là ? Qu'est-ce que tu fais tout seul ici à cette heure-là ?

En entendant ces paroles prononcées trop proches de moi, je m'immobilise contre le mur qui sépare les deux portes-fenêtres. Les voix s'éloignent, puis le silence revient. Je regarde le parc devant moi et souffle de soulagement. Je contourne le manoir et me jette dans ma petite voiture.

Après un court instant de conduite, je me rends compte que je serre le volant comme un malade et que j'ai oublié d'allumer mes feux malgré la nuit tombante. Je rectifie le tir et relève le nez sur la route avant de sursauter en donnant un coup de volant pour éviter un obstacle.

Dans mon rétroviseur, j'aperçois ce que j'ai réussi de justesse à ne pas percuter. Dans la pénombre, je distingue deux gros trucs ronds qui semblent avancer l'un après l'autre, de chaque côté d'une chose longue et droite dressée vers le ciel. Je cligne plusieurs fois des paupières. *C'est... une bite* géante ?

15
Henri

Je repasse la première et fais demi-tour pour éclairer ce... truc avec mes phares. Je découvre en fait quelqu'un de dos, qui porte deux gros sacs-poubelle si lourds qu'il est obligé de les pousser d'un coup de pied pour les déplacer. Je tire le frein à main, enfonce le bouton des warnings et coupe le contact avant de quitter le véhicule pour rejoindre cette personne qui marche toujours en plein milieu de la route, à contresens. C'est dingue d'être aussi inconscient ! Il pourrait se faire percuter d'un moment à l'autre.

— Oh ! Monsieur ! appelé-je.

Aucune réponse ne me parvient. J'active le pas en restant aux aguets pour éviter le pire si une voiture arrive. Je tends la main pour lui attraper l'épaule.

— Hé ! Arrête-toi ! C'est dangereux de...

La personne se retourne brusquement en lâchant ses sacs.

— Qu'est-ce que tu veux, sale pervers ? hurle une voix de femme. Je te préviens, j'ai appelé les flics !

La capuche qui recouvrait son visage tombe, me laissant découvrir une tignasse bouclée entourant des traits bien trop familiers. *Mais c'est pas vrai... Qu'est-ce qu'elle fout ici ?* Avant que je ne comprenne ce qui se passe, Joana Mancini se jette sur moi.

— Oh ! Mon Dieu, c'est toi. J'ai eu tellement peur !

Son corps est plaqué contre le mien, ses poings agrippent les manches de ma veste, et ses cheveux volumineux chatouillent mon menton. Une réaction démesurée, un style théâtral reconnaissable entre mille, c'est certain, c'est bien ma morte un peu trop vivante. Encore elle...

— Mais pourquoi vous êtes au milieu de la route ? Ça ne va pas ! la sermonné-je en l'obligeant à reculer.

Elle s'essuie les yeux sans me répondre.

— J'ai failli vous percuter ! ajouté-je face à son silence.

— Tu m'aurais rendu service... réplique-t-elle aussitôt.

Elle envoie un coup de pied dans un des sacs puis s'énerve contre elle-même.

— Je suis même pas foutue de crever avec classe ! Ce con de bouseux me rate et vient jouer au preux chevalier. Chevalier de la Bouse, oui !

Rien que pour l'insulte, je devrais faire demi-tour et la laisser là, mais ses mots font résonner quelque chose en moi. En silence, j'attrape une de ses mains et me penche pour saisir ses sacs. C'est vrai qu'ils sont lourds. Je me redresse et la traîne derrière moi. Je ne sais pas où elle comptait aller, mais je vais la conduire jusqu'au village où vivait son père. Ensuite, elle se débrouillera.

J'ouvre le coffre.

— Qu'est-ce que tu fais ? interroge-t-elle, la voix tremblante.

— Je vais vous mettre dans le coffre avant d'aller installer vos sacs-poubelle sur le siège passager.

Elle me dévisage avec un air étrange.

— Je déconne, je vais faire l'inverse.

Elle ne m'a pas vraiment cru quand même ?

Je soulève les sacs et les balance dans le coffre, comme prévu. J'aperçois brièvement des vêtements et quelques produits de beauté. Du coin de l'œil, je vois Joana grimper à l'arrière. O.K., pourquoi pas ? Après tout, la ceinture à l'avant est coincée depuis des années.

Je fais demi-tour à nouveau afin de prendre la bonne direction. Mon passager imprévu est assis au milieu et me fixe droit dans les yeux chaque fois que je veux regarder mon rétroviseur central. *Les vingt minutes de trajet vont être longues !*

Après cinq minutes, je reçois un SMS d'Éric qui m'annonce qu'il m'attend chez sa mère pour l'emmener au boulot. Il mérite que je lui mette un vent pour avoir balancé mes problèmes au préfet.

À l'intersection suivante, je tourne à gauche tandis que, dans mon dos, la disparue retrouvée renifle de façon régulière. Elle scrute le vide, et des larmes coulent sur ses joues. Cette fois, ça n'a pas l'air d'être du chiqué...

— Ça va aller ?

Elle ne répond pas. *Merde, j'espère qu'il ne lui est rien arrivé !*

— Euh... Est-ce que quelqu'un vous a fait du mal ?

Son regard se plante dans le mien, et elle hoche la tête de haut en bas. *Quoi ?* Je me gare aussitôt sur le bas-côté.

— Quoi exactement ? ajouté-je en me tournant vers elle.

— Tout.

Mon cœur fait un bond inexpliqué dans ma poitrine.

— Tout ? Joana, qu'est-ce qui s'est passé ?

— Ils... Ils... Tous ces gens, ils ont...

Tous ces gens ? C'est pas vrai, quelle horreur ! Elle sanglote et s'essuie le visage d'un revers de manche.

— Ils ont dit des choses atroces sur moi toute la journée !

Je fronce les sourcils.

— Dit des choses ? Comment ça ?

— Ils m'ont humiliée sur Twitter, sur Instagram, sur Facebook et même au JT, si ça se trouve !

Elle se paie ma tête ou quoi ?

— Attendez, vous êtes en larmes parce que des gens ont raconté des trucs sur vous sur Internet ?

— Bah oui ! crache-t-elle comme une évidence.

Je souffle un coup. *Ne t'énerve pas, Henri !*

— Est-ce que vous vous foutez de moi ? J'ai cru que... que vous...

— Que quoi ? C'est la fin du monde. La reine est morte ce soir... gémit-elle avant de se laisser tomber sur le côté pour pleurer de plus belle.

J'en reste sans voix. *Mais comment peut-on se mettre dans un état pareil pour si peu ?*

Je redémarre et décide de l'ignorer jusqu'à ce que je la dépose. Je dois aller bosser, après tout. Et je ne suis pas son mec ! Elle doit s'endormir, car très vite, je ne l'entends plus.

Lorsque je me gare devant la maison de Mme Princesse, Éric grimpe côté passager.

— Ça sent bon dans cette caisse, pour une fois. Tu t'es parfumé, Minot ?

— Quoi ? Jamais.

Il ricane, tire sur la ceinture qui ne bouge pas et me lance un regard en biais.

On se met en route dans le silence. Après un instant, je craque.

— Oui, je t'en veux de lui avoir tout balancé, grogné-je.

— J'ai pas eu le choix. Quand il veut savoir quelque chose, il sait comment y faire !

— T'aurais dû mentir !

— Non, pas là-dessus. En plus, après, il m'a parlé de toi, et j'ai pas réussi à la fermer non plus, désolé...

Quoi ? Mais je ne parlais pas de... Je souffle un coup et serre davantage le volant. Il a *tout* balancé me concernant, pas seulement à propos de Joana...

— Je sais que tu vas m'en vouloir longtemps, mais quand tu as...

— C'est bon, ferme-la.

— C'est Chaton qui m'a dit de tout balancer ! ajoute-t-il précipitamment.

Je soupire bruyamment alors qu'on passe le panneau d'entrée du village. Arrivé sur la place principale, je lance un coup d'œil dans mon rétro en ralentissant quand, brusquement, une masse informe se dresse dans le reflet du petit miroir, accompagnée d'un son étrange. Je sursaute en me souvenant que c'est Joana.

— Me suis endormie... marmonne-t-elle. Oné arrivé ?

Éric se retourne d'un bond et se met à hurler en se débattant pour sortir. J'ai à peine le temps de m'arrêter qu'il se jette littéralement sur l'asphalte. Il se casse en courant vers le poste.

— C'qui ça ? ajoute-t-elle en essuyant le coin de sa bouche d'un revers de manche.

Je tire le frein à main.

— Allez, dehors.

— On est où ?

— En face de la gendarmerie, lui annoncé-je en quittant le siège conducteur.

J'ouvre la portière arrière puis je vais sortir ses sacs du coffre. Je les dépose contre la pierre de la fontaine tandis que leur propriétaire traîne des pieds pour les rejoindre. Elle tire la capuche de son sweat sur sa tête et enfonce ses mains déjà planquées dans des manches trop longues dans la poche ventrale de celui-ci. On échange un regard étrange puis, sans savoir pourquoi, je lui tourne rapidement le dos et remonte à bord de ma vieille voiture.

Un instant plus tard, je me gare chez mon grand-père. Je prends un moment pour retrouver mon souffle. Pourquoi, dès que je la croise, j'ai le sentiment de ne plus rien contrôler ? Je ferme les yeux, me frotte le visage et quitte l'habitacle. Je suis en retard pour aller bosser. Je file chez moi, enfile en vitesse un uniforme puis je pars à pied.

Mon grand-père est penché à la fenêtre de sa cuisine quand je passe en dessous. Il fume un cigare.

— T'as vu le préfet ? interrogé-je alors que le père Lapin apparaît à côté de lui.

— Mmh, confirme mon grand-père.

— Lui nous a pas vus, ajoute son vieil ami.

Ils n'ont pas fait ça ?

— Vous avez volé ses cigares ?

— Emprunté, gamin. T'occupe.

Je reste immobile un instant. L'odeur immonde de ce truc vient me chatouiller les narines. D'un geste de la main, je chasse la fumée autour de moi.

— On va dire que je n'ai rien vu... marmonné-je en m'éloignant.

Lorsque j'arrive près de la place, je me rends compte que Joana est toujours au même endroit. Elle est adossée à la fontaine, accroupie, le menton posé sur ses genoux serrés, les bras repliés contre elle. Je m'arrête à quelques mètres en soupirant. J'ai officiellement commencé ma nuit de boulot depuis deux minutes environ, je ne peux décemment pas la laisser là. Je m'approche et m'immobilise devant elle.

— Qu'est-ce que vous comptez faire, au juste ?

— Rester là.

— Jusqu'à quand ?

— Jusqu'à ce que mort s'ensuive.

Ben voyons !

— T'auras plus qu'à me balancer sur ma tombe, comme ça, ajoute-t-elle.

Je ne comprends toujours pas comment elle peut vouloir arrêter de vivre pour une affaire de bla-bla sur les réseaux sociaux, mais qui suis-je pour juger ?

— Allez, ne racontez pas n'importe quoi... Venez avec moi.

Je tends la main vers elle tandis qu'elle relève le nez dans ma direction. Elle m'observe avec un drôle d'air puis, après une hésitation, elle glisse sa paume dans la mienne. Je l'aide à se remettre debout et saisis ses sacs.

— Où est-ce que vous vivez ? Chez votre père ? Je vous accompagne.

Elle reste muette.

— Ne me répondez pas Paris parce que je ne pourrai rien faire pour vous à part vous déposer à la gare demain matin.

— Non... En fait, j'ai nulle part où aller.

Elle a à peine murmuré ces mots. Je vois une larme couler sur sa joue avant qu'elle ne baisse plus la tête. Je fronce les sourcils. *Où est la nana hystérique de la nuit dernière ? Celle-ci me fait presque plus peur.*

— Et chez votre père ? C'est pas possible ?

Elle me fait signe que non.

— Pas les clefs.

— Ah... Bon... Il y a une chambre d'hôtes à plusieurs kilomètres d'ici, on va essayer de les joindre. Venez.

J'avance, et elle me suit. Quand j'entre dans le poste, Chaton et Princesse sont en pleine conversation derrière le comptoir d'accueil. Ils s'arrêtent et ouvrent de grands yeux en découvrant la nana qui m'accompagne tête baissée. Cette dernière se fout totalement de leur présence et me bouscule pour longer le mur avant de filer tout droit derrière le comptoir. Elle passe à côté de mon collègue de jour, fait reculer Éric de plusieurs pas, puis rejoint d'elle-même la cellule de dégrisement. La porte claque derrière elle, et mes potes se tournent vers moi avec un air perdu.

— Explications ! exige Chaton.

Je le dévisage.

— Toi d'abord. Cafter au préfet, tu m'expliques ? répliqué-je, les paupières plissées.

Sa tête oscille dans tous les sens tandis qu'il lève les yeux au ciel comme si j'en faisais trop.

— C'était nécessaire, mec !

Je balance les sacs-poubelle dans un coin de l'entrée et avance vers le fond de la gendarmerie.

— On pouvait pas lui cacher un truc pareil, Minot ! ajoute-t-il. Regarde-toi, putain !

Je passe devant la porte de la cellule où s'est enfermée Joana et pousse celle du vestiaire.

— Henri ! S'il te plaît, tu vas pas recommencer ? insiste Chaton.

Bien sûr que je vais recommencer ! Ma vie et mes choix ne regardent que moi. Parler au préfet, c'était à moi de le faire, quand j'aurais été prêt pour ça ! Une petite voix me hurle aussitôt que je n'aurais jamais trouvé le cran de le faire, mais je ne l'avouerai jamais à mes potes.

16
Joana

J'ai longtemps pensé que me retrouver à la rue avant même ma majorité était la pire chose qui pouvait m'arriver. Faux. Aujourd'hui, je suis toujours seule, toujours aussi fauchée, et des milliers de personnes m'en veulent à mort…

— On pouvait pas lui cacher un truc pareil, Minot ! Regarde-toi, putain ! s'exclame soudain un des gendarmes en me faisant sursauter. Henri ! S'il te plaît, tu vas pas recommencer ?

Une porte claque dans la foulée. *Je ne suis pas la seule à vivre une période pourrie, à ce que je vois !*

— J'en peux plus de ce connard ! reprend la même voix en aparté.

Le silence revient, laissant mes pensées m'assaillir à nouveau. J'affronte malgré moi les images des dernières vingt-quatre heures. *Oublie tout ça, Joana…* En une journée, j'ai perdu ma vie, mes amies, mes repères et, pour finir, on m'a volé mon sac à main dans le train pendant que je dormais. Sac dans lequel se trouve la clef de l'horrible maison de mon père, seul endroit où j'aurais pu me réfugier. Ça a été la goutte de champagne qui fait déborder la piscine, comme dirait Karine. Le mec, qui pensait certainement pouvoir faire des achats sur Internet avec ma carte, doit regretter son geste. Je suis plus pauvre qu'un chat errant. Il ne me reste que mon portable, qui était dans ma poche au moment des faits, et les deux sacs contenant mes affaires. J'envisage d'agresser Henri Potter pour qu'il m'emprisonne à vie. J'aurais ainsi au moins un toit sur la tête.

Dans un réflexe inutile, je sors mon téléphone de la poche centrale de mon sweat. Il n'a plus de batterie depuis des heures. Ce n'est pas plus mal… Ça m'empêchera de regarder tout ce qui tourne à mon sujet. « Essaie de voir les bons côtés quand les mauvais te sautent aux yeux. » Ce conseil de Karine apparaît soudain dans mon esprit. O.K… Quels sont les bons côtés de toute cette merde ? Au moins, ici, personne ne me trouvera. Ce coin de la France est trop paumé pour qu'on vienne y chercher qui que ce soit. Et aucun des habitants du village ne sait qui je suis, puisqu'il faut être civilisé pour ça. Et puis, la campagne, c'est un peu à la mode, non ?

Mon esprit m'impose l'image d'un gendarme me tendant la main. C'est un bon côté, ce type ? Sa main qui tire sur la mienne et son regard étrange ne me quittent pas. *Il aurait dû me laisser sur cette route merdique.* J'aurais bien fini par me faire faucher par un tracteur ou un cochon sauvage enragé. *Après la nuit que je lui ai infligée, il m'a tendu la main. Moi, je ne l'aurais jamais fait.*

— Je me casse, tête de nœud ! Si tu veux parler, tu sais où me trouver ! s'exclame le même type qu'il y a quelques instants.

— Va te faire foutre, mec ! réplique Henri.

Une porte s'ouvre puis se referme, et j'entends soupirer non loin de ma chambre. *Chambre ? Cellule ! Ce qui est tout de même mieux que la rue…* Mon cœur se tord et les larmes reviennent. Tout se mélange dans ma tête : ce que j'ai lu sur les réseaux sociaux, les paroles de Karine et mes pensées les plus noires, tout ça ne forme plus qu'une tornade incontrôlable. Une crise d'angoisse me happe jusqu'à ce que je sombre dans le sommeil.

Lorsque j'ouvre les yeux, ma vue a du mal à s'adapter. Je cligne plusieurs fois des paupières jusqu'à ce qu'un mur gris et sale se dessine devant moi, me rappelant où je me trouve. Je me redresse en grimaçant. *Tiens, j'avais cette couverture tout à l'heure ?* Je la repousse et me retrouve assise les mains de chaque côté de mes cuisses sur le rebord froid de ce lit de fortune. Mes épaules semblent peser une tonne. À croire que tout ce qui revient brusquement dans mon esprit rend ma tête plus lourde à soutenir. J'avais oublié, l'espace d'un instant, que ma vie est foutue...

Alors que mon regard erre sur le sol, je remarque qu'une petite bouteille d'eau et une boîte de gâteaux ont été posées là. Je bois trois longues gorgées puis ouvre la boîte en carton. Après avoir avalé plusieurs sablés au chocolat, je termine l'eau puis réunis les emballages vides dans mes mains.

— Ah ! O.K., tu veux la jouer comme ça ?

Je sursaute en relevant la tête vers la porte.

— Un diplo de niveau 3 ne battra jamais un stegosaurus de niveau 8 ! Mais qu'est-ce qu'elle croit, au juste ?

Je fronce les sourcils en lorgnant le battant fermé. *Pourquoi je ne comprends rien* à *ce que raconte cette personne ?*

— Voilà, qu'est-ce que je disais ? Tu... Tu quoi ? Comment ça une carapace renforcée ?

Je quitte ma place pour aller pousser discrètement la lourde porte en métal.

— Oh ! non, pas une carte de PV ! C'est pas vrai, elle m'a encore éclaté !

Un rayon de lumière pénètre dans la petite pièce. Je dois plisser les paupières une seconde avant de distinguer un homme en uniforme, assis sur une chaise de bureau à roulettes, les jambes tendues, les pieds croisés sur le comptoir en face de lui. Il est concentré sur l'écran de son portable.

— Je dois faire passer mon rex au niveau supérieur... marmonne-t-il pour lui seul.

Je pousse un peu plus la porte. Elle grince, mais il ne réagit pas. Je repère une petite poubelle sous ses jambes, c'est là que je dois balancer ce que j'ai en main. Je me dirige dans sa direction. Il est seul. Où est l'inspecteur Henri ? Arrivée à deux ou trois pas, je me racle la gorge.

— Plus de viande... Oui. Ensuite, j'achète une carte de PV et hop !

Qu'est-ce qu'il fout sur son téléphone, au juste ? Je me penche jusqu'à voir par-dessus son épaule qu'il est en plein jeu. Il glousse et s'auto-félicite.

— À quoi vous jouez ? demandé-je tout près de son oreille.

Il sursaute si violemment qu'il en tombe de sa chaise, qui roule loin de lui. Je fronce les sourcils et avance vers la poubelle qui est à présent non loin de son dos. Il se relève avant que j'arrive à portée de celle-ci. Je dépose mes déchets sans le quitter des yeux.

— Je... peux aller aux toilettes ?

— Oui, oui, bien sûr, c'est là-b...

— Je sais, le coupé-je.

Je saisis la poignée de la porte, mais elle part avant même que je l'actionne et m'entraîne de force en avant. Je me retrouve nez à nez avec un torse. Une seconde me suffit pour croiser le regard d'Henri Je-tire-la-tronche.

Je me redresse et lâche cette foutue poignée avant de me décaler sur le côté pour le laisser passer. Je me fends d'une courbette, dont je massacre le principe de politesse avec un air insolent. *J'espère que tu comprends le sarcasme muet, Henri, parce que c'est ma spécialité.*

La seconde suivante, je claque la porte dans son dos. Est-ce que je vais pouvoir rester ici toute la nuit ? Si je retourne discrètement dans la cellule, peut-être que oui. Je dois juste rejoindre mon repaire d'un soir sans me faire repérer.

Quand j'ai terminé, je me lave les mains avant de sortir à pas de loup. Je tire la porte et lance un coup d'œil dans le petit couloir.

— Pas d'évasion par la fenêtre, cette fois ? interroge Henri, qui est posté juste là.

Les bras croisés et une épaule contre le mur, il a des allures de mannequin.

— J'ai pas été arrêtée injustement, cette fois.

— Injustement ? répète-t-il avec un regard noir.

Je quitte les cabinets, et il me fait aussitôt signe de me diriger à l'opposé de la cellule.

— Le gîte n'est pas dispo. Et on doit parler, annonce-t-il sèchement.

Je fronce les sourcils. La dernière chose dont j'ai envie, c'est parler, surtout avec lui.

17
Joana

Je me retrouve à nouveau dans le bureau où j'ai été interrogée tôt ce matin. Sur la pendule fixée en haut du mur à ma droite, je vois qu'il n'est pas loin de 22 heures. J'ai dû dormir trois bonnes heures, le trajet à pied avec mes sacs-poubelle a été éreintant.

Je viens de raconter le cours de ma journée au gendarme, à quelques détails près. Il se mordille la lèvre inférieure depuis plusieurs secondes, le regard perdu dans le vide. Sait-il à quel point c'est sexy ? Assez pour que je m'arrête de penser quelques instants, et ce malgré la somme des emmerdes qui me sont tombées dessus depuis hier.

— Et quand vous vous êtes réveillée, votre sac à main avait disparu, c'est bien ça ?

Je viens de lui raconter mon retour en train jusqu'ici — en omettant volontairement le moment où j'ai sauté le portillon d'accès pour ne pas acheter de billet — et la manière dont je me suis fait dépouiller après m'être endormie dans une rame.

— C'est ça.

— Et je peux savoir ce que vous faites ici alors que je vous ai expressément dit ce matin que je ne voulais plus vous revoir ?

— Je suis censée obéir à vos désirs au doigt et à l'œil ? J'ai une baraque dans ce bled. Et je vous rappelle que c'est vous qui m'avez forcée à monter dans votre voiture et m'avez déposée là. Je ne vous ai rien demandé.

Il serre les mâchoires et plisse les paupières.

— Puisque vous avez une baraque ici, comme vous dites, pourquoi vous n'en avez pas la clef ?

— Où on range les clefs, habituellement ? Dans un sac à main. Sac qui est... Il capte ?

Et aussi parce que, même si j'avais ce foutu trousseau qui gît au fond de mon sac depuis dix ans, je crois que je serais incapable de pénétrer dans la maison de mon père. Je préfère encore dormir dehors.

— O.K... soupire l'agent en face de moi, vaincu par la logique des choses.

Il se redresse et sort un portable de sa poche. Les coudes sur le bureau, il semble textoter. Il repose ensuite l'appareil devant lui.

— Deux options s'offrent à nous, commence-t-il. Ou on retrouve votre sac, ou on fait appel à un serrurier, mais ce sera demain pour ce dernier.

— Vous oubliez la troisième option : on ne fait rien du tout. Je suis très bien dans cette cellule.

— Cette gendarmerie n'est pas un hôtel, mademoiselle Mancini. Je ne peux pas privatiser la seule cellule pour vous.

— C'est sûr qu'avec le boulot monstre que vous devez gérer, il vous la faut absolument... marmonné-je.

Il s'apprête à répliquer, mais son portable émet une courte sonnerie. Je tends le cou pour tenter de voir l'écran, mais il le soustrait à mon regard.

— Parfait. C'est bien le train de 18 h 12 à la gare de Saint-Lazare que vous avez pris ?

— Oui, je crois.

Il me dévisage, sérieux.

— Comment ça, « je crois » ? On doit être sûrs.

— Je suis sûre ! De toute façon, y'a un train par mois pour venir dans le coin. Je ne vois donc pas comment je pourrais me tromper !

Il secoue la tête, dépité, puis pianote à nouveau sur son écran.

— Vous savez utiliser un clavier tactile, je suis impressionnée ! soupiré-je après un instant.

— Hum, oui. Tout le village a fait un feu pour fêter ça, vous auriez dû voir... réplique-t-il sans relever le nez dans ma direction.

— J'y crois pas, vous avez le feu pour éclairer les grottes dans lesquelles vous vivez ! Bientôt la pénicilline !

— On n'arrête pas le progrès, Mademoiselle la Reine des abeilles.

Il se souvient de ça ? Je suis vraiment surprise. Il ouvre la bouche pour enchaîner.

— Chut ! Le vil gendarme avec sa dégoûtante carapace rouge n'a pas le droit de s'adresser directement à la reine des abeilles. Qu'il s'adresse plutôt à une ouvrière !

Il me fixe un instant, l'air perdu, puis paraît comprendre à quoi je fais référence.

— On s'y connaît, en insectes ! Là, c'est moi qui suis impressionné.

Je fais un sourire sans émotion, et il repose son téléphone devant lui. Son sens de la repartie me plaît autant qu'il m'agace.

— Vous allez être contente car j'ai profité de votre sieste pour faire ce que vous m'avez demandé.

Je fronce les sourcils. *Qu'ai-je demandé,* déjà *?*

— Votre petit mot désobligeant de ce matin, précise-t-il.

— Ah ! Oui, mener l'enquête sur cette affaire de tombe, percuté-je.

— Absolument. Et les rapports de l'époque sont très clairs sur les faits. Votre fugue a été signalée par votre père aux gendarmes de l'époque qui ont déployé tout un dispositif pour vous retrouver.

— Et, ne me trouvant pas, ils se sont dit que ça serait plus simple de me déclarer morte ? Ça leur évitait de la paperasse et des heures supplémentaires ? m'emporté-je.

Il me fusille du regard pour me signifier que je vais probablement trop loin et enchaîne :

— Certainement ! Mais uniquement parce que c'était vous ! réplique-t-il, ironique. Plusieurs jours après votre disparition, certaines de vos affaires ont été retrouvées au bord de la rivière à l'est du village. Ça, additionné au témoignage de votre père qui indiquait que vous aviez une tendance à...

Il s'arrête là et fronce les sourcils à son tour.

— Quoi ? Ils ont cru que je m'étais suicidée ?

Il pince les lèvres.

— Il semblerait... La rivière a été sondée pour retrouver votre corps, sans succès. Mais le faisceau d'indices était suffisant pour déclarer votre mort. Dans ces cas-là, la famille peut réclamer des funérailles. J'imagine que cela explique l'existence de votre tombe.

— Je... Non, mais... Vous savez de quand date la déclaration de mon décès ?

— Vos affaires ont été retrouvées au bord de la rivière près de deux semaines après votre disparition. Le temps des fouilles de la rivière et que l'acte de décès soit autorisé à être délivré, cela faisait près de deux mois que vous aviez disparu.

— T'es un sacré enfoiré... murmuré-je pour moi.

— Pardon ?

Oups, Henri le Gendarme doit penser que je l'insulte ! Néanmoins, ma haine pour mon paternel est plus forte que tout, elle doit s'exprimer, je continue donc mon monologue.

— Ce connard a préféré payer une tombe à mon nom alors qu'il savait très bien... En même temps, il m'avait prévenue. « Tu es morte pour moi »... Et voilà, maintenant, c'est toi qui es mort pour moi !

— Mademoiselle Mancini ? Est-ce que vous insinuez que votre père a laissé cette cérémonie de funérailles avoir lieu alors qu'il vous savait pertinemment...

Une vibration, sur le bureau entre nous, coupe la parole du gendarme et me sauve la peau au passage. *Je n'ai aucune envie de lui expliquer tout ça ce soir !* Henri attrape son portable et lit ce que j'imagine être un message.

— Ah ! Il semblerait qu'on ait retrouvé votre sac. Vous avez de la chance que la gare d'ici soit le terminus... Enfin une bonne nouvelle, vous allez pouvoir vous envoler directement dans votre ruche et disparaître de mon poste, annonce-t-il.

Super... Je suis loin d'être ravie. Il se lève et attrape le manteau sur le dossier de son fauteuil.

— En route, mademoiselle.

— En route ? Pour aller où ?

— Chercher votre sac. Le responsable de gare est en train de contacter son collègue pour qu'il nous rejoigne et qu'on récupère votre bien qui a été trouvé à bord du train à la fin du service du conducteur.

— Sérieusement ? Ce genre de choses arrivent ?

— Dans le coin, oui.

Il me fait signe de quitter la pièce devant lui. J'hésite, mais je comprends vite qu'il ne me laisse pas vraiment le choix. Je sors donc du bureau, dépitée. À l'accueil, l'autre gendarme est à nouveau sur sa chaise.

— Vous allez où ? interroge-t-il.

— À la gare pour récupérer son sac à main. Je la déposerai ensuite chez elle. Enfin, chez son père.

— O.K., fais gaffe sur la route.

Sans avoir pu dire ouf, je me retrouve assise à l'avant d'une voiture de gendarmerie. Henri semble concentré sur la route comme je le serais sur un problème de maths. Je détaille ce qui se trouve autour de moi. Il y a quelques boutons qui attirent particulièrement mon attention. À quoi sert celui-ci ? Et l'autre là-bas ? Je lance un regard sur le chauffeur qui ne lâche pas l'asphalte des yeux et je tends la main vers le tableau de bord. Une paume claque sur mes doigts avant que j'aie atteint mon but. Je me frotte la main en fronçant les sourcils mais sans rien oser dire, comme une enfant prise en faute.

— C'est pas un jouet. Ne touchez à rien ou je vous mets à l'arrière avec les menottes, grogne-t-il.

— Vous avez des tocs ? attaqué-je. J'ai froid, je voulais simplement actionner le chauffage, et vous me frappez !

— Je vous ai frappée ? répète-t-il en tournant un bouton.

Je sens de l'air chaud pénétrer dans l'habitacle vers mes pieds.

— Oui. Je vais porter plainte pour ça.

Il ricane sans un sourire.

— O.K., j'assumerai mes actes devant la justice !

Il a vraiment réponse à tout, ce con... Il m'énerve, mais je ne peux pas m'empêcher de noter que je me sens bien mieux assise dans cette voiture avec lui qu'il y a quelques heures. *En même temps, ça serait difficile de faire pire...*

Mon regard erre dans l'obscurité, et je distingue la crosse d'une arme fixée à la ceinture de son uniforme.

— C'est une vraie ? interrogé-je.

Il me lance un coup d'œil rapide pour comprendre ce dont je parle.

— Oui.

— Avec genre... de vraies balles ?

— Avec genre de vraies balles, confirme-t-il.

C'est plutôt flippant ! Pourtant, ça ne semble pas du tout le perturber d'avoir ça accroché à la hanche. *Et si un coup partait tout seul ? Il se retrouverait avec la cuisse trouée, à se vider de son sang dans sa voiture.* Je secoue la tête pour chasser cette image de mon esprit. Il est gendarme, il a été entraîné, j'imagine. *Rien à craindre, non ?*

— Pas d'inquiétude, je ne sais pas m'en servir, c'est juste de la déco, ajoute-t-il après un court instant.

À ma grande surprise, il sourit.

— C'est quoi, ça ? De l'humour de gendarme paysan ?

Son sourire disparaît, et il expire son air par les narines en fermant les paupières, comme pour se contenir de me jeter sur le bas-côté en cours de route.

— J'essaie de détendre l'atmosphère... Je peux comprendre que cet engin impressionne quand on n'a pas l'habitude d'en voir.

Ma réplique m'échappe avant que j'aie le temps de réfléchir :

— Je ne suis plus certaine de ce dont vous parlez, maintenant... Bravo, c'est encore plus gênant, inspecteur spécial Bouseux.

Il fronce les sourcils puis les hausse, effaré. Mon sous-entendu salace ne le fait même pas sourire. *Oups !* Je n'ose plus le regarder, je scrute le paysage sombre qui défile par ma fenêtre. Il se racle la gorge, et le silence revient. Je pince les lèvres, mais c'est plus fort que moi, sa gêne me fait rire. Du coin de l'œil, je vois ses épaules se relâcher.

— Je parlais de l'arme, évidemment.

— Arrêtez, je suis certaine que c'était de votre...

— Quoi ? s'exclame-t-il d'une voix plus aiguë.

— Quoi ? répété-je sur le même ton.

Il tourne la tête dans ma direction avec un air paniqué. Je me mets à rire et je vois sur son visage qu'il saisit immédiatement que je me fous de lui.

— Je vous ai eu. J'ai toujours le dernier mot, ajouté-je avec fierté.

— Sérieusement ? Ça vous amuse ? Je suis en train de conduire ! Et puisque vous voulez faire la maligne, oui, elle aussi, c'est une vraie ! Et je sais m'en servir, c'est pas de la déco.

— Ça ne me regarde pas, c'est du harcèlement. Je vais porter plainte pour ça aussi.

Il secoue la tête, mais je distingue un sourire qui étire le coin de sa bouche.

Après un instant assez court, il stationne devant la gare d'où je suis sortie tout à l'heure. Il est plus de 22 h 45 et les lieux sont totalement déserts. Il faut cependant peu de temps pour que quelqu'un arrive dans notre direction.

Un homme.

— Ne bougez pas d'ici. Ne touchez à rien, ordonne Henri en quittant l'habitacle.

Il part rejoindre l'homme sans me laisser l'occasion de répondre. J'observe la scène depuis ma place. Ils se serrent la main et discutent pendant que l'inconnu bidouille un trousseau de clefs, dont il se sert pour ouvrir la porte de la gare. Les deux hommes disparaissent à l'intérieur.

D'un coup, je me sens comme vulnérable. Pourquoi il m'a laissée ici ? Et si quelqu'un venait, qu'est-ce que je fais ? Je lance des regards autour de moi quand le bouton que je mourais d'envie d'actionner tout à l'heure sur le tableau de bord se remet à me faire de l'œil. *Non, Joana, ce n'est pas une bonne idée. Mais, en même temps, aurai-je une autre occasion de satisfaire ma curiosité ? Certainement pas.*

Je tends la main et cède à la tentation. Dans le quart de seconde, la façade de la gare se retrouve illuminée des couleurs bleu, blanc, rouge diffusées par les gyrophares sur le toit, et une sirène hurle à m'en percer les tympans.

— Merde !

C'est hyper fort ! Je rappuie sur le bouton de manière précipitée, mais ça ne fonctionne pas. Je panique en voyant Henri réapparaître au pas de course. Il ouvre ma portière à la volée avant de plonger dans l'habitacle, quasiment sur mes genoux. Il actionne je ne sais quoi, et tout s'arrête d'un coup.

— Ouf ! Dis donc, ça hurle super fort, hein !

L'agent soupire en se redressant. Son visage passe tout près du mien, mais le regard qu'il m'envoie m'empêche d'imaginer quoi que ce soit.

— Je pourrais vous arrêter pour ça, menace-t-il. Cette fois, j'ai la tenue adéquate, vous pourriez difficilement vous en sortir...

Il balance mon sac sur mes genoux et claque la portière.

— Aucun humour, celui-là...

Je plonge les mains dans mon bien, comme un chirurgien lors d'une opération à cœur ouvert. *Que je suis heureuse de le revoir !* Je trouve mon portefeuille et en vérifie le contenu. À ma grande surprise, tout y est. Il faut dire qu'en dehors de quelques pièces, il n'y avait rien de valeur. Ma trousse de maquillage est aussi toujours là. Et, au fond, entre les serviettes hygiéniques et les chewing-gums, je mets la main sur le fameux trousseau. Celui qui me suit depuis dix ans sans servir. Ce porte-clefs abeille qui m'a inspiré mon pseudo pour les réseaux sociaux commence à avoir de l'âge. Je me souviens pourtant comme si c'était hier du jour où mon père m'en a fait cadeau. Comme ça, sans emballage ni gâteau d'anniversaire.

La portière côté conducteur s'ouvre brusquement et me sort de mon souvenir. Le gendarme s'affale à côté de moi et me scrute avec colère.

— Qu'est-ce qui n'était pas clair dans « Ne touchez à rien » ?

— J'hésite entre « toucher » et « rien »... Mais, en effet, quelque chose a merdé.

Il reprend de l'air avant de claquer sa portière et de tirer sur sa ceinture.

18
Joana

Nous n'échangeons pas un mot durant le trajet du retour. J'aurais préféré ne jamais retrouver mon sac à main et mon *make up* plutôt que d'aller m'enfermer dans la maison de mon père. Inspecteur spécial Bouseux semble déterminé à se débarrasser de moi au plus vite. Je le comprends. Même moi, je ne peux plus me voir en peinture.

— On arrive dans deux minutes, prévient mon chauffeur.

— Super.

Je n'ai pas pu m'empêcher de répondre avec une intonation ironique alors qu'Henri est bien plus serviable que je le mérite. *Pourquoi je fais ça ?* En fait, il faudrait que je me taise, la plupart du temps.

Quand je reconnais la rue dans laquelle nous nous engageons, je retiens mon souffle. *Je ne peux pas y aller. Je ne peux pas y aller.* C'est impossible que j'entre. Trop de regrets, trop de souvenirs... Je ne suis pas capable d'affronter ça maintenant. Les petites bâtisses défilent rapidement. *Pourquoi ce con de gendarme roule-t-il aussi vite alors qu'il se traînait sur les routes de campagne ?* La voiture ralentit devant la maison de mon père — *comment sait-il que c'est ici ? Je ne lui ai pas précisé l'adresse* — puis s'arrête le long du trottoir.

— Voilà, mademoiselle Mancini, vous êtes arrivée.

— C'est pas ici, rétorqué-je instinctivement.

— Il y a pourtant inscrit « Dario Mancini et sa fille Joana » sur la boîte aux lettres, m'informe-t-il après un silence. Ça a dû changer depuis… la dernière fois que vous êtes venue.

Mon père a laissé mon prénom sur la boîte aux lettres ? Je décide de reporter l'analyse de cette découverte. Je ferme les yeux et avale ma salive. *T'es bloquée, Joana…*

— Allez, j'ai du boulot, ajoute Henri en voyant que je n'esquisse pas un geste pour sortir de son véhicule.

— Du boulot ? Un poulet s'est évadé et menace la sécurité nationale ? C'est une mission pour inspecteur spécial Bouseux… marmonné-je en tirant sur la poignée de ma portière, vexée qu'il veuille se débarrasser de moi sans comprendre pourquoi ça me touche à ce point.

Je quitte la voiture bleu marine avec les jambes flageolantes. Je tourne le dos à l'endroit dans lequel je suis censée pénétrer et scrute la maison de la femme qui m'a envoyé la lettre ayant provoqué une tornade dévastatrice dans ma vie.

J'entends le gendarme ouvrir sa portière pour me rejoindre.

— Oh ! Je vous parle ! m'apostrophe-t-il.

— Quoi ?

Je regarde par-dessus le toit du véhicule. Le vieux lampadaire non loin diffuse une faible luminosité. Pourtant, à l'époque, il éclairait ma chambre toute la nuit en m'empêchant de dormir.

— Je disais, la serrure a peut-être été changée… Je peux aller vérifier, si vous le souhaitez.

Je le dévisage sans bouger.

— Vous êtes bipolaire ? interrogé-je.

Il fronce aussitôt les sourcils.

— Comment ça ?

— Un coup, vous êtes à deux doigts de m'insulter et vous me jetez de votre voiture, et maintenant, vous vous prenez pour mon garde du corps… Je veux juste comprendre.

Il cligne des paupières et ouvre la bouche, mais aucun mot n'en sort. Après deux secondes de silence, il envoie :

— Non, mais vous vous fichez de moi ? *Vous* m'insultez vraiment, je ne fais que contenir mon agacement. Et pourquoi vous me vouvoyez à nouveau depuis qu'on est passé au poste ?

— Parce que... Quand vous êtes en... enfin, comme ça... je...

Je suis intimidée ou je rêve ?

— J'arrive pas à vous tutoyer quand vous êtes déguisé en gendarme, expliqué-je finalement.

Il appuie ses avant-bras sur le toit, juste à côté du gyrophare. *Mmh... Ça mériterait vraiment une photo pour Insta...*

— Pourtant, la nuit dernière, j'en ai pris pour mon grade. À croire que l'alcool vous aide à oublier...

Je pince les lèvres. Je devrais m'excuser pour ça, mais Queen Bee ne s'excuse jamais. Et il ne se doute pas à quel point il a raison : c'est mal, mais l'alcool m'aide à oublier.

— Et je ne suis pas déguisé, mademoiselle Mancini. Je porte un uniforme. Ça veut dire que je serais capable de risquer ma vie pour sauver la vôtre. Respectez ça, s'il vous plaît.

Il me fixe droit dans les yeux. Gênée, je me détourne sans répondre. Ça faisait longtemps que ça ne m'était pas arrivé de rester sans voix. *Un point pour lui !* Je ne sais plus quoi faire, alors je demeure immobile.

— Maintenant, nous allons vérifier que votre clef fonctionne toujours, et vous pourrez retourner à votre vie.

Je hoche légèrement la tête pour lui signifier que je suis d'accord, et ma paume saisit le petit trousseau de clefs dans mon sac tandis qu'Henri ouvre le coffre de la voiture pour en sortir mes deux sacs.

Je contourne le capot au ralenti. *Un pas devant l'autre,* je me répète en sourdine. Bien trop rapidement, je me retrouve sur le seuil de la porte. Les fleurs qui embellissaient l'allée à l'époque ont disparu, il ne reste que des pots remplis de terre et des arbustes sans forme, alors que mon père pouvait passer des jours à les tailler. Ce genre de choses n'est pas censé me toucher, j'ai tourné le dos à tout ça il y a dix ans. Pourtant, ma trachée se serre et mon pouls accélère. Si j'articule une syllabe, les larmes couleront sur mes joues.

Je sens Henri approcher. Sa carrure cache la lumière du lampadaire, et j'entends le bruit des sacs-poubelle qu'il traîne. Comme rassurée par sa présence, j'insère la clef dans la serrure et la tourne sans problème. *Eh merde...* Il me restait un petit espoir, mais la porte s'ouvre dans un grincement sinistre. À l'intérieur, ça sent le renfermé, et il fait tellement noir que je ne distingue rien. C'est terrifiant.

— Vous savez s'il y a l'électricité ? murmure le gendarme dans mon dos, manquant de me faire mourir de peur.

— Non, aucune idée.

Ma voix laisse transparaître mon malaise. J'entends les sacs bouger, puis une main se pose sur mon épaule.

— Je vais regarder, me rassure Henri sans même le savoir.

Il me passe devant et disparaît dans l'obscurité. Je comprends qu'il actionne un bouton, mais il ne se produit rien. Je fixe la barre de seuil à mes pieds. *Un pas, Joana, c'est pas compliqué ! Allez, fais-le !* Je serre les dents, mais impossible de faire ce satané pas en avant. Mon corps recule même.

— Vous savez où est le compteur ? me demande le gendarme en réapparaissant à mes côtés. Le courant a dû être coupé quand...

Il s'interrompt et se penche un peu, comme pour mieux me voir.

— Ça va ?

J'avale ma salive. Si je lui réponds, je vais m'écrouler en pleurs. Je viens de comprendre que mon père est sans doute mort sous ce toit. Je ferme les yeux, mais les larmes coulent tout de même sur mes joues.

— Merde... souffle l'agent.

Il avance, sort de la maison et ferme la porte derrière lui.

— Qu'est-ce qu'il y a ?

Prononcer à voix haute les mots qui lui expliqueraient ce qu'il se passe me semble impossible. Des mains saisissent mes épaules.

— Joana ?

— Est-ce que... mon père est... mort dans cette maison ?

Entre mes larmes, je ne vois plus que le regard en face du mien. Je baisse la tête, par honte.

— Je... Oui, il est décédé ici...

J'acquiesce, comme pour mieux enregistrer cette information brutale. Puis, poussée par un instinct de survie, je tourne les talons, traverse le trottoir, contourne le capot de la voiture de gendarmerie et trouve refuge contre celle-ci. Une grande carrure se pointe à côté de moi, puis j'entends mes sacs qui retournent dans le coffre, et Henri ouvre sa portière.

— Monte.

J'obéis sans oser le regarder. Perdre le contrôle à ce point devant quelqu'un ne m'est jamais arrivé. Je m'épuise depuis des années à afficher un sourire de façade, une joie et une folie contagieuse. Tout est faux. Queen Bee est en toc. Joana n'est pas joyeuse ni courageuse, elle a peur de tout et le cœur brisé d'avoir perdu son père sans avoir pu le revoir.

Un sanglot m'échappe. La voiture s'est mise en route et s'éloigne de la maison. Le bras du gendarme passe devant mes genoux, ouvre la boîte à gants et en sort un petit paquet de mouchoirs qu'il me tend. Chaque fois que je pleure, il en a sous la main ? Je le saisis sans un mot et me mouche discrètement. *Queen Bee aurait fait le plus de bruit possible.*

Quelques courtes minutes suffisent pour qu'on soit à nouveau garés à côté de la gendarmerie. Le moteur est coupé, mais Henri ne bouge pas. D'un coup d'œil, je vois qu'il a les mains réunies, posées sur ses cuisses.

— Pourquoi ne pas m'avoir dit tout de suite que c'était trop compliqué pour vous ?

Je scrute le mouchoir entre mes doigts. *Bonne question...* Peut-être parce que c'est trop dur d'être Joana et que Queen Bee ne fait pas ce genre de choses. Se confier, être honnête et laisser ses failles paraître au grand jour.

— Bon... On va trouver une solution pour cette nuit, O.K. ?

Je hoche la tête.

— Vous avez faim ? Éric a dû commander des burgers, il en restera si on se dépêche.

— Ouais... O.K.

Comme il l'a prédit, des sacs McDonald's sont étalés sur la table derrière le comptoir. Henri me fait signe d'entrer. Son collègue, toujours au même endroit, relève le nez vers nous.

— Oh ! Ça va ? demande-t-il, visiblement surpris de me revoir.

— On a le sac... commence son collègue.

Ne dis rien de ce qui s'est passé, s'il te plaît... J'ouvre la bouche pour enchaîner, mais Henri me prend de court et termine :

— Mais la clef qu'elle a pour rentrer chez elle ne fonctionne pas. On devra trouver une solution, mais ça attendra demain.

— O.K. Vous voulez manger un bout ou ce n'est pas dans vos habitudes ?

— Il cherche à vérifier si vous êtes un zombie, précise Henri en me passant devant.

Un zombie ? Je dévisage l'homme qui me reluque, un brin apeuré. Il pense que je suis un zombie ? C'est génial, j'ai déjà des tas d'idées pour le faire flipper.

— J'ai plutôt l'habitude de manger de la cervelle fraîche, mais un burger fera l'affaire pour ce soir ! raillé-je.

***

— Ça ira ? interroge inspecteur spécial Bouseux.

Je lorgne le petit lit devant nous. Étant donné que je m'attendais à réintégrer la cellule de dégrisement, cette chambre de secours pour gendarme fatigué me fait penser à un hôtel de luxe.

— Un commentaire à faire ? ajoute-t-il face à mon silence.

Je tourne la tête vers lui. Il lâche mes deux sacs-poubelle à ses pieds en me fixant avec un air impassible.

— Désolé si ce n'est pas à votre goût, mademoiselle Mancini, mais j'ai rien d'autre à vous proposer pour cette nuit.

Je fronce les sourcils. *Je n'ai rien dit, pourquoi il s'énerve comme ça ?* Il me scrute et plisse les paupières.

— O.K., je vais prendre ça pour un « Merci de me sauver la mise, le Bouseux », fait-il en imitant mon style verbal avant de s'éloigner.

La porte de la pièce se referme d'elle-même, me coupant du reste de la gendarmerie. Un léger souffle s'échappe de ma bouche. Je me reprends aussitôt. *Je rêve où il vient de me faire rire ?*

19
Henri

J'ai mal à la nuque. Je m'étire en maintenant mon livre ouvert. Celui-ci se lit lentement. Ça se voit dessus, d'ailleurs : les coins de la couverture sont un peu cornés et les pages ont jauni.

Mon regard est attiré par la pendule qui annonce 5 h 59, puis par Éric qui dort sur sa chaise avec la bouche grande ouverte — il va finir par gober un truc non identifié —, et enfin par la porte de la pièce où dort Joana. Je pose mon livre tandis que la sonnette de la gendarmerie résonne. Mon collègue rebondit sur sa chaise alors que je quitte la mienne pour aller déverrouiller la porte. *Toujours pile à l'heure, ce vieux fou !*

— 'café, gamin, grogne le père Lapin en faisant rouler une pièce d'un franc sur le comptoir de l'accueil.

J'ignore la pièce et tourne les talons. *À quoi bon insister ? Il revient chaque jour...* Arrivé devant la porte où se trouve la machine à café, je m'immobilise. C'est la pièce où j'ai installé Joana. Je pousse la porte avec lenteur et scrute le lit de camp sur la droite. Dans la pénombre, je distingue la silhouette de la fille Mancini. Les genoux repliés contre elle, elle semble profondément endormie. Je fonce en direction du coin opposé, j'attrape rapidement une tasse ainsi que la cafetière tiède et je tourne les talons. Après un pas, mon genou cogne dans le pied de la table présente dans la pièce si fort qu'elle se déplace de plusieurs centimètres. Je ravale un juron et poursuis mon chemin en boitant. Lorsque je tire la porte pour la refermer, un grincement sonore retentit. Un grognement répond immédiatement au bruit. *Eh merde, j'ai réveillé la reine des abeilles !* Je comptais vraiment rentrer chez moi dans une heure sans la croiser. Pourquoi ? Parce que celle que j'ai vue hier soir, incapable de passer la porte de chez son père, n'a rien à voir avec la folle qui m'a fait courir toute la nuit précédente. Et j'ai eu assez de peine pour elle pour qu'un attachement naisse... Je ne suis pas prêt à ça.

La porte se referme dans mon dos tandis que le vieux père Lapin m'adresse un coup de menton. La douleur pulse toujours dans ma rotule lorsque je verse le café dans la tasse.

— 'ci, gamin.

— Garde ta pièce, lui annoncé-je comme chaque jour. Quoi de prévu, aujourd'hui ?

— T'occupe.

Il évite mon regard en sirotant son carburant avant de prendre cette position de pilier de bar qu'il semble affectionner. Il fixe encore et toujours dehors alors qu'on n'a pas encore ouvert les volets de la baie vitrée de l'accueil.

Éric arrive à côté de moi en bâillant.

— C'était d'un ennui, cette nuit !

Je ne peux qu'approuver. Pas de chat perdu, pas un coup de fil pour un tapage nocturne, pas même une Parisienne bourrée qui fait n'importe quoi...

À 7 heures pile, je suis prêt à quitter la gendarmerie – dans peu de temps, ça va devenir une vraie fourmilière ici, je dois partir – lorsque Chaton et La Bûche passent la porte arrière. Éric leur saute dessus pour expliquer qu'il y a un zombie qui dort dans la pièce de pause. Enfin, ses mots exacts pour parler de Joana Mancini sont : « La meuf morte de Minot, qui est en fait un zombie. »

La Bûche, la seule nana de l'équipe, lui répond par une vanne tandis que Chaton me lance un regard équivoque.

— Tu rentres déjà ? interroge-t-il.

— J'ai fini.

— Et qu'est-ce qu'on fait de ta nana morte ?

— Elle rentrera certainement chez elle un peu plus tard, t'auras qu'à l'accompagner. C'est au 5 rue du parc.

— Moi, je veux bien la raccompagner, Minot ! clame La Bûche.

Elle ajoute un rire railleur à son regard insistant. Je ne connais pas bien Joana, mais je pressens qu'avec La Bûche et son humour de beauf, ça ne va pas passer du tout. *Dommage, je ne serai pas là pour voir ça !*

— Tu me déposerais chez ma mère, Henri ? demande Éric alors que j'ouvre la porte pour partir.

Eh merde... Ma pensée doit se lire sur mon visage parce qu'il échange un regard avec Chaton.

— Je vais bien, O.K. ? J'ai le droit d'être fatigué ?

— Bien sûr. On veille juste à ce que tu respectes notre pacte, mec.

— Quel pacte ? questionne La Bûche.

Chaton me fixe du regard, je détourne la tête et m'en prends à Éric pour éviter une embrouille.

— Active-toi, je suis pas ton taxi, putain.

Il file aux vestiaires.

— T'es en repos pour combien de jours ? interroge mon collègue.

— Quatre, je crois.

— O.K. Tu passes chez moi demain ? J'ai du bricolage à faire.

J'acquiesce sans le regarder.

— Et j'ai des tuiles cassées, faudrait les changer.

Je fronce les sourcils mais j'acquiesce.

— Ah ! Et mon chien pue la bière... Tu comptes faire quoi ?

Je tourne la tête dans sa direction.

— Va pas trop loin, mec, menacé-je.

Il hausse les épaules, et notre pote sort des vestiaires en civil.

— C'est bon, je suis là, arrêtez de vous fixer comme des sangliers en rut. On se casse, Minot !

— En parlant de sanglier en rut, j'ai matché avec un mec, hier soir... commence La Bûche.

On est dehors avant qu'elle ne termine.

— Cette nana baise plus que nous trois réunis.

— Elle ne baise pas, elle traumatise des mecs, ça n'a rien à voir, répliqué-je.

Il explose de rire alors qu'on se dirige vers chez moi. J'enfonce les mains dans mes poches. *Il va faire super beau, aujourd'hui, et je vais rester enfermé à dormir... Comme d'habitude.*

Je mets le contact de ma vieille Clio quand je vois mon grand-père passer avec le père Lapin. L'un porte de longues planches de bois et l'autre des outils, dont une scie et un couteau immense qui ne me rassurent pas du tout. Ils filent en direction des champs. Éric les observe avec le même air que le mien. *Qu'est-ce qu'ils foutent, encore, ces deux-là ?*

— Bon... On va dire qu'on n'a rien vu, O.K. ?

— O.K. Après tout, à vingt secondes près, on ne les croisait pas.

— Voilà !

Sur le trajet, on ne parle pas. À cette heure-là, nous n'en avons envie ni lui ni moi. J'arrive chez lui avec les paupières lourdes. Je suis claqué. Il descend et se penche dans l'habitacle. *Oh ! Non, il veut parler, tout compte fait ?*

— Je te trouve mieux depuis que...

Il s'arrête là, hésitant.

— Depuis que ?

— Depuis que cette fille a débarqué ici...

Je referme la bouche tandis qu'un petit sourire s'affiche sur son visage. Ce type est vraiment quelqu'un de bien, il n'emmerde personne et aide toujours les autres. Je sais qu'il a raison, même si je ne l'admettrai jamais.

Depuis que Joana Mancini est de retour parmi les vivants, mes habituelles idées noires n'ont pas eu l'occasion de m'assaillir...

— Bon, allez, repose-toi bien. On se voit demain chez Chaton ! ajoute-t-il face à mon silence.

— Ouais... Bonne nuit, mon pote.

Il claque le battant métallique avec un peu trop de force. La fenêtre quitte sa place et disparaît dans la portière. *Encore une fois...*

— Oups...

Il se casse alors que je ricane nerveusement.

Sur le chemin du retour, la réflexion de mon ami tourne en boucle dans ma tête. Est-ce que je vais mieux ? Ça fait si longtemps que j'avance dans un brouillard épais que je ne sais même plus faire la distinction. J'ai arrêté de me battre depuis un moment et je doute qu'il suffise qu'une nana débarque de la capitale pour que ça s'arrange pour moi.

Une fois arrivé chez moi, j'abandonne la voiture de travers dans la grange. Faudra que je dise à mon grand-père de réparer à nouveau la vitre passager. Je balance mes baskets à l'endroit habituel, me dirige vers la salle de bains, puis me ravise. Je prends une canette dans le frigo et m'affale sur le canapé sans retirer ma tenue. Je déboutonne juste le pantalon. J'allume la télé, bois un coup et ferme les yeux en me demandant ce que fait Joana Mancini à cet instant.

En début de soirée, je traîne mon corps alourdi par la fatigue et la déprime dans la salle de bains. La douche me fait du bien. Elle était plus que nécessaire. Je suis à peine habillé que mon portable vibre sur la table basse. C'est Chaton qui appelle.

— Mmh ?

— T'es prêt pour notre footing ? demande-t-il.

— Ouais, dans 10 minutes. Je dois manger un truc avant.

— T'as rien mangé aujourd'hui ?

— Je viens de me lever.

— Et ce matin, quand t'es rentré ?

Je ne réponds pas.

— T'es relou, Henri. Bref, j'ai déposé ta nana chez elle vers 8 heures, et on l'a pas revue de la journée, ça doit aller.

— C'est pas ma nana, putain.

— Tu devrais aller la voir au passage pour t'assurer qu'elle va bien.

— N...

Il raccroche. Je fixe l'écran quelques secondes. Il est hors de question que je passe la voir alors que je ne bosse pas.

Un instant plus tard, je quitte l'allée de chez moi à petites foulées. Objectif : rejoindre mon pote, courir huit bornes et rentrer chez moi.

20
Joana

Si j'ai eu un jour du courage, celui-ci a disparu depuis bien longtemps. Ça doit expliquer pourquoi j'ai été incapable d'entrer dans cette foutue maison toute la journée... Heureusement qu'il a fait beau et pas trop chaud, j'ai au moins pu bronzer. D'ailleurs, les heures qui viennent de passer m'ont permis de prendre conscience de deux choses : sans mon portable, que je n'ai volontairement pas rechargé pendant la nuit à la gendarmerie, je ne sais pas m'occuper ; et les chants d'oiseaux deviennent insupportables quand ils sont le seul son audible pendant des heures.

Quand j'étais ado, je trouvais ce jardin super grand et super ringard. Aujourd'hui, je commence presque à l'apprécier. Bien qu'il ne ressemble plus à rien. La haie toujours impeccablement taillée par mon père déborde de partout, la pelouse m'arrive aux genoux, et le cerisier voit ses fruits pourrir par terre. En plus d'attirer des oiseaux gueulards. Cet endroit est la meilleure planque possible pour une Instagrammeuse en fuite. Je vais rester ici le temps qu'on m'oublie, à manger des cerises, des oiseaux et à laisser pousser les poils de mes jambes !

Un courant d'air froid interrompt mon délire de Robinson Crusoé. Le soleil a disparu derrière le toit de la maison pendant que je rêvassais. Le reste du terrain est encore illuminé, seul mon transat et moi sommes à l'ombre de la pointe de la bâtisse. *C'est lourd de sens...*

Je pourrais me mettre à l'abri à l'intérieur de la maison. Il me suffirait d'ouvrir la porte d'entrée. Mais c'est au-dessus de mes forces. Je secoue la tête, attrape mes genoux et les ramène contre ma poitrine. Je me retrouve en position fœtale, sur le dos. Comme une tortue sur sa carapace. *Voilà, je suis une tortue. Foutez-moi la paix !* Je roule un peu de gauche à droite. *C'est plutôt cool, plus de ruche à gérer ni de couronne de reine à assumer.*

— La reine des tortues... marmonné-je en fixant le ciel du regard.

— Hmm, hmm...

En entendant quelqu'un se racler la gorge pour me signaler sa présence, je sursaute et me redresse du bain de soleil. En face de moi, je reconnais Henri, en civil. Il fronce les sourcils en m'observant tandis que je tente de prendre une position plus naturelle, un coude sur l'accoudoir et les jambes élégamment croisées.

— Euh... Est-ce que ça va ?

Je cligne plusieurs fois des paupières avant de lui répondre.

— Oui, oui, ça va. Pourquoi ?

— Parce que vous étiez en train de...

— En train de bronzer. Et tu me déranges.

— J'ai sonné. À la porte d'entrée.

— Ah !

— Je venais juste voir si... tout allait bien pour vous.

— Je vis ma meilleure vie, monsieur l'agent ! annoncé-je en levant les bras au ciel.

Qu'il parte ! Je ne serai pas capable d'affronter une seconde crise de larmes devant lui. *Que Queen Bee tienne bon !*

— O.K...

Il observe la maison dont les volets sont clos.

— Vous n'avez pas réussi à entrer...

Sa phrase sonne à la fois comme une question et une constatation. Je détourne la tête pour fixer n'importe quoi d'autre que son regard perçant. Mon aveu muet n'est pas si facile à assumer. Je ne vois plus le gendarme mais j'entends qu'il bouge. *Il s'en va ? Tant mieux !*

— Viens !

Une main tendue apparaît dans mon champ de vision. Je la scrute sans esquisser un mouvement. Quelques longues secondes passent sans que je bouge.

— Je suis pas du genre à aider les autres, alors profites-en, ajoute-t-il.

Queen Bee lui dirait qu'elle n'a pas besoin d'aide. Joana fondrait en larmes en attrapant cette main. Mes paupières battent à un rythme désordonné, et ma gorge se noue. Ma paume touche la sienne, ses doigts se referment sur les miens, et il m'attire à lui, m'obligeant à me lever. Les larmes n'ont pas eu le temps de couler. Je saisis mon sac à main, et Henri me traîne derrière lui jusqu'à la porte d'entrée.

— La clef, réclame-t-il.

Je la cherche et la lui donne. Avant que j'aie pu reprendre mon souffle, il déverrouille la serrure.

— Bon, souffle-t-il en se tournant vers moi. Je vais ouvrir les volets, et ensuite, tu entres. Ça te va ?

Mes yeux me brûlent, mais je lutte en serrant les dents. Je hoche la tête. *Je vais entrer, O.K.* Il me lance un dernier regard et s'engouffre dans l'obscurité. Je reste en retrait. Je ne suis pas dans l'axe de la porte, je dois me pencher un peu pour voir à l'intérieur.

— Il fait plutôt bon ! précise-t-il un très court instant plus tard.

— Ah...

J'entends que quelque chose tombe. Je me penche davantage mais je ne distingue rien, et plus aucun son ne me parvient.

— Henri ? tenté-je vers l'entrée.

Silence. Et voilà, il a chuté dans la cave et il est mort. Le fantôme de mon père est encore moins aimable que son enveloppe corporelle l'était, je suis certaine que c'est lui qui l'a poussé dans les marches.

— Henri ! l'appelé-je une nouvelle fois.

Ma voix transpire le manque de confiance. Joana est de retour... Soudain, la lumière se fait dans la maison, et je repère Henri à l'autre bout de la bâtisse. Il donne un coup d'épaule viril dans un volet afin de l'ouvrir. Le second battant cède sous son poids.

— Je crois que j'ai cassé une chaise, je me suis pris les pieds dedans, m'explique-t-il.

Je suis son regard et constate qu'en effet le mobilier de la salle à manger a subi une attaque. Je serre les lèvres alors que je revois mon père tout remettre en place derrière moi. C'est comme s'il était encore là, à faire vivre cette maison. J'explose de rire au lieu de fondre en larmes.

— O.K., j'imagine que ce n'est pas grave, mais désolé quand même, intervient Henri en me passant devant.

— Je suis en train de craquer, ne fais pas attention.

Il me lance un regard en coin et s'occupe de remettre le mobilier en place alors que je vois un léger sourire apparaître sur ses traits.

— Alors, tu vois, c'était pas si difficile d'entrer...

Je fronce les sourcils en même temps que mon rire cesse. *Je suis entrée ?* Je lorgne mes pieds sur le parquet du rez-de-chaussée et je me revois appeler Henri puis me jeter à l'intérieur.

— Tu sais où se trouve le compteur d'é...

J'avance de deux pas et je m'écrase sur son torse. Mes mains se rejoignent dans son dos, et tout ce que j'entends, c'est son cœur qui bat très vite. Je ferme les yeux et, enfin, je reprends mon souffle. Ce résonnement régulier remplit ma tête et en chasse les souvenirs douloureux d'un père qui me manque depuis des années. Un bras passe sur mes épaules, puis une main tapote le haut de mon bras.

— Tout va bien, je suis là...

— Ton cœur bat super fort... murmuré-je.

Un rire contenu fait tressauter son torse.

— Tu m'as fait peur, Joana Mancini...

Il me tutoie enfin ? Je n'avais même pas fait attention. Un sourire étire mes lèvres, et il enchaîne.

— J'ai cru que mon collègue avait raison, finalement.

C'est le meilleur moment pour me redresser et le libérer sans accentuer encore le malaise déjà palpable. Parce que ce que je viens de faire est complètement déplacé. Mais après tout, c'est la spécialité de Queen Bee ! Même si, au fond, c'est Joana qui en a eu besoin. Je recule d'un pas, lui de deux.

— Tu serais un zombie, tout ça, tu sais.

Je ris un peu, et mon regard bifurque dans la cuisine. La silhouette de mon père se dessine encore dans mon esprit, debout face à la gazinière, en train de faire des crêpes.

— Bon, on va remettre le jus et l'eau, et tu pourras… t'installer tranquillement.

Je secoue brièvement la tête pour revenir au présent.

— Euh… ouais. Je crois que le compteur est dans l'escalier de la cave, là-bas, articulé-je en le précédant dans la bonne direction.

Henri me repasse devant pour débloquer le battant qui, ayant travaillé, ne tourne plus. L'escalier étroit qui s'ouvre à nos pieds est toujours aussi flippant. *Hors de question que j'entre ici !*

— Merde, j'y vois rien du tout… marmonne Henri en fouillant dans ses poches alors qu'il a déjà descendu quelques marches.

Il sort son portable et en allume la lampe torche pour éclairer devant lui. Le faisceau lumineux passe sur le mur à côté de lui, où nous découvrons en même temps une horreur à huit pattes. Henri fait demi-tour plus vite que son ombre et me fonce dedans pour remonter les trois marches qui le séparent de l'entrée de la maison.

— Oh putain !

Il trébuche sur mon pied et croise mon regard alors que j'essaie de reculer. Je ferme les yeux lorsque mon dos percute le mur. Je me retrouve prise en sandwich entre le gendarme et une paroi en lambris moche. Je rouvre les paupières quand Henri pose son front sur le mur à côté de ma tête.

— Que ce soit bien clair, j'ai pas peur des araignées ! ment-il effrontément.

Je serre les lèvres, mais malgré mes efforts, un rire m'échappe. Henri s'écarte alors, me privant de sa chaleur réconfortante.

— J'ai juste été super surpris, ajoute-t-il en me tournant aussitôt le dos pour faire face à la descente de la cave.

— Ouais... O.K.

Il éclaire devant lui. L'araignée n'a pas bougé. Elle a tissé une toile pile sur la petite porte du compteur. J'entends le gendarme reprendre son souffle, comme pour se préparer mentalement à l'affrontement.

— Faut dire qu...

Il sursaute en tournant un peu la tête dans ma direction.

— Pardon... Je te laisse te concentrer.

— J'ai pas besoin de me concentrer, tout va bien.

— O.K.

Il descend la première marche en veillant à vérifier ses appuis, s'approche et recule à nouveau.

— Faut dire qu'elle est énorme, concédé-je.

Il remonte pour de bon et secoue les épaules en sautant sur place.

— Ouais, la garce ! Et elle était juste là... presque sous mon nez, merde !

— Un peu plus et elle se perdait dans tes cheveux.

— Quelle horreur !

Un frisson semble lui parcourir la colonne vertébrale.

— Bon, il me faut un truc... genre, une pelle ou, je sais pas, une tronçonneuse !

Je tourne la tête vers l'un des placards de l'entrée où se trouvaient à l'époque mes pires ennemis : les balais, l'aspirateur et les produits de ménage dont je ne me sers toujours pas.

— Un balai, ça ira, non ?

L'instant suivant, il menace l'arachnide avec une vieille serpillière.

21
Henri

Foutue araignée ! J'ouvre la porte du compteur après avoir viré la bestiole de là. Une fois qu'elle a grimpé sur la serpillière, j'ai jeté celle-ci en bas de l'escalier sous le regard amusé de Joana.

J'actionne le petit levier pour relancer le courant, et on entend la maison se remettre en route.

— Voilà. Maintenant, on s'occupe de l'eau, annoncé-je.

Je scrute la jeune femme, qui cille, l'air perdu. Visiblement, elle n'a aucune idée d'où se trouve l'arrivée d'eau.

— Dans la cuisine, peut-être ?

Elle hausse les épaules.

Je n'avais pas l'intention d'écouter Chaton qui me poussait à venir prendre de ses nouvelles, mais passer la voir m'a évité un footing avec lui et son chien... Et puis, finalement, je ne regrette pas. Quand j'ai découvert la reine des abeilles au milieu de son jardin en friche, j'ai tout de suite compris qu'elle y était restée toute la journée. Qu'y a-t-il d'aussi insurmontable pour elle, ici ?

Sous l'évier de la cuisine, je trouve des produits ménagers poussiéreux ordonnés par taille, mais pas d'arrivée d'eau. Je me redresse, prêt à expliquer à Joana que la vanne à actionner se situe certainement dehors, mais je m'immobilise en la surprenant plantée devant une bibliothèque dans le salon. Son visage est fermé, et je vois une larme couler sur sa joue. *Laisse-la tranquille pour l'instant, mec !*

Sans la déranger, je ressors et fouille les alentours en repoussant les plantes et autres buissons. Au niveau de la boîte aux lettres, je finis par trouver une trappe dissimulée sous la végétation. J'arrache les racines qui me gênent et tire sur la petite poignée.

— Excusez-moi, m'interpelle quelqu'un.

Je me redresse pour me retrouver face à une femme dans la cinquantaine. Je fronce les sourcils puis je la reconnais. C'est la voisine d'en face.

— Bonjour, madame. Vous allez bien ?

— Ah ! C'est vous, Henri ! Mais que faites-vous ?

— Je remets l'eau et le courant dans la maison pour Joa...

Comme tout le village, elle doit penser que Joana est morte. Je ne peux pas lui expliquer que je suis ici pour la fille de M. Mancini. La seconde qu'il me faut pour réfléchir, le visage de la femme change.

— Joana est revenue ? Vraiment ?

— Ah ! Oui, elle est...

Je m'interromps lorsqu'elle franchit la limite de la propriété. Elle entre dans la maison et crie le prénom de ma fuyarde.

Comment est-elle au courant ? Je sais que les nouvelles vont vite par ici, mais très peu de personnes sont au courant du retour de Joana. Je repousse mes questions et reviens à ma tâche initiale : tourner la molette pour remettre l'eau.

Je retrouve la reine des abeilles qui discute avec la voisine. Cette dernière a les larmes aux yeux.

— Il doit être très heureux que tu sois enfin de retour, de là où il est.

Joana ne répond pas. Un sourire étire son visage, mais ses pupilles laissent transparaître une douleur teintée de haine. Deux secondes plus tard, son regard se plante dans le mien.

— Euh... C'est O.K. pour l'eau, j'y vais...

La voisine m'adresse un sourire ému.

— Merci beaucoup, Henri. Je m'occupe de tenir compagnie à notre Joana, assure-t-elle.

— Je vous en prie... Bonne fin de journée.

J'évite le regard étrange que me lance la reine des abeilles et je tourne les talons. Une fois dans la rue, je reprends mon souffle.

En arrivant sur le chemin qui mène jusqu'à la maison de mon grand-père, je sens mon portable vibrer dans ma poche. Chaton a tenté de me joindre cinq fois. J'hésite devant mon écran. Je suis à deux doigts de raccrocher.

— Réponds, connard !

Je relève brusquement le nez. Mon pote est planté devant moi, en tenue de footing, son téléphone contre l'oreille. Je me mets à rire. *Il me retrouvera toujours, cet enfoiré !*

— Alors, t'essaies d'esquiver tes obligations ? m'engueule-t-il.

— Ouais, mais j'ai encore loupé mon coup, on dirait !

Il me fait signe de le suivre pour débuter notre tour habituel. Le dernier regard que m'a lancé Joana s'impose dans mon esprit et me perturbe. Finalement, courir me fera du bien. Je me cale donc sur son rythme.

— T'étais où ? m'interroge-t-il.

— Chez les Mancini.

Il ralentit et me détaille, surpris.

— Ah oui ?

Je m'étire la nuque, puis les bras.

— Et ?

— Elle va bien.

Faux. Elle semble au plus mal. Même s'il est étrange que je sois capable d'analyser ça. Comme si je la connaissais depuis toujours, je la comprends. Et ce dernier regard qu'elle m'a lancé voulait clairement dire : « Ne me laisse pas ici. »

— Tant mieux ! Demain, elle t'accompagne.

— Quoi ?

— Avant de venir chez moi pour laver mon chien et changer les tuiles cassées, tu passeras la chercher, explique-t-il comme si c'était normal.

— Pourquoi je ferais ça ?

— Parce qu'on l'a décidé avec Éric.

Je m'immobilise pour le dévisager avec ce regard qu'il connaît bien.

— Mec, j'ai pas envie de passer du temps avec elle. Et notre pacte disait que...

— Je sais ce que disait le pacte. Et on avait acté qu'il évoluerait avec toi. C'est le cas depuis hier.

— J'en ai rien à foutre, je vais pas vous obéir comme un bouffon toute ma vie.

— Encore heureux ! J'ai autre chose à faire, moi aussi. Mais tu as signé pour un an, et ça fait à peine six mois. T'as choisi, tu assumes. Commence à réfléchir à un moyen de la convaincre de venir. C'est non négociable.

Il reprend sa course, à petites foulées. Je le regarde en l'imaginant trébucher et se casser la figure, mais comme je n'ai aucun superpouvoir, il se retourne simplement pour me balancer :

— Allez ! Cours, putain, j'ai ma fille qui m'attend à la maison !

Je le rejoins.

— D'ailleurs, tu manges avec nous, ce soir, annonce-t-il. Tu manques à ta filleule.

— Elle a cinq mois, arrête de te foutre de ma gueule, Chaton.

Il explose de rire, m'envoie un coup dans l'épaule et démarre un sprint. Bien qu'il me rende dingue la plupart du temps, ça reste mon meilleur pote. Celui qui est toujours là, même quand je suis la pire personne de cette planète. Celui qui m'a sauvé la vie et envers qui j'ai une dette colossale.

***

Eve dépose une assiette devant moi et une autre devant Chaton avant de retourner à la cuisine. Mon collègue ouvre la bouche en tendant la cuillère en direction de celle de sa fille. Mathilde est déjà une sacrée rebelle, puisque les trois doses de purée précédentes ont terminé sur son papa.

— Allez, ma puce, on ouvre grand...

La petite accepte la cuillère, mais en recrache aussitôt le contenu tout en soufflant. Chaton se prend tout au visage.

— Je crois qu'elle n'aime pas la purée de carotte, constaté-je.

— C'est les légumes de ton jardin, elle a raison de pas te faire confiance ! réplique mon pote.

— Elle trouve juste ça amusant, calmez-vous tous les deux, intervient la maman en déposant son assiette avant de s'asseoir en bout de table.

Je baisse les yeux vers mon plat. Une salade composée avec des tomates cerises, des noix, des pignons de pin et des aiguillettes de poulet marinées. Ça devrait me donner l'eau à la bouche, d'autant plus après le footing que je viens d'endurer avec mon tortionnaire de pote, mais j'ai presque la nausée. Mon cœur fait encore des siennes. Il se débat et me coupe l'appétit. Une fourchette se plante sur le dos de ma main.

— Mange ! me menace Évelyne.

Je fronce les sourcils, et elle enfonce plus la fourchette dans ma peau.

— T'es malade ? envoyé-je en la repoussant. Je mange, regarde !

Je pique une tomate et de la salade et l'engouffre avant de mâcher exagérément. Chaton me félicite comme il l'aurait fait avec le bébé, et sa femme grogne. Je termine ma bouchée et ricane.

— Merci... dis-je tout bas.

Ils ne répondent pas, mais je sens leurs regards complices. Il n'est jamais facile d'admettre qu'on a besoin d'aide, encore moins de remercier ceux qui nous l'apportent.

— Il paraît que tu as interpellé la folle qui a agressé mon chien ! lâche Eve lorsqu'on passe au dessert.

— Ouais ! Et il l'a laissé partir sans même lui mettre une amende, raille Chaton.

— J'avais rien qui tienne la route !

— « Rien qui tienne la route » ? interroge Eve en me montrant le chien allongé à ses pieds.

Son odeur me prend à la gorge par instants depuis que je suis entré chez eux. Son poil, habituellement blanc comme neige, est marron-gris et colle au niveau de la tête et du cou. Il fait peine à voir.

— Oui, bon… Là, j'admets que…

— C'est pour ça que tu passeras la chercher avant de venir ici demain, elle va laver mon chien, annonce mon collègue.

Aussitôt, l'image de Joana avec ses grands ongles bleus et ses manières se projette dans mon esprit et me fait sourire.

— Chéri, il sourit… souffle Eve en le remarquant.

— Oui, à chaque fois qu'on lui parle d'elle… répond Chaton en chuchotant.

Je scrute ma crème brûlée sans y toucher. *Est-ce que c'est vrai ? Je souris quand il s'agit d'elle ?*

Faire comme si j'allais bien, y compris devant mes amis, c'est un truc que je maîtrise bien. C'est devenu instinctif. C'est ce qui doit se passer avec Joana. Même si c'est vrai que je respire un peu mieux quand elle est là. Ça doit simplement être une façon de me protéger de je ne sais quoi…

— Mange ma crème brûlée ! aboie soudain Eve.

Je sursaute et plante ma cuillère dans le ramequin, ce qui les fait exploser de rire.

— Tu lui fous les jetons plus que moi ! envoie mon pote.

— Faux, la seule personne qui me fait vraiment peur, c'est...

Je m'arrête avant de finir cette phrase, et un malaise s'installe entre nous. J'ai failli dire son prénom. Il a été à deux doigts de franchir mes lèvres alors que je m'étais juré de ne plus y penser. Je me fige une longue seconde, essayant de garder le contrôle de mon esprit et de contenir ce qui ne demande qu'à hurler en moi. *Garde le contrôle, Henri, garde le contrôle !* Impossible de faire le vide dans ma tête, des souvenirs m'assaillent. Je repose ma cuillère avant de me lever.

— Tout va bien, mon pote ? questionne Chaton en quittant sa chaise à son tour.

— Je... Je vais prendre l'air.

Je me vois passer la porte-fenêtre du jardin, mais le soir tombé et l'air frais ne m'aident pas à retrouver mon souffle. Je m'enfonce dans le jardin, tourne et vire, mais rien à faire, la crise s'empare de moi.

— Henri ?

La voix de mon pote me fait sursauter. Il arrive à côté de moi et pose sa main sur mon épaule.

— On sait tous que c'est Joana Mancini qui te terrifie le plus... assène-t-il avec un sourire.

Je fronce les sourcils et la revois me tenir tête effrontément. Elle chasse tout le reste de mes pensées. Je ferme les yeux et aspire une grosse bouffée d'air.

— Et elle a besoin d'aide... ajoute Chaton. Autant que toi.

Il a raison. Et le poids qui m'écrasait il y a deux secondes vient de s'évanouir comme par magie. Il aura suffi qu'il prononce son prénom.

22
Joana

La dernière fois que j'ai vu une décoration pareille, c'est dans un film d'horreur à petit budget. Qui possède encore des buffets de cette taille ? Et des tables basses avec du carrelage sur le dessus ? De la moquette aux murs ? Du lambris au plafond ? Et que dire du canapé en cuir marron délavé aux accoudoirs en chêne massif ? J'ai le sentiment d'avoir fait un voyage dans le temps depuis que j'ai passé la porte de la maison de la voisine d'en face. Plus elle me parle, plus je comprends pourquoi Henri s'est échappé dès qu'elle est arrivée.

— Alors, tu aimes toujours autant ma blanquette ?

La question me parvient au milieu de son flot de paroles. Cette femme est à la fois adorable et insupportable. J'arrête à peine de mâcher pour lui répondre :

— Délichieux !

— Ah ! Je suis ravie ! Et la dernière fois que je l'ai vue, je lui ai dit que la haie était de travers et que, comme ça penchait de son côté, c'était à elle de la tailler. Mais tu ne devineras jamais ce qu'elle m'a rétorqué !

— Mmh... Ah ! Non, jamais...

J'arrête d'écouter et me concentre sur mon assiette fumante. C'est vrai que c'est super bon, mais j'ai tellement faim que j'aurais pu manger de la terre. *Ou Henri...* Je fronce les sourcils. *O.K., Joana, il est hors de question que tu commences à fantasmer sur un paysan ! Queen Bee n'aime que les hommes en costume qui ont des secrétaires et des actions en bourse. Bon, j'en ai jamais eu, des comme ça, mais ça ne fait pas de mal de rêver !*

— Mais moi, j'ai toujours su que quelque chose clochait ! intervient la voix de mon hôte, Mireille.

— Ah ?

Si je mange plus, je risque d'exploser, mais cela ne me semble pas être une raison suffisante pour arrêter.

— À l'enterrement, il n'a pas cessé de pleurer. Mais ça ressemblait plus à... des regrets... C'était étrange.

Je m'interromps pour relever le nez vers mon interlocutrice. Elle revient de la cuisine en s'essuyant les mains sur un torchon à motif floral. Elle s'installe en face de moi et reprend la tasse de thé qu'elle avait déposée là en même temps que mon assiette.

— Tu sais, ton papa me parlait très souvent de toi. Quand il est tombé malade, il m'a tout avoué au sujet de ta disparition.

Je la dévisage sans bouger. Cette fois, je vais vraiment rendre mon repas. Et maintenant, j'ai de nouveau envie de pleurer. Ça ne va pas faire bon ménage, tout ça.

— Il était très fier de ce que tu es devenue. Ces histoires d'Internet et tout, il suivait ton travail !

Je repose ma fourchette et la fixe des yeux sur la table. *Mon père savait tout ça ? Comment ?*

— Et... il vous a dit pourquoi je suis partie ? interrogé-je après un silence.

Elle fronce les sourcils, et son regard se perd dans le vide.

— Je crois, oui. Il a dit une chose, une fois, qui m'a orientée dans l'idée que... vous vous étiez mal compris.

— Comment ça « mal compris » ? Il m'a foutue dehors alors que j'avais 15 ans !

Elle me dévisage avec un air désolé. Quelque chose monte en moi à une vitesse fulgurante. Ça ressemble à ce qui m'habitait il y a une décennie et qui me faisait hurler et casser ce qui me passait sous la main. Mais aujourd'hui, je sais résister. Je ferme les yeux et avale ma salive pour contenir ma rage. Cette petite dame n'y est pour rien, après tout. C'est sur mon père que j'aurais dû hurler.

— Ma jolie Joana, je ne peux qu'imaginer ce que tu as pu ressentir et ce par quoi tu passes maintenant, mais si cela peut apaiser un peu ta peine, sache que Dario a vraiment été détruit quand il t'a crue morte. Il n'était plus suffisamment lucide ensuite pour réagir correctement. Il ne savait pas le montrer, mais il tenait à toi. Il n'était simplement pas en mesure de comprendre ce qu'une adolescente pouvait traverser.

Je ne suis pas prête à entendre tout ça. Je suis incapable de prendre du recul et de pardonner. Pourtant, j'écoute la longue explication de Mireille. En gros, mon père m'a vraiment crue morte à cause des affaires que j'ai perdues dans cette maudite forêt en fuguant. Voulant lui permettre d'aller de l'avant, elle l'a alors convaincu d'organiser des funérailles au moment où mon décès serait reconnu par les autorités. Ils ont commencé à tout préparer, seulement je suis revenue avant qu'elles n'aient lieu. Incapable de gérer ses émotions, il m'a foutue dehors, et je suis retournée à Paris.

Il a laissé Mireille organiser une cérémonie de funérailles tout en sachant très bien que j'étais vivante ! Il m'a rejetée après avoir été détruit par ma disparition ! Ceci n'a aucune logique. Ma colère me dicte que ce n'était qu'une question d'ego. Affronter le regard des gens du village, étaler ses faiblesses... c'était pire à ses yeux que de perdre sa fille pour de bon.

— Allez, mange ! me motive Mireille avec un sourire. Ma mère me disait de toujours voir le bon côté des choses, alors si tu veux mon avis, tu vas pouvoir profiter de ton retour ici pour faire tout ce que tu n'as pas fait quand tu étais ado !

Tout ce que je n'ai pas fait quand j'étais ado ? La bonne blague ! Y'avait rien à faire à l'époque, et ça n'a pas changé.

Je lorgne la maison en face, celle de mon père, et mon souffle se fait court.

— Merci pour le repas...

— Avec plaisir. On se verra peut-être demain...

— Hum... Peut-être...

Vais-je survivre à une nuit seule ? La voisine presse affectueusement mon épaule, et je m'en vais. Quelques courtes secondes plus tard, je pénètre dans l'entrée assombrie par l'obscurité croissante. *Il est temps d'affronter, Joana !*

— Et nous voilà arrivés, annonce papa.

Je relève le nez de l'écran de mon lecteur DVD portable. Quoi ?

— Regarde, la maison est super.

Je suis son doigt tendu et détaille une maison beige.

— Tu seras bien, ici, décrète-t-il. Mieux qu'à Paris.

— Je crois pas, nan.

Il me lance un coup d'œil en biais. Ouais, bah t'aimes pas ce que je te dis, mais moi, j'aime pas devoir changer de vie sans explications ! Je connais personne, ici, moi. Et franchement, l'air pue la campagne.

— On en a déjà parlé, Joana. Allez, descends de la voiture, on a du boulot. Le camion arrive dans dix minutes, on doit ouvrir la maison et remettre le courant, balance-t-il alors que je m'extirpe du véhicule.

— Bonjour ! s'exclame soudain quelqu'un.

Je tourne sur moi-même pour découvrir une femme qui nous sourit comme une conne, plantée au milieu de la rue.

— Oh ! Bonjour, Mireille... marmonne mon père en se rapprochant d'elle.

Ils se font la bise, et il me semble immédiatement évident qu'il se passe quelque chose entre eux.

— Joana, je voudrais te présenter M...

Je tourne les talons, franchis le petit portillon sur le côté de la maison et trouve refuge dans le jardin. Hors de question qu'il me présente sa meuf ! Il fait quoi de maman ?

Je secoue la tête et allume la lumière. J'avance de plusieurs pas avant de délaisser le rez-de-chaussée pour grimper doucement l'escalier. La moquette sur les marches et le lambris aux murs font de ce passage un endroit déconseillé aux claustrophobes. Je n'ai jamais aimé passer là. C'est fou, rien n'a changé depuis mon départ.

Je pousse le battant de la première porte à ma droite, celle de la salle de bains. Il grince sinistrement. Après avoir enclenché la lumière, je retrouve le lavabo rose de mes souvenirs, assorti à la baignoire de la même teinte et au bidet qui va avec. *Un bidet, putain !* Le carrelage bleu des murs jure avec le reste. On se croirait dans un décor de cinéma des années quatre-vingt.

Je ressors et entrebâille la porte suivante, celle de la chambre d'ami. Rien n'a bougé ici non plus. Pas plus que dans la troisième pièce, mon ancienne chambre. J'avance jusqu'à la fenêtre et ouvre les volets. Je dois forcer, car ils semblent être restés fermés depuis mon départ. Après un tour sur moi-même, une nuée de souvenirs me happe.

On frappe à la porte, je fronce les sourcils.

— Joana ?

— Dégage !

Mon père ignore mon ordre et entre dans la pièce. Je suis assise contre mon lit et lui présente volontairement mon dos.

— Tu vas pas rester enfermée ici toute la journée, il fait super beau dehors !

— Fous-moi la paix.

Il soupire, et moi, je serre les dents.

— Arrête de faire la gueule et va te balader dans le village. J'ai vu un groupe de gamins de ton âge près de la fontaine. Tu pourrais aller t'amuser avec eux !

— M'amuser ? T'as cru que j'avais 8 ans ou quoi ?

— Non, c'est pas ce qu...

— Et j'ai rien à faire avec tes paysans, là !

— J'en ai ras le bol de ton comportement de petite fille pourrie gâtée ! T'es punie, bien joué !

— Et tu *vas faire quoi ? Me priver de sortie ?*

Il ne répond pas mais s'approche et me saisit le bras.

— Mais qu'est-ce que tu fais ?

— Je te punis ! Tu sors de chez moi ! Je ne veux plus te voir.

Il me force à me relever puis pousse, et même si je résiste, je me retrouve dans l'escalier. Très vite, il claque la porte de la maison sous mon nez.

— Tu as interdiction de rentrer jusqu'à 19 h 30 ! hurle-t-il de l'autre côté du battant.

— T'es cinglé ! Vieux con !

— Quoi ?

Je me tire en courant.

Je n'avais aucune envie de vivre ici. Personne ne m'avait demandé si j'étais d'accord, alors j'étais comme tous les ados contrariés : ignoble. *Me punir dehors... Il n'y avait que toi pour pondre un truc pareil, papa.*

Chaque objet que je vois me rappelle une dispute, une crise de larmes ou des cris. Que des mauvais souvenirs.

Je m'assieds sur le lit. Une petite pile de vêtements y est posée, couverte de poussière. Comme si mon père l'avait laissée là et n'y avait plus jamais touché. Je me crispe pour retenir mes larmes. Je ne sais pas pourquoi je ne les laisse pas couler. Par fierté, peut-être. Ou par colère. Je refuse d'être triste.

Mon esprit erre au fil de ce qui tombe sous mon regard. J'oublie que le temps passe, et mes sentiments habituellement si envahissants s'apaisent. Quand j'aperçois mon baladeur CD, j'ai carrément le sourire. Je quitte le lit pour l'attraper. Au poids qu'il fait, je comprends aussitôt qu'il ne contient pas les piles dont il a besoin pour fonctionner. Je le retourne quand même pour vérifier. J'avais raison. L'endroit où mon père stockait la réserve de piles apparaît immédiatement dans mon esprit. Je me penche pour saisir le classeur où sont rangés les CD et je quitte la chambre pour redescendre dans l'entrée. Je tire sur la poignée d'un des placards, et une odeur familière m'assaille. Je ferme les yeux une seconde. C'est son odeur, celle de mon père. Elle est si présente ici que j'ai eu le sentiment qu'il était en face de moi. Et j'ai été soulagée de croire, l'espace d'une seconde, qu'il m'avait fait une blague et qu'il était caché là depuis le début. L'énergie qui m'a conduite jusqu'ici disparaît, et cette fois, mes larmes coulent. Un sanglot m'échappe, et je dois me retenir au battant en bois pour ne pas tomber.

23
Henri

— Arrête de t'excuser, y'a vraiment pas de mal, me rassure Eve.

— J'ai pu manger ta crème brûlée, c'est tout bénef pour moi, ajoute Chaton.

Ils ricanent, et je lâche un sourire en passant la porte. Le chien m'aboie dessus avant d'être repris par sa maîtresse.

— Hésite pas, si t'as besoin, me rappelle une fois de plus la propriétaire des lieux.

— O.K.

Mon pote et collègue me tape dans le dos.

— Allez, dégage. Demain, t'as une grosse journée.

— Ce pacte est merdique !

— Et t'as pas intérêt d'oublier !

Je penche la tête pour lui faire croire que je ne vois pas où il veut en venir, mais je dois caricaturer un peu trop car il pince les lèvres en fronçant les sourcils.

— C'est bon, je la ramènerai avec moi.

— De gré ou de force !

— Donc de force.

Il se marre, et je file en enfonçant les mains dans les poches de mon short. Je dois avoir l'air sûr de moi pour qu'il me laisse partir comme ça. Il y a quelques mois, il m'aurait interdit de rester seul après un truc comme ça. À croire que je suis plus doué qu'avant pour camoufler ce qui cloche. Ou que mon pote me fait à nouveau confiance.

Je m'attends à passer une nuit blanche. Même si le phénomène Joana Mancini m'a assez pris la tête pour faire passer cette crise-là, elle n'empêchera pas les suivantes. Je vais tourner en rond chez moi sans parvenir à apaiser mon esprit.

Je traîne ma carcasse à l'autre bout du patelin sans aucune envie de rentrer chez moi. Je vais m'arrêter chez mon grand-père discuter un moment avec lui. Ou plutôt, tenter de capter des mots entre les grognements et les haussements d'épaules.

Arrivé dans l'allée qui conduit chez lui, je découvre deux scooters jetés en vrac devant chez mon aïeul. J'ai à peine le temps de faire deux pas supplémentaires que des rires s'échappent par la fenêtre ouverte de sa cuisine. Sans surprise, je découvre mon grand-père et son pote de conneries en train de trinquer avec de petits verres. La taille de ceux-ci n'annonce rien de bon, ils ont sorti l'eau-de-vie maison, distillée illégalement dans la cave du père Lapin il y a dix ans. Ils boivent cul sec avant que l'un d'eux me remarque.

— Qu'est-ce que vous fêtez ?

— Une victoire ! s'exclame le père Lapin en remplissant son verre.

— Et les deux scooters, là, c'est quoi ?

Ils échangent un regard et haussent les épaules d'un même mouvement.

— Vous n'avez quand même pas acheté ces trucs à vos âges ?

— Acheté ? grogne mon grand-père.

Je fronce les sourcils et les observe pendant qu'ils remettent une tournée en route. *Qu'est-ce qu'ils ont encore foutu ?* Ça sent l'embrouille à plein nez. Je fais le tour des engins couchés à même le sol et éclaire les plaques grâce à la lampe torche de mon portable. L'un n'en a pas et l'autre affiche une suite facilement mémorisable.

Je suis rassuré de constater qu'il y a les clefs dans les barillets, ils ne les ont au moins pas volés. Mais qui a osé leur prêter ça ? C'est un coup à les retrouver morts dans un fossé. J'attrape les deux porte-clefs discrètement, les fourre dans ma poche avant de retourner à la fenêtre qui m'arrive au niveau du torse. Une odeur étrange m'assaille lorsque j'appuie mes avant-bras sur le montant. Je comprends très vite qu'il leur reste des cigares du préfet et qu'ils ont décidé d'en profiter.

— Bon, les vieux, je rentre. Faites pas de connerie.

— T'inquiète pas. Laisse-nous vivre, tant qu'on peut ! réplique le père Lapin.

Je pince les lèvres et lâche un sourire en tapotant du plat de la main sur le bord de la fenêtre, puis je m'éloigne.

— Au fait, elle va bien, ta môme à paillettes ? s'exclame-t-il.

— Ce n'est pas *ma* môme à paillettes. Mais oui, elle va bien.

— Ah bon ? O.K.

Je m'immobilise en fronçant les sourcils. Pourquoi il me demande ça ? Je fais machine arrière.

— Pourquoi ? demandé-je en me pointant à nouveau à la fenêtre.

— Elle s'balade dans le village. En chialant.

Il a lâché ça sans me regarder. Les deux anciens trinquent et se marrent encore. Je regarde la porte de chez moi à quelques mètres d'ici et le reste du village au bout du chemin.

— Pour de vrai ou tu veux juste te débarrasser de moi ? interrogé-je.

— Depuis quand tu nous empêches de faire ce qu'on veut ?

C'est vrai, ils sont capables du pire, et ce juste sous mon nez, même quand je suis en service.

J'hésite un instant puis un visage apparaît dans mon esprit et je me casse à petites foulées. Je pars aider Joana ou je me fuis moi-même ? Après une courte course, j'arrive sur la place du village et prends la direction de sa rue, mais je me ravise quand une intuition subite s'empare de moi.

Je progresse à la lumière de mon portable. Je n'ai heureusement pas besoin d'aller bien loin, je retrouve la jeune Parisienne assise sur l'une des deux grosses pierres qui ornent l'entrée du cimetière.

— Cet endroit n'ouvre ses grilles que dans quelques heures...

Elle hausse les sourcils puis hoche la tête sans me regarder. Pas gêné par son silence, je m'installe sur l'autre grosse pierre. Je connais la sensation d'avoir besoin d'un moment pour reprendre pied dans la réalité et être apte à communiquer.

— On te paie pour me suivre ou quoi ? finit-elle par lâcher.

— Non, mais je devrais peut-être demander des heures sup' pour ça... songé-je à voix haute.

J'entends un petit ricanement, mais la jeune femme ne bouge pas.

— Qu'est-ce qu'il se passe avec cette maison ? Elle est hantée ? ajouté-je en parlant de celle de son père où, visiblement, elle a du mal à rester.

— Ouais, hantée par mille souvenirs. Un vrai cauchemar.

— Ah ! Du coup, il ne reste plus qu'un truc à faire...

Elle relève le nez dans ma direction.

— Me frapper fort la tête pour que j'devienne amnésique ?

— C'était ma seconde option. Je pensais d'abord brûler la maison !

Elle fronce les sourcils, et son regard s'illumine soudain d'une drôle de lueur. *Elle ne pense pas vraiment que je suis sérieux ?*

— Mais t'es un génie, inspecteur spécial Bouseux !

J'ouvre la bouche, sous le choc.

— T'es malade ! Je déconnais.

Elle se lève d'un bond en repoussant ses cheveux bouclés en arrière.

— De l'essence, voilà ce qu'il nous faut. T'as un briquet ou une boîte d'allumettes ? Quoique... Ici, vous savez tous faire du feu avec des cailloux, non ?

Elle se dirige déjà vers sa rue, m'obligeant à la suivre au pas de course.

— Joana, arrête-toi ! Je te répète que j'étais pas sérieux !

— Je sais que t'étais pas sérieux, mais ça reste une très bonne idée ! Comme ça, plus de placard surprise, plus de moquette immonde et plus de souvenir de toute cette merde...

Elle trace sa route si vite qu'on arrive déjà vers la fontaine de la place centrale du village où se trouve mon lieu de travail. Si elle ne se calme pas, je l'attrape de force et je l'enferme en cellule !

— Tout brûler ne changera rien, tu auras toujours ta tête pour te rappeler tes erreurs, Joana ! envoyé-je en dernier recours.

Elle s'immobilise et me fusille du regard.

— T'es pour ou contre moi ? interroge-t-elle.

— Bah...

Je me gratte la tête. *Bonne question !*

— Je dirais... *poutre* ?

Elle grimace puis se met à rire.

— O.K., réponse validée par Queen Bee. Uniquement parce que je voue un culte aux mots mixés. Je *voulte* les *moxés*. Tu l'as ?

J'ai envie de m'esclaffer mais je me retiens. *Quel génie !*

— Cool, donc on ne brûle rien ce soir. On est d'accord ?

— Ouais... Mais pourquoi tu t'embêtes à retirer ton uniforme de gendarme si c'est pour être aussi chiant en civil ?

— Ah ! Attends, pas du tout, je suis t...

Un bruit nous interrompt. Les grilles du parking de la gendarmerie s'ouvrent soudain, et la voiture de service apparaît, gyrophares déjà en route. Elle s'arrête à notre niveau, et la vitre descend. Ma collègue La Bûche passe la tête par l'ouverture. À côté d'elle se tient un autre de mes collègues.

— Minot ! Tu tombes bien. On nous a signalé un cambriolage. Vol de véhicules et inondation volontaire derrière le pub à 6 km d'ici ! annonce-t-elle d'un bloc.

— Inondation volontaire ? répète Joana en fronçant les sourcils.

Moi, j'ouvre les yeux plus grand à mesure que les liens se font dans mon esprit.

— Quel type de véhicules, au juste ?

— Deux scooters 25 ! me répond le conducteur.

Eh merde !

— Description ? Deux vieux ?

— Affirmatif, Minot !

— Affirmatif... ricane la jeune femme à côté de moi.

Je prends une grande bouffée d'air et m'étire la nuque.

— Ils sont chez moi, les renseigné-je en touchant les clefs des scooters dans la poche de mon short.

Au moins, ils n'iront pas bien loin !

Mes collègues se mettent aussitôt en route, et la reine des abeilles se tourne vers moi avec un regard surpris.

— Comment ça, ils sont chez toi ? Inspecteur spécial Bouseux cache des fugitifs ?

— Oui et non. L'un des deux est mon grand-père... Je dois y aller, rentre chez toi !

Je tourne les talons pour partir en direction de mon domicile.

— Eh ! Attends ! Je veux venir ! s'exclame-t-elle dans mon dos.

— Rentre chez toi ! répété-je.

Je me retourne brièvement pour m'assurer qu'elle ne me suit pas et je la découvre les bras croisés sur sa poitrine en train de faire la moue. *Une enfant...*

— T'es sérieuse ? Arrête de bouder et rentre chez toi !

— Non !

— Reste pas au milieu de la route, merde !

— Tu comptes faire quoi pour m'en empêcher ?

Je fixe Joana une longue seconde et abdique.

— Amène-toi ! Mais te fous pas dans mes pieds, O.K. ?

— O.K. !

Elle se précipite dans ma direction avec un grand sourire.

Dans l'allée qui conduit chez mon grand-père, je découvre la voiture de patrouille qui fait marche arrière à toute allure. Mon premier réflexe est de pousser mon accompagnatrice dans mon dos. Ma main saisit ce qui est à sa portée et trouve sa paume. Soudain, surgissant de l'obscurité, un scooter frôle la voiture de gendarmerie. Dessus se trouvent deux petits vieux, morts de rire. Avant qu'on ait le temps de dire ouf, ils s'éloignent sur la route en contrebas, tous phares éteints et criant qu'ils nous ont bien niqués...

— C'était quoi, ça ? interroge Joana en observant la scène par-dessus mon épaule.

— *Go !* Roule ! s'exclame La Bûche à bord de la voiture qui file à leur poursuite.

Un détail me fait froncer les sourcils : une grosse pomme de terre est enfoncée dans le pot d'échappement de la voiture de gendarmerie. Il suffit de quelques mètres de plus avant que la voiture émette un son retentissant et s'arrête dans un nuage de fumée noire.

— Oh ! Merde... Ils n'en loupent pas une !

— J'y crois pas... souffle Joana.

Mes collègues sortent de l'habitacle et font le tour de leur voiture sans comprendre.

— Ton grand-père est génial !

— Ouais... Génialement casse-couilles, tu veux dire...

— J'en veux un comme ça ! envoie-t-elle, admirative.

— Le père Lapin est disponible. Mais si tu veux l'adopter, il va déjà falloir le retrouver vivant.

24
Joana

Adopter un petit vieux ? S'il est aussi badass *que celui-là, pourquoi pas !* Est-ce que c'est instagrammable, l'adoption d'un petit vieux ? Après les Instamums, ça pourrait être la nouvelle tendance. Enfin, si je n'avais pas foutu en l'air ma carrière en ligne en déversant ma haine contre un mort...

Henri lâche ma main et s'en va à grands pas dans l'obscurité. Je le suis, bien trop angoissée de me retrouver seule dans le noir. Il s'immobilise devant un scooter couché au sol. En face s'étend un grand néant, tant il fait nuit, tandis que sur ma droite se dressent une maison et un genre de grand garage.

— Flippant, ce coin... marmonné-je tandis qu'Henri redresse le scooter.

Il tripote deux clefs, essaie l'une d'elles sur le scooter, mais elle ne rentre pas. La seconde est cependant la bonne, l'engin démarre au quart de tour.

— Comment ils ont réussi à démarrer sans la clef ? se demande-t-il en grimpant sur la selle.

— Tu vas où ?

— Les chercher. Tu veux encore venir ?

— Ça va pas ? Je grimpe pas là-dessus, je suis pas un livreur Uber Eats !

Il hausse les épaules et fait faire demi-tour à l'engin.

— Rejoins mes collègues, ils vont te raccompagner, ajoute-t-il avant de démarrer.

Soudain, face au choix qui s'impose entre rentrer chez moi seule avec mes bagages merdiques et faire du scooter en pleine campagne à la poursuite du plus vieux cambrioleur de France, mon esprit tranche.

— Attends !

Je cours après Henri qui ne m'a pas entendue et, lorsqu'il ralentit en bas du chemin, je me jette à l'arrière du véhicule. Il se retourne, surpris, et me fusille du regard. Je pose les mains sur ses épaules et sens ses muscles se contracter sous mes paumes.

— Tu fais chier, reine des abeilles ! rage-t-il. Attends !

Il enclenche la béquille, quitte le véhicule et disparaît dans le noir sur la droite. J'entends un boucan d'enfer plus loin, puis il revient avec un casque qu'il enfonce sur ma tête et remonte en selle.

— Accroche-toi ! s'écrie-t-il pour couvrir le bruit du moteur.

J'enroule mes bras autour de sa taille et plaque mon menton sur son épaule. Je vois un peu la route qui défile, mais à l'instant, ce n'est pas ce qui m'importe le plus. L'odeur de mon chauffeur est en train de s'immiscer en moi. Il sent bon. Il sent la confiance. Ça faisait longtemps que je n'avais pas ressenti un tel bien-être. *Est-ce que la liberté ressemble à ça ?* Je relève un peu la tête et regarde le paysage.

— On va aller voir au château d'eau, c'est leur planque favorite ! me dit Henri les yeux rivés sur la route.

— O.K. ! On va grimper ?

— Non ! C'est interdit, Joana !

Pourtant, j'ai très envie de voir le monde depuis le haut de ce truc.

Après une longue route droite dont je savoure chaque détail, on ralentit fortement pour tourner sur la gauche. Un trou dans l'asphalte manque de me chasser de ma place. Je m'agrippe au tee-shirt d'Henri tandis qu'il lâche le guidon d'une main pour venir la poser sur les miennes réunies sur son ventre. Ses doigts se resserrent contre les miens comme pour s'assurer que je tiens bon. Dans le petit rétro rond, je croise son regard avant qu'il ne fixe à nouveau la route, et il se passe un truc en moi. Un truc bizarre qui ne m'était arrivé qu'une fois avant et qui me replonge des années en arrière.

De rage, j'envoie un coup de pied dans un caillou. Il part droit devant moi comme une flèche et s'enfonce dans le mollet de quelqu'un. Une nana aux cheveux blonds se retourne avec une tête horrifiée. Visiblement, elle a mon âge.

— Aïe ! Mais ça va pas !

Oups ! *Au fond, les remords me quittent assez vite. Il me suffit d'un regard pour savoir que je ne l'aime pas.*

— J'ai pas fait exprès, ça arrive, marmonné-je en faisant demi-tour.

— Excuse-toi !

Je hausse les sourcils. J'irais bien me terrer chez moi pour fuir ce conflit, mais mon père m'a interdit de rentrer jusqu'à 19 h 30, comme tous les jours...

— Qu'est-ce qu'il se passe ? interroge soudain une voix de mec.

Un jeune de notre âge sort de derrière les arbres, torse nu. Il tient un petit seau rempli de framboises et porte un sac à dos.

— Elle m'a balancé un caillou, mon cœur !

— Quoi ?

Il me détaille, et je me sens rougir. Je me retrouve incapable de réfléchir correctement.

— J'ai pas fait exprès, répété-je.

— Ah ! O.K. Ça peut arriver.

Voilà ! Exactement ce que je viens de dire !

— T'es nouvelle au village ? interroge-t-il.

— On s'en fout. On y va ! J'en ai marre de ta cueillette de merde, coupe sa copine.

Elle lui arrache le seau des mains et balance tout par terre. Quelle pétasse !

— Allez ! Mon père va partir, je veux le voir.

Elle se casse, j'en fais de même en sens inverse. Et mon père veut que je me fasse des amis ! Jamais cette meuf ne sera ma pote ! *Un coup d'œil m'apprend que le garçon ramasse les framboises dans l'herbe.*

— Eh ! Attends, t'aimes ça ? Tiens.

Il me rejoint et me tend le seau à nouveau rempli de fruits un peu écrasés. Je le prends, croise son regard très brièvement parce que j'ose à peine le regarder tellement je me sens rougir, et il s'en va en courant derrière sa copine.

— On y est ! Regarde là-haut, j'avais raison ! s'exclame Henri alors que mon souvenir s'évanouit.

Il lâche mes mains pour me montrer la direction dans laquelle regarder. Heureusement, les lieux sont éclairés, on y voit donc bien. Le bâtiment est immense et vraiment haut. En forme de champignon, il surplombe la zone. Tout en haut, assis les pieds dans le vide, deux petits vieux sont en train de trinquer avec deux bouteilles.

Henri stationne le scooter et on en descend. Pendant que je retire le casque, l'inspecteur spécial pose son portable contre son oreille.

— Allô ? Ouais, je les ai. Ils sont encore sur le château d'eau. J'en sais rien, ils doivent être totalement bourrés, en plus !

Je l'observe comme j'observais ce mec il y a dix ans, et mon cœur se met à faire ce truc qui fait rougir mes joues. J'en suis certaine, c'était bien lui. J'avais totalement oublié cet épisode, pourtant il m'avait marquée. Sa copine était une sacrée connasse... Je me demande s'ils sont toujours ensemble.

— O.K., je reste là. J'attends ! fulmine-t-il lorsque je reviens au présent.

Il raccroche et se tourne vers moi.

— Ça va ?

— Ta copine doit pas aimer que tu te balades en pleine nuit avec une autre, balancé-je sans me rendre compte de ce que je dis.

Il ouvre la bouche en fronçant les sourcils. *Queen Bee intervient sans me prévenir, parfois !* Il détourne le regard un court instant puis lâche :

— J'en ai pas.

Il s'éloigne aussitôt vers le château d'eau. *Merde, j'aurais dû la fermer !* En attendant, j'ai obtenu l'information qui m'intéressait.

Je pose le casque en hâte sur le scooter et je le rejoins alors qu'il passe au travers d'un trou dans le grillage qui entoure l'endroit. Je m'y engouffre à mon tour et perds une touffe de cheveux dans la bataille. Cependant, c'est un combat dont je ressors vainqueur en m'extirpant de l'autre côté. *Queen Bee ne perd jamais !* Le jeune gendarme me regarde bizarrement.

— Quoi ?

— T'es comme les sangliers, tu laisses des poils là où tu passes.

— T'es en train de me traiter de cochonne ou je rêve ?

Il imite le bruit caractéristique d'un de ces animaux tandis que j'avance dans sa direction avec la ferme intention de lui foutre un coup de pied dans le tibia. J'amorce mon coup en fixant ma cible. *Tu vas avoir mal, Henri. Personne n'insulte Queen Bee !* Il me prend cependant de court, me faisant oublier mon intention. Glissant une main sur mon front pour remonter lentement dans mes cheveux en pagaille. Mon regard se plante aussitôt sur le visage un peu au-dessus du mien. Le gendarme regarde ce qu'il fait avec concentration.

— Qu'est-ce qu...

— Bouge pas...

Mon regard ne dérive de ses lèvres que lorsqu'il me montre le dos de sa main. Une araignée grosse comme une pièce de deux euros est en train de parcourir sa peau avec précipitation.

— Tu vois, je n'ai pas peur de ces trucs-là, assure-t-il en toute détente.

J'ouvre la bouche tandis qu'un frisson me parcourt, m'obligeant à me crisper de la tête aux pieds.

— Oh ! Mon Dieu ! Enlève-moi ça ! Y'en a d'autres ? Elles sont combien ?

— Quoi ? Mais je l'ai déjà r...

Je me débats et secoue ma tignasse dans tous les sens pour m'assurer qu'aucune bête n'y est encore accrochée. J'entends des éclats de rire et je comprends que les deux vieux en haut du château d'eau sont ravis du spectacle.

— Joana, arrête, c'est bon...

— Mon Dieu, je vais mourir. Quelle horreur !

— Mais non, c'est bon. Y'en avait qu'une, et elle doit déjà être loin, avec le baroufle que tu fais !

— Et arrête avec ton Dieu ! s'exclame un des ancêtres au-dessus de nos têtes.

Je m'immobilise et leur envoie mon pire regard en remettant ma tenue en place.

— Ils vont voir, ces deux-là... grogné-je.

— Elle devait être dans le casque que je t'ai mis sur la tête tout à l'heure, explique Henri. Ça va aller ?

— Ouais.

— Elle est fâchée... Il manquait plus que ça, ajoute-t-il.

Je croise les bras et m'éloigne vers le bâtiment sans lui répondre. Je l'entends progresser derrière moi.

— Bon, vous deux ! Je vais pas y aller par quatre chemins, vous descendez maintenant et vous arrêtez vos conneries ou je v...

— On a des revendications ! coupe l'un des vieux.

— Tu te fous de moi, père Lapin ? questionne Henri.

— Ce vieux me plaît, je crois que j'ai vraiment envie de l'adopter ! remarqué-je.

S'il arrive à mettre Henri dans un état pareil, il est forcément fabuleux.

— Vous vous ressemblez, en tout cas. Il est...

— Génial ! complété-je.

— Casse-couilles ! finit-il. Il ne se passe pas une semaine où il ne fait pas un truc qui pourrait l'envoyer en prison !

— Tu veux que je sois encore plus fière de lui ou quoi ?

— On veut de la bière ! réclame une voix loin au-dessus de nous.

— Et des filles ! ajoute l'autre.

— Ton grand-père est pas mal non plus, dans son genre.

— Il est adorable quand le père Lapin n'est pas là, se défend le gendarme. Bon, je leur laisse cinq minutes et je vais les chercher !

Il scrute sa montre et commence à faire des allers-retours comme un lion en cage. Je le regarde faire en me marrant. J'espère que les deux vieux arriveront à leurs fins.

Lorsque le temps s'est écoulé, Henri lance un coup d'œil vers le haut du château d'eau. Je fais de même, et on se fige en même temps.

— Ils sont où ? s'exclame-t-il au moment où j'entends du bruit dans mon dos.

Je me retourne et je vois, dans la pénombre, les deux grands-pères passer, le dos voûté pour ne pas attirer l'attention.

— Papi ! Je te jure que cette fois vous allez finir en cellule ! menace Henri, qui s'affole sans les voir.

— Joana, va au scooter au cas où ils tenteraient de se faire la malle !

Je le fusille du regard. Queen Bee n'obéit jamais !

Je tourne les talons et, arrivée au trou dans le grillage, j'aide les deux ancêtres à passer, puis à ramasser leur engin. Celui que je suppose être le père Lapin me montre le scooter sur lequel je suis arrivée d'un geste du menton.

— En route, la môme à paillettes, ou De Funest va nous rattraper !

Je ne comprends rien à ce qu'il dit, mais quand je vois les clefs sur le contact, je n'hésite pas une seconde.

Je monte, enfile le casque et démarre. Ils démarrent le leur dans la foulée tandis qu'Henri revient en courant. Il arrive au grillage quand on se met en route.

— Joana ! Mais qu'est-ce que tu fous ?

— Je change de camp ! Désolée, bébé !

Je suis les deux vieux, laissant Henri et le château disparaître dans la nuit. Le vent frais et le fait d'enfreindre les règles, rien de tel pour se sentir vivant !

25
Henri

Furieux après mon grand-père et le père Lapin, mais peut-être encore plus furieux après Joana, je prends la direction de chez moi. À pied. Aucun de mes collègues n'était disponible pour venir me chercher. Il faut dire que les équipes sont réduites la nuit et que La Bûche et son coéquipier étaient occupés avec le propriétaire du bar inondé par nos deux catastrophes ambulantes.

— Alors là, je te jure qu'ils vont tous finir en cellule ! Rien à faire que la reine des abeilles soit triste ou que les vieux aient plus de 150 ans à eux deux. Ils vont me le payer ! Je vais récupérer ma bagnole et tourner dans le village jusqu'à ce que je mette la main sur eux.

Après un bon quart d'heure de recherche infructueuse où je suis même allé vérifier les allées du cimetière, je découvre Joana qui discute tranquillement avec mes collègues devant le poste. Je me gare et me dirige immédiatement vers eux.

— Eh oui, finalement, on peut comprendre la réaction des grands-pères... fait-elle avec un sourire. Et puis, il n'y a pas tant de casse que ça.

— C'est vrai, ajoute mon collègue. C'était même plutôt drôle !

— Tellement ! Le coup du poulet, je ne m'y attendais pas ! surenchérit La Bûche qui roule des mécaniques devant la reine des abeilles.

Qu'elle se calme ! Joana n'est pas portée gendarme, et encore moins gendarmette !

— Ton intervention était magnifique ! s'exclame ma fuyarde en posant sa main sur l'épaule de ma collègue.

Quoi ?

— Oh ! Je n'ai fait que mon devoir !

— Tiens, t'es pas couché, toi ? balance soudain mon collègue en me voyant arriver.

Joana tourne la tête dans ma direction et m'adresse un sourire.

— Oh ! T'es là ?

Je serre les dents. Rien ne peut m'énerver davantage que quelqu'un qui minaude. Et Joana atteint des sommets, là. Je garde le silence, et il doit être écrit sur mon visage que je suis au bord de la crise de nerfs parce que même La Bûche, qui est la grande gueule du village, se la ferme. Mes collègues prennent vite congé sous prétexte d'avoir de la paperasse à remplir. Je me retrouve seul avec la reine des abeilles qui ne s'est pas départie de son sourire.

— La marche fut bonne ?

Elle se fout effrontément de moi. Je la fixe une longue seconde et je tourne les talons en me retenant de lui hurler dessus. *Mec, ignore-la et rentre te coucher. Te foutre en rogne, c'est tout ce qu'elle veut.*

— Hé ! Tu vas où ?

Je ne réponds pas et remonte dans ma voiture. Je reporte à demain l'arrestation des deux vieux.

— T'es fâché, inspecteur spécial Bouseux ?

Même à l'intérieur de l'habitacle, sa voix me parvient et me fait dresser les poils des bras. Je tourne le contact. Si je ne me contrôle pas, je pourrais lui passer les menottes. Ou l'embrasser. N'importe quoi ! La colère me fait vraiment disjoncter.

— T'es pas bon joueur ! poursuit-elle.

Malgré un second coup de clé, la voiture ne démarre pas.

— Allez, Henri, c'était marrant !

Je retente sans succès, et l'ennemi débarque à ma fenêtre.

— T'es en panne, ma jolie, lance-t-elle avec un air railleur de gros beauf.

Elle m'adresse un clin d'œil aguicheur.

— Tu veux que je te débouche la durite ?

A-t-elle la moindre idée des images qui s'imposent à moi ?

— Allez, arrête de bouder, j'aime pas ça.

À travers la vitre, j'observe son visage à une vingtaine de centimètres du mien et j'aime ce que je vois. Elle me sourit et fait une tête de chaton triste qui fonctionne parfaitement pour m'amadouer. J'ai envie de la consoler.

— Allez, j'ai un grand-père à séduire avant de lui proposer de l'adopter !

Je serre les dents, mais un sourire étire très brièvement mes lèvres.

— Ah ! T'as souri !

— Non.

— Quel menteur ! Allez, avoue !

Je baisse ma vitre et fronce les sourcils exagérément.

— Je n'ai pas souri.

Elle enfouit une main dans mes cheveux et y met un merdier pas possible.

— Voilà, j'avais envie de faire ça depuis longtemps. T'es encore plus beau comme ça ! s'exclame-t-elle. Tu ferais un carton sur Instagram !

— Arrête de me passer de la pommade et va pousser !

Elle éloigne sa main de ma tignasse et croise les bras sous sa poitrine tandis que je desserre le frein à main.

— Tu vas devoir pousser ma voiture pour te faire pardonner, expliqué-je au cas où elle n'aurait pas compris.

— Euh, tu m'as bien regardée ? demande-t-elle en désignant son petit gabarit.

— J'ai marché cinq kilomètres dans le noir complet à cause de toi, répliqué-je.

Elle pince les lèvres.

— O.K., tu m'as bien regardée, confirme-t-elle en tournant les talons.

Je scrute devant moi, prêt à diriger la voiture lorsqu'elle avancera. J'attends, mais rien ne se passe. Je penche la tête par la fenêtre et écoute. Rien non plus. Je regarde rapidement dans le rétro central et ne contemple que du noir. *Je n'y crois pas, elle s'est cassée ?* Je tire le frein à main avant de sortir de la voiture avec un sentiment admiratif. *Elle a osé ! Cette nana est géniale. Chiante, mais géniale.* J'arrive vers le coffre et, à ma grande surprise, je la trouve là, presque en boule, à pousser contre la voiture comme le ferait un bouc énervé.

— Avance, putain de voiture... grince-t-elle.

Ses pieds dérapent sur le sol, elle semble donner un effort physique énorme, mais le véhicule ne bouge même pas sur ses amortisseurs.

— Oh ! inspecteur, j'y arrive pas ! s'exclame-t-elle sans ménager sa peine.

Elle relève le nez, repousse ses cheveux, et son regard tombe sur moi. Elle se redresse aussitôt.

— Mais va conduire ta bouse ! Je pousse, là !

Je laisse un petit rire m'échapper et j'aspire une lente bouffée d'air.

— On échange, je vais pousser.

Elle hausse les sourcils, me regarde, hausse cette fois les épaules et avance vers moi.

— Ça, ça veut dire que je suis toute pardonnée, constate-t-elle en me poussant pour passer.

— Pas du tout ! Et fais attention, les freins sont un peu secs.

— O.K.

— Tu sais où on va ?

Elle secoue la tête en s'installant derrière le volant.

— Là où on a pris le scooter tout à l'heure ! Tu vois où c'est ?

— Ouais. En même temps, y'a trois rues dans ce bled, c'est pas sorcier !

O.K., elle semble gérer ! Je m'attelle donc à pousser. Impossible de faire avancer la voiture. Elle bouge néanmoins, je pousse donc assez fort. En même temps, c'est la première fois que ça m'arrive.

— Bon, alors ? s'impatiente Joana.

— Retire le frein à main ! crié-je.

— Oups !

J'attends et je pousse à nouveau. Toujours rien.

— J'y arrive pas ! C'est quoi, cette bagnole de merde ?

Je la rejoins, me penche dans l'habitacle entre elle et le volant et j'enrobe sa main avec la mienne pour débloquer le frein.

— Voilà, là, j'ai réussi, lâche-t-elle alors que je me redresse.

— Fais attention avec le volant, il est un peu raide. Anticipe pour tourner, O.K. ?

— Ouais, ouais, t'inquiète !

L'instant suivant, je pousse, et la voiture avance enfin. On doit aller sur la droite dans la rue en face de la gendarmerie, puis c'est tout droit jusqu'au chemin de terre qui constitue mon allée. Rien de compliqué.

— Oups... Je suis vraiment désolée, Henri, me répète pour la troisième fois Joana en se rongeant un ongle.

Je reprends mon souffle.

— Mais le phare est cassé, vraiment ?

— Oui, il est en miettes par terre, tu vois bien ! Bon, il faut la faire reculer un peu. Et cette fois, prépare-toi mieux pour tourner !

— Mais le volant est bloqué, impossible de tourner !

— Mais non, il n'y a pas la direction assistée, alors quand on roule doucement, c'est difficile à tourner, c'est tout !

Elle bougonne qu'elle n'y est pour rien et que la voiture a foncé d'elle-même dans le mur à l'angle de la gendarmerie. On a piétiné le parterre de fleurs, aussi... Un vrai carnage. Je n'ai pas fini d'en entendre parler !

Je tire le frein à main, en sueur.

— Bon, bah ça a été, finalement ! envoie Joana dans mon dos.

Elle se fout de moi ? J'ai fini par pousser la voiture moi-même tout en la dirigeant pendant qu'elle parlait sans discontinuer dans mon dos. J'ai appris au passage qu'elle n'avait pas le permis et qu'elle n'avait jamais conduit avant ce soir...

Je laisse la voiture dans l'allée en me disant qu'il faudra que je pense à dire à mon grand-père de regarder ce qui cloche. Comme d'habitude, il va réparer ça en un tour de main. Je me redresse et m'étire sous le nez de la reine des abeilles.

— Je te préviens, tu rentres chez toi. Il est hors de question que tu ailles rejoindre les deux vieux, où qu'ils soient ! la menacé-je.

— Ah ! non... il est super tard.

— O.K., super.

Je me dirige vers la porte de la grange en ayant hâte de m'affaler dans mon canapé après une bonne douche. Je m'y vois déjà. Pourtant, je m'arrête pour regarder la jeune femme qui n'a pas bougé d'un pouce. Elle évite mon regard, et ses doigts triturent les manches de son sweat.

— Qu'est-ce qu'il y a ?

— Rien.

— O.K.

— O.K.

— Donc, bonne nuit. À plus tard.

— Bonne nuit, ouais.

Je devrais peut-être la raccompagner... Pris de remords, je fais demi-tour une fois arrivé à ma porte et je percute Joana. *Mais putain, je l'ai pas entendue avancer ! Elle est flippante.* Je vais commencer à croire à la théorie d'Éric qui affirme que c'est une morte-vivante...

— Oh ! Pardon.

— Mais qu'est-ce que tu... ?

— Je veux pas rentrer chez moi. Cette baraque me terrifie. Je me demandais si je pouvais dormir chez toi.

Parce que je te fais confiance et que chez toi y'a pas de fantômes, envoie-t-elle d'une traite.

Elle reprend son souffle et me sonde en attendant ma réponse. Qu'est-ce que je fais ? Je peux inviter une fille chez moi, mais est-ce que j'en ai envie ? Surtout une fille qui me fait l'effet de Joana. Personne ne m'a jamais fait autant sortir de mes gonds.

— Je te jure que je serai discrète. Je ronfle pas !

Je l'observe tandis qu'elle accroche ses mains à mon haut, alors que les miennes restent dans mes poches.

— Je peux dormir par terre ! Et même faire le ménage. Et je t'assure que c'est pas mon truc mais, là, j'ai vraiment besoin de ton aide.

Je fixe ses lèvres bouger. *Mon œil, je ne crois pas une seconde à sa promesse de faire le ménage !*

— Dis oui ! S'il te plaît. Sinon, je dors dans la voiture !

— Arrête tes conneries, tu n'arriverais jamais à dormir dans cette merde. Allez, entre.

26
Joana

Je ne sais même plus quand j'ai vu un téléviseur à écran plat pour la dernière fois. Je suis tellement heureuse que je ferais bien un câlin à l'appareil, mais le propriétaire des lieux m'embrouillerait à coup sûr.

Aussi étonnant que ça puisse paraître, l'aménagement n'est pas aussi arriéré que j'aurais pu le croire. C'est un peu bizarre quand même, on dirait que des travaux ont été commencés et que les meubles ont été posés sans qu'ils soient terminés. Je pensais vraiment que Monsieur inspecteur spécial Bouseux vivait dans une maison comme celle de mon père : avec une organisation militaire qui ne laisse rien traîner. Mais contre toute attente, l'intérieur semble vivant. Il y a du bordel à droite à gauche, des éléments de déco plutôt rares sont posés par-ci par-là, et du linge traîne sur le dossier du canapé. Je me sens cent fois mieux ici que dans la maison qui est censée être la mienne... Au fond de la grande pièce principale se dresse une montagne de cartons. Henri vient peut-être d'emménager, sinon, pourquoi ne les aurait-il pas défaits ? Dans mon dos, le gendarme balance ses baskets dans un coin déjà chargé d'un amas de paires.

— Fais comme chez toi.

— Me dis pas ça, je vais en foutre partout en trois minutes, répliqué-je.

— Tant que tu ne pètes rien... Je vais prendre une douche.

— O.K.

Mon regard tombe sur un vieux buffet dont on n'aurait gardé que le bas et ôté les portes, rempli de livres. Alors comme ça, Henri est un lecteur ? Je détaille les titres de la première pile pour découvrir ce qui l'intéresse. *La Permaculture.* Kézako ? *Bien vivre avec son jardin. Potager : 1 000 choses à savoir.* S'il a lu tout ça, il doit avoir un potager à l'image des jardins suspendus de Babylone. Il doit faire pousser des arbres à Kinder, des plants de guimauve et du lierre en réglisse. *Et voilà, j'ai envie de manger des conneries, maintenant !* La pile suivante réunit un autre genre de livres. Des romans policiers et quelques thrillers. *Comme c'est original, inspecteur !*

Le frigo me fait de l'œil au fond de la pièce. Je l'ouvre et découvre des boîtes hermétiques avec les jours écrits dessus au marqueur. *Est-il maniaque de la nourriture ou sa mère prend-elle soin de lui à l'extrême ?* Une canette de thé glacé rangée dans la porte me tend les bras. Je la saisis, referme le réfrigérateur et examine le reste de la pièce. Je m'approche de l'échelle ancienne menant à l'étage. Dans la salle de bains où Henri a disparu, j'entends toujours l'eau couler. Je peux donc fouiner un peu ! Je pose la canette sur le coin du meuble télé derrière moi et je grimpe. *Oh ! C'est sympa !* Il n'y a rien d'autre qu'un grand matelas et un autre tas de cartons. J'ai déjà plein d'idées d'aménagement. Je redescends à tâtons, ce qui s'avère plus compliqué que je pensais. *Henri m'en voudrait si je m'écrasais sur sa télé ?* Je tends la jambe pour atteindre l'avant-dernier barreau, mais l'échelle bascule en arrière. J'arrête immédiatement de bouger, et l'objet se plaque à nouveau contre le plancher de l'étage.

— Oh ! mon Dieu, Henri ! marmonné-je en me voyant déjà m'ouvrir le crâne par terre.

— Tu m'adresses une prière ou je rêve ? entends-je brusquement.

Je sursaute, ce qui a pour effet de me faire basculer à nouveau.

— Je n'arrive plus à descendre, au secours !

Henri soupire et secoue la tête, dépité. De mon côté, j'ai chaud tout à coup, mais pas à cause de cette échelle de malheur. Le gendarme porte un bas de jogging moche et... c'est tout. D'une main, il s'essuie les cheveux dans une serviette blanche. *Parole de Queen Bee, il est né pour être Instagrammeur ! Et d'où sort ce bronzage ?*

— Tu es montée toute seule, tu vas trouver le moyen de descendre. Qu'est-ce que je t'avais dit à propos des conséquences de nos actes, déjà ? Que j'allais t'apprendre !

— O.K., je vais rester là !

— Mais non, descends. Ou remonte. C'est là-haut que tu dors.

— Je suis pas fatiguée.

— Bah descends, alors.

Il s'éloigne sans un regard en arrière, comme s'il se moquait de ma mort imminente. Je vois ses épaules carrées disparaître sous la mezzanine et j'entends qu'il ouvre le réfrigérateur. Je reprends mon souffle et retente de tendre la jambe vers le bas. L'échelle tremble, ou peut-être est-ce moi. Quoi qu'il en soit, je flippe. *Mais ce n'est pas vrai, je vais pas rester bloquée ici toute la nuit, quand même !* Henri réapparaît dans mon champ de vision.

— T'as pris la dernière canette, grogne-t-il.

Je tente de prendre une position naturelle sur mon perchoir, la joue sur la paume. Il me scrute sans bouger. *Se demande-t-il ce qu'il va faire de moi ? S'il choisit de me laisser là, je reste là.*

— Qu'est-ce que tu fais ?

— Je suis... T'inquiète.

Oups, je n'ai rien trouvé d'autre à répondre ! Il attend un moment puis se met à rire.

— Mais comment tu as survécu, jusque-là ? questionne-t-il en s'approchant.

Ses mains attrapent ma taille et accompagnent ma descente en me stabilisant.

— Paris est une vraie jungle, tu as dû risquer ta vie tous les jours !

— Tu crois pas si bien dire... Pourquoi crois-tu que je m'enterre ici ? Pas par ma propre volonté, en tout cas !

Il hausse les sourcils, visiblement surpris.

— Ton délire d'Internet est toujours d'actualité ? cherche-t-il à savoir lorsque je touche le sol.

— C'est pas un délire, c'est réel ! marmonné-je tandis qu'il attrape la canette sur le meuble télé.

— Assieds-toi, me propose-t-il en désignant le canapé. T'as faim ?

— Nan, ça va, merci.

Il s'éloigne vers la cuisine et en revient avec un verre qu'il remplit de thé glacé avant de me tendre ce qu'il reste dans la canette. Je prends place délicatement sur un bout du canapé, et Henri se jette à l'autre bout, me faisant rebondir. Toujours le torse au vent, il pousse un énorme soupire.

— Ces deux vieux m'épuisent. Ils sont où, au fait ?

— Alors ça... Je les ai suivis jusqu'à une ferme où ils ont rempli les coffres des scooters d'un truc immonde qui sentait la merde...

— Du fumier ?

— C'est ça. Ensuite, on est allés au village voisin, on a garé les deux-roues devant un vieux pub moche où un poulet courait partout, et ils m'ont dit : « On connaît rien à la vie, nous ? On verra ! », puis ils ont disparu dans la forêt en face, et tes collègues sont arrivés.

J'arrête de parler et j'observe mon interlocuteur qui hoche la tête.

— Ils ont dû s'embrouiller au bar, comme d'habitude...

Le silence revient. Je fais mine de regarder la télé, mais elle est éteinte.

— Alors, enchaîne-t-il. C'est quoi, ton problème à Paris ? J'héberge qui, au juste ?

Je reprends une si grande bouffée d'air que mon corps bouge de haut en bas. Mes épaules s'affaissent sous le poids de tout ce qui me revient en tête.

— Il se passe que... je suis vraiment la meuf la plus stupide de cette planète. Mais je suis pas certaine de vouloir te raconter...

— T'inquiète, j'ai laissé mes menottes au poste.

Un petit rire m'échappe.

— Dommage ! Tout le reste de notre nuit tombe à l'eau, du coup, répliqué-je en le faisant rire.

— S'il s'agit de t'attacher, on peut s'arranger ! entre-t-il dans mon jeu.

On rit comme des phoques, et le sérieux revient quand il se tourne un peu vers moi en prononçant :

— Allez, arrête d'éviter le sujet. Parle-moi, Joana.

J'évite le sujet, en effet. Ainsi que le regard de ce gendarme beaucoup trop perspicace. J'attrape le plaid sur lequel je me suis assise et m'enroule dedans avant de commencer mon récit. Je débute au moment où j'ai reçu la lettre. Ce foutu morceau de papier qui a tout bouleversé.

Henri m'écoute en sirotant son verre de temps à autre. Il grimace par moments, fronce ou hausse les sourcils.

— Voilà, tu sais tout... J'ai tout gâché et je me retrouve obligée de me planquer dans le dernier endroit où je voulais être sur terre... Fauchée et sans boulot.

— Alors ton travail, c'était... Instagram ?

— C'est tout ce que tu as retenu ?

— Et tu dis que t'es connue...

— Ouais...

— J'ai l'impression que tu viens d'un autre monde. Parce qu'ici, tu étais juste cette fille qui n'est jamais rentrée chez elle...

J'évite son attention.

— Ouais... Pour ça aussi, tu veux que je te raconte comment on en est arrivé là ?

— Oui, mais pas ce soir. Je dois dormir et toi aussi. Demain, on a une grosse journée.

— Hein ?

— Mademoiselle Queen Bee. Non, je préfère définitivement Madame la reine des abeilles... Demain, vous devrez assurer des travaux d'intérêt général suite à votre nuit de folie dans le village.

— T'es pas sérieux ?

— Si. Allez, au lit !

— Non.

— Si.

On exécute un combat de regards jusqu'à ce qu'il arrache le plaid qui me couvre.

— Je peux pas dormir sans regarder un écran !

Il soupire, me balance le plaid et allume la télé avant de se lever.

— Si tu ronfles, je jette tout ce que je trouve. Tant pis si c'est un carton rempli de livres !

Il m'adresse une grimace en grimpant à l'échelle, puis je l'entends s'affaler sur le matelas.

— Bonne nuit, inspecteur spécial Bouseux.

— Bonne nuit reibeille, répond-il. Tu l'as ?

— Je l'ai, grave.

Il ricane en même temps que moi. Je lorgne une émission d'enchères en m'allongeant. Je suis bien, là. Ça m'a fait du bien de parler. *Henri me fait du bien...*

27
Henri

Je suis réveillé mais je n'ai pas envie d'ouvrir les yeux. Mes épaules sont déjà douloureuses alors que je n'ai pas encore bougé. Le sentiment de ne pas avoir envie de commencer la journée m'accable tous les matins.

— Aaaaatchoumm !

Surpris, j'ouvre les yeux.

— Je suis malaaade, râle Joana depuis le canapé.

Elle termine sa plainte en toussant.

— Complètement ! Malaaaadeuh ! ajoute-t-elle d'une voix éraillée.

Elle chante à cette heure-là. *Sérieusement ?*

— T'es réveillé, Henri ? Allez, debouuuut ! Je veux un petit-dej au lit. Je suis Queen Bee, merde !

Je referme les paupières en me frottant le visage des deux mains. *Mais quelle emmerdeuse !*

— J'ai eu froid toute la nuit ! Tu n'as pas le chauffage ? enchaîne-t-elle.

Je me redresse sur le matelas et traîne ma carcasse jusqu'au bord de la mezzanine. Ma tête et mes épaules apparaissent au-dessus d'elle. Joana m'adresse un grand sourire.

— Bien dormi ? T'as ronflé, on aurait dit une vache qui accouche. C'était atroce !

— Je vais te mettre en état d'arrestation pour violation de domicile, Joana, articulé-je.

— Tu m'as laissée entrer hier soir, je te rappelle !

— C'est interdit de parler autant à cette heure-là.

— Oh ! Inspecteur spécial n'est pas du matin ?

Je me redresse et scrute l'échelle. Je ne vais pas descendre par là car elle manque clairement de stabilité, comme Joana a pu s'en rendre compte. Je fais donc ce dont j'ai l'habitude lorsque je dors ici : je suspends mes pieds dans le vide et reste en appui sur mes mains. Puis je me laisse glisser petit à petit jusqu'à être suspendu au-dessus du sol, étirant mon dos au passage. Enfin, je me réceptionne par terre, sous le nez de ma bruyante invitée.

— Oh ! Merde, s'exclame Joana.

Je fronce les sourcils en me dirigeant vers les toilettes.

— On peut t'ouvrir un compte Instagram ? Je m'en occupe, t'auras juste à être toi !

— Mais qu'elle se taise ! envoyé-je en m'enfermant dans la salle de bains.

Je l'entends papoter toute seule derrière la porte pendant que je pisse. Je jette un œil au jardin par la fenêtre. *Merde, j'ai oublié d'arroser hier soir...* Il faut absolument que je m'en occupe aujourd'hui parce qu'il n'est pas prévu qu'il pleuve avant ce week-end. Je me lave les dents et je quitte la pièce après une seconde de pause pour me préparer à affronter Joana.

— Y'a une boulangerie ici ? Y'en avait pas quand j'étais ado !

Elle se tient juste devant moi. J'hésite une seconde à la porter pour la foutre dehors.

— Ah ! Enfin ! T'as mis une heure, j'ai failli pisser dans ma culotte.

Elle se faufile dans la pièce et referme la porte de la salle de bains derrière elle. D'une main, je me masse les tempes. Mon corps se met peu à peu en route pendant que Joana continue sur sa lancée avec le débit oral d'un commentateur sportif. Je perçois une question dans le flot de ses paroles.

— Mmh, réponds-je au hasard.

— Super ! Tu vas adorer !

Merde, qu'est-ce que j'ai accepté ?

Je sors de chez moi pour aller frapper à la fenêtre de la cuisine de mon grand-père. Il ouvre immédiatement.

— Comment t'es rentré ? me demande-t-il immédiatement.

— À pied.

— Mmh.

J'interprète son grognement comme un « C'est sympa de marcher ! »

— T'as du pain ?

Il tourne les talons et, avec des gestes lents mais précis, il sort son vieux couteau pliant toujours dans la poche arrière de son jean et découpe un gros morceau d'une miche de pain. Il l'emballe dans un torchon, ajoute du beurre dans du papier aluminium et me donne le tout.

— T'es le meilleur, papi Gris, merci.

— 'rien. Des œufs ?

Je refuse, mais il s'éloigne un moment et revient pour m'en donner deux encore chauds.

— 'sont durs, précise-t-il.

— Merci. Tu vas devoir m'expliquer ce que vous avez foutu hier.

— Ah ! Les p'tits cons du pub... Une sale affaire de fléchettes.

Je fronce les sourcils et me détourne. C'est tellement con que je ne veux pas en savoir plus, finalement !

— Oh ! Prends ça aussi pour ta môme à paillettes qui s'arrête pas d'causer.

Je réceptionne un pot de miel lancé depuis l'autre bout de la pièce.

Je passe la porte de la grange au moment où Joana quitte ma salle de bains.

— Franchement, au début, je me suis dit que cette douche était merdique, mais en fait ça fait un bien fou ! Par contre, je vais devoir passer chez moi avant d'aller faire tes trucs, là, parce qu'il devient urgent que je me change.

Je dépose le chargement de mon grand-père sur la table. Elle s'assied sur l'un des bancs autour de celle-ci tandis que je me dirige vers la cuisine. Après un instant, elle remue une eau chaude en choisissant un sachet de tisane, tout comme moi. Sauf que, contrairement à elle, je ne mets pas une heure à me décider. Je coupe deux grosses tranches de pain pour chacun.

— C'est quoi, ça ? demande-t-elle en me montrant un sachet dans la boîte en ferraille.

— De la camomille.

— Et ça ?

— De la camomille.

— Ah ! Merde. Et celui-là ?

— De la...

— ...camomille. Mais t'as que du thé à la camomille ?

— Bah oui.

Elle grogne et me fusille du regard.

— C'est pas du thé, en plus, mais de la tisane, ajouté-je.

— Hein ? Un sachet d'herbe qu'on met dans de l'eau chaude, c'est un thé. Point.

— Non, le thé vient de l'arbre à thé, la tisane vient de plantes séchées, rien à voir. Y'a pas de théine dans les tisanes, elles ont d'autres vertus. Et si tu me crois pas, attrape le livre derrière toi, le vert et bleu.

Elle plonge un sachet dans l'eau et se tourne pour aller attraper l'ouvrage. Elle se plante deux fois et finit par trouver le bon.

— Waouh ! Un best-seller, dis donc. *Herboristerie et Cie*. Son auteur doit vivre sa meilleure vie à Dubaï, là, balance-t-elle avec ironie.

Elle parvient à faire naître un sourire sur mon visage, ce qui ne lui échappe pas. *Ne l'encourage pas, mec !*

— Ne mélange pas ta vie et la mienne, s'il te plaît ! C'est mon père qui l'a écrit, et il vit pas à Dubaï. Il est certainement contre l'existence même de cette ville qui est une catastrophe pour l'environnement.

Elle repose le livre et me prend la tranche de pain que je viens de garnir d'une couche de beurre.

— Hé ! Mais tu...

— C'est quand même la classe d'avoir un père qui écrit des livres. Il vit ici ?

— Non, mes parents sont à Madagascar. Et rends-moi cette tartine immédiatement. Si tu en veux une, tartine-la toi-même.

Je saisis ma tranche de pain et repousse vers elle le pot de miel et un œuf qui ne roule pas droit sur la table.

— C'est quoi, ce truc ?

— Du miel.

— Eurk !

Elle n'est pas sérieuse ?

— La reine des abeilles n'aime pas le miel ?

— Ce truc sort du cul d'insectes ! T'es malade de bouffer ça.

— C'est hyper bon pour la peau et les cheveux, rétorqué-je.

Elle attrape le pot dans la seconde.

— O.K., je vais m'en foutre partout !

J'ouvre la bouche sous le choc, et elle explose de rire.

— Je déconne, inspecteur ! Mais je vais goûter, ça a l'air de te tenir à cœur !

— Mmh... On gâche pas la bouffe, chez moi.

— Au nom de la beauté, chez moi, on se fait des soins au miel. Ça coûte la peau des fesses sur Paris, ce genre de trucs.

— N'importe quoi...

— Et sinon, ils font quoi, tes parents, à Madagascar ? me demande Joana, le nez plongé dans le livre de mon père pendant que je lave nos tasses.

— Ils étudient la flore.

— Les plantes, c'est ça ?

— Ouais.

— Pour quoi faire ?

— Pour en savoir plus.

— Sur quoi ?

— Ben sur la flore locale, j'imagine. Équilibre biologique... Des trucs du genre.

— C'est quoi, le but, du coup ?

Mais elle est relou avec ses questions !

— Découvrir les cultures indigènes et écrire un autre livre sur les vertus des plantes...

— Ah ! Stylé. J'imagine tes parents comme Indiana Jones, maintenant.

— Ils ont des chapeaux, en effet, confirmé-je en m'essuyant les mains.

— Et ils font ça depuis quand ?

— Depuis toujours.

Je m'adosse à l'évier et la regarde tourner les pages.

— Ils partaient déjà loin quand t'étais petit ? Tu voyageais avec eux ?

— C'est arrivé, mais la plupart du temps, je restais avec mon grand-père et ma grand-mère.

— Oh ! Ça t'a pas rendu trop triste de ne pas les voir pendant de longues périodes ?

Si, terriblement...

— Ça va.

— Et ta grand-mère, elle est morte ?

— Oui, y'a six ans. Mon grand-père ne s'en remettra jamais...

Le silence revient. Elle s'est figée et relève le nez sur moi.

— C'est hyper triste ! Je vais pleurer...

Contrairement à ce que je pense, elle ne se moque pas de moi. Sa voix tremble, et elle affiche une tête de chaton malheureux. Ce qui fonctionne à nouveau pour m'étreindre le cœur. Incroyable, ce talent qu'elle a !

— Tu as marché sur sa tombe, l'autre fois. T'as toujours envie de chialer ? la charrié-je pour dissiper le malaise.

— Je suis vraiment désolée. J'irai déposer un truc dessus pour m'excuser ! Mais pour ma défense, t'avais l'air d'avoir envie de me tuer.

Je cligne des paupières sans répondre.

— Comme là... ajoute-t-elle en me reluquant avec méfiance.

— Bon, arrête ton délire. On va chez toi et tu te changes. Une grosse journée nous attend !

— Tu comptes mettre un tee-shirt, à un moment ? Sinon, je risque de pas du tout être concentrée sur ce que je vais faire...

Je lâche un sourire.

— Je te remercie pour le compliment, Joana.

— Mais de rien, Henri.

J'enfile un haut et on s'en va. Mon grand-père boit son café à la fenêtre lorsqu'on passe. Il nous salue en grognant.

Arrivés chez Joana, la porte est grande ouverte. Mais contre toute attente, elle est furieuse de constater que personne n'a pénétré dans les lieux.

— Mais quel village pourri ! Tu laisses tout ouvert pour faciliter la tâche aux cambrioleurs, explorateurs urbains et autres squatteurs, et il n'y en a pas un qui pointe le bout de son nez.

Visiblement, elle attendait beaucoup de cette nuit. Sauf qu'en dehors d'une forte odeur d'urine de chat, rien n'a bougé depuis hier.

— Pourquoi ça fouette comme ça ? interroge Joana.

— Les chats du quartier sont venus marquer leur territoire. Tu dois être contente, c'est inhabitable maintenant ! envoyé-je en riant.

— Parfait, je vais vivre chez toi, du coup, réplique-t-elle en attrapant un de ses sacs-poubelle.

J'arrête aussitôt de rire.

— Mon logement n'est pas un centre d'hébergement. Va chez la bonne femme d'en face.

— Tu veux ma mort ? Elle a un canapé avec des accoudoirs en bois, en parfait état !

Je me mets à rire, et elle sort des vêtements du sac.

— Alors… Pas ça… Pas ça… Ça ? Ah ! Non, pas ça… Ce jean ? Non, je vais avoir trop chaud.

Je l'observe pendant un instant.

— Bon. Qu'est-ce que tu fous ?

Elle relève la tête vers moi en repoussant ses cheveux.

— Je m'habille !

— Non, tu vides un sac. Pourquoi ça prend autant de temps ? Prends un haut, un bas et on y va !

— Quoi ? Mais attends, c'est pas une loterie. Y'a que toi qui portes du gris sur du gris !

Je lève les yeux au ciel en perdant patience. Joana va me rendre fou ce matin.

— J'attends dehors.

— Ah ! Voilà, le shorty parfait… Il ira très bien avec mes talons. Bon, le haut maintenant !

— Ne mets pas de talons ! Prends des baskets, envoyé-je en rejoignant la porte d'entrée.

— Je crois pas, non !

— Fais comme tu veux. C'est toi qui assumeras les conséquences !

28
Joana

— Tu m'as dit de faire comme je voulais !

Henri me détaille avec les mâchoires serrées et ne me répond pas. Les mains enfoncées dans ses poches, il marche trop vite pour que j'arrive à rester à sa hauteur avec mes talons hauts. Je remercie d'ailleurs le destin qu'ils se soient retrouvés dans un des sacs-poubelle, sinon j'aurais dû venir en chaussures plates. Et avec ce genre de short, ça me tasse. J'ai l'air de mesurer un mètre vingt-trois.

— Arrête de faire la tronche, j'aime pas !

Henri s'immobilise, et je manque de lui rentrer dedans.

— Le monde ne tourne pas autour de ce que tu aimes ou non, Joana ! Je vais pas arrêter d'être moi parce que tu n'aimes pas ! Je t'ai dit de t'habiller vite et de façon pratique, tu as mis trente-cinq minutes pour enfiler une tenue digne d'une soirée d'été dans un club !

Je le regarde un instant sans bouger. *Il me hurle dessus ou je rêve ?* Je prends soudain conscience de l'endroit où on se trouve. Soit sur le même trottoir que ce jour où il m'a donné des framboises et s'est écrasé devant son hystérique de meuf. *Et moi, il me hurle dessus ! C'est une blague ?*

— À elle aussi, tu lui hurlais dessus comme ça ?

Son mouvement de tête me laisse comprendre qu'il ne voit pas où je veux en venir.

— Ta meuf, celle qui te parlait comme à son chien, il y a dix piges. Tu te permettais de lui hurler au visage comme ça aussi ? Parce que je ne pense pas mériter que tu me manques de respect à ce point, Henri.

Il ouvre la bouche en me fixant droit dans les yeux. Il avale sa salive et cligne plusieurs fois des paupières. *La reine a piqué droit au cœur !* Il reprend sa progression, volontairement trop vite pour que je puisse le suivre. Dans un film romantique, cette scène aurait terminé en embrassade enflammée. Dans la vraie vie, je me retrouve juste seule pour de bon.

Ma gorge se noue, j'esquisse un pas puis m'assieds sur le bord du trottoir. *Concentre-toi, Joana. Ne pleure pas. C'est qui, ce mec, pour toi ? Personne !* Ma prière muette ne fonctionne pas. Des larmes coulent sur mes joues. Je ne sais pas trop pourquoi, d'ailleurs. En ce moment, tout se mélange dans ma tête : mes regrets, la solitude que je fuis en m'accrochant à Henri. Je ne devrais pas m'étonner qu'il me hurle dessus, je lui impose ma présence depuis mon retour dans ce bled. Mon père me l'a pourtant bien assez répété : « Vivre avec toi, c'est un enfer. Tu te penses au-dessus de tout le monde, c'est infernal. » Il avait raison, personne ne peut me supporter.

Mon regard tombe sur mes talons. Ils font tache dans ce contexte. Le champ en face de moi semble me demander ce que je fous là. *Bonne question !* Je retire mes chaussures et les balance au loin. Elles disparaissent dans les hautes herbes au bord du terrain cultivé. Je cligne des paupières avant de me rappeler le prix de ces trucs. Je me précipite pour les récupérer.

— Je suis conne, putain, je pourrais les revendre. Je suis désolée, je vous adore, en plus. Je sais pas pourquoi j'ai fait ça !

Je me fais fouetter par les herbes dans lesquelles je fouille à la recherche de mon précieux bien.

— Vous êtes où ? Mais pourquoi j'ai fait ça ?

— Hmm, hmm ?

Je me redresse d'un bond en entendant quelqu'un se racler la gorge tout près de moi. La personne en question porte un uniforme bleu foncé, une ceinture avec une arme et a un visage qui ne m'est pas inconnu.

— Je viens de croiser Henri.

— Ah ! Chaton, c'est ça ?

— C'est ça. Est-ce que vous allez bien ?

— Non, j'ai perdu mes chaussures, c'est grave.

Il laisse échapper un petit rire.

— Grave, grave ?

— Elles valent 1 200 euros !

Il ouvre de grands yeux et s'accroupit en vitesse.

— On va les retrouver.

Après un instant, il extirpe un de mes talons. *Il n'est pas abîmé. Ouf !*

— Vous êtes trop fort !

— 1 200 euros, c'est deux mois de loyer, marmonne-t-il.

— Non, c'est deux loyers qui représentent le prix de ces escarpins !

— J'ai le deuxième ! s'exclame-t-il.

Je récupère mon bien et les serre contre moi tandis que le gendarme se relève.

— Je suis désolée de vous avoir jetées comme ça. Je vous aime, promis, je ne vous vendrai jamais.

— À ce point ?

— Oui, elles ont une âme !

— À 1 200 euros, j'espère qu'elles ont en effet quelque chose d'exceptionnel.

Ce ne sont pas seulement des chaussures mais les accessoires indispensables d'une armure de confiance que j'enfile dans les moments difficiles. Peu de gens comprennent ceci, mais les vêtements de luxe aident les angoissés dans mon style à affronter le reste du monde. Et en ce moment, j'en ai cruellement besoin.

— Vous ne les enfilez pas ? me questionne le gendarme, surpris que je reste pieds nus.

— Non, je veux pas les abîmer davantage. Je vais aller les ranger et enfiler des baskets, comme me l'a recommandé Henri. Il va arrêter de me hurler dessus, comme ça.

Il fronce les sourcils.

— Il vous a hurlé dessus ? Vraiment ?

— Oui. Et j'ai pas aimé.

— Henri a hurlé ?

— Je viens de vous le dire. Vous avez des problèmes d'audition ?

— O.K. Bon, on va passer chez vous, puis vous viendrez avec moi.

Je le regarde, méfiante.

— J'ai fait une connerie ? me renseigné-je afin d'évaluer mes chances de finir en cellule.

— Non, pas vous. Par contre, il va falloir activer si on ne veut pas qu'il disparaisse je ne sais où, ce con.

J'aime beaucoup ce collègue d'Henri. Il traite Queen Bee comme il se doit, lui !

Après quelques instants de marche, j'entre chez moi tandis qu'il reste dehors.

— Pourquoi la porte est grande ouverte ? interroge-t-il.

— Pour que je me fasse cambrioler, mais ça fonctionne pas. Y'a juste des chats qui ont pissé partout, lui expliqué-je en fouillant la pile de vêtements par terre au milieu de la salle à manger.

— Je confirme, ça pue le chat, là-dedans.

— C'est pour ça aussi que je laisse ouvert.

— Il faudrait surtout faire le ménage. On demandera à Henri !

— Il acceptera jamais de faire ça !

Je ressors de la maison après avoir enfilé mes baskets.

— Il le fera, assure-t-il. Allez, en route, jeune fille, vous avez des travaux d'intérêt général à effectuer !

— Au fait, qui a décidé ça ? Ce n'est pas un juge qui doit statuer pour ce genre de choses ?

— C'est moi. Et c'est non négociable.

Je tente un regard dans sa direction, prête à rétorquer, mais je comprends vite que ce type n'est pas du genre à négocier.

— Vous allez vous énerver comme Henri jusqu'à ce que j'obéisse ?

— J'ai des moyens plus efficaces de vous faire coopérer, mais vous n'avez pas envie de les découvrir, croyez-moi. Et Henri ne s'énerve jamais !

— Faux, il m'a hurlé dessus !

Pour ce qui est des moyens de me faire coopérer, je le crois sur parole.

— Justement, ça veut dire beaucoup...

Je fronce les sourcils. Visiblement, je dois déduire quelque chose de cette remarque, mais quoi ?

— Il me déteste ?

L'homme qui marche à côté de moi se met à rire.

— Non, au contraire. Vous... Tu le déstabilises.

Quoi ? Il me lance un coup d'œil, certainement parce que je ne réponds pas, et il se marre alors qu'on arrive sur la place du village.

— Bon, j'allais prendre mon service quand je suis tombé sur vous, je file donc au poste. Henri est chez moi avec ma femme et ma fille. C'est là-bas que commencent tes travaux d'intérêt général. Tu prends la ruelle piétonne en face et, au bout, tu verras une porte bleu clair en bois, tu frappes et tu entres !

Il entre dans la gendarmerie en me lançant un sourire. J'ai déjà strictement oublié toutes les informations qu'il vient de me donner. Je n'ai jamais eu une bonne mémoire immédiate, et côté sens de l'orientation, c'est la catastrophe. À côté de la fontaine du centre du village, j'observe les alentours en hésitant sur la direction à prendre. Il me semble qu'il a parlé d'une ruelle, et j'en ai traversé une quand Henri me coursait l'autre fois, mais impossible de savoir de quel côté elle se situait.

Quinze minutes, au moins, que je tourne sans succès. Plus j'essaie, plus je me perds. En même temps, si je savais où je dois aller, ça serait plus simple.

— J'en ai marre. En plus, il fait trop chaud pour ces conneries !

— Quelles conneries ? interroge une voix dans mon dos.

Je fais volte-face et tombe nez à nez avec mon futur grand-père.

— Oh ! Mon papi ! Je peux vous appeler papi ?

Il hausse les épaules.

— Qu'est-ce que tu fous ?

— Je suis paumée, je cherche... la maison de l'officier Chaton.

— O.K. Suis-moi, la môme à paillettes.

Il tourne les talons et je le rejoins.

— C'est bien vous que j'ai croisé pendant mon évasion du poste ? demandé-je en repoussant mes cheveux en arrière.

— Oui ! D'ailleurs, bravo ! On n'avait encore jamais réussi ça avec le père Gris.

On pénètre dans une petite rue trop étroite pour laisser passer une voiture. *Je reconnais, je suis passée là lorsqu'Henri me pourchassait !* Le sol est fait de gros pavés pas droits.

— C'est là, précise le père Lapin une fois arrivé au bout de la ruelle.

— La porte bleu clair ! Oui, il a dû dire ça. Tout s'explique.

Je frappe tandis qu'il me fait signe et s'éloigne.

— Amuse-toi bien. C'est un bon gars, le gamin, grogne-t-il en continuant sa route.

— Hein ?

La porte s'ouvre sur Henri. Il lorgne mes pieds puis pénètre à l'intérieur en laissant la porte ouverte. *Et voilà, il tire la tronche...* Lorsque j'entre, un énorme truc qui sent vraiment fort se met à me hurler dessus. Je me retrouve plaquée contre le mur à côté de l'entrée, sans plus pouvoir bouger.

— Couché ! s'exclame une voix de femme.

Elle arrive dans mon champ de vision et adresse un regard autoritaire à son chien, le faisant taire.

— Désolée, je crois qu'il t'en veut encore !

— Mais pour quoi ?

Je remarque qu'elle porte un bébé, et la lumière se fait dans mon esprit. Ces joues, on dirait des prothèses mammaires… Merde, cette femme est mariée avec un gendarme et est amie avec Henri, à qui j'ai parlé de ces prothèses mammaires. J'espère qu'il n'a pas cafté. Sans compter que j'ai arrosé son chien de bière.

— Pour la bière ! Il n'a pas aimé du tout.

— Je suis vraiment désolée pour ça… Un fou furieux me pourchassait, j'ai paniqué et…

— T'inquiète, tu vas pouvoir te racheter. Allez, entre, tu vas pas rester là ! On est au jardin.

Je traverse un intérieur aménagé avec goût. C'est moderne. La cuisine est séparée de la pièce de vie par une verrière super tendance. La grande table de la salle à manger est garnie de chaises dépareillées. Un vase teinté en bleu, qui contient des plantes séchées, est disposé dans un coin de la pièce. Des affiches vintage sont dispersées sur les murs, et les poutres au plafond sont peintes en blanc, ce qui donne de la hauteur. Bref, c'est super beau. Et le clou du spectacle, c'est la très grande baie vitrée qui offre une vue panoramique sur le jardin. Je reconnais d'ailleurs l'endroit où j'ai atterri l'autre fois. Un petit écriteau en bois annonce : « Le coin du chien. »

— Eh oui… C'est bien ça, confirme la nana en grimaçant.

— Je vais gerber…

Je regarde le chien qui respire fort à mes pieds avec la langue pendue.

— On est quitte, le chien.

— C'est Desigual. Et moi, c'est Éveline, mais tout le monde m'appelle Eve, me dit-elle avec un sourire.

— Enchantée, Eve. Moi, c'est Joana, et tout le monde m'appelle Joana.

Elle se met à rire, remuant un peu son bébé qui dort contre elle.

— Ah bon ? J'ai entendu parler d'une histoire d'abeilles... Au fait, très joli short ASOS...

— Une connaisseuse !

Elle m'envoie un clin d'œil alors que nous sortons dans le jardin. C'est la fin de matinée, mais il fait déjà chaud. Henri est monté sur une échelle et fait je ne sais quoi sur le toit.

— Euh... Je dois faire quoi ?

— Passer les tuiles à Henri. Ensuite, tu laveras le chien.

— O.K., je...

Je m'arrête en pleine phrase quand mon cerveau analyse ce qu'il vient d'entendre.

— Laver quoi ?

Eve et Henri explosent de rire tandis que je panique. *Moi vivante, je ne laverai jamais ce truc !*

29
Henri

Je n'ai pas besoin de regarder ce qui se passe en bas pour imaginer la tête de Joana. Elle doit avoir la bouche ouverte, le regard qui vire de gauche à droite et une main en l'air. Bref, elle doit faire du Joana.

— Remets-toi, il est très gentil, ajoute Eve.

— Cool ! Qu'il se lave tout seul, alors, réplique la reine des abeilles.

— Ah ! Ça, il ne sait pas encore faire. Mais tu peux tenter de lui apprendre, si tu veux. Bon courage !

Je termine de remettre en place la tuile dont je m'occupe et je tourne sur moi-même pour récupérer les dernières que j'ai montées. Eve explique à Joana quoi faire pour me passer les suivantes et elle nous laisse seuls.

Je m'en veux pour mon craquage de tout à l'heure. Joana a raison sur toute la ligne. Elle ne mérite pas ça. Et, en effet, je me suis laissé faire pendant des années. Sa pique m'a fait cogiter. Au-delà de ça, je suis aussi resté sans voix parce que je ne pensais pas que la reine des abeilles se souvenait de moi à cette époque. On ne s'était croisés qu'une fois...

— Toujours vénère ? me demande-t-elle avec une tuile en main.

— Non, t'inquiète.

Elle s'immobilise et me reluque, les lèvres soudées.

— Et tu t'excuses pas ?

Je devrais, mais rien ne vient. Ce n'est pas aussi facile.

— T'es sérieux ?

— Tu me passes cette tuile, oui ou non ?

Elle regarde l'objet et, avant que j'aie le temps de comprendre ce qu'elle envisage, elle le balance sur la terrasse. La terre cuite explose en mille morceaux.

— Qu'est-ce qu'il se passe ? interroge aussitôt Eve depuis chez elle.

— Je suis vraiment désolée, la tuile m'a échappé des mains. Je vais ramasser !

— Ah ! T'inquiète, j'en ai une quantité industrielle ! J'ai eu peur que vous vous soyez blessés, je déteste les effusions de sang !

— Une quantité industrielle... répète Joana en me fixant.

— C'est pas une raison pour gâcher, rétorqué-je.

— Oh ! Des raisons, s'il en faut, j'en ai plein. Je commence par où ?

— Je m'excuse. Ça te va ?

— Pas trop, non...

Elle saisit une autre tuile et me regarde en haussant un sourcil.

— Je m'excuse de t'avoir hurlé dessus ! Donne-moi ça, maintenant.

— Ce n'est pas suffisant...

— Quoi ? Et puis quoi, encore ?

— Je veux t'entendre avouer que je méritais moins de me faire hurler dessus que la blonde à qui tu ne disais pourtant rien !

Je la scrute sans bouger. Le soleil cogne, et je me demande si je ne suis pas en train de rêver tout ça... Elle va trop loin.

— Bon bah... commence-t-elle en amorçant son lancer.

— C'est bon ! Je descends les chercher, je vais me démerder sans toi.

Une fois arrivé au sol, je lui prends la tuile des mains.

— C'est mal, de fuir, Henri !

— C'est toi qui dis ça ? Dors chez toi ce soir, qu'on rigole.

— Mais t'es méchant... J'ai envie de pleurer, maintenant.

Elle a raison. Encore une fois. Et moi, je fuis, comme d'habitude. Je prends quatre tuiles que j'empile et je lui tourne le dos pour rejoindre l'échelle. Je commence à grimper quand je croise le regard d'Eve depuis son canapé. Elle secoue la tête avec un air qui ne pardonne pas. Je ferme les yeux en soufflant. *Putain de pacte !* Je fais machine arrière, pose les tuiles et attrape la main de Joana.

— Viens.

Si je dois m'excuser comme un con, je ne veux pas de public ! Queen Bee me suit sans broncher. Arrivé au bout du jardin, je m'arrête devant le ruisseau qui passe par ici, je lâche la main de Joana et, avec tout le courage que je peux réunir, je me tourne vers elle pour affronter son regard. Et c'est aussi compliqué que prévu de le soutenir. Pourtant, elle n'a pas l'air fâché ni en colère. Il y a autre chose dans son attitude que j'ai du mal à analyser.

— Je suis désolé de t'avoir hurlé dessus, tu ne mérites pas ça, surtout en ce moment. Je suis vraiment con et je te promets que ça ne se reproduira pas. Mais comme je suis un con, ça risque de se reproduire, et tu auras alors tous les droits de t'en prendre à moi. On ne se connaît pas, et je n'ai pas à me comporter comme ça avec toi. Et même dans dix ans, je n'aurai toujours pas le droit de faire ça. Jamais. Parce que je te respecte trop pour ça.

J'arrête de parler. Elle ne m'a pas quitté des yeux. J'ai envie de partir en courant. C'est le truc le plus gênant que j'ai dû faire. Après plusieurs secondes, alors qu'elle ne dit toujours rien, j'hésite à plonger dans le ruisseau avec l'espoir qu'il soit assez profond pour m'engloutir.

Je fronce les sourcils, mais son air ne change pas. *Elle m'a entendu ?*

— Euh... commencé-je.

Elle bouge soudain, comme si je la réveillais. Elle prend mes mains avec les siennes, tire dessus et se plaque contre moi. Elle me fait un câlin, la joue contre mon torse.

— Merci... souffle-t-elle.

Sa voix tremble. Elle pleure ? Merde, pourquoi ? Elle resserre son étreinte dans mon dos, et ses cheveux bouclés viennent chatouiller mon menton. Ça me fait sourire. J'aime beaucoup ça... J'aperçois Eve qui me fait signe de la serrer dans mes bras à mon tour. Je regarde mes bras qui pendent lamentablement dans le vide. *Quel con !* Je rectifie le tir et j'enveloppe son dos. Elle grogne immédiatement de contentement. Eve m'applaudit en silence, et je lui fais signe de se casser. *Elle va tout raconter à Chaton, fait chier !*

Je suis content que les choses s'arrangent avec Joana, ça ne m'a pas plu de me dire qu'elle ne voudrait plus me parler. Même si à des moments elle est plus étouffante qu'un oreiller...

— Tes cheveux me font de la barbe, j'aime bien ça, constaté-je à voix haute pour détendre l'atmosphère.

Elle glousse.

— Tu sens comme ton gel douche, celui que j'ai utilisé ce matin.

— Ah...

— Ça sent bon, je veux te manger, annonce-t-elle.

— O.K., on va s'éloigner doucement et garder son calme, surtout !

Elle se met à rire et se redresse.

— Tes excuses étaient parfaites. Je n'oublierai pas que j'ai tous les droits.

— Si je te hurle encore dessus, précisé-je.

— Si quoi ? J'ai pas entendu !

— Si je te... Non, t'es en train de te foutre de moi !

— Tu me hurles dessus ?

— Non, non, je parle et je...

Elle explose de rire.

— C'est génial ! Je vais t'emmerder tous les jours avec ça !

Eh merde...

— Bon, allez, on a un toit à retuiler et un chien à laver !

Elle m'attrape aussitôt le bras et me tire en arrière.

— Attends ! Je peux pas faire ça. Viens, on s'en va discrètement. Éveline ne verra rien. On leur fera croire qu'on est allés se galocher dans la forêt. Ça les mettra mal à l'aise, et ils nous foutront la paix ! Allez, s'il te plaît, supplie-t-elle.

Je ne peux pas me retenir de rire.

— Ça ne va pas les mettre mal à l'aise, ils vont adorer ça ! Si j'ai dû assumer mon comportement et m'excuser à genoux, tu vas devoir en faire autant.

— T'étais pas à genoux, débute-t-elle. Mais O.K., je vais m'excuser à genoux auprès du clebs, mais m'oblige pas à le toucher ! Il a des poils partout et se lèche toute la journée des endroits où tu rêves sûrement qu'une nana passe sa langue ! C'est immonde, Henri !

Je commence à avoir mal aux côtes à force de me marrer.

— Tu te rappelles, il faut assumer les conséquences de ses actes. Ça fait mal, mais c'est nécessaire. Alors, en route.

J'attrape ses épaules et la dirige vers la maison tandis qu'elle se met à bouder.

— On arrête de fuir, O.K. ?

Elle ne répond pas et croise les bras sur sa poitrine. Je resserre mon bras autour d'elle.

— Allez, tu pourras en parler sur Internet. Queen Bee fait une reconversion dans le toilettage pour chien après avoir goûté du miel artisanal !

Elle pouffe mais se reprend vite et boude à nouveau. J'aime qu'elle reste elle-même : difficile à gérer, mais profondément honnête. Je crois d'ailleurs que c'est ce que lui reprochent ses abonnés. Ils ne devraient pas. Elle a le mérite de ne pas leur mentir.

Le toit est fini. Même si elle a fait des manières, Joana s'est super bien débrouillée. Nous buvons une limonade autour de la table de jardin en attendant que Chaton revienne pour sa pause déjeuner. Eve rentre à l'intérieur quand le bébé se réveille de sa sieste, nous laissant tous les deux. Joana regarde le chien, qui s'est posé à ses pieds.

— Allez, qu'on y passe pas la journée, on le lave et on en parle plus, lui proposé-je.

Chaton débarque avant qu'elle réponde.

— Salut, vous deux ! Desigual n'est toujours pas lavé ? O.K., on déjeune, et ensuite, au boulot ! D'ailleurs, merci pour les tuiles, c'est top.

J'espère qu'Eve ne lui a rien dit pour le câlin au fond du jardin...

Lorsqu'on entre dans la maison pour aller chercher les couverts et mettre la table, le regard que mon pote m'envoie est clair. Il sait tout. *Bande de traîtres* !

On frappe à la porte, et Éric se pointe à son tour.

— Barbecue, ça vous va ? J'ai pas envie de cuisiner ! annonce Éveline en revenant de la cuisine.

— Parfait ! On peut cramer le chien, aussi ? Ça m'évitera de le laver ! propose Joana.

Mes amis sont morts de rire. *Ils ne devraient pas, elle n'a pas l'air de blaguer !*

30
Joana

J'ai fait exactement deux barbecues dans ma vie. Sur Paris. L'un sur un genre d'engin à gaz énorme installé sur un *rooftop* pour une de ces soirées de sponsors où tout le monde se montre faux cul et souriant. Et je n'avais pas spécialement aimé. La viande, ce n'est pas mon truc, j'en mange peu. Le second sur un appareil électrique tenant à peine sur le balcon tout en longueur d'un appartement haussmannien de l'avenue Montaigne. Je ne sais même plus avec qui. Ici, même si ça me coûte de le reconnaître, c'est vraiment sympa. L'odeur change tout. Le vrai bois qui brûle, ça sent super bon. Je fixe les flammes qui jaillissent chaque fois qu'Henri évente le barbecue et je suis fascinée. Par le feu, mais surtout par Henri. La chaleur l'a incité à retirer son tee-shirt, ce qui a fait grimper un peu plus ma chaleur interne.

— Tu manges combien de saucisses, Joana ?

Il doit faire du sport pour avoir des épaules pareilles. Il lui faut absolument un compte Instagram. *Le monde doit savoir !* Voilà une bonne raison de rallumer mon portable.

— Allô Joana, ici la terre !

Une main s'écrase sur mon épaule en me faisant sursauter. Je détache mon attention du gendarme pour regarder Eve qui s'assied à côté de moi avec un plat de saucisses crues dans une main.

— Ah ! Je comprends... dit-elle en fixant le dos musclé d'Henri bouger au rythme de ses gestes.

— Mouais… J'ai vu mieux.

Depuis quand Queen Bee n'assume-t-elle pas ses pensées ? Eve pince les lèvres en inclinant la tête sur le côté. Je comprends très bien ce qu'elle essaie de me dire. Soit : « Mon œil ! »

— Bon, sinon, en plus de la sienne, tu veux manger combien de saucisses ?

Je manque de m'étouffer. Je tousse à plusieurs reprises, au point qu'Henri se tourne vers nous. Il fronce les sourcils en m'envoyant un regard suspicieux avant de revenir à son activité.

— Il s'inquiète pour toi…

— Tu parles… Sinon, je mange pas de viande, les chips m'iront très bien.

— O.K., ça en fera plus pour nous. Je vais trancher d'autres courgettes, Henri mange pas beaucoup de viande non plus, alors je prévois toujours des légumes pour lui… Heureux hasard, non ?

Elle s'éloigne vers lui, lui donne le plat de saucisses et lui murmure quelque chose à l'oreille. Il hoche la tête et reprend sa discussion avec ses deux collègues.

Le chien vient se frotter contre ma jambe. Ce truc poilu m'aime beaucoup trop. On dirait mon ex. Celui dont la carte bleue m'a rendu service à son insu plusieurs fois… Il me lance une œillade désespérée avec la langue qui touche presque par terre.

— J'ai compris, je vais te laver… Enfin, quand même, tu pourrais aller te jeter dans le ruisseau au fond du jardin et ce serait réglé !

— Il déteste l'eau, me révèle soudain Henri.

Merde, quand est-ce qu'il est arrivé ? Affalée sur une chaise de jardin, j'ai les jambes tendues devant moi et les coudes sur les accoudoirs. Sans mon portable, je ne sais plus quoi faire de mes mains, alors elles jouent avec mes cheveux. Je les entortille dans un sens puis dans l'autre. C'est la position la moins sexy qui soit.

— Mais je vais faire comment pour le laver ?
— Tu vas le faire ?
— Non. T'as raison.
Il me sourit, attrape sa bouteille de limonade sur la table et tourne les talons.
— Tu bois pas de bière comme les autres ? interrogé-je.
— Non. Je bois rarement.
— Nul.
— Et toi ?
— Tu me poses cette question ? Je crois que tu as eu un petit aperçu au cimetière... répliqué-je. Même si j'aime pas trop ça, en réalité.
D'un coup, je visualise les soirées passées avec mes copines. Le champagne, le vin, le gin... *Pourquoi je me force à boire tout ça ?* Je scrute ma bouteille de limonade quand Eve vient s'écraser sur la chaise à côté de moi.
— Les mecs bossent et les femmes regardent, j'aime ça.
— Le monde fonctionne à l'envers depuis des siècles, j'arrête pas de le dire...
— Nous, on fait des gosses, c'est déjà un miracle et un job à temps plein.
— Ah ! Non, merci. Queen Bee fait pas ce genre de choses...
— Sérieux ? Tu ferais des enfants superbes avec Henri !
— Quoi ? demande-t-il aussitôt dans notre direction.
— Rien, Joana veut te faire trois gosses !
— C'est tout ? Je suis déçu. J'en voulais vingt-huit.
Ils se marrent comme des mouettes. *N'importe quoi...*
— En vrai, il n'en veut pas... m'explique Eve à voix basse. Je crois qu'il a beaucoup souffert de la solitude quand il était petit. Tu sais, avec ses parents qui voyageaient partout...
— Oui, il m'en a parlé un peu... Il n'avait pas l'air traumatisé, pourtant.
— Faut pas l'écouter, ce mec, il faut le regarder. Il passe son temps à minimiser ses émotions, c'est un pudique. Si tu n'y vas pas en frontal, tu ne sauras jamais ce qu'il ressent.

On dirait que je ne suis pas la seule à porter un masque !

— Il a...

Je m'interromps pour le regarder. Ses amis sourient avec les yeux qui se plissent. De vrais sourires francs, vivants. Henri, lui, étire ses lèvres mais ne montre pas ses dents, et ses yeux ne se plissent jamais.

— Mais qu'est-ce qu'il a, en fait ? Il a l'air triste...

— C'est exactement ça. Il est triste...

— Mais pourquoi ?

— Ah ! Ça... C'est à toi de mener l'enquête...

— Bah voyons... Ça va être vite réglé, je vais lui demander !

Elle hoche la tête en signe d'encouragement et enchaîne en se tournant un peu vers moi :

— Et toi ? Qu'est-ce que tu fais dans la vie ?

— Bonne question !

Je pense m'en sortir avec ça, mais elle me scrute en attendant une suite.

— Je suis... enfin, j'étais Instagrammeuse et j'ai fait une grosse erreur... En condensé, j'ai bousillé mon image. Du coup, je me planque ici en attendant que ça se calme. Et, oui, Henri est au courant.

Le silence revient, et je relève le nez vers elle.

— Ma pauvre... Si tu as besoin de quelque chose, on sera là.

Un instant plus tard, les hommes déposent la nourriture sur la table. Je tourne ma chaise pour être installée correctement et Eve se lève pour laisser sa place à Henri. Très vite, mon assiette est remplie de chips, de tomates en salade et de courgettes grillées. Ça sent bon, j'en ai l'eau à la bouche.

Même s'ils font des efforts pour m'intégrer, je me sens un peu à l'écart. Ils se connaissent et parlent de trucs qui me dépassent. Le champ de qui ? Le tracteur a une durite de quoi pétée ? Je me perds dans mes pensées, n'écoutant plus leur conversation que d'une oreille. Un mot familier me ramène soudain à la réalité.

— Mathilde a des quoi ? interroge Eve alors que je découpe une courgette.

— Des prothèses mammaires.

— Mon bébé a des joues rembourrées en prothèses mammaires ? répète Eve.

— Alors celle-là, on l'avait jamais entendue, lâche son mari sans que je puisse discerner si ça le fait marrer ou s'il est furieux.

Je relève le nez vers l'assemblée avec un sourire figé.

— Elle est très mignonne, votre petite fille, leur assuré-je.

Les deux me fixent avec les sourcils froncés.

— Mais c'est vrai qu'elle a de... bonnes... grosses... joues.

Ça passe ou ça casse... C'est souvent comme ça avec Queen Bee !

31
Henri

Mes potes sont repartis bosser, et moi, je suis affalé au soleil. Ma courte nuit me rattrape. J'observe les filles qui lavent le chien.

— Henri, viens nous aider !

Quoi ?

— Non, ça va.

Eve me fusille du regard dans le dos d'une Joana en train de décrire la sensation d'enfoncer ses mains dans une fourrure trempée qui pue. La femme de mon ami me somme en sourdine de venir les aider. Ce n'est pas une demande, c'est un ordre.

— Tu m'emmerdes, mimé-je silencieusement.

Elle m'envoie un bisou, et je me lève. *J'étais bien, allongé sur le bain de soleil* !

— J'espère que t'as du *conditioner* parce qu'il a trop de volume, ton chien ! baragouine Joana quand j'arrive.

— J'ai du shampooing pour animaux, c'est déjà pas mal, répond Eve.

— Tata Queen Bee va prendre soin de tes poils, mon bébé !

— Ça y est, vous êtes potes ? interrogé-je.

— Ouais, regarde-le, il est trop gentil !

Eve me file la bouteille de produit, j'en verse sur la patte arrière de Desigual et je frotte. La mousse retire la saleté. La couleur d'origine du chien commence à réapparaître.

— Je vais te faire un brushing *manifaïk* ! minaude la reine des abeilles en frottant derrière les oreilles de l'animal.

Ce dernier est en pleine extase. Tu m'étonnes... Elle remue son décolleté juste sous sa truffe. Je suis presque jaloux !

— Oh ! Regarde ce que tu fais, Henri, me souffle Eve.

Je détourne aussitôt le regard, et elle pouffe de rire.

— Elle faisait pareil avec toi tout à l'heure, chuchote-t-elle.

Un bref sourire m'échappe, puis je secoue la tête de gauche à droite, l'air de dire « N'importe quoi... ». Je ne suis pas son genre du tout. Elle doit aimer les Parisiens friqués qui partent en week-end en Normandie et en vacances à Ibiza. Et cette pensée m'agace. Je fronce les sourcils et chasse les pensées qui m'assaillent. Il me suffit pour ça d'écouter Joana parler à ce chien.

Au moment de rincer Desigual, le moins qu'on puisse dire est qu'il n'est pas d'accord ! Je le tiens comme je peux tout en veillant à ne pas lui faire mal. Eve s'éclipse en prétextant devoir donner le sein à Mathilde.

— Là, tourne-le !

J'essaie de suivre les ordres de Joana, mais c'est un vrai bordel. Le chien saute dans tous les sens, et le jet d'eau froide m'arrive en plein visage.

— Désolée ! Allez, le chien, fais plaisir à Tata Queen, arrête de bouger !

Je coince le chien entre mes jambes, mais l'eau m'arrive quand même en pleine tête. Je dois secouer mes cheveux pour y voir quelque chose.

— Joana, c'est moi que tu rinces, là !

— Oupsy...

Elle réoriente le jet sur le dos de l'animal, me trempant les jambes au passage. Eve revient et nous filme avec son portable.

— T'es sérieuse ? grogné-je.

Elle hausse les épaules. *Mais qu'est-ce que je fous là ?*

— C'est de la bonne pub pour Queen Bee ! Elle en a besoin pour redorer son image.

Je la fusille du regard, et l'eau m'asperge encore une fois la tête. Les filles explosent de rire, et avant que Joana ait le temps de dire ouf, je saisis le tuyau d'arrosage, lâche le chien qui part en courant et attrape Joana par la taille pour me venger.

— Ah ! Mais c'est glacé ! hurle-t-elle en prenant l'eau sur le dos.

Ses mains sur mon avant-bras qui passe contre son ventre, elle essaie de s'échapper mais n'y parvient pas. Elle arrive par contre à me faire trébucher en avant, et lorsque je me prends les pieds dans le tuyau, la chute devient inévitable. *Merde, je vais lui tomber dessus !* Elle hurle comme si on la découpait à la tronçonneuse. *Eve et Chaton vont avoir des problèmes avec les voisins !* Je tente de pivoter, mais il est trop tard, Joana se retrouve étendue au sol, et moi sur elle.

— Aïe ! Ton genou, putain...

En plein dans les valseuses ! Je me laisse tomber sur le côté, l'herbe est détrempée à cause du bain du chien. C'est immonde.

— Non, pas mes cheveux... gémit Joana.

Je roule sur le dos et remarque sa main dans la mienne. *J'ai dû l'attraper dans la panique...*

— Vous pouvez le refaire ? J'ai loupé le moment où elle t'éclate les boules, scande Eve en arrivant au-dessus de nous.

— Mon bébé va bien ? interroge Joana.

— Non, j'ai mal...

— Pas toi, le chien !

Elle se relève et tire sur ma main. Comme je reste allongé, elle secoue ses cheveux au-dessus de moi, m'aspergeant de grosses gouttes froides. Je me protège les parties, par réflexe !

— Oh ! Non... Jo, regarde, l'interpelle Eve.

Je relève la tête et constate en même temps qu'elles que le chien se frotte dans la haie plus loin et qu'il est à nouveau dégueulasse.

— Non ! Mon bébé ! Viens voir tata !

Jo lui court après. Je me redresse et appuie mes coudes sur mes genoux.

— Écoute-moi bien, Henri, commence la femme de mon pote.

Je la dévisage.

— Non, même pas en rêve, coupé-je aussitôt.

— Laisse-moi parler. Cette fille, ne la lâche pas. O.K. ? C'est un ordre.

Je détourne la tête.

— Je suis pas prêt.

— Tu lui plais, ça saute aux yeux.

— Non, elle est comme ça, c'est tout.

— Elle te plaît aussi.

— Non.

— Si.

— Je sais mieux que toi, tout de même.

Elle me frappe l'arrière du crâne. Pour seule réponse, je la fusille du regard.

— On se connaît depuis combien de temps ?

Je ne réponds pas.

— Vingt-six ans, Henri. Et crois-moi, cette fille est faite pour toi. Alors, fonce, embrasse-la devant un coucher de soleil, pique-nique-la dans un champ et aimez-vous haut et fort !

— « Pique-nique-la » ? répété-je.

— T'as très bien compris... Je vais veiller au grain.

Je regarde Joana.

— Elle n'est peut-être pas libre... finis-je par marmonner.

— Hé ! Joana ! l'interpelle Eve.

Mais qu'est-ce qu'elle fout ?

— Quoi ?

— T'es en couple ?

Je détourne la tête pour regarder mes mains.

— Ça va pas, non ! Queen Bee vole de ses propres ailes !

— Voilà. Fonce, jubile Eve à mon attention.

— Non.

— Henri...

— Cette fille va me faire souffrir. Regarde-la...

Elle ne dit rien mais vient s'asseoir à côté de moi.

— Et j'ai déjà donné.

— La peur n'empêche pas le danger... souffle-t-elle.

Je pense que si. En ne montant pas sur le ring, j'évite d'encaisser d'autres coups. Joana est jolie, drôle et bizarre. Si j'étais honnête avec moi-même, je reconnaîtrais qu'elle me plaît beaucoup. Elle occupe souvent mes pensées, remplaçant ce qui y gronde habituellement. Mais je ne peux pas me laisser aller à ça et accepter ce que la vie m'offre.

J'entends renifler et découvre que mon amie d'enfance verse quelques larmes.

— Mais... Pleure pas, enfin...

— J'ai peur pour toi.

— T'inquiète, je vais bien.

— À d'autres, abruti ! Je sais que si c'est pas avec elle que tu passes le cap, ce sera avec personne. Jamais. Et tu mérites pas de finir seul et triste comme ça toute ta vie...

Ma gorge se noue. *Elle va me faire craquer.* Je respire un bon coup et contemple Joana qui s'éclate avec le chien. Elle est pleine de boue et semble ne plus s'en soucier. Elle est juste en train de passer un bon moment, ce dont je suis incapable sans elle.

— Promets-moi de te laisser faire si elle tente un truc, revient à la charge Eve.

— O.K... soufflé-je.

Je passe mon bras sur ses épaules et la serre contre moi.

— Tu pleures ? Mais qu'est-ce qui se passe ? s'exclame soudain Joana en arrivant vers nous.

— Rien, rien. Les hormones, tu connais, envoie aussitôt la propriétaire des lieux.

— Oh ! Ma chérie...

Joana s'assied dans la boue et se serre contre elle. *Joana Mancini, tu es définitivement une drôle de personne... Tu es capable de tenter de pisser sur la tombe de ton père et tu viens réconforter une nana que tu connais depuis trois heures à peine...*

— Je vais pleurer aussi ! Je suis une vraie éponge. En plus, franchement, j'ai lavé ton chien et flingué mon short ASOS, c'est moi qui devrais pleurer !

Elles se mettent à rire.

— Laisse-le-moi, je vais m'en occuper. Tu le retrouveras propre et repassé.

— O.K., mais je te préviens, je préfère repartir nue qu'avec un sarouel Desigual !

Elles éclatent de rire, et le malaise d'Eve semble déjà loin. Mais pas le mien. Le stress monte en moi à l'idée de devoir tenir ma promesse.

— Alors ? Fier de moi, inspecteur spécial Bouseux ? interroge Joana alors qu'on est sur le chemin du retour.

— Ouais, franchement, tu t'en es super bien sortie !

— J'aime trop les chiens, maintenant.

— Attention, tu aimes ce chien-là parce qu'il est adorable, mais va pas câliner tous ceux que tu croises, c'est un coup à se faire bouffer.

— T'inquiète, Queen Bee s'entend avec tous les animaux ! J'avais des pigeons à Paris.

Je tourne la tête vers elle alors qu'on ralentit pour traverser la rue principale du village en vue de rentrer chez nous. Chacun chez soi, il va sans dire.

— Des pigeons voyageurs ?

— Euh... Je sais pas s'ils voyageaient, mais je leur filais des miettes de pain sur le bord de ma fenêtre, parfois, et ils venaient les manger.

— Ah ! D'accord...

— Ils étaient trop mignons et...

J'entends une voiture arriver sur notre gauche. J'attrape le bras de Joana juste à temps pour l'empêcher d'aller plus loin quand un cabriolet rouge nous coupe la route. Je croise un regard, et mon souffle s'arrête avant que mon cerveau n'ait totalement intégré l'information.

— Mais ça va pas de rouler aussi vite ! Grosse *bitch* ! Va te faire schtroumpfer ! s'écrie Joana.

Je la tire vers moi. Le cabriolet est déjà loin, et moi, je dois fuir, vite. *C'est elle.* Elle est vraiment revenue.

— C'est quoi, cette cinglée ? Elle aurait pu me tuer ! Je compte mourir vieille dans une villa du sud de la France, pas ici !

32
Joana

Ma bouche se referme pour fixer Henri. Son attitude est louche. N'importe qui s'énerverait dans cette situation. Peut-être pas aussi théâtralement que Queen Bee, mais tout de même. Lui, non. Il ne regarde déjà plus dans la direction où s'en est allée la conductrice folle. Il traverse sans m'attendre. Je le rattrape en quelques enjambées.

— Tu m'expliques ce qu'il se passe ? On vient de manquer de se faire tuer, et tu ne réagis pas ? Tu n'es pas déjà au poste pour retrouver ce chauffard et la foutre en cellule ?

— On va bien, non ?

— Non !

Il me lance un coup d'œil, comme pour s'assurer que je mens.

— Donc tu t'écrases ?

Cette fois, il s'arrête et se tourne doucement vers moi.

— Non, mademoiselle Mancini, je ne m'écrase pas. Mais j'ai pas de bolide pour rattraper cette conductrice et je ne suis pas en service. Contrairement à Superman, je n'ai pas de costume moulant planqué sous mes fringues. Alors, cette... personne... se fera arrêter par quelqu'un d'autre un autre jour, ou peut-être jamais.

— T'as fini ?

— Ouais, répond-il en croisant les bras sur son torse.

— Tu la connais ?

— Quoi ?

— Cette cinglée en décapotable rouge !

— Nan. Bon, je rentre. À plus.

Et il se casse.

— Tu vas où ?

— J'ai des trucs à faire !

— C'est ça, oui. T'es en train de m'éviter, là !

Il s'éloigne de plus en plus.

— Rentre chez toi ! balance-t-il.

— Toi, rentre chez toi, répliqué-je, pas assez fort pour qu'il l'entende.

Je rentre si je veux, d'abord. Et je ne veux pas. À la place, je vais aller... me balader. Enfin, avant ça, je dois aller me changer et faire quelque chose pour mon *make up* et mes cheveux.

Passer la porte est moins difficile qu'hier. *Tu vois, Joana, tu évolues !* Le merdier que j'ai laissé en m'habillant ce matin me saute aux yeux. C'était toujours impeccablement rangé ici du temps de mon père. Sa voix retentit dans ma tête, et un nouveau souvenir s'impose à moi.

— Joana, range-moi ton bazar, on ne peut plus mettre un pied devant l'autre !

Je tire sur mes cheveux pour les plaquer le plus possible en arrière, mais j'ai beau m'épuiser, les boucles sont toujours là. J'ai mal aux épaules tant ça me demande d'efforts d'essayer de faire disparaître cette tignasse de lion. Je me regarde dans le miroir. Je suis moche. Je me déteste. Je déteste ces cheveux crépus, mes grosses joues rondes, mes sourcils trop noirs et cette couleur de peau. Ni comme celle de ma mère, ni comme celle de mon père. Mes yeux sont beaux, mais ce sont ceux de mon père, alors je les déteste aussi maintenant. Parce qu'il m'a forcée à venir vivre ici sans maman.

Une larme vient parfaire le tableau de la pauvre fille. À 15 ans, je devrais m'éclater comme les autres. Pourquoi je n'y arrive pas ? Je chasse mes larmes d'un geste rageur.

— Joana ! hurle mon père en me faisant sursauter.
— Quoi ?
— Viens ranger, bon sang !
— Mais fous-moi la paix, putain ! Je suis occupée, là !
— « Putain » ? T'es punie !
Pour changer...

À l'époque, j'étais mal dans ma peau. Et seule. Les préoccupations de mon père n'étaient pas les mêmes que les miennes, et il ne comprenait rien à ce que je traversais. *Je t'en veux tellement pour ça, papa.*

J'essuie mes joues mouillées et je ramasse mes vêtements étalés partout. *Allez, Joana, tu n'es plus une adolescente. Aujourd'hui, tu dois apprendre à gérer ta vie comme une adulte !* Je vais ouvrir les portes-fenêtres donnant sur le jardin, par lesquelles le soleil entre et irradie. Puis, après avoir fait une grosse pile de linge sur le canapé, je me charge du plus urgent : l'immonde odeur d'urine de chat. Dans un des placards de l'entrée, je retrouve le balai-brosse, une lavette, la serpillière étant à la cave avec la grosse araignée. Dans la cuisine, les produits qui vont avec. Je revois les gestes de mon père quand je remplis le seau, puis jette la lavette trempée sur le carrelage et l'enroule autour du balai. Il faisait ça tous les jours parce qu'il ne supportait pas la saleté. C'était trop...

Je termine avec du décapant pur sur le bas du mur de l'entrée, parce que ce con de chat a pissé en hauteur et que l'odeur ne part pas. *Plus jamais je ne laisserai cette maison ouverte comme ça. Les chats sont pires que les cambrioleurs !*

Je monte ensuite le linge à l'étage, le plie et le range. Quand j'ouvre le placard de ma chambre, je retrouve des fringues que je portais avant de fuguer. Que des trucs de seconde main trouvés en brocante. Difficile d'être à la mode de cette façon. Un autre sujet de discorde avec mon père. Quand je parlais de style, il me parlait d'hyperconsommation et d'enfants chinois qui bossaient pour pas un rond. Avec ses conneries, même quand j'ai pu m'acheter mes propres affaires, j'ai toujours fait attention à leur provenance.

Je passe un moment à essayer des trucs, trop petits pour la plupart. Quand j'ai terminé de remonter le temps avec le linge, je redescends en évitant soigneusement la chambre de mon père. En bas de l'escalier, mon regard est attiré par le placard qui m'a fait fuir la nuit dernière. Je reprends mon souffle et avance doucement pour ouvrir la porte. Le baladeur est par terre avec son vieux casque. Je le ramasse et récupère aussi les piles que j'étais venue chercher, ainsi que les CD. Dans ce placard, un gros carton est posé au sol, ouvert. Dedans se trouvent des colis emballés sur lesquels est inscrit mon prénom. C'est l'écriture de mon père. Sur certains, des autocollants affichent « Joyeux Anniversaire ». Sur d'autres, on lit « Joyeux Noël ». Les adresses changent. Il a donc bien reçu les lettres que je lui ai envoyées pour le tenir au courant de mes changements de domicile. C'était ma manière de lui laisser une porte ouverte vers moi. Pour faire le premier pas, me demander pardon. Il n'a jamais répondu, ne s'est jamais manifesté. Je l'ai haï plus fort chaque fois pour ça. Alors, me rendre compte grâce au contenu de ce placard qu'il ne m'a jamais oubliée et a essayé de faire un geste à de nombreuses reprises sans parvenir au bout de celui-ci m'a brisé le cœur.

Je tire sur un coin du carton pour l'emmener jusqu'au salon. Là, je pousse la table basse et je vide tous les paquets sur le tapis. Il y en a de toutes les formes, de toutes les tailles. Mon excitation de découvrir ce qu'il y a dedans est aussi grande que ma peine. Je ne sais pas par où commencer.

Allez, Joana ! J'attrape le baladeur, y remets des piles, et je choisis un CD. *Kyo* ! Très bien, j'ai plus écouté ça depuis des années. Le son résonne dans mes oreilles, et avec lui tout un panel d'émotions remonte en moi. Je fouille les boîtes cartonnées et finis par en trouver une qui attire mon attention. L'adresse dessus est la première de celles que je lui ai envoyées. Ce colis doit donc être le premier qu'il a voulu me faire parvenir. Je regarde cette petite boîte, et mes larmes menacent de jaillir. Je déchire le papier et en extrais un petit cadre en bois dans lequel a été placé un article de magazine. « Queen Bee, la nouvelle influenceuse du moment : les abeilles n'ont qu'à bien se tenir ! » C'est ma toute première interview. J'y explique mon amour pour le recyclage des anciennes modes et l'importance pour moi d'avoir une filière de fabrication respectueuse. J'expliquais aussi et surtout que vivre à Paris était le meilleur choix que j'avais fait, pour ses boîtes de nuit et ses Uber. *Et mon père a lu ça...* Je trouve un petit mot dans le carton, avec une petite peluche abeille qui porte une couronne. « Je suis si fier de toi, Joana. » Les mots sont sous mes yeux, que je ferme pour atténuer la douleur. Ça remonte depuis mon cœur pour envahir ma tête, et je fonds en larmes en serrant cette petite peluche contre moi. S'il avait envoyé ce paquet, je serais revenue en courant pour le serrer dans mes bras. Parce qu'il m'a manqué terriblement. Je vais devoir vivre avec mes regrets. *Je suis désolée, papa, de ne pas t'avoir compris.*

Je décide de n'ouvrir qu'un colis par jour. *C'est beaucoup trop d'émotion !*

33
Henri

— Henri ?

Je tourne sur la gauche pour découvrir Mme Vasco, la voisine de Joana.

— Tu vas bien, mon grand ?

— Oui. Et vous ?

— Oui, oui... Tu as vu Joana aujourd'hui ? Je m'inquiète de ne pas l'avoir croisée...

— Ah ! Oui, elle va bien. Je l'ai quittée il y a une heure.

— Merci, je suis soulagée. Je file, j'ai des tas de trucs à faire. La retraite, ce n'est pas de tout repos !

— J'imagine ! Bonne journée.

Alors qu'elle s'éloigne, je prends conscience qu'elle pourrait peut-être m'apporter certaines réponses sur la disparition de Joana. Si j'ai bien compris comment une tombe à son nom a pu être placée au cimetière, j'ai cru deviner que son père la savait en vie à l'époque. Pourquoi a-t-il laissé faire ça ?

— Euh... Madame Vasco...

Elle s'arrête.

— Oui ?

— Vous étiez proche du père de Joana ?

— Oui, plutôt. Pourquoi ?

— J'aimerais comprendre ce qu'il s'est passé au moment de sa disparition et après.

— Oh ! Oui, je vois.

— Alors, si vous avez un peu de temps un de ces quatre, passez me voir à la gendarmerie !

— D'accord ! Cette jeune fille mérite en effet de retrouver une vie normale.

Je hoche la tête en pinçant les lèvres. Elle me salue, et chacun reprend son chemin.

Après avoir quitté la reine des abeilles, je me suis dirigé vers chez moi puis, d'un coup, m'enfermer dans cette grange est devenu trop étouffant. Sans Joana Mancini pour envahir mon espace vital, j'ai beaucoup trop l'occasion de penser. Et après ce que je viens de confirmer avec ce cabriolet rouge, il était vital que je m'occupe.

Je continue de marcher sans réfléchir jusqu'au champ de la vieille Bigotte. Mon grand-père m'a demandé d'y faire un tour pour une histoire de culture détruite. En effet, la moitié du champ est saccagée. *Bizarre, ça ne ressemble pas à l'œuvre des sangliers !*

La vieille Bigotte en personne se trouve sur mon chemin lorsque je repars. Petit, j'étais persuadé que c'était une sorcière. Le nez crochu, la verrue, le dos voûté et la canne, je l'ai toujours connue comme ça. *Quel âge peut-elle bien avoir ?*

— C'est pour des patates ? demande-t-elle.

— Bonjour, madame Bigotte, votre fille est là ?

— Qui ça ?

— Votre fille ! répété-je en haussant le ton.

— Ah ! oui, là-haut.

Soit à la ferme plus loin.

— Vous remontez ? Je vous accompagne ?

Comment elle est arrivée ici toute seule ?

— Penses-tu, c'est pas encore la saison !

Règle numéro un : ne pas lui demander de répéter.

— D'accord. À plus tard, alors !

— Oui. Du vinaigre blanc, du sel, et hop, débarrassée !

— Super. Merci du tuyau.

Je remonte le chemin pour atteindre la ferme Bigotte. Dire que cette dame a causé la seule dispute capable de séparer le duo infernal de papi Gris et père Lapin ! Des histoires d'amour ancestrales tellement ils sont vieux tous les trois !

Dans le corps de ferme, je rejoins la fille de Mme Bigotte. Elle est en train de rentrer ses chèvres. C'est une femme d'une soixantaine d'années avec les cheveux très courts et gris. Elle porte toujours des bottes en caoutchouc, même quand elle ne bosse pas sur son exploitation.

— Oh ! Henri. Ça va ? Qu'est-ce qui t'amène ?

— Bonjour. Je suis passé au champ...

— T'as vu ça ! T'as une idée de ce que ça peut être ? me demande-t-elle en indiquant à ses chiens de berger quoi faire.

Les deux canidés regroupent le troupeau au centre de la grande cour pavée.

— Non. Pas des sangliers, en tout cas. Un cerf ?

— Possible... L'autre imbécile les pousse par ici avec ses chasses à courre.

L'autre imbécile, c'est le préfet.

— Ils sont revenus sur ta propriété ?

— Je crois pas. Encore heureux. Tiens, tu m'aides ?

Elle désigne les chèvres.

— *Yes.*

J'ouvre la barrière de l'étable et dirige le troupeau. Chaque animal finit par trouver une place sur le foin.

— Elles sont belles, mes chèvres, hein ?

— Très. L'élevage se passe bien ?

— Difficile... Les charges...

— Ah ! Merde... Tu n'as pas de...

Je m'interromps car quelque chose attire mon regard sur le montant de l'entrée de l'étable. Je tends la main et montre un dentier suspendu à un clou.

— Oh ! Maman ! T'as encore laissé traîner tes dents ! s'exclame aussitôt la femme en récupérant l'objet. Elle est où, encore ?

— En bas, au champ. Elle donne des conseils avec du vinaigre blanc et du sel...

— Ah ! T'as des cafards ?

— Bah non...

Je l'accompagne jusqu'au champ où on retrouve la grand-mère à genoux en train de déterrer les patates à la main. Je crois qu'on a trouvé qui ruine les cultures !

— Maman ! Mais qu'est-ce que tu fais ?

— Tu veux de l'aide ?

— Je veux bien. On va la relever sans lui péter le fémur, ce sera déjà pas mal !

Elle sort un portable alors qu'on rejoint la personne âgée. On la relève, sans qu'elle lâche ses mottes de terre.

— Viens au champ avec le fauteuil de mamie, s'il te plaît, demande-t-elle à son interlocuteur avant de raccrocher.

— Je suis là ! s'exclame soudain un ado qui arrive en courant en poussant devant lui un vieux fauteuil.

C'est un des arrière-petits-fils de la vieille Bigotte. *Ils sont beaucoup trop nombreux dans cette famille !* On installe la grand-mère dans son fauteuil, et sa fille lui rend ses dents.

— Merci, Henri. Au fait, il paraît que t'as une nouvelle copine !

Foutu village ! Les nouvelles vont plus vite que moi.

— C'est pas vraiment ma copine, c'est... euh...

— Pourtant, beau comme t'es !

— ... Joana Mancini.

Elle s'arrête subitement.

— Joana Mancini ? Comme la gamine de Dario ? Mais c'est quoi, cette histoire ? Elle est morte, on est allés à son enterrement.

— C'est une très longue histoire, dont je ne sais pas encore tout. Mais c'est bien elle, la fille de Dario.

— Bon, viens avec elle à la cueillette, alors. On veut la rencontrer ! Son papa était adorable.

J'avais complètement oublié ce rendez-vous annuel. Joana va adorer détester ça. *Attends, mec, c'est pas ta nana, elle ne va pas t'accompagner !*

— Oui, d'accord.

Je la salue avant de les quitter.

Et maintenant ? Qu'est-ce que je fais de ma peau ? Voilà pourquoi je déteste les jours de repos. Je ne sais plus quoi faire pour me fuir. Mes pieds me conduisent automatiquement devant chez Joana. Tout à l'heure, je n'ai pas été sympa avec elle. Mais croiser cette voiture m'a mis dans un état pas possible. Je pourrais proposer à la reine des abeilles de manger avec moi ce soir. J'hésite puis frappe à la porte. Il n'y a aucun bruit à l'intérieur, et la porte ne s'ouvre pas. Je retente puis je recule pour regarder les fenêtres. Elle n'est peut-être pas rentrée. Ce serait logique, vu le mal qu'elle a eu jusque-là. Je repars comme je suis venu, avec les mains dans les poches.

J'arrive chez moi alors que le soleil commence à décliner. Je prends une douche, enfile un short et m'occupe d'aller arroser le potager. J'y retrouve mon grand-père qui bricole je ne sais quoi.

— Qu'est-ce que tu fais ?

— 'croche les pieds de tomates à cause du vent, répond-il sans me regarder. Ta môme arrive, prépare-toi.

Quoi ? Joana ? En effet, en jetant un œil vers le chemin, je la vois qui arrive dans notre direction. Je lui fais signe de nous rejoindre.

— Ça va ? lui demandé-je lorsqu'elle s'arrête non loin de nous et salue mon grand-père.

— Pas ouf... Mais j'ai avancé, répond-elle en regardant ailleurs.

Je suis certain qu'elle évoque son père.

— C'est quoi, cet endroit ? ajoute-t-elle en regardant derrière moi.

— Le potager, tu veux voir ?

Elle acquiesce.

— Toi aussi t'as pris une douche ? questionne-t-elle alors que je lui ouvre le petit portillon en bois.

— Ouais... Je puais le chien.

— Pareil, j'ai failli boire le gel douche...

Je lui adresse un sourire accompagné d'un coup d'œil, mais elle n'y répond pas. Elle n'a pas l'air au mieux de sa forme.

— Alors... euh... par ici, ce sont les melons, lui expliqué-je en montrant mes pieds.

— On peut en manger ?

— Non, pas encore. D'ici un mois, plutôt. Je les ai plantés un peu tard cette année. Après, normalement, on en aura jusqu'en octobre. Là, ce sont les artichauts, t'aimes ça ?

Elle grimace de dégoût et me suit dans le reste du potager. Je lui confirme que c'est ce qu'on voit depuis chez moi du côté de la salle à manger et la salle de bains avant de poursuivre la visite.

— Et il y a du maïs plus haut, aussi. Mais comme ça prend vachement de place et que ça demande beaucoup d'eau, on les a mis dans le pré au-dessus. T'en manges ?

— Ouais, j'aime bien. On peut aller voir ?

— Bien sûr.

Plus d'exagération ni de « C'est pas pour Queen Bee, ça ! » ? Je ne la reconnais presque pas. On longe le potager en direction des prés au-dessus. J'attrape une herbe haute sur le bord du chemin pour jouer avec, comme quand j'étais gosse.

Au loin, les forêts font une barrière naturelle nous isolant du reste du monde. Le soleil continue sa descente dans le ciel, illuminant l'endroit d'une lumière que je ne verrai jamais ailleurs.

— Wouah, c'est beau... s'extasie Joana.

Je la scrute en train d'admirer autour d'elle, l'air fasciné. Elle est vraiment très jolie, là, tout de suite. J'aurais envie de revenir sur mes pas et de la serrer dans mes bras, mais je ne le fais pas. Qu'a dit Eve, déjà ? « Embrasse-la devant un coucher de soleil » ? Je suis incapable de faire ça.

Une larme coule sur sa joue et brille au soleil.

— Hé... m'exclamé-je en revenant vers elle rapidement.

— Tu crois qu'un fantôme peut accorder son pardon ? demande-t-elle, la voix déformée par l'émotion qui la submerge.

Mes mains se placent sur ses épaules. C'est la deuxième nana qui pleure à côté de moi aujourd'hui, et c'est encore plus douloureux que lorsqu'il s'agissait d'Eve.

— Je... Oui, bien sûr, lui affirmé-je après une hésitation. C'est toi qui décides, terminé-je en chuchotant.

Elle me regarde droit dans les yeux sans bouger puis s'avance en m'obligeant à lorgner sa bouche, parce qu'elle fait la même chose avec la mienne.

34
Joana

Henri recule d'un pas lorsque ma bouche atterrit sur la sienne. Il a l'air surpris. Tout comme moi. C'est ce qui s'appelle faire quelque chose sur un coup de tête. J'ai entendu sa réponse, scruté ses beaux yeux, et je ne sais pas ce qui s'est passé. Il s'arrête de respirer, et je me recule. Je sens son regard planté sur moi. Je détourne la tête en me léchant les lèvres.

— Tu fais vraiment chier, Eve... marmonne-t-il en fixant le coucher de soleil.

Eve ? Je me racle la gorge. *Je t'embrasse, et tu prononces le prénom d'une autre ? Le prénom de la femme de ton pote, qui plus est !*

— O.K., Joana, je...

— Avoue que tu as adoré !

J'enfile mon masque de Queen Bee car je suis incapable d'assumer ce que je viens de faire, et encore moins de l'expliquer. Henri tourne la tête dans ma direction en se frottant le menton d'une main.

— Je... Je...

— Aurais-je réussi à déstabiliser l'inspecteur spécial Bouseux ?

— Pas du tout. Tu m'as pris par surprise, c'est tout.

— Comme l'araignée ?

— Comme l'araignée, confirme-t-il.

— Tu as aimé ? interrogé-je.

— L'araignée ?

— Non... Ça, expliqué-je en montrant nos bouches.

— Non.

J'écarquille les yeux de surprise. Sa réponse est sortie sans une once d'hésitation. Ça a au moins le mérite d'être franc...

Jusque-là, je ne suis tombée que sur des mecs pleins d'une confiance irraisonnée en eux. Et ce genre de mecs ne respecte rien. Il peut t'embrasser sans te demander si c'est ce que tu veux. Et je me rends compte que c'est exactement ce que je viens de faire subir à Henri. J'ai pris ce que je désirais sans lui demander son avis. Je me sens rougir et me détourne.

— Oh ! J'ai dit non, mais... C'est pas du tout ce que tu penses, je... commence-t-il en s'approchant dans mon dos.

— Ça va. Je dois y aller.

Je n'attends pas qu'il réagisse et fonce droit devant moi.

— Joana, attends ! Je suis désolé, s'exclame Henri dans mon dos.

Je redescends le chemin en courant presque. Je dépasse le potager où les deux grands-pères se redressent pour me regarder filer, la maison, puis j'arrive dans le village. D'un coup d'œil, je me rends compte qu'Henri ne m'a pas suivie. Je suis partagée. D'un côté, j'aurais aimé qu'il me rattrape et m'embrasse alors que je m'excuse, comme dans les comédies romantiques américaines que je dévore, et d'un autre, je suis soulagée de ne pas avoir à affronter son regard.

Je m'éloigne en vitesse, et aussi fou que ça puisse paraître, c'est chez mon père que je trouve refuge. Je referme la porte et reprends mon souffle. *Mais qu'est-ce qui m'a pris ?* Je secoue la tête en fermant les yeux. *Queen Bee ne se laisse pas abattre. Elle assume, tout !* Je me redresse, gonfle ma poitrine et me recoiffe.

Je monte chercher ma couette et mon oreiller dans ma chambre pour les descendre dans le salon. Je me trouve une place dans le canapé, à côté de la montagne de colis. Mon regard se perd au loin et tombe sur mon portable.

Il est resté là où je l'ai laissé, sur le bar de la cuisine. Cet objet contient toute ma vie. Il est temps de le rallumer. Je repousse mes cheveux, qui sont dans un état lamentable sans leur soin habituel, et me redresse. *Dire que j'ai embrassé un mec avec cette tronche alors que je ne ferais pas une* story *de dos... Pas étonnant qu'Henri n'ait pas apprécié l'expérience !*

Je me lève et attrape l'appareil. Je cherche le chargeur pendant un temps infini puis parviens enfin à mettre la main dessus au fond de mon sac à main. Je fais les cent pas comme un père derrière la porte de la salle d'accouchement jusqu'à ce que le téléphone s'allume. Alors que je m'attends à une déferlante de haine, rien ne se passe. Un espoir de pouvoir repartir à Paris m'envahit soudain. Et si finalement la vie m'avait juste envoyé un petit avertissement ?

Ma joie est cependant de courte durée. En ouvrant Instagram, je constate que les insultes et autres appels à me tuer arrivent toujours en masse. Et parcourir mes mails m'apprend que chacun de mes partenaires a mis un terme à notre collaboration. Mon principal client menace même de me poursuivre pour atteinte à leur réputation. Je repose mon portable et m'affale à nouveau dans le canapé où je tire la couette sur moi. Je récupère l'abeille pour la serrer contre mon cœur et laisse mes sanglots éclater.

35
Henri

L'image de la reine des abeilles qui se serait littéralement envolée pour s'éloigner de moi si elle l'avait pu s'impose une nouvelle fois dans mon esprit. Je souffle et me redresse du canapé. Mes pensées cheminent dans tous les sens depuis tout à l'heure mais débouchent systématiquement sur la même interrogation : pourquoi ça me prend autant la tête qu'elle soit partie si vite ? La réponse est évidente.

Tu es attaché à Joana Mancini, connard.

Non.

Si.

Non.

Si !

— Non, bordel ! grogné-je à haute voix.

Je me relève et fais les cent pas dans mon salon tandis que des images d'elle défilent dans ma tête. Elle est jolie. Très jolie. Son rire résonne dans ma tête. Elle est drôle, aussi. Ses manières de princesse étirent mes lèvres. Elle est bizarre parfois, mais ça lui va bien. *Tu es très attaché à Joana Mancini…*

O.K., c'est vrai. Elle me plaît. Mais…

— J'ai le droit.

Absolument.

— J'ai le droit d'en vouloir plus d'elle.

Si elle est d'accord. Elle avait l'air, tout à l'heure. D'ailleurs, je dois lui expliquer ce « non » qui est sorti de ma bouche.

Je suis interrompu dans mon monologue mental par la vibration de mon portable. Je pense d'abord que c'est elle qui m'appelle, puis je me souviens qu'elle n'a pas mon numéro. Je me penche vers la table basse pour regarder qui me passe ce coup de fil. Une notification annonce « Un appel manqué d'Éloïse ».

Je reste interdit, incapable de faire un choix entre prendre le téléphone et partir en courant. Dans la foulée, un SMS arrive. Je peux le lire en entier puisqu'il ne contient qu'un mot.

**** Éloïse : Réponds ! ****

Il suffit d'un message pour que tout le travail que j'ai fait sur moi ces six derniers mois s'efface comme du sable poussé par le vent. Ma tête se vide et mon cœur pèse une tonne, me clouant sur place. *Elle tente de me joindre. Elle est revenue. Elle veut me voir.* Comme si elle savait que je me mets enfin à regarder vers une autre. Joana apparaît dans mon esprit, allégeant ma souffrance.

L'appareil vibre à nouveau, et le prénom d'Éloïse s'affiche une nouvelle fois. Je tourne les talons sans y toucher. La porte de la grange claque alors que je m'élance vers le domicile de Chaton.

Il ouvre, en caleçon.

— Qu'est-ce qui se passe ? demande-t-il en me laissant entrer.

— Je suis désolé de débarquer à cette heure, mais...

— On a signé un pacte, mec, c'est ma part du job. Qu'est-ce qu'il y a ?

— Elle...

Je me frotte le visage en faisant les cent pas.

— Elle m'a appelé et... Je me suis cassé direct, lâché-je.

— Quoi ? Donne-moi ton portable.

— Je l'ai laissé chez moi.

— O.K.

Il tourne les talons, et je l'entends monter l'escalier en courant. J'avance dans la pénombre et, plus loin dans le salon, je trouve Eve devant la télé. Le programme n'émet pas de son.

— Assieds-toi, me dit-elle. T'as bien fait de venir.

— Ça a été dur.

Je pose mon cul sur le bord de la méridienne, les coudes sur les genoux, et scrute l'écran muet.

— Il reste des grillades de ce midi, si tu veux, souffle Eve dans mon dos.

— Merci.

Mon pote redescend, habillé, son portable sur l'oreille.

— J'en ai rien à foutre. Et me cherche pas trop où je débarque chez toi dans dix minutes... Oui, je suis très sérieux. Tu veux que je te montre ?

Il nous fait un signe de la tête, et on entend la porte se fermer. Je me frotte le visage.

— Je suis désolé, articulé-je.

— T'inquiète, il rêve de faire ça depuis des années...

On se met à rire doucement.

— Toi, tu as assuré ta part du contrat, et c'est très bien, me félicite-t-elle.

C'est dur, bien sûr, mais je m'attendais à ce que ça soit pire. On savait qu'elle allait revenir. Je suis préparé à ça.

— Et Joana, ça va ? Vous avez fait quoi après être partis d'ici ?

— Elle m'a embrassé, annoncé-je sans me rendre compte de la réaction que ça va engendrer.

Eve se redresse d'un coup dans le canapé.

— Quoi ? T'es pas sérieux ?

Elle se reprend aussitôt en regardant l'écran du babyphone posé sur la table basse.

— Merde, t'es sérieux ? reprend-elle en chuchotant.

— Oui, je suis sérieux.

— Dis-moi que tu as respecté ta promesse ou je te fais du mal !

— Oui et non...

Elle me fusille du regard, alors je lui explique tout. Elle est ravie que l'étape du coucher de soleil soit passée et me reparle de son histoire de pique-nique.

— Arrête, elle ne doit plus vouloir me voir après ce « non » merdique que j'ai balancé.

— Ça t'emmerderait que ça soit le cas ?

Je fais mine de réfléchir, simplement car je suis pudique. Bien sûr que ça me ferait chier.

— Elle est où, là ? enchaîne Eve.

— Sûrement chez elle.

La porte d'entrée s'ouvre sur Chaton qui revient accompagné d'Éric.

— Mec, on t'avait dit de bloquer son numéro ! Pourquoi c'était pas fait ? envoie ce dernier en me montrant mon portable qu'ils sont de toute évidence allés récupérer chez moi.

— Je sais pas. J'ai peut-être pas réussi à ce moment-là.

— Bon, j'installe une appli liste noire. Ça va l'empêcher de t'appeler et de t'envoyer des messages. Si besoin, tu changeras de numé... poursuit-il.

— Non, on en a déjà parlé, il doit affronter, pas fuir les problèmes, le coupe Eve.

— Elle a raison, il faut qu'il la repousse de lui-même.

— Mais on la connaît, elle va jamais lâcher ! ajoute Éric.

— Justement, il doit se battre, enchaîne Chaton.

— D'autant plus qu'il n'est plus tout seul... Joana Mancini lui a mis le grappin dessus, annonce fièrement sa femme.

Mes deux potes marquent immédiatement une pause. Chaton affiche une expression admirative, Éric un mélange indéchiffrable.

— Tu l'as pécho, mon pote ? interroge Chaton.

— Elle l'a embrassé...

— Et ?

— Il s'est laissé faire !

— Je l'aime bien, les coupé-je avant qu'ils ne partent dans de folles théories.

Trois visages soulagés et sincèrement heureux s'affichent en face de moi. Puis mes amis se remettent à en parler entre eux.

— Oh ! Je suis encore là !

Tout le monde s'en fout. Alors qu'ils vantent les mérites de la reine des abeilles, je suis forcé de reconnaître que cette nana, aussi folle soit-elle, fait beaucoup de bien autour d'elle, et égoïstement, je veux en profiter davantage. Je ne sais pas comment elle fait, surtout que lorsqu'elle s'ouvre un peu, il est évident qu'elle est elle-même au fond du trou. J'admire d'ailleurs sa façon de le cacher. J'ai toujours été incapable de faire ce genre de chose. Joana irradie de vie. Lorsque je suis en sa présence, je me sens plus léger.

— Tiens.

Éric me tend mon portable. Je le prends et le pose sur la table basse.

— Tu dors ici, lâche Chaton.

Ce n'était pas une question, et à cause du pacte, je vais obéir.

***

Après trois jours passés sur le canapé des Chaton, je reprends le boulot. Trois jours que je pense à Joana en me demandant comment elle va et ce qu'elle peut bien faire de son côté. Chaton m'a dit avoir croisé sa voisine qui l'a vue, en forme, hier. Je me contente de cette info parce que je n'ose pas aller frapper à sa porte. Il faudrait pour ça que je sache quoi lui dire après notre dernière entrevue. Et j'ai eu beau me creuser la tête, je ne sais toujours pas par où attaquer. *Embrasse-la simplement, abruti !* Encore faudrait-il que j'aie le cran de faire ce genre de choses...

Lorsque j'arrive à la gendarmerie, Mme Vasco m'attend devant le portail.

— Je suis passée hier, et on m'a dit que vous seriez là aujourd'hui. Vous savez, pour vous expliquer l'histoire de Joana Mancini.

— Ah ! Oui, bien sûr. Entrez, madame Vasco.

Je la conduis dans le bureau où j'ai interrogé Joana.

— Installez-vous, je vous en prie. Vous voulez boire quelque chose ?

— Non, rien. Merci.

Elle garde son sac à main sur ses genoux serrés et a l'air vraiment mal à l'aise. D'expérience, je sais que je ne peux rien faire pour arranger ça. C'est l'effet que fait l'uniforme sur la plupart des citoyens. Mais pas sur Joana Mancini !

— Je crois que toute cette histoire est en partie ma faute.

Quoi ? Finalement, sa gêne n'est peut-être pas provoquée par mon uniforme.

— Enfin, pour être tout à fait honnête, c'est même entièrement ma faute, et j'en assumerai les conséquences.

36
Joana

Je scrute le plafond du salon. Quelqu'un de normal serait allé se coucher dans son lit pour éviter le mal de dos qui me torture actuellement, mais Queen Bee a préféré rester là. Peut-être est-ce dû à la mauvaise habitude d'avoir squatté à droite à gauche pendant très longtemps. Je n'ai jamais réellement réussi dans la vie. À quoi bon avoir un million d'abonnés quand le bonheur que vous affichez n'est pas réel ? Mon regard se pose sur la peluche abeille. *Je me demande de quoi mon père pouvait bien être fier...*

Il ne méritait pas la haine que j'ai éprouvée à son égard pendant des années. Il faut que je fasse une vidéo pour expliquer ça et m'excuser. Je dois être honnête. Fini le cinéma de Queen Bee, je dois être moi-même face à l'objectif. Joana Mancini, SDF à 15 ans parce qu'elle s'était embrouillée avec son père. Personne dans tous ces gens qui suivent ma vie au quotidien ne connaît mon histoire. J'ai passé dix ans à mentir et à sourire pour ne pas chuter. Je pensais m'être relevée seule, mais je n'ai fait qu'apprendre à survivre là où j'étais tombée. Je n'ai jamais réussi à dépasser ça, et il est temps de faire changer les choses.

Je me lève, me recoiffe devant le miroir de l'entrée, puis vais m'asseoir en tailleur sur le transat au milieu de la pelouse du jardin. Il fait beau, le soleil ne chauffe pas encore trop, et le seul son qui retentit est le piaillement des oiseaux. Je choisis de créer une vidéo à publier dans mon *feed. Autant vaincre le mal par le mal !* Je vérifie que le fond est bien. On ne voit que la verdure, c'est parfait. *Allez, Joana, tu as fait ça des milliers de fois !*

Je publie ma vidéo avec la boule au ventre. J'ai fait le bon choix. Je ne dois pas avoir honte de mon parcours, il fait partie de moi.

— C'était un très beau message, entends-je soudainement.

Je sursaute si fort que mon portable termine dans l'herbe. Je relève le nez vers la voisine qui avance doucement vers moi.

— Ah ! C'est vous, Mireille, constaté-je, presque soulagée.

— Désolée, je ne voulais pas te déranger, mais je quitte à l'instant la gendarmerie et je m'inquiétais un peu pour toi...

Elle s'assied sur l'autre bain de soleil.

— Alors tu as dit toutes ces choses aux gens qui te suivent ? ajoute-t-elle.

— Ouais... J'ai fait n'importe quoi ces derniers temps, et il était nécessaire que je présente des excuses sincères...

— Je trouve que tu t'en sors très bien !

— Vous êtes vraiment beaucoup trop gentille avec moi.

Elle se met à rire et hausse les épaules.

— Qu'est-ce que vous faisiez à la gendarmerie ?

J'ai envie de lui demander comment va Henri, mais je me retiens.

— J'ai expliqué à Henri ce qui a poussé ton père à taire qu'il te savait en vie et à poursuivre cette mascarade de funérailles.

— Ah...

— Je crois qu'il est parti au cimetière retirer ta tombe.

Je quitte immédiatement mon bain de soleil en enfonçant mon portable dans ma poche.

— Je vais devoir vous laisser, Mireille. À plus tard.

— Tu as raison. Va le retrouver !

Lorsque j'arrive au cimetière, les grilles sont grandes ouvertes, et Henri, en uniforme, est au bout de l'allée principale. Je le rejoins en courant.

— Attends ! m'écrié-je lorsque je le vois lever un énorme marteau au-dessus de sa tête.

Il s'arrête et repose son outil dans les graviers.

— Joana ? Mais qu'est-ce que tu fais là ?

— Et toi, qu'est-ce que tu fais avec ton gros outil, là ? Et je ne parle pas de ton... Enfin, tu vois.

Il se marre et regarde la tombe.

— Je répare une injustice !

Il a déjà creusé les bords de la tombe et repoussé la pelouse qui avait presque englouti le rectangle. Une pelle est posée dans les graviers.

— Mais on a le droit de faire ça ?

— La reine des abeilles voudrait-elle entrer dans le rang ?

— Jamais. Mais je ne voudrais pas qu'en plus tu aies des problèmes à cause de moi...

— Si je finis en prison, tu me seras redevable à vie.

— Bon, d'accord, je t'apporterai une lime planquée dans une miche de pain.

Il se met à rire, et j'enchaîne :

— Alors, donne-moi ton gros marteau !

— C'est une masse.

— Mmh...

Il me passe l'outil en se marrant. Ce dernier est tellement lourd qu'il tombe aussitôt entre mes pieds.

— Tu veux qu'on le fasse ensemble ?

Il tend les mains et attend que j'acquiesce ou non. Je hoche la tête, et il vient se positionner dans mon dos. Je dois me pencher un peu en avant lorsqu'il fait de même pour attraper la masse.

— Prête ?

— Plus que jamais.

Les mains fermement agrippées au manche, entre celles d'Henri, je suis le mouvement jusqu'à avoir les bras en l'air.

— Et on la laisse retomber, me dit-il à l'oreille.

L'outil percute la pierre qui se brise instantanément. De grosses fêlures la divisent en plusieurs morceaux.

— Du premier coup. Bien joué, Joana.

On délaisse la masse pour s'accroupir devant la tombe.

— On a besoin de la pelle, maintenant.

J'utilise une pelle pour la première fois de ma vie. Je la plante au bord de la pierre et l'enfonce avec mon pied en suivant les instructions que me donne le gendarme.

— C'est pas si facile de revenir à la vie... grogné-je.

— Mais rien n'est impossible pour toi ! Allez, encore un petit effort et je pourrai l'attraper.

Je soulève la pierre, et il retire un premier morceau pour le balancer sur les graviers.

— Attends, lui demandé-je.

Je sors mon portable et prends notre œuvre en photo.

— Souvenir ? interroge Henri.

— Pour ne jamais oublier où peut me conduire la vie quand je ne partage pas ce que je ressens...

Après une dizaine de minutes d'efforts, je n'existe plus dans ce cimetière.

— Viens, me dit Henri en me tendant la main.

— Fais gaffe, je pourrais encore vouloir voler ta bouche !

Il tend les deux mains. Si je saisis bien, ça voudrait dire « plutôt deux fois qu'une... ». Je ne peux retenir un sourire, pourtant ma gorge se noue. Je joins mes doigts à ceux du gendarme et le suis jusqu'à un banc non loin de l'entrée du cimetière.

— Alors comme ça, ta voisine était l'amour de jeunesse de ton père. Il est revenu vivre ici avec toi, il y a dix ans, pour être près d'elle. C'est elle qui a ameuté tout le village quand tu as disparu, et qui a convaincu ton père d'organiser des funérailles quand elle l'a vu sombrer après avoir appris ton décès à tort. Il ne lui a parlé de ton retour que peu de temps avant sa mort.

— Oui, elle m'a expliqué tout ça. Mon père m'a en quelque sorte rendue responsable de lui avoir fait croire à ma mort. Ça n'avait jamais été mon intention, mais le mal était fait. Et puis, c'était un homme fier, il n'aurait jamais supporté le regard que les autres auraient porté sur lui en apprenant cette histoire. Encore plus difficile, de décevoir Mireille, j'imagine...

Le silence revient et nous laisse tous les deux pensifs.

— Je m'attendais à une histoire bien plus rocambolesque... finis-je par avouer.

— Tu pourras toujours raconter ce qui te chante !

— Mais oui ! Alors, réfléchissons... J'ai en fait une sœur jumelle cachée, maléfique tant qu'à faire. Elle a fomenté un complot international pour...

— Minot, qu'est-ce que tu fous ? hurle une voix dans sa poche. Pourquoi t'es parti en trombe comme ça ?

— Il va falloir que j'y retourne. Vite, m'explique-t-il. Je suis en service.

— Me dis pas que t'as reçu un sexto de ta meuf et que t'es en train de la pécho !

Henri panique et manipule l'objet dans tous les sens.

— Putain, grogne-t-il en parvenant enfin à éteindre l'appareil.

Le pauvre... Mais j'aime l'idée qu'il ait pu parler de nous à ses amis. Ou, au moins, qu'ils supposent qu'il se passe quelque chose.

— Qu'on soit bien clairs, c'est moi qui te pécho, pas l'inverse.

Il relève le nez et semble surmonter un blocage qui l'empêchait de soutenir mon regard.

— Mademoiselle Mancini, je pourrais vous arrêter pour outrage à agent...

J'envoie un coup de menton provocateur.

— Vas-y, inspecteur spécial Bouseux.

— O.K... soupire-t-il. Mains dans le dos...

Il se lève et fait mine d'attraper les menottes sur sa ceinture, mais s'arrête en riant. *Qu'il est beau !* De nouveaux fantasmes viennent de s'ajouter à ma liste de choses à tester dans la vie...

— C'est trop facile d'enfiler son masque de gendarme pour ne pas s'expliquer... lui fais-je remarquer.

— Un truc que tu connais bien, Queen Bee, réplique-t-il avec un grand sourire.

— Touchée !

— Je suis désolé, mais le devoir m'appelle...

— File...

Savoir qu'il va partir d'une seconde à l'autre me met un coup au cœur.

37
Henri

Je crois que Chaton et les autres avaient raison depuis le début. Encore une fois. Cette nana est faite pour moi, j'en suis certain maintenant. À la seconde où je l'ai vue arriver en courant, j'ai ressenti quelque chose de rare qui donne le sourire même dans un cimetière. C'était comme retrouver la lumière alors qu'on marche depuis trop longtemps dans le néant. *Calme-toi, Henri, t'es juste content de la revoir enfin !*

— Je suis désolé, mais le devoir m'appelle... m'excusé-je, dégoûté de devoir retourner au poste alors que je voudrais rester avec elle.

— File...

On se lève en même temps. On se retrouve face à face, aussi hésitant l'un que l'autre. *Comment font les autres ? Ils échangent leurs numéros, pour commencer !*

— Euh, tu veux... bafouillé-je. Prends mon numéro. Si tu as un problème, tu m'appelles, O.K. ?

Elle hoche la tête.

— Oui, on sait jamais, répond-elle en déverrouillant son portable.

Je lui dicte rapidement parce que le mien ne s'arrête plus de vibrer. Mes collègues ne vont pas me lâcher tant que je ne serai pas revenu à mon poste.

— Et donc, ton prénom, c'est quoi déjà ?

J'ouvre la bouche, sous le choc. Elle est sérieuse ? Elle se marre et me pousse en arrière.

— Je déconne, inspecteur spécial B...

— Bouseux, je crois que j'ai compris ! Bon, il faut vraiment que j'y aille, mes collègues me cherchent partout.

— À plus, alors.

Je la dépasse puis je reviens sur mes pas, pose ma main sur sa joue et mes lèvres sur son front.

— Fais pas de bêtises.

— J'ai l'air d'avoir 12 ans ou quoi ? réplique-t-elle, les sourcils froncés.

Je pouffe et hoche la tête.

— Allez, cassez-vous, monsieur l'agent !

J'obéis avec le sourire et suis dans le même état deux rues plus loin lorsque je croise mon grand-père et son compère, clairement en train de faire une connerie.

— Qu'est-ce que vous faites là ?

— On a besoin du chien d'Éveline, me répond le père Lapin.

— Quoi ? Pourquoi ?

— Il sent les truffes.

— C'est pas une truie, laissez-le tranquille !

— T'occupe, grogne mon grand-père.

Je soupire.

— Frappez à la porte comme tout le monde, s'il vous plaît !

Je me casse avant de les voir faire quelque chose que je vais devoir sanctionner. J'entends le père Lapin dans mon dos qui dit : « Ah ! Oui, on n'y avait pas pensé, petit con ! »

— Allez plutôt chercher Joana, elle est au cimetière ! m'écrié-je.

— O.K. ! répondent-ils en chœur.

Lorsque je pousse la porte de mon lieu de travail, La Bûche et deux autres collègues, qui sont censés être en patrouille, relèvent le nez dans ma direction et se mettent à m'applaudir.

— Vous êtes sérieux ?

— Bravo ! Il a fini par retrouver le chemin de la maison ! s'exclame l'un d'eux tandis que les autres beuglent comme des cons.

La Bûche est très forte pour ça. Elle ne crierait pas plus fort dans les gradins d'un match de foot.

— Alors ? T'étais avec ta nouvelle meuf ou quoi ?

Le sourire de Joana apparaît dans mon esprit. *O.K., mec, t'es complètement accro.*

— Ouais, et elle va bien, si ça vous intéresse.

Le silence se fait instantanément. Je me retourne pour les dévisager un par un tant c'est rare.

— Oh ! Sérieux ? demande ma collègue.

— Qu'est-ce qu'il se passe ? envoie Chaton en arrivant de son bureau.

— Minot sort avec Mancini.

Il me regarde avec un air surpris et un petit sourire.

— J'ai loupé un épisode ?

— Non, t'inquiète.

D'un coup d'œil, on se comprend. Il envoie les deux collègues en patrouille et trouve un prétexte pour qu'on s'enferme au calme dans son bureau.

— Mais je veux tout savoir ! Elle est super bonne, cette meuf ! râle La Bûche.

— Elle est hétéro, calme-toi, réplique Chaton.

— L'amour n'a aucune limite !

Il referme la porte, et je m'affale dans le fauteuil en face de son bureau.

— Joana lui a tapé dans l'œil à elle aussi. Bon, raconte, il se passe quoi ?

Je lui explique l'entretien avec la voisine de Joana, Mme Vasco, et mon passage au cimetière où Joana m'a rejoint. Je sais que je peux lui faire confiance pour taire l'acte totalement illégal que je viens de commettre sous le coup d'une impulsion subite. Je ne pouvais plus supporter l'idée de cette tombe en comprenant qu'elle était le symbole de la lâcheté de son père.

— T'es allé faire ça en uniforme ou je rêve ?

— Désolé, j'ai pas réfléchi. Je crois que c'est un truc que j'ai du mal à faire quand il s'agit de Joana Mancini.

— Mec, tu risques la radiation pour un truc pareil. Non, mais un gendarme qui profane une tombe... J'espère pour toi que personne ne t'a vu.

— Mme Vasco est au courant mais elle ne dira rien. Sinon, je n'ai croisé personne en dehors de Joana.

— O.K... Donc tu sors avec elle ?

Je regarde ailleurs pour éviter son attention.

— Non, j'ai dit ça pour faire chier La Bûche... Mais j'ai compris que je dois tenter le truc. Je peux pas la laisser partir sans... Enfin, tu vois.

— Je vois... File-lui ton numéro. On commence par là, en général.

— C'est fait...

— Parfait, elle va t'envoyer un message rapidement !

— Ah bon ?

— Ensuite, laisse-toi guider. Tu lui plais aussi, je ne vois pas ce qui pourrait vous arrêter maintenant.

Je croise son regard. Le mien doit refléter mon inquiétude.

— Mec, ne pense pas à Éloïse. Cette connasse ne t'a jamais mérité. Et avec Joana, tu es armé pour... aller de l'avant. T'es fort, mon pote. Plus que tu crois.

Mon ami de longue date, celui qui me connaît sans doute le mieux, a l'air sûr de lui. J'aimerais l'être autant.

— De toute façon, c'est dans le pacte maintenant. Tu dois sortir avec Joana Mancini, tu n'as pas le choix.

Je hoche la tête puis fronce les sourcils.

— Je vais le faire, mais pas à cause du pacte. Juste parce qu'elle me plaît.

— C'est encore mieux ! Maintenant, va bosser un peu, feignasse !

Alors que 20 heures approchent, après une journée chargée où l'accueil n'a pas désempli, je regarde l'écran de mon portable pour la centième fois, probablement plus, et je n'ai toujours pas reçu de message de Joana. Ça m'inquiète alors qu'elle doit certainement être avec les deux pires vieux du monde en train de faire je ne sais quoi. Je repose mon téléphone sur le bureau devant moi et je reprends mon livre. J'ai réussi à lire trois pages en une heure. Je ne sais pas trop ce qui m'arrive, je n'ai jamais été confronté à ce genre de sentiments bizarres.

Je tourne une page dont je n'ai pas lu un mot lorsque j'entends mon portable vibrer. Je balance le livre et me jette sur l'appareil. Mon cœur qui avait gonflé d'espoir retombe au fond de ma poitrine comme un ballon crevé. Un numéro non enregistré apparaît à l'écran, mais je le reconnais dans la seconde. C'est le préfet. Je me renfonce dans ma chaise sans décrocher.

La sonnerie du téléphone de la gendarmerie retentit. Je me lève et m'approche, mais le même numéro apparaît sur l'écran. *Il me fait chier, je n'ai pas envie de lui parler !*

— Éric, t'es où ?

— Aux toilettes !

— Viens répondre, s'il te plaît.

— Je peux pas, là, déso...

— C'est le préfet !

J'entends du bruit, et il déboule précipitamment avec le froc encore ouvert. Il décroche et, penché sur le comptoir de l'accueil, il me lance une œillade.

— Gendarmerie nationale, bonsoir. Bien sûr, monsieur le préfet, tout de suite. Oui, il est là.

Je fais des signes à mon collègue qui s'excuse en sourdine en me tendant le combiné. Je le prends en soupirant et le colle contre mon oreille.

— Allô.

— Henri, bonsoir. Veuillez m'excuser, mais j'ai tenté de vous joindre sur votre numéro personnel et vous n'avez pas répondu.

Je reste muet et attends.

— Je viens aux nouvelles concernant l'affaire Joana Mancini. Comment avancent vos investigations ?

Pour ce qui concerne ce sujet-là, je gère. S'il en avait évoqué un autre, j'aurais raccroché. Je lui dresse la situation, en omettant évidemment la destruction de la tombe de Joana, et il me félicite de la « promptitude de mes recherches ».

— Et comment vit-elle son retour, après tout ça ? Vous pensez qu'il y a une chance qu'elle attaque l'administration française ?

— Elle vit dans l'ancienne maison de son père. Ce qui semble... difficile. Concernant les poursuites, rassurez-vous, elle est à mille lieues de ça.

— Parfait. Je suis certain que vous faites votre possible pour la soutenir.

J'essaie...

— Ce week-end, il y a une grande réception organisée au domaine. J'aimerais beaucoup vous y voir avec Mlle Mancini. Il y aura du beau monde ravi de la rencontrer et...

— Je ne viendrai pas, le coupé-je aussitôt.

Éric est resté là et me fixe avec le plus grand sérieux. Il a l'index prêt à appuyer sur le bouton du téléphone pour raccrocher.

— Il faut absolument que vous veniez, Henri. Le sous-préfet et moi-même voudrions vous féliciter de vive voix pour la résolution de cette affaire.

— Je...

Je dois reprendre mon souffle.

— Vous savez très bien pourquoi je ne veux pas venir. Alors, peut-être que J... peut-être que Mlle Mancini acceptera, mais ce sera sans moi.

Le silence me répond au bout du fil.

— Je comprends. Pensez-y tout de même. Vous êtes le bienvenu et vous le serez toujours. J'ai d'ailleurs convié votre grand-père, car des responsables des bâtiments de France seront là et ils seront ravis de discuter avec celui qui a entretenu les charpentes et les boiseries du domaine...

— Je ne changerai pas d'avis.

Tiens bon, mec. Tu peux le faire !

— Très bien. Il ne me reste qu'à vous souhaiter une bonne soirée, alors.

— Merci, au revoir.

Éric enfonce son index sur le bouton et coupe la communication.

— Tu vas laisser Joana y aller toute seule ?

Cette question me prend de court. *En effet, je n'avais pas du tout pensé à ça...*

— Si je lui en parle pas, c'est mal ?

— Grave. Mais ils ne pourront pas t'en vouloir. Tu peux faire un max de conneries avant qu'ils puissent te faire le moindre reproche.

— Je vais sérieusement y penser.

Éric repart aux toilettes et moi vers mon bureau. Je pose mon cul sur la chaise et tourne sur moi-même. Un truc que j'ai souvent fait ces six derniers mois. J'essaie de redresser mes épaules, mais je n'y arrive pas. Cette intrusion du préfet me renvoie là d'où je viens, et je me sens à nouveau lourd, triste et perdu. Comme si la lumière diffusée par Joana était trop loin pour m'atteindre.

38
Joana

— Vous êtes sûrs de vous ? interrogé-je pour la seconde fois.

— Certains. Elle est à toi, répondent-ils d'une seule voix.

— Mais...

— Elle pourrit là depuis longtemps. Tu peux la r'taper et en faire un truc sympa, me dit le père Lapin, les mains dans les poches de sa salopette bleue délavée.

J'ai du mal à prendre conscience du cadeau qu'ils me font. Je scrute la porte, les roues, le toit, les fenêtres. C'est une véritable caravane, et je l'adore déjà.

— Le gamin est super doué en bricolage, en plus.

— L'inspecteur spécial Bouseux ?

— Mmh... grogne l'autre petit vieux en bougeant la tête.

Ça doit vouloir dire que c'est ça. L'idée de passer du temps à redonner une seconde jeunesse à cette caravane avec Henri me donne le sourire. J'espère qu'il sera d'accord. Je les remercie, les larmes aux yeux, et les deux semblent ravis.

— Je suis vraiment trop *happy* !

Je les serre contre moi alors qu'ils marmonnent qu'ils ne comprennent jamais rien de ce que je dis. Comment je peux autant les aimer alors qu'on se connaît à peine ?

— Je peux la laisser là le temps de savoir où je vais la mettre ?

— Oui, oui. C'est toi qui vas rendre le chien, par contre.

Le chien d'Eve est couché à mes pieds. Il est épuisé, mais il a adoré se faire kidnapper pour aller en forêt chercher des truffes. Qu'il n'a pas trouvées, d'ailleurs.

— La prochaine fois, on prend la truie de la mère Bigotte, articule le grand-père d'Henri.

— La nuit, ajoute le père Lapin.

Ils hochent tous les deux la tête et partent dans la même direction. Si on m'avait raconté que j'adorerais cette journée il y a quinze jours, je n'en aurais pas cru un mot. Pourtant, je viens de passer mes meilleurs moments de ces dernières années dans ce village que j'ai haï de toute mon âme.

Lorsqu'Eve m'ouvre sa porte, Desigual entre en courant pour se jeter sur sa gamelle.

— Je ne veux même pas savoir ce que ces deux vieux ont fait faire à mon chien... souffle-t-elle, de toute évidence au courant de qui lui a « emprunté » ce dernier.

— Désolée, mais ton chien ne flaire pas les truffes.

Elle se met à rire et m'invite à entrer.

— T'as mangé ? Le père Lapin m'a filé des petits pois du jardin d'Henri. C'était une bonne technique pour détourner mon attention... finit-elle en fronçant les sourcils.

— Des petits pois ? J'en ai pas mangé depuis des années.

Un instant plus tard, j'écosse les légumes sur la table de la cuisine. *Qui aurait cru que mes prothèses ongulaires seraient parfaites pour ça ?*

— Goûte cru, c'est super bon aussi. Tu trouveras pas mieux qu'Henri pour faire pousser des trucs bio et bons !

— Ça explique tous les livres chez lui.

— T'es allée chez lui ?

On échange un regard. Le sien est clairement amusé.

— Ouais... J'ai un peu insisté pour fuir la maison de mon père l'autre soir, et Henri a fini par accepter.

— Henri finit toujours par accepter. Il est très gentil. Trop, même.

Je fronce les sourcils.

— Pourquoi tu dis ça ?

— Parce qu'il peut vite se faire marcher sur les pieds, comme il ne sait pas dire non.

— C'est pas du tout ce que j'ai vu de lui, jusque-là...

— C'est compliqué à expliquer, et ce n'est pas à moi de le faire, mais si tu dois savoir un truc, c'est qu'il y a six mois il a... il a arrêté de sourire. Jusqu'à ce que tu te pointes. Alors, ne lâche pas l'affaire. Même s'il ne le montre pas, il a besoin de toi.

Je vide une nouvelle cosse dans le saladier en réfléchissant. Des tas de questions me viennent, mais je n'en pose qu'une :

— Pourquoi il a arrêté de sourire ?

Elle m'observe longuement.

— Tu peux me promettre quelque chose avant que je te révèle quoi que ce soit ?

— C'est étrange, comme demande, non ?

— Peut-être, mais je veux être certaine que tu es prête à entendre ce que je vais te dire.

Je casse une cosse en la regardant d'un air méfiant.

— Il a tué quelqu'un ?

Elle mime de donner un tour de clef dans sa bouche. Tant que je n'aurai pas promis, elle ne dira rien.

— O.K. Je promets quoi ?

— Que tu n'en parleras pas à Henri ! Jamais. Ça fait partie d'un pacte. On en parle pas.

Ce n'est pas la première fois que j'entends parler de ce pacte.

— Vous êtes des vampires, c'est ça ?

Elle se marre.

— Mais non. En plus, c'est toi le zombie, aux dernières nouvelles !

— Ne détourne pas la conversation, je t'écoute. C'est promis, Henri n'en saura jamais rien. Croix de bois, croix de fer...

— Ca va, ne crache pas sur mon tapis. Il y a six mois, Henri a v...

— C'est moi ! s'exclame brusquement un homme.

On est penchées au-dessus de la table. Elle parlait tout bas, et on avait tout arrêté pour ce moment fatidique, mais son mec vient de foutre en l'air la grande révélation.

— J'interromps un truc ? demande-t-il en se penchant pour retirer ses bottes de travail.

— Rien du tout. On cherche des vers dans les petits pois, balance aussitôt Eve.

— Ils viennent d'où ?

— Du jardin d'Henri, ajoute-t-elle en ignorant mon appel visuel.

— Bah cherchez pas, il y aura pas d'asticots. Bon, je vais me doucher. Où est ma fille ?

— Elle pique un roupillon à l'étage. Descends-la si elle est réveillée !

Chaton grimpe les marches deux par deux.

— Mon mari est le créateur du pacte, il est hors de question qu'il sache que je cafte ! précise Eve.

— Tu t'écrases ? J'y crois pas ! m'offusqué-je.

— Et voilà une jolie demoiselle qui jouait dans son lit, envoie le collègue d'Henri en revenant.

L'expression du visage d'Eve est claire : le moment est passé, elle ne dira plus rien.

— Il termine dans deux heures, attends-le chez lui si tu veux, me propose Chaton alors que je suis sur le départ.

— Je vais rentrer, je crois. Ma journée n'a pas été de tout repos !

Eve et son mari se mettent à rire. Je comprends pourquoi Henri passe du temps chez eux, ils sont super. Encore une fois, je n'ai pas vu le temps passer. Chaton s'éloigne avec le bébé, et je passe la porte tandis qu'Eve la retient.

— Tu veux pas mon numéro, pour m'envoyer des messages ? lui lancé-je comme perche.

— Non, ça va, j'ai trouvé ton compte Insta. Je pourrai t'envoyer un message privé en cas de besoin.

— Non, mais je ne vais jamais le trouver... Avec mon numéro, tu pourras m'envoyer toutes sortes de messages directement, insisté-je.

Elle grimace, comme si c'était une torture de retenir le secret qu'elle a failli me dévoiler.

— Arrête ! J'ai failli manquer à ma mission, tu m'aides pas, là !

— Dégonflée, va.

— C'est vrai !

On se fixe une seconde et on termine en riant.

— Allez, rentre bien, Joana !

— Je vais lui demander directement.

— Ça, tu as le droit...

Je m'en vais en lui lançant un sourire. J'enchaîne les pas dans le village et plus je marche, plus la fatigue s'abat sur moi. *Quelle journée étrange !* Je n'ai pas osé retourner sur Instagram pour voir ce que donne la vidéo publiée ce matin.

J'arrive chez mon père et ouvre enfin mes réseaux sociaux. Je fais défiler les commentaires sur ma dernière publication. Le premier sur lequel je m'arrête dit : « Au moins, elle a le courage de s'expliquer, ils ne le font pas tous. » Il s'agit du message le plus *liké* par la communauté. Ce « ils » désignent les influenceurs. Je ne me ferai jamais au fait qu'on soit tous mis dans le même panier. Porter cette étiquette n'est pas facile. Devoir se justifier pour chaque parole, chaque geste, devient vite pesant. On se transforme en un produit visuel parfait, plus une personne complexe. Quand je pense à ma vie des derniers jours, je me rends compte d'à quel point je suis libre.

Dans les commentaires suivants, certaines personnes me descendent en flèche et m'insultent, mais la majorité est positive. Ma confidence de ce matin a porté ses fruits, même si au fond je m'en fous. Quoi qu'il en soit, je compte poursuivre ma pause. J'en ai besoin. Henri apparaît tout souriant dans mon esprit. J'ai besoin de lui aussi.

39
HENRI

Mon portable vibre sur la table devant moi. Je me jette dessus comme un drogué en manque. Je comprends vite que c'est un SMS d'Eve et non de Joana.

**** Eve : Tu devrais regarder ça... ****

Son message est accompagné d'une vidéo que je lance immédiatement. Je reconnais Joana, qui se filme dans ce qui semble être son jardin.

— Salut à tous. Aujourd'hui, pas de Queen Bee ni de ruche ou de *bees*. Je viens vous parler en tant que Joana. C'est mon prénom. Celui que mon père m'a donné à la naissance. J'ai beaucoup de choses à vous expliquer, alors n'y allons pas par quatre chemins.

On la voit prendre une profonde inspiration.

— J'ai fait une erreur que je regrette énormément. Ce n'est pas une excuse valable, mais au moment de poster mes dernières *stories*, j'avais bu, j'étais triste et en colère. Si vous voulez un conseil : quand vous pensez à une idée brillante alors que vous êtes soûle, arrêtez tout.

Malgré le ton douloureux de sa voix, elle parviendrait presque à me faire rire. Même si ça aurait un goût amer.

— Bref. La dernière fois que j'ai vu mon père, c'était il y a dix ans. Ses dernières paroles ont été : « Tu es morte pour moi, ne remets plus jamais un pied ici. » C'est son ego qui s'exprimait... La colère, c'est comme l'alcool, ça fait faire n'importe quoi. On blesse profondément ceux à qui on s'en prend, par fierté, et on finit par regretter, mais il est trop tard. C'est ce qui s'est passé ce jour-là : mon père a perdu le contrôle. Et j'ai pris au pied de la lettre ce qu'il m'a dit, j'ai disparu de sa vie. Le jour où j'ai appris qu'il n'était plus de ce monde, j'ai moi aussi perdu le contrôle.

Elle fait une pause, laissant le temps à mes yeux de se remplir de larmes.

— J'avais 15 ans quand mon père m'a annoncé qu'on quittait Paris où j'avais grandi jusque-là pour la campagne et qu'on partait sans ma mère. De ce que j'ai compris, ils s'étaient séparés peu de temps avant, car ma mère avait rencontré un autre homme. Ils ne m'ont rien expliqué, ne m'ont pas demandé mon avis, et j'étais en pleine crise d'adolescence. Vous imaginez donc comment j'ai pu vivre la situation. Je perdais mes repères, mes amis, je ne savais pas quand je reverrais ma mère. Deux mois après notre déménagement, j'ai fugué pour la retrouver, car je n'avais pas de nouvelles, elle me manquait terriblement, et je ne me faisais pas à la vie là-bas. Pourtant, nos retrouvailles ne se sont pas tout à fait passées comme prévu. Il n'y avait pas de place pour moi dans sa nouvelle vie avec son mec très riche. Elle m'a claqué la porte au nez après avoir dit : « Tu fais partie d'une vie dont je ne veux plus. Rentre chez ton père. »

Elle s'arrête de parler et regarde au loin le temps de maîtriser son souffle.

— Ça m'a détruite. À partir de là, j'ai dormi dans la rue, sur des cartons, cachée derrière des buissons puants. Il était hors de question que je rentre en province. J'ai fouillé les poubelles pour manger, je me suis habillée en volant des affaires, j'ai pris des douches dans les fontaines publiques. Peu à peu, j'ai regretté mes disputes avec mon père. Alors, j'ai décidé de mettre ma fierté de côté. Je suis montée dans un train, après avoir échappé à deux types bizarres qui me suivaient depuis plusieurs jours, et je suis rentrée. C'est là qu'il a prononcé sa phrase... Ma mère ne voulait plus de moi, pour lui j'étais morte... je suis repartie, pleine de rage. Aujourd'hui, je comprends sa réaction, parce que j'étais la plus horrible des ados en crise, mais à l'époque je l'ai haï. Ni l'un ni l'autre n'avait à se comporter de cette manière.

Elle renifle pour contenir ses larmes.

— Je suis revenue à Paris, j'ai vécu de petit job en petit job, j'ai rencontré des gens qui m'ont aidée à m'en sortir, d'autres moins bien... Et puis, Queen Bee s'est lancée sur les réseaux sociaux. Je vous parlais de mes *looks* et je taisais le reste. Ça me permettait d'oublier. J'ai voulu me faire croire à moi-même que j'étais heureuse. Et aujourd'hui, tout ça me retombe dessus. Alors, je sais que mon histoire ne rattrape pas ce que j'ai fait l'autre soir. Et j'aurai des regrets toute ma vie à ce sujet. Pas parce que ça vous a choqués, mais parce que j'ai mal agi. C'est mon histoire, mon problème, mon fardeau, pas le vôtre. Je n'ai pas besoin de vos avis, je sais déjà tout ce que vous dites. La façon dont vous parlez de moi n'est rien comparée à ce que je m'inflige moi-même.

Elle sourit pour la première fois depuis le début de son speech.

— Voilà. Je ne sais pas si Queen Bee reviendra. On verra. En attendant, prenez soin de vous, de vos proches, ils sont précieux...

La vidéo s'arrête. Pendant que je la regardais, Eve m'a envoyé quelques messages.

**** Eve : Elle a posté ça sur Instagram ce matin. ****

**** Eve : Quand je vois son sourire quand vous êtes l'un à côté de l'autre, je suis persuadée que vous deux, c'est une évidence... Fonce. Ne la laisse pas filer. Même si tu flippes. On est avec toi, tu peux le faire, être heureux.****

J'avale ma salive. *Elle a raison...* La main d'Éric se pose sur mon épaule et la presse.

— On n'est pas dans une romance anglaise, mais cours la retrouver, putain.

Il a dû épier ce que je regardais dans mon dos. Je lâche un petit rire et me lève en enfonçant mon téléphone dans ma poche. Je ne termine mon service que dans vingt minutes, mais tant pis. Je ne suis plus à une entorse près aujourd'hui !

— Rappelle-moi si besoin, précisé-je à Princesse pour qu'il ne se retrouve pas en galère s'il arrive quelque chose.

— Tu parles, il ne va rien se passer !

J'arrive chez elle un peu essoufflé, mais elle ne semble pas être là. Aucune fenêtre ne laisse filtrer de lumière. Lorsque je frappe à la porte, personne ne vient ouvrir. Où peut-elle bien être ? Pas chez Chaton, Eve me l'aurait dit. Chez sa voisine, tout est également éteint. Je sors mon portable de ma poche et appelle Éric.

— Ouais ?

— Je ne la trouve pas, c'est bizarre.

— Quoi ? Elle est pas chez elle à cette heure-là ? T'as essayé chez le père Lapin ? Elle l'aime bien, de ce que j'en ai compris. Ou chez toi. Elle connaît personne d'autre ici, elle doit pas être bien loin.

— Je vais commencer par chez mon grand-père.

— O.K. Tiens-moi au courant.

Je raccroche et file jusque chez moi. Mais je fais chou blanc ici aussi. Direction la baraque du père Lapin. Je traverse le village au pas de course.

J'aperçois de la lumière au fond du terrain – ou plutôt, de la décharge – du vieil ami de mon grand-père. Je franchis le portail resté ouvert et avance entre les piles de toutes sortes de choses. Ici des essieux, là-bas des chaises. Une vraie brocante.

Je sens une présence dans mon dos, puis une pression est exercée sur mes épaules et une paire de paumes cache soudain mes yeux. Je reconnais immédiatement ce parfum.

— Trouvé, inspecteur spécial... souffle Joana.

J'attrape doucement ses mains et les retire de mon visage pour tourner sur moi-même. Je n'ai pas le temps de croiser son regard qu'elle se plaque contre mon torse. Ses cheveux bouclés chatouillent mon menton. Je l'enlace à mon tour et penche la tête vers elle.

— Alors, c'est ici que tu te planquais ?

— Mmh... Tu m'as cherchée ?

— Partout.

Elle glousse.

De la musique nous parvient. Elle se redresse d'un coup, pleine de vie. Un grand sourire anime ses jolis traits.

— Ça y est, ça marche ! Viens !

Elle m'attire à sa suite. Après un vieux garage en ruine, je découvre nos vieux préférés qui s'affairent autour d'une vieille caravane. Des guirlandes lumineuses sont suspendues un peu partout. Des lampions colorés ont été accrochés aux arbres, et une vieille table en bois est installée sur une terrasse constituée de vieilles palettes et de planches de bois. Deux bancs sont posés sur de vieux tapis qui habillent le sol. Dans un coin, une console bancale abrite un tourne-disque et deux enceintes de taille et forme différentes.

— Bienvenue à la guinguette Abeille ! s'exclame Joana, les bras en l'air.

Sa fierté me pousse à sourire. *J'adore ce qu'ils ont fait ici !* Soudain, une immense flamme jaillit de l'autre côté de la terrasse. Je distingue mon grand-père dans la zone du carnage. *Il va foutre le feu !* Ce ne serait pas la première fois.

— T'as faim ? Je sais qu'il est tard, mais je devenais folle chez moi, et il fallait que je m'occupe, m'informe Joana.

Je serre sa main, toujours dans la mienne.

— Pourquoi t'es pas venue me voir ?

Elle me lance un regard que je n'arrive pas à saisir.

— J'ai attendu ton message toute la journée... ajouté-je.

Ses paupières se plissent et ses dents apparaissent. *Ce sourire...*

— Vraiment ? Tu as attendu ?

Je tire sur sa main, l'obligeant à s'approcher de moi. Elle plonge ses yeux dans les miens pendant que, dans mon dos, les deux vieux bricolent je ne sais quoi avec le barbecue de fortune que j'ai aperçu. Elle glousse, et son autre main se pose au niveau de mes côtes, sur le polo bleu clair de la gendarmerie.

— T'es énervé ou je rêve ?

— Non, je suis triste, tu n'as pas pensé à moi de la journée...

Est-ce que je viens de dire ça à voix haute ? Elle glisse ses doigts entre les miens et baisse la tête avant de prononcer assez bas :

— J'ai pas arrêté de penser à toi, Henri... Mais je savais pas si j'avais le droit.

Mon cœur se gonfle et envoie jusqu'à ma tête un sentiment euphorisant de bien-être. J'aime ce que j'entends et je dois lui dire.

— Tu en as le droit... Et l'obligation, tant j'aime ce que j'entends.

Elle fait aussitôt sa tête de chaton qui me fait craquer.

— Merci d'être toi... souffle-t-elle.

Non, c'est moi qui te remercie, Joana... Tu ne sais pas de quoi tu me sors par ta simple existence... Je la serre contre moi à défaut de parvenir à lui dire ces mots.

Il doit être près de 1 heure du matin, les deux grands-pères ont disparu depuis un moment. Joana m'explique qu'elle veut retaper la vieille caravane dont ils lui ont fait cadeau et partir en voyage avec.

On vient de passer deux heures à refaire le monde. Elle va mieux, moi aussi. Rien ne peut nous atteindre dans la bulle dans laquelle nous nous sommes enfermés. Le père Lapin a bricolé un genre de banquette en palettes à laquelle il a ajouté un vieux matelas et des coussins. On est allongés dessus, sa tête est sur mon épaule, et on fixe le ciel étoilé au travers des branches d'arbres.

— Tu sais danser ? me demande-t-elle.

— Mmh...

— Ça veut dire oui ou non ?

— Joker, mademoiselle Mancini...

Je l'entends glousser, et elle se redresse. Elle lance un nouveau disque, et une vieille chanson française retentit. Elle m'oblige à me lever.

— Viens !

Je prends la main qu'elle me tend et passe l'autre dans le bas de son dos. L'un contre l'autre, on suit la cadence de la chanson sans qu'aucun de nous n'ait besoin de réfléchir. Nos yeux ne se quittent pas, jusqu'à ce que sa bouche accapare mon attention.

— Joana ?

— Oui ?

— Tu veux sortir avec moi ? demandé-je tout bas.

40
Joana

Je ne sais pas si c'est ça, l'amour, ni même s'il existe, mais ce que je ressens quand Henri me pose cette question, je ne veux pas que ça s'arrête. Il attend ma réponse sans ciller. C'est oui, sans hésiter. Je veux juste suivre mon instinct et mon cœur, ils me dictent de foncer, que le bonheur est là, à portée de lèvres.

Je monte sur la pointe des pieds et dépose ma bouche sur la sienne. Il prend mes joues dans ses mains tandis que je m'agrippe à son haut. Plus rien n'existe autour de nous. Il aspire ma lèvre inférieure avec douceur puis y dépose un petit baiser, et il recommence avec celle du haut. Ma bouche reste entrouverte lorsqu'il se recule. Nos regards se trouvent, et j'aime profondément ce que je vois dans le sien.

La musique revient à mes oreilles, l'odeur de la forêt me parvient à nouveau, et je prends conscience du décor féerique qui nous entoure.

— Je peux prendre ça pour un oui ?

— Oui… Un grand oui.

Il sourit et m'attire contre lui pour me serrer dans ses bras. La musique change. Nous suivons le rythme. La danse est douce, comme ce moment, comme ce sentiment.

— Un premier baiser sur une chanson d'Enrico Macias, c'est pas mal, non ?

— Tu as mis la barre très haut, j'admets, réponds-je en riant.

J'entends son rire naître dans sa poitrine et je me redresse pour le regarder. Est-ce que tout ça est réel ? J'ai le sentiment de ne pas mériter ce bonheur. Peut-être ma vie d'avant va-t-elle me rattraper d'un coup.

— Attends, il reste celles-ci à débrancher, précisé-je alors qu'Henri jette les coussins dans la caravane.

On rentre se coucher. Il est près de 3 heures du matin, et l'un comme l'autre, nous sommes épuisés.

— Alors tu veux vraiment retaper ce truc ?

— Oui. Tu crois que c'est faisable ?

Je débranche l'avant-dernière guirlande. On sera bientôt dans le noir.

— Elle semble en bon état. Demain, je regarderai comment est le plancher en dessous, si tu veux.

— O.K., Queen Bee va passer en mode rénovation. Attention, je débranche la dernière guirlande, annoncé-je.

Je tire sur le câble et la nuit nous enveloppe.

— C'est tout de suite moins accueillant, prononce Henri un peu plus loin.

— Grave. T'es où ?

Un bras passe sur mon ventre, me faisant frissonner. Henri glousse dans mes cheveux, puis allume la lampe torche de son portable pour que nous parvenions à quitter l'endroit.

De retour dans le village, il remarque un câble qui traîne au sol.

— C'est quoi, ça ?

On remonte le câble jusqu'à un lampadaire où il est branché de manière anarchique.

— Je me demandais comment il avait fait venir le courant jusqu'à la caravane... soupire le gendarme. Bref, je verrai ça demain. Je dois dormir, pour l'heure.

Après une courte marche dans la fraîcheur de la nuit, on arrive à l'intersection qui doit nous séparer. On s'apprête à partir chacun de notre côté, mais il me retient.

— Tu veux... dormir chez moi ?

J'en ai terriblement envie.

— T'es pas obligée d'accepter. Et c'est pas pour... qu'on aille plus loin toi et moi. C'est juste parce que je ne veux pas que tu... sois mal toute s...

— C'est d'accord, coupé-je. Et qu'on soit clair, c'est exactement pour qu'on aille plus loin que j'accepte !

Il se met à rire et passe un de ses bras autour de mes épaules avant de m'attirer contre lui.

— Heureusement que je comprends ta façon de faire passer les malaises !

— Je suis grillée...

— Cette journée a duré une semaine... soupire Henri en s'affalant à côté de moi. Je vais dormir jusqu'à l'année prochaine.

Il sent bon le gel douche. *Est-ce normal de vouloir croquer dans son épaule ?*

— Je suis contagieuse ou quoi ? Tu exagères autant que Queen Bee.

Il glousse, faisant bouger le matelas de la mezzanine. Je ne sais pas comment j'ai réussi à grimper jusque-là dans mon état de fatigue.

— Je refuse tout remède, ajoute-t-il en se mettant sur le côté pour me regarder.

Je passe sur le ventre, cale mes mains sous l'oreiller pour surélever un peu ma tête. Un sourire étire mes lèvres. J'ai les paupières lourdes et le cœur serein. Je ne m'étais jamais sentie aussi bien avant de m'endormir.

— Henri...

— Mmh ?

— Tu crois que... ça va marcher ?

Il fronce les sourcils.

— Nous ?

Je hoche la tête.

— J'en ai aucune idée... mais... on est libres d'essayer

et... si l'un de nous n'est pas bien, il aura le droit d'arrêter notre relation sans explications. Parce qu'on est pas là pour se faire plus de mal qu'on en a déjà subi... Ça te va ?

Je hoche la tête avec l'espoir que ça n'arrive pas.

— Alors, bonne nuit, reine des abeilles... murmure-t-il.

Sa main passe sur ma joue et s'arrête dans mon cou. Son pouce me caresse lentement, ce qui m'apaise. Je pose ma paume dessus avec le sentiment qu'il ne peut rien m'arriver.

— Bonne nuit, inspecteur... marmonné-je sans parvenir à articuler correctement.

Son rire m'accompagne lorsque je rejoins le monde des songes.

41
Henri

Il y a beaucoup trop de monde à la gendarmerie à mon goût aujourd'hui. Voilà pourquoi je déteste travailler de jour. J'ignore donc mes collègues autant que possible. Je suis trop fatigué pour les supporter.

— Minot ? Oui, oui, il est là-bas, mais il fait la gueule depuis ce matin, entends-je La Bûche dire dans mon dos.

— Même à moi ?

Je reconnais la voix de Joana, et mes épaules se relâchent instantanément. La reine des abeilles est à l'accueil, La Bûche lui fait signe de me rejoindre. Un instant plus tard, elle sautille sous mon nez.

— Regarde ce que j'ai reçu ! fait-elle en secouant un papier sous mon nez.

— Qu'est-ce que c'est ? demandé-je en l'attrapant.

— Cette lettre m'attendait sur la porte de chez mon père quand je suis rentrée chez moi ce matin. C'est un truc de dingue ! Lis ça !

Elle me tend un papier cartonné, et je m'exécute. Il n'y a que quelques lignes inscrites dessus. J'ai envie de déchirer cette merde avant même de terminer ma lecture. Cet enfoiré de préfet a été jusqu'à la contacter directement pour lui proposer de venir à sa réception ! Je dissimule cependant la haine qui monte en moi à Joana.

— Oh... O.K.

C'est tout ce qui parvient à franchir mes lèvres.

— On va s'habiller comment ? interroge la reine des abeilles.

— Tu veux y aller ? C'est peut-être...

— Mais bien sûr que je vais y aller ! Et toi aussi. Tu vas m'accompagner. C'est un préfet !

— Ah ! Merde.

— T'as pas envie ?

— Pas trop...

Pas du tout. Pour rien au monde.

— Mais on va manger à l'œil... C'est le meilleur argument que je puisse te donner !

— C'est moche d'essayer de me prendre par les sentiments comme ça, répliqué-je.

Elle fait la moue, celle avec la lèvre inférieure qui tremble un peu. *Fait chier, ça marche totalement !*

— Henri... couine-t-elle.

— Joana... l'imité-je.

— Bon, je te laisse réfléchir. Même si j'ai envie de te dire : « Tu viens. Point. » Mais je t'aime bien, alors je te laisse décider. Moi, j'irai. Avec ma robe Chanel. La seule que j'ai réussi à récupérer.

Elle termine sa tirade en se hissant sur la pointe des pieds pour déposer un léger baiser sur mes lèvres. Je croise le regard de deux collègues. En dehors de Chaton, Éric et Eve, les gens connaissent peu de choses sur ma vie privée. Joana doit être celle qui en sait le moins. Je prends conscience que je vais devoir lui parler, lui raconter à quoi j'ai occupé les six mois avant qu'elle ne débarque ici. Cette simple idée m'angoisse déjà. Surtout si elle va chez le préfet samedi. *C'est dans trois jours, bordel !* Si je la laisse y aller seule, elle pourra entendre n'importe quoi à mon sujet. Et c'est certain que ce con de préfet va l'ouvrir. Pas dans le but de me nuire, mais il partira du principe que Joana est au courant, s'il découvre que je suis avec elle. Et je ne veux pas qu'elle l'apprenne comme ça. Dans l'idéal, je préférerais qu'elle ne l'apprenne jamais... Mais je ne veux pas la perdre. Et lui cacher ça, c'est prendre le risque de la perdre. Pourtant, l'idée qu'elle me regarde autrement me noue l'estomac.

— Allez, je file, je veux passer à la caravane pour voir comment l'aménager. Continue de penser à cette histoire de préfet !

Comment faire autre chose ?

Elle m'embrasse à nouveau et repart aussi vite qu'elle est arrivée.

— Alors ? Verdict ?

Je suis allongé par terre pour vérifier l'état du véhicule offert à Joana. Sitôt mon service terminé, j'ai filé au terrain du père Lapin pour la rejoindre. Elle était toujours là, allongée sur la banquette, scrutant les nuages dans le ciel.

— Bah... Honnêtement, je m'attendais à pire. J'ai pas l'impression que c'est humide. Il faudra changer les pneus et les suspensions, mais le plancher est encore bien.

Je me redresse et la rejoins vers la table en bois. Elle me tend un sandwich avec un sourire.

— Le spécial Queen Bee, bon app !

Je croque dans un sandwich comme je les aime : garni de tomates, de salade, de mayonnaise et de blanc de poulet. *Un régal !*

— C'est où, le domaine du préfet ? me questionne-t-elle.

— C'est pas à côté, il faut y aller en voiture.

— Ah ! Tu pourras... me déposer ?

— Je vais venir avec toi, annoncé-je.

Je ne peux pas la laisser aller seule là-bas. Je dois arrêter de fuir.

— Sérieux ? C'est trop bien ! Merci.

Elle me remercie, mais elle ne devrait pas. Je vais être exécrable, là-bas.

J'attrape mon verre et je lui souris avant de boire deux grandes gorgées. *Mec, si tu veux rester avec elle, tu vas devoir lui parler de toi, et c'est le moment parfait pour ça.* J'ouvre la bouche et vérifie qu'elle m'écoute.

— C'est quoi, le pacte ? envoie-t-elle brusquement.

Je me prends sa question en pleine tête. Comment est-elle au courant ? Je reste muet, la bouche entrouverte.

— J'ai entendu Chaton t'en parler, une fois... Enfin, plutôt te menacer avec...

— C'était pas une menace, juste un rappel, précisé-je aussitôt.

— Ah ?

Elle repose son sandwich pour me regarder avec attention. *Eh merde, je ne vais pas y arriver, je le sens !*

— Un rappel de quoi ?

Comment puis-je lui expliquer ça ?

— Qu'il faut... accepter l'aide des autres.

— Et tu as besoin de son aide, à Chaton ?

— Ouais... J'ai eu besoin de lui, il y a quelque temps.

Le silence s'installe entre nous. Je ne la regarde plus mais scrute mon sandwich comme si je pouvais y lire l'avenir.

— T'es pas obligé de me parler de quoi que ce soit si t'as pas envie, souffle-t-elle.

Je hoche la tête.

— Désolée si je pose trop de questions.

— Non, non, t'inquiète.

Je relève le nez avec un sourire que j'ai du mal à tenir.

— T'es en droit de tout savoir de moi, t'es ma copine.

Mon cœur s'emballe et me remonte dans la gorge tandis que Joana détourne le regard.

— Ça me fait bizarre de l'entendre, mais j'aime bien. Beaucoup, même.

Un petit rire nerveux m'échappe.

— Moi aussi... Je suis vraiment content que tu sois ma copine.

On se sourit comme deux gosses.

— T'es mon copain... chuchote-t-elle.

Je hoche la tête avec enthousiasme, et elle glousse. Ses joues prennent une teinte rosée que j'adore.

— On dirait des ados... constaté-je.

— Grave ! À croire qu'on n'a rien connu avant !

— Rien de tel, en tout cas...

Est-ce que je viens d'admettre que je n'ai jamais ressenti ce qu'elle provoque en moi avant ? Oui !

— Ah...

J'ai dû la faire flipper, il est trop tôt pour lâcher ce genre de déclaration.

— Alors toi aussi tu sens ce truc... rare ?

— Une bulle où rien ni personne ne peut nous atteindre... décris-je.

Son visage s'illumine.

— Exactement. J'arrivais pas à mettre de mots dessus et j'avoue que j'ai cru que j'étais un peu cinglée, mais non. Ou alors, on est cinglés tous les deux...

Je n'arrive qu'à sourire de bonheur.

42
Joana

J'ai fait des réceptions dans les plus beaux hôtels parisiens, mangé dans les restaurants les plus cotés, pourtant, rien n'a jamais égalé cet instant. Un champ, une couverture et Henri, voilà à quoi se résume mon bonheur. Le soleil chauffe, et on est confortablement installés au-dessus de chez lui, non loin de son potager. La tranquillité de ce lieu n'existe pas sur Paris. Même dans le jardin de l'Élysée. Les sons de la nature entendus ici sont plus relaxants que n'importe quelle vidéo YouTube de méditation. Je me demande soudain pourquoi les gens vivent à Paris alors que je me suis moi-même battue pour y rester.

— Joana ?

Je rouvre les yeux. Henri tient son portable au-dessus de nous. L'écran nous montre l'un à côté de l'autre. Je roule pour m'approcher davantage de lui et je souris à l'objectif.

— On est super beau... constaté-je.

Il me prend dans ses bras et m'embrasse. Pour la première fois, j'aimerais caresser sa langue. J'ouvre un peu la bouche, il en profite pour aspirer ma lèvre. *Il me rend folle quand il fait ça !* Je glisse ma langue dans l'espace qu'il laisse et je trouve la sienne. L'atmosphère se charge en sensualité. Il se redresse un peu, obligeant mon dos à retrouver la couverture sur laquelle on est allongés. Notre baiser est plus profond, plus intense, mon cœur bat de plus en plus vite.

Mes doigts agrippent ses cheveux, j'en veux plus, juste un peu. Il passe sur moi, en appui sur ses avant-bras placés de chaque côté de ma tête. Mes mains parcourent son torse. Il a chaud, et je sens son cœur battre sous ma paume droite.

— Ça va ? murmure-t-il.

— Oui... Et toi ?

— Oh que oui ! On s'embrasse à l'horizontale, on passe un cap, non ?

— Absolument.

— On s'en sort pas mal, je trouve...

— On assure, tu veux dire...

Je remonte une main pour caresser son visage en le regardant. Il ferme les yeux en souriant.

— T'es beau, Henri Minot... soufflé-je.

Il m'embrasse à nouveau. Puis on discute et on rit, le tout entrecoupé de nombreux baisers. Et on s'installe pour admirer le ciel bleu. Un autre mec se serait glissé entre mes cuisses et aurait pressé son érection contre moi. Henri ne fait pas ça. Il est simplement respectueux. Il ne prend pas plus que ce que je donne, et je fais pareil de mon côté. Combien d'hommes se seraient arrêtés pour me demander si ça va ? Avant, ça ne m'était jamais arrivé. Embrasser un garçon signifiait d'emblée qu'il avait tous les droits sur moi. Me toucher les seins, par exemple. Accepter de sortir avec quelqu'un ne veut pas dire qu'on doit tout accepter. Ce n'est pas lui offrir un pack avec accès illimité à votre corps ou votre esprit. Pour commencer, Henri m'a regardée droit dans les yeux et m'a demandé si je voulais sortir avec lui. Certains pourraient se dire que ça manque de naturel, moi, j'ai adoré sa façon de s'assurer que j'en avais envie. Il ne pense pas à ma place, il veut réellement savoir ce que je ressens. Peut-être qu'un jour on n'en aura plus besoin. Nous nous connaîtrons suffisamment pour lire les petits signes corporels émis par l'autre, mais nous n'en sommes pas là. Et pour y arriver, on va devoir se dévoiler, traduire nos pensées à l'autre, nous assurer de ce que chacun ressent.

— Jusqu'à quelle heure tu travailles, aujourd'hui ? demandé-je alors qu'on arrive à la gendarmerie après avoir fait un arrêt chez lui pour déposer la couverture et qu'il enfile son uniforme en vitesse.

— 18 heures, je crois...

— C'est dans trois heures...

On échange un regard qui confirme ce que je pense. Ça va être long.

— Et dimanche, je dois encore bosser de jour, c'est la brocante... m'explique-t-il alors qu'on passe la porte du poste.

— La brocante ?

— Mmh... Avec des gens, des stands et des mômes partout. Le cauchemar, quoi.

— Et c'est quoi, ton job, dans ces cas-là ?

— Tourner et virer... Gérer l'arrivée des exposants le matin avec le personnel de la mairie et veiller à ce que tout soit plié en temps et en heure le soir. On pourra se voir entre-temps, si tu veux.

— Bien sûr que je veux. Ce soir, déjà, balancé-je.

Alors que je me hisse sur la pointe des pieds pour l'embrasser, mon regard est attiré derrière lui, là où un portrait est épinglé sur un tableau en liège.

— Mais ! C'est moi ! m'écrié-je, outrée.

Il arrache la feuille dans la seconde.

— Elle fait tellement partie du décor qu'on a oublié de la retirer.

— Fais voir ce truc !

Je lis le texte et regarde la photo. J'ai vraiment l'air d'une folle, là-dessus.

— « L'adolescente portait un jean bleu et une veste noire le jour de sa disparition » ? Mais pas du tout, c'est n'importe quoi ! m'exclamé-je alors qu'on avance dans la gendarmerie. Mon jean était bleu délavé, ça change tout.

Henri me prend la feuille et la dépose dans la poubelle.

— C'est pour ça qu'on t'a pas retrouvée ! Tout s'éclaire, dit-il avec un sourire.

Je pouffe.

— L'importance des détails, inspecteur spécial Bouseux !

Un de ses collègues appelle Henri pour régler un problème urgent avec leur imprimante tandis que Chaton arrive dans ma direction.

— Ça va, Joana ? Alors, avec Henri, ça se passe bien ?

Je relève le nez pour le sonder. Pourquoi ne pas demander ça directement à son ami ?

— Tu t'inquiètes pour lui ?

— On s'inquiète tous pour lui. Même si depuis que tu es là, il est... mieux.

— Mais qu'est-ce qu'il a, à la fin ?

Il détourne le regard.

— S'il ne t'a rien dit, je peux pas le faire à sa place...

— Le pacte, c'est ça ?

Il hausse les sourcils.

— Je t'ai entendu en parler. Et Eve a failli cracher le morceau, mais elle a pas réussi.

— C'est à lui de t'en parler, quand...

— ...il sera prêt, terminé-je.

— Voilà, exactement. Mais le fait qu'il annonce haut et fort que tu es sa copine veut tout dire. Et on est très heureux pour vous.

Je lui souris et vois le concerné revenir vers nous dans son dos.

— Il t'embête ? me demande-t-il en montrant Chaton d'un coup de menton.

— Non, du tout. On parlait de l'invitation chez le préfet samedi, envoyé-je sans réfléchir.

— Ah ? Tu y vas, tout compte fait ? interroge aussitôt Chaton.

— J'accompagne cette demoiselle. Je serai son garde du corps.

L'autre lui donne une tape dans le dos.

— C'est très bien, ça ! Très, très bien.

Et il s'en va. Le regard qu'ils échangent m'indique qu'il y a des choses que je ne peux pas saisir dans cette remarque. Un rapport avec ce foutu pacte ?

— Je dois partir en patrouille et je n'ai pas le droit de t'emmener, malheureusement...

Je fais la moue et je vois son visage changer.

— Quand tu fais ça, je sais pas si ça m'énerve ou l'inverse, avoue-t-il.

— C'est quoi, l'inverse d'être énervé, au juste ?

Il s'approche de moi, et ses mains se posent sur le haut de mes bras.

— Je ne sais pas trop... Être amoureux ?

Je le regarde droit dans les yeux en souriant. Il se penche et dépose un baiser sur mes lèvres.

— Minot, on a du boulot ! râle sa collègue.

Henri m'embrasse à nouveau, me lance un clin d'œil et s'éloigne.

— Joana ? interpelle Chaton.

Je me retourne avant d'atteindre la porte. Il me rejoint pour parler tout bas.

— Pour samedi... commence-t-il. Tu vas devoir être là pour lui, vraiment.

— Chez le préfet ?

— Henri était invité à la réception, lui aussi. Le préfet l'a contacté personnellement, et il ne comptait pas y aller... pour de bonnes raisons. Alors, ne le laisse pas seul là-bas, s'il te plaît.

— O.K... Encore ce délire de pacte ?

Il hoche la tête.

— C'est ridicule d'être aussi secrets, les gars. En plus, je commence à flipper qu'il soit dangereux !

— Henri est un amour, tu ne risques absolument rien avec lui. Je lui laisserais ma fille les yeux fermés. La seule personne à qui il est capable de s'en prendre, c'est... Bref, ne le quitte pas quand vous serez à cette réception.

— Mmh… Je ne vais pas te tirer les vers du nez uniquement parce que je préfère qu'Henri m'explique quand il sera prêt, mais je saurai me souvenir de la torture que vous m'infligez, avec ta femme !

Je file en direction de chez mon père. J'ai un truc à faire cet après-midi. *Laver mon linge sale qui s'accumule.* Sinon, je n'aurai pas de culotte demain sous ma robe. Ni de robe, d'ailleurs.

43
Henri

C'est toujours La Bûche qui conduit quand on patrouille ensemble.

— On dirait que t'as tourné la page, toi, c'est cool, me dit ma collègue.

Je tourne la tête vers elle.

— Depuis ton ex, précise-t-elle.

— J'avais compris.

Je l'aime bien, mais elle a le don d'aborder des sujets qu'il vaut mieux éviter. J'étais détendu depuis ce matin, sur mon petit nuage après la nuit passée avec Joana. Enfin, j'étais sur un nuage surtout parce que j'ai survécu. S'il y a bien une chose à laquelle je n'avais pas pensé depuis des mois, c'était le sexe. Mais voir Joana Mancini se balader uniquement habillée d'une serviette de bain à la sortie de sa douche hier soir a ouvert une porte en moi. Je me suis senti électrique jusqu'à m'endormir pour de bon. D'aussi loin que je me souvienne, je n'ai jamais autant regardé le corps d'une femme. Le sien me donne des envies folles. La couleur de sa peau, la courbe du bas de son dos, l'angle de ses épaules... Je voudrais la goûter, partout. J'ai eu le plus grand mal à garder mon sang-froid. Ça allait un peu mieux ce matin, mais au pique-nique de ce midi, le soleil sur elle a tout réenclenché. *Stop, tu vas bander en uniforme, mec !*

Ma relation avec elle compte bien trop pour qu'on se précipite. J'ai besoin de prendre mon temps et de la connaître plus, je crois que c'est pareil de son côté.

J'ai toujours pensé qu'on ne devait pas prendre à la légère le début d'une relation et j'en ai la certitude maintenant. Tout ça fait un écho retentissant avec cette ex dont me parle La Bûche. C'est fou comme penser à elle me stresse. J'ai l'impression qu'on me retire de l'air. Mes souvenirs me certifient que Joana vaut la peine que je me donne.

— Tiens, qu'est-ce qu'il fout, celui-là ? interroge La Bûche alors qu'on tourne au coin d'une rue du village.

Je chasse mes pensées de mon esprit en relevant le nez. Un homme nous fait signe depuis le bord de la route. On s'arrête et j'ouvre ma fenêtre.

— On peut vous aider ? questionne ma collègue en se penchant vers moi pour le voir.

— Je suis perdu. Y'a aucun panneau ici ?

— Vous cherchez quoi ? demandé-je.

— J'ai oublié le nom de la rue, mais elle finit en cul-de-sac.

Pourquoi il cherche des panneaux, s'il n'a pas le nom de la rue ?

— C'est peut-être la rue des Ânes ? propose La Bûche.

— Peut-être. Y'a aussi la rue du Parc, plus près.

— C'est dans quelle direction ?

Sans savoir pourquoi, je ne sens pas ce type. Il dégage une aura qui me hérisse les poils.

— Vous venez d'où ?

Il fronce les sourcils et recule un peu.

— De Paris, pourquoi ?

Je fronce les sourcils et ne réponds pas à sa question.

— Continuez tout droit, c'est la deuxième à gauche, envoie ma collègue.

Ma fenêtre se referme sans que je touche au bouton alors que le type marmonne des remerciements.

Lorsque je termine mon service, je file directement chez Joana. J'espère qu'elle n'est pas en vadrouille avec les deux vieux parce que j'ai vite besoin d'elle. Depuis que La Bûche m'a parlé de mon ex, j'ai du mal à respirer.

Je sais que je retrouverai mon oxygène en serrant la reine des abeilles dans mes bras. Je frappe à la porte et j'attends, mais rien ne se passe. *Eh merde...* Je lève la main pour frapper à nouveau lorsque le battant s'ouvre. *Ah ! Enfin !* Je n'ai jamais eu aussi hâte de... Je me fige en découvrant un type qui ouvre des yeux comme des soucoupes. *Mais c'est l'autre con de tout à l'heure ?* Il change de tête dans la seconde.

— Euh... monsieur l'agent ? Qu'est-ce qui se passe ?

Je fronce les sourcils et regarde par-dessus son épaule. Joana est plus loin et se triture les ongles. Elle affiche une moue désolée. Je la scrute quelques secondes, puis mon attention revient sur l'homme. C'était évident, pourtant : avec ses fringues colorées, il vient de son monde à elle. Qu'est-il en train de se passer entre eux ? Pourquoi ne réagit-elle pas ? Ils se connaissent de toute évidence bien, et elle a honte que je la trouve en sa présence ? Il n'y a pourtant pas mille explications possibles. Arrête de te voiler la face, Henri. Tout mon blabla sur le fait de prendre notre temps ensemble s'effrite brusquement. Je pensais que c'était précieux et qu'elle voulait savourer chaque instant, comme moi. Alors qu'en vérité elle avait quelque chose à cacher.

— Désolé, je me suis trompé... de maison... articulé-je en faisant marche arrière.

Je jette un dernier coup d'œil derrière le type et je tourne les talons. Les pas suivants sont difficiles. Je ne sais même pas comment j'arrive à mettre un pied devant l'autre tant la chute est violente. Je ne l'ai pas vu venir... Je n'ai jamais pensé qu'il pouvait y avoir un homme dans son autre vie. Elle a pourtant répondu non à Eve quand celle-ci lui a posé la question. Mais elle ne serait pas la première à mentir. Ça m'apprendra à m'attacher à une inconnue...

Je relève le nez et pars en courant en direction de chez moi. Ou de chez Chaton, je n'ai pas encore décidé. Il faut juste que je m'éloigne de cette maison, et vite.

— Henri ! m'interpelle une voix.

Je m'arrête avant de trouver d'où vient le son.

— Henri, attendez ! s'exclame la même voix.

Je découvre la voisine de Joana qui sort de son jardin. Son air paniqué ne m'échappe pas, malgré mon état.

— Faut y retourner ! Ce type est bizarre.

— Quoi ?

— Chez Joana ! Retournez-y, s'il vous plaît. Je crois qu'elle...

— Non, tout va bien. Ils... Ils sont ensemble et...

— Mais pas du tout ! insiste-t-elle. Elle est venue chercher de la lessive à la maison, et ce type l'a attrapée au milieu de la rue quand elle repartait. Il lui a saisi le bras de manière très étrange. Brutale, si vous voulez mon avis. Depuis, ils sont enfermés dans la maison. Je les ai entendus crier, j'ai un mauvais pressentiment ! Retournez-y, s'il vous plaît ! J'allais vous appeler quand je vous ai vu frapper chez elle.

C'est quoi, ce délire ? Je prends deux secondes pour me repasser les images de Joana. Elle se triturait les ongles et semblait mal à l'aise. Une pile de linge froissé derrière elle. L'image d'une chaise à terre et de morceaux de verre me percute brusquement. *J'étais tellement sous le choc que je n'y ai pas prêté attention.*

Je laisse la voisine sur place et cours vers la maison de Joana. Je passe par le jardin avec la main sur mon arme de service. Je me cale au coin de la bâtisse. Les portes-fenêtres sont fermées mais ne m'empêchent pas d'entendre ce qui se dit à l'intérieur.

— Tu vas me payer immédiatement ! Et avec les intérêts, sinon je saurai me payer autrement !

Il lui hurle dessus ?

— J'ai rien, je t'ai dit ! Arrête, fais pas ça ! S'il te plaît. Je te jure que je te rembourserai, mais pose les ciseaux.

La voix de Joana laisse transparaître sa terreur. J'avance un peu pour voir ce qui se passe à l'intérieur.

Je vais devoir appeler du renfort. Si j'y vais seul, je vais lui coller une balle entre les deux yeux. Je sors mon portable de ma poche en parvenant à situer Joana. Elle est debout dans le salon, face au canapé. Le mec doit être là où elle regarde, probablement assis. J'ai envie de traverser la vitre en découvrant qu'elle a les larmes aux yeux, mais je me retiens et je recule pour appeler Chaton tout en continuant de rester vigilant.

— Me rembourser, ça va pas suffire ! Crois-moi, tu vas me payer pour toutes les emmerdes que tu m'as causées.

— Henri ? décroche Chaton.

— Y'a un problème chez Joana, besoin de renfort, chuchoté-je.

— Hein ?

— Un type la menace, je vous attends pour entrer.

— T'es où exactement ?

— Dans son jardin.

— O.K. Tu bouges pas, on arrive.

Il met fin à l'appel, et je me rapproche de la porte-fenêtre sans perdre des yeux le passage vers la rue, prêt à agir s'il la touche avant que mes collègues n'arrivent.

— Alors, soit tu alignes la thune, soit je continue de découper tes affaires chéries avant de foutre le feu à ta jolie baraque de campagne.

Ma main se crispe sur mon arme. *Les mecs, si vous n'arrivez pas vite, vous allez devoir m'aider à cacher un cadavre !* Un son détourne mon attention deux secondes. La voiture de patrouille se gare silencieusement devant la maison. Mon supérieur me fait signe de rester là pendant qu'ils se dirigent vers la porte d'entrée.

Je m'avance et frappe au carreau à la seconde où la porte d'entrée à l'autre bout de la maison explose sous le coup de pied de Chaton, qui entre arme au poing en hurlant. *Il adore les entrées fracassantes !*

Joana recule et percute la vitre, terrifiée.

— Ouvre ! lui crié-je.

44
Joana

Mon cerveau ne parvient plus à analyser la situation. Henri est revenu ? Il est derrière la vitre dans laquelle je viens de reculer et me fait signe de lui ouvrir, mais je n'arrive d'abord pas à trouver la poignée, puis mes mains tremblent tellement que je mets un temps infini à la faire tourner.

— Dégage, s'écrie Mathéo en me fonçant dessus, ciseaux en main.

J'essaie de l'esquiver et trébuche sur mes colis. Je m'écrase au sol et vois Henri attraper mon ex par le col et l'envoyer voler dans le jardin. *Oh* ! *Mon Dieu !* Chaton me passe devant, suivi de leur collègue blonde. Tout ce que j'ai le temps de voir, c'est Henri qui écrase Mathéo face contre terre.

— Ça va, Joana ?

La nana me tend une main et m'aide à me relever. J'essuie mes joues alors qu'on rejoint les deux gendarmes dehors.

— Bouge pas, putain ! s'exclame Henri avec autorité en tirant ses bras dans son dos.

— Mais d'où il sort, celui-là ? interroge Chaton, debout à côté d'eux, en rangeant son arme.

— De Paris. Joana lui doit de l'argent, explique Henri en saisissant ses menottes.

Après les lui avoir passées, il relève mon cinglé d'ancien petit ami et le pousse avec dégoût vers Chaton qui l'emmène vers le véhicule stationné devant chez moi. Je suis figée sur place. *Mais que vient-il de se passer ?*

— Suspect intercepté, on arrive, prononce la nana dans une radio.

— Joana, tu m'entends ? Ça va ?

Henri est juste devant moi, ses mains tenant mes joues en coupe, et il me regarde dans les yeux. Les larmes montent quand mon esprit se remet en route.

— Il a découpé toutes mes fringues ! balancé-je, encore sous le choc de ce crime horrible.

Henri me regarde, et un sourire étire sa bouche.

— Mais toi, tu vas bien... murmure-t-il avant de me prendre dans ses bras.

J'appuie ma joue sur son épaule et je ferme les yeux, soulagée qu'Henri soit revenu. J'ai toujours trouvé Mathéo idiot, mais je ne l'aurais jamais cru méchant. *Tout ça pour deux-trois Uber ?*

— On y va, Minot, annonce Chaton au loin.

— O.K., on vous rejoint, répond Henri très sérieusement.

Le regard que m'a lancé mon petit ami quand Mathéo lui a ouvert la porte m'a fait plus mal que de voir un ex fou mettre des coups de ciseaux dans mes jeans à 650 euros pièce.

— Je suis désolée, marmonné-je contre son polo de gendarme.

Il resserre son bras autour de mon dos.

— Ne t'excuse pas, t'y es pour rien.

J'avale ma salive. *Je n'y suis pas tant pour rien que ça...*

— On va à la gendarmerie. Tu vas devoir témoigner. O.K. ?

Je hoche la tête, et on se met en route. Devant la maison, Mireille se précipite vers nous, paniquée.

— Oh ! Joana, est-ce que tu vas bien ? J'étais morte d'inquiétude. Cet homme ne t'a pas fait de mal ? Heureusement qu'Henri est arrivé. Va savoir ce qu'il aurait pu se passer, sinon. Mais tu connaissais ce type ?

Je crois que je suis encore sous le choc, car j'ai du mal à suivre ses questions. Henri la rassure et lui demande de contacter son grand-père pour réparer ma porte d'entrée puis m'entraîne jusqu'au poste. Je soupire de soulagement lorsqu'on en passe la porte. Mon gendarme attitré m'installe sur une chaise et part dans le bureau où j'aperçois Chaton. Il ne revient qu'un moment après. La pression retombe, et j'ai envie de pleurer.

— Ça va prendre un peu de temps. Je t'explique : Chaton et moi, on va interroger ce mec, et ensuite ce sera ton tour.

— O.K.

— Ça va aller ?

— Oui.

On se regarde, et une larme coule sur ma joue. Je l'essuie aussitôt.

— J'ai eu vraiment peur, mais ça va passer.

— Il va pas s'en tirer comme ça, crois-moi, m'assure-t-il déterminé.

Il s'éloigne à nouveau et referme la porte du bureau dans son dos.

Il se passe vingt bonnes minutes avant que le battant ne bouge à nouveau. Chaton emmène Mathéo en cellule pendant qu'Henri vient me chercher.

— Joana ? Tu viens ? me demande-t-il sur un ton doux.

Un instant plus tard, je me retrouve à la même place qu'il y a quelques jours, quand Henri m'a interrogée sur mes frasques nocturnes. Cette fois, c'est Chaton qui me fait face. Mon petit ami, du moins celui que j'espère l'être toujours, est adossé contre le meuble bas derrière lui.

— Bon, on va pas y aller par quatre chemins, commence le plus gradé des deux. Cet homme nous a expliqué que vous êtes sortis ensemble pendant trois ans et qu'après qu'il a mis un terme à votre relation tu lui as soutiré des milliers d'euros en faisant des achats en ligne par le biais de ses coordonnées bancaires. Il a ajouté qu'il est venu ici à ta demande, car tu t'étais engagée à lui rendre ce que tu lui dois.

Je fronce les sourcils. Henri croise les bras sur son torse en regardant ailleurs. Aïe !

— C'est tout ? interrogé-je.

— C'est déjà pas mal... grogne Chaton.

— On t'écoute, ajoute Henri. On a besoin d'avoir ta version des faits pour pouvoir monter un dossier et le transmettre au juge.

Sortir avec un gendarme, ça peut être génial, mais devoir lui avouer ses conneries, c'est carrément gênant. *Allez, Queen Bee, assume ! Elle ne va pas se laisser intimider par un bourdon frustré d'avoir perdu quelques euros.* Quoique le problème doive plutôt venir d'un excès d'orgueil, car il ne me semble pas que quelques dizaines d'euros changent quoi que ce soit à sa situation financière. Papa et maman paient son appartement et renflouent son compte en banque dès que besoin.

— Alors, déjà, on est restés ensemble que cinq ou six mois. Pas trois ans. Ça sera facile à vérifier, j'étalais toute ma vie sur les réseaux, y compris mes histoires de cœur...

Le regard qu'Henri jette sur moi est à la fois soulagé et furieux.

— Quant à l'argent, calmons-nous, il n'y en a pas du tout pour cette somme-là. J'avais enregistré sa carte sur mon compte Uber à l'époque. À sa demande, précisé-je. Et j'ai totalement oublié qu'elle était paramétrée. C'est lui qui me l'a hurlé au visage après avoir pénétré chez moi de force !

Pardon, Henri, pour ce mensonge ! Je jure que je t'expliquerai la vérité quand on se retrouvera seuls... Je me revois utiliser mon compte Uber en ricanant. Comment j'ai pu faire ce genre de choses ? J'en serais incapable aujourd'hui.

— Je me demande par contre comment il m'a retrouvée, car je n'ai dit à personne que j'étais là. Vous pensez qu'il a fait appel à un détective privé ? Ou qu'il a un contact aux renseignements généraux ? Je suis pistée grâce à mon portable, c'est ça ?

— Joana, calme-toi, m'intime Chaton. On tirera ça au clair. En attendant, il pourrait porter plainte contre toi pour vol de données bancaires.

Je baisse la tête, honteuse.

— Il ne le fera pas, puisqu'on ne lui a pas dit qu'il pouvait le faire, ajoute Henri.

— Il pense qu'il risque quinze ans de prison pour séquestration, et on a fait le nécessaire pour qu'il ne t'approche plus. Par contre, ne recommence plus jamais ce genre de choses. Et supprime les références de sa carte bleue de ton portable.

Aucun des deux n'a été dupe de mon mensonge, je crois.

— Oui, oui. Bien sûr.

— Bon, vous avez des trucs à vous dire, je crois... Je vais m'occuper de notre ami découpeur de jupes, annonce Chaton en se levant.

Il quitte la pièce, nous laissant dans une ambiance à couper au couteau. Après un instant de silence, je tente un coup d'œil vers l'inspecteur spécial. Il a les bras croisés, mettant en valeur ses muscles, et le regard perdu par la fenêtre. Je pince les lèvres. *Qu'il est beau...*

— Tu dis rien... murmuré-je.

Il fronce les sourcils et finit par tourner la tête dans ma direction.

— Peut-être parce que j'ai pas les mots, là.

— Je suis désolée...

— On ne vole pas les autres, tu le sais ?

Je hoche la tête. Toute justification serait inutile. Fini la Queen Bee qui tenait absolument à avoir le dernier mot.

— J'ai pas besoin de te faire la morale, ce qui vient de t'arriver a suffi, je pense. Et puis, en réalité, j'ai juste envie de te serrer très fort dans mes bras, car j'ai eu la trouille de ma vie en le voyant s'en prendre à toi.

Je relève le nez dans sa direction tandis qu'il s'approche.

— Est-ce que je dois m'attendre à d'autres trucs dans ce genre-là ? ajoute-t-il.

— La France entière me déteste... Attends-toi à peu près à tout.

Il pouffe.

— O.K. Je te protégerai chaque fois alors, Queen Bee, annonce-t-il.

— Non, c'est Joana. Joana Mancini, rectifié-je.

L'agent qui me prend doucement dans ses bras hoche la tête.

— C'est ma préférée des deux...

Je lui souris et on s'embrasse. *Ouf, il veut encore de moi !*

45
Henri

Après avoir entendu Joana et fait le point avec Chaton, nous avons décidé de ne pas l'inquiéter avec des poursuites. Je la retrouve presque planquée derrière La Bûche alors que son ex hurle dans sa cellule.

— Tu pensais pas que je retrouverais une adresse dont tu m'as parlé qu'une seule fois, hein ! Mais je sais tout de toi, Queen Bee. Tout. Je suis allé dans chaque lieu que tu as mentionné, un par un, jusqu'à te retrouver dans ce trou paumé.

Je m'étire la nuque et envoie un coup de pied dans le battant en métal qui résonne.

— Tu veux que j'entre dans la cellule pour qu'on discute ? le menacé-je.

Silence.

— Dommage... marmonné-je en rejoignant Joana. On s'en va ?

J'attrape la main de ma copine — ma copine à problèmes, mais ma copine quand même —, et on s'en va.

C'est le début de soirée, il fait beau, et cette journée a été intense. Je n'ai qu'une envie, retrouver notre bulle de douceur.

— On fait quoi ? interroge Joana à côté de moi.

— Que dirais-tu de t'affaler dans mon canapé devant un film qu'on connaît déjà par cœur ?

Elle affiche un grand sourire.

— C'est exactement ce dont j'ai envie.

Elle passe son bras sous le mien et se colle contre moi.

— Merci... murmure-t-elle.

— Inspecteur spécial Bouseux, pour vous servir !

Elle glousse et me donne un petit coup de hanche.

Une fois nos chaussures balancées dans le coin prévu à cet effet et après être passé sous la douche et avoir déplié le canapé convertible, je m'installe contre Joana.

— Il ne manque plus qu'un truc à manger pour atteindre le paradis. Je peux me débrouiller pour trouver une pizza, ça te dit ?

— Tant qu'elle ne contient pas d'ananas, je prends !

— Parfait. Tu choisis ce qu'on regarde ?

— À vos ordres, soldat !

Elle s'empare de la télécommande et allume le téléviseur pendant que je me relève pour aller faire réchauffer notre plat de fortune.

— Oh là là ! Mais tu as Netflix ? s'exclame-t-elle.

— Bah oui ! On est des bouseux, mais des bouseux connectés !

Elle glousse avant qu'on retrouve notre position l'un contre l'autre.

On mange en discutant sans trop suivre le film. Je l'écoute parler mais je regarde aussi ses lèvres bouger, ses mains qui caressent la peau de mon bras et ses doigts que j'ai envie d'attraper pour la faire grimper sur moi. Mais la fatigue me rattrape, et on finit par s'endormir.

Une douleur à l'épaule me tire du sommeil. Je détourne aussitôt les yeux en découvrant les poutres du plafond. Le bras qui soutient ma tête est pris de fourmillements désagréables. Je le retire, faisant bouger la tête de Joana appuyée sur mon torse. Elle est endormie, la télé s'est éteinte, la maison est silencieuse. Je l'observe, son nez, sa bouche, ses cils, tout passe sous mon scanner. *J'aime cette fille...*

— Mmh...

La reine des abeilles sort de son sommeil, se redresse et s'étire.

— J'ai envie de pisser, dit-elle sans vraiment s'adresser à moi.

Son corps bouge sur le mien, et alors que ça ne m'est pas arrivé depuis près d'un an, je me mets à bander comme un adolescent. Autant la nuit dernière j'ai réussi à rester aussi détendu que d'habitude, cette fois, je n'ai plus le contrôle. Je me concentre sur ma respiration pour me calmer.

Je laisse Joana s'éclipser. Elle me passe dessus et s'éloigne en me laissant avec un truc en béton entre les jambes. *O.K., j'ai vraiment envie d'elle.* Je m'assieds et pousse ce truc pour le planquer en entendant la reine des abeilles sortir de ma salle de bains.

— J'ai pas vu la fin du film, marmonne-t-elle d'une voix endormie.

— Moi non plus.

— Je peux mettre ça ?

Elle montre un polo du boulot qui traîne là.

— Bien sûr, prends ce que tu veux.

Ne fais pas ça, s'il te plaît, Joana !

— On sera mieux là-haut, non ?

Non, on sera mieux loin l'un de l'autre, parce qu'il semblerait que je sois parti pour bander toute la nuit. Malgré tout, je hoche la tête.

Elle grimpe à l'étage, j'évite de regarder car ce pseudo-pyjama est trop court pour mon bien et je passe à mon tour par la salle de bains. Pisser me demande un effort de concentration surhumain. Je me lave les dents, envoie de l'eau froide sur mon visage, me sèche puis pars me coucher.

Joana est allongée sur le côté, endormie. Comme un con, je suis soulagé. Je me glisse sous la couette à côté d'elle et fixe le plafond. Je prends une grande bouffée d'air lentement et la relâche de la même manière. Ce qui n'a aucun effet sur mon problème. Je rouvre les yeux et sursaute, car Joana me scrute dans la pénombre. Elle ricane et me sourit.

— Pourquoi tu dors pas ? demande-t-elle.

— Je sais pas... Et toi ?

— J'ai très envie de toi, répond-elle sans ciller.

O.K. O.K... O.K.

— Mais on en a pas encore parlé, finis-je par dire.

Elle fronce les sourcils.

— Je suis une aventurière...

— Toute bonne aventure se prépare longuement.

— C'est vrai. Alors, préparons-nous.

Je hoche la tête et passe un bras sous mon oreiller pour me caler au mieux. Elle repousse ses cheveux et tire la couette sur son épaule.

— Alors, par où on commence ?

— Mmh... On doit choisir le matériel qu'on veut emmener, suggéré-je.

— Ah ! Si on veut en emmener.

— C'est ça. Perso, j'aime bien partir sans rien.

— Sans rien ?

— Enfin, avec ma chaussette, parce qu'il faut sortir couvert quoi qu'il arrive.

— O.K., je valide la chaussette. J'aime bien prendre une petite crème solaire aussi, parfois.

Je hoche la tête.

— Est-ce que tu pars à l'aventure à une heure précise ? demandé-je.

— Ça dépend. Parfois le matin doucement. Parfois tard le soir avec amour. Ou en pleine journée avec passion.

— On vit le même genre d'aventure, pour l'instant.

— Génial ! T'aimerais qu'on parte ensemble, un jour ?

— Beaucoup...

Elle me sourit.

— Par contre, je... C'est un peu délicat, mais je ne mange rien quand je pars à l'aventure, explique-t-elle.

Là, je ne la suis pas. Elle ne mange rien ? Le message qu'elle essaie de me faire passer a-t-il un rapport avec de la vraie nourriture ? Elle n'est pas adepte de manger des trucs sur son partenaire ? Genre des fraises ou de la chantilly ? O.K., mais je ne vois pas en quoi c'est délicat.

— Pas de calories, tu veux dire ?

— Comment dire ça autrement ? Je ne suis pas fan des sucettes...

— Ah ! Ça y est, j'ai compris.

— Est-ce que ça te pose un problème ? chuchote-t-elle, un peu gênée.

— Pas du tout, je respecte chacun de tes choix. Rien n'est obligatoire lorsqu'on part à l'aventure. On doit prendre du bon temps, pas se forcer à faire des trucs avec lesquels on n'est pas à l'aise...

— T'es le premier à me dire ça, je vais pleurer.

— Pleurer ?

— De soulagement. Il existe quelqu'un pour moi, on dirait...

— C'est pas fréquent que deux aventuriers s'entendent aussi bien.

— Carrément rarissime !

Je hoche la tête.

— Et tu pars à l'aventure pour combien de temps, en général ? demande-t-elle ensuite.

— Je suis plutôt coureur de fond. Je peux tenir des heures et des heures sans m'arrêter, crâné-je.

— Waouh ! Je suis impressionnée, inspecteur.

Je pouffe, et elle me suit. Elle comprend mes délires les plus nuls. C'est pas ça, l'amour ?

— En réalité, je peux partir cinq minutes comme trois quarts d'heure, ça dépend de ce que je fais et comment...

— Ah ! Oui, là, je comprends. Par exemple, l'aventure en pleine journée, c'est cinq minutes.

— Voilà, exactement.

— Et celle de trois quarts d'heure, c'est celle du soir, qu'on fait avec amour, où...

— ...on prend son temps et on apprend à se connaître sans tabou, terminé-je.

Elle confirme.

— J'ai vraiment envie d'essayer, dit-elle.

— Moi aussi. J'en ai mal à la... plante des pieds.

Elle se marre et s'avance pour m'embrasser. Impossible pour moi d'aller plus loin quand je me suis glissé dans ce lit, mais cette discussion change tout. Ma main attrape sa taille, et je la tire vers moi.

— On se lance à l'aventure ? chuchote-t-elle.

— Si tu es d'accord...

— Je suis d'accord... fort, là.

Je pouffe et l'embrasse.

46
Joana

Henri se redresse et s'assied, les jambes repliées et les coudes sur les genoux.

— Ça arrive à tout le monde, murmuré-je.

Il secoue la tête, réfutant mes propos.

— On retente demain ? proposé-je.

— Demain, c'est loin.

Je regarde l'heure sur mon portable. Il est près de 2 heures du matin.

— Techniquement, on y est déjà, mais je comprends.

Il baisse la tête et semble lorgner son entrejambe.

— Je vais pas pouvoir dormir avec ce truc.

L'érection qui tend son membre nous fait de l'œil. J'ai tellement envie de lui que j'ai peur de jouir si je serre les fesses.

— Quel cauchemar !

— Bon, je regarde sur Internet, y'en a marre, annoncé-je. On va partir à l'aventure, toi et moi, ce soir.

— J'ai peu d'espoir, là. On va devoir partir chacun de notre côté...

— Hors de question !

Je déverrouille mon portable et, sur le moteur de recherche, je tape « capote périmée, peut-on s'en servir quand même ? ». Il me propose « capote périmée est-ce grave ? ». Je clique et lis en biais ce qui s'affiche.

— Latex poreux... vieillissant... peut éclater... MST... Grossesse non désirée, marmonné-je.

Je finis par balancer mon portable à l'autre bout du lit tandis qu'Henri se laisse tomber sur le côté avant de pousser un gémissement perdu entre douleur et jouissance.

— Merde, je l'ai frôlé, pleure-t-il.

Je pose ma main sur son dos pour le caresser doucement.

— Mon pauvre...

— À Paris, on aurait fait livrer un carton de capotes en pleine nuit... bougonne-t-il.

— Quand même pas... Quoiqu'il paraît qu'on peut se faire livrer du cannabis... Alors des capotes, peut-être. Mais on aurait au moins trouvé une pharmacie de garde et acheté leur stock !

Il se redresse d'un coup en prenant une grosse bouffée d'air.

— Tu sais quoi, c'est un bon test. Ça prouve qu'on est super forts, non ?

— C'est vrai, on est vraiment sérieux, et c'est tout à notre honneur. Mais je ne suis pas sûre de pouvoir dormir, du coup...

Il se frotte le visage.

— On pourrait partir en randonnée sans chaussette en se donnant la main pour être sûrs de ne pas trébucher...

— Tu veux dire une randonnée où ton pied ne rentrerait pas dans ma chaussure ?

— Une randonnée avec les mains... C'est sportif, mais ça peut valoir le coup.

— O.K., montre-moi le chemin, je suis curieuse.

Il se tourne dans ma direction, et sa main vient caresser ma joue. C'est comme ça qu'on a commencé tout à l'heure. Si ces deux capotes avaient été utilisables, on serait en train de dormir à cette heure-là. Ce désir ardent et mutuel aurait déjà disparu. Là, j'ai le sentiment que cette chaleur qui se diffuse dans le bas de mon ventre ne partira jamais.

On s'avance pour s'embrasser. Nos baisers n'ont plus rien à voir avec les premiers. J'ouvre la bouche plus grand, nos langues se cherchent, se fuient puis se trouvent, et elles recommencent. Soudain, mes mains ont besoin de le toucher, de sentir sa chaleur. Il m'attire à lui et roule sur le dos. Mes paumes appuient sur son torse. Mes cuisses entravées par ses hanches cherchent à tout prix à se resserrer plus fort. Je ne porte qu'une culotte et lui son boxer, ce qui ne nous prive pas de sensations. Je le sens tressaillir contre moi. Il donne un coup de reins très léger, mais qui suffit à me voler un gémissement.

Nos corps semblent mieux savoir que nous quoi faire. J'ai envie de retirer ce qui nous sépare et de le laisser entrer en moi. Je l'imagine le faire en prenant son temps. Ses mains descendent la courbe de mon dos et s'arrêtent juste avant mes fesses. Il accompagne mon bassin dans ce frottement terrible qui est en train de venir à bout de ma patience. J'arrête de l'embrasser, il lève la tête en serrant les dents. J'enfonce mon visage dans son cou, embrasse sa peau et ondule sur lui. Il agrippe mes cheveux pendant que nos corps prennent ce qu'ils ont à prendre l'un de l'autre.

— Joana, putain, je...

Je gémis en réponse, incapable d'autre chose lorsque je sens arriver l'orgasme qui nous a poussés dans nos derniers retranchements. Je sens l'érection d'Henri pulser contre moi. Sa main dans le bas de mon dos saisit ma fesse et accentue la pression de nos corps. Notre rythme accélère. Henri donne un dernier coup de reins, et je sens sa chaleur se répandre sur le tissu entre nous tandis que l'ascension se termine en beauté de mon côté.

On ne bouge plus ni l'un ni l'autre. Seules nos poitrines accusent de fortes secousses alors qu'on reprend notre souffle. Je me blottis contre lui, et ses bras viennent m'enlacer. Il respire mes cheveux tandis que je fais de même avec la peau de son torse. Je relève la tête pour m'emparer de sa bouche. Nos lèvres s'aspirent avec douceur puis restent ainsi sans bouger, comme si un baiser n'était pas suffisant. Je repose ma tête sur son épaule et je ferme les yeux.

— C'était fou... soufflé-je.

— Je m'attendais pas à ça...

— Moi non plus. C'est la p...

— ...première fois que je jouis aussi fort, termine-t-il. En pleine randonnée !

On se met à rire. L'exploit a été aussi incroyable pour lui que pour moi. Je me redresse sur un coude. Il remonte sa main dans mon dos et l'arrête sur mes côtes.

— Je trouve qu'on s'est très bien débrouillés pour une première aventure ensemble, constaté-je.

— On était bien préparés. Enfin, si on oublie le problème de matériel...

— Demain, on sera équipés...

— Je te confirme, je vais acheter toutes les chaussettes de randonnée disponibles. On va se doucher ?

— Oh que oui ! Et après, on dort, je suis K.-O.

— Pareil, je vais peut-être dormir sous la douche...

— On aurait dû prévoir que c'était une mauvaise idée.

J'attrape le gel douche que me tend Henri. La douche n'est pas très grande, et on est nus. Alors que l'envie s'était calmée, je rêve maintenant qu'il attrape mes hanches et qu'il se plaque contre moi. Ce qui pourrait fort arriver, puisque je ne peux pas bouger sans frôler son pénis en érection.

— Bon, je te tourne le dos. Voir cet engin, c'est...

— Pardon, mais lui te voit, et c'est... Enfin, tu vois.

— Oui, oui...

— Attention, je me lave, annonce-t-il.

Je le sens bouger pendant que j'étale la mousse sur moi. Je recule à peine pour ne pas toucher le rideau froid, et son érection se plante tout en bas de mon dos. Comme le canon d'une arme planquée dans une poche.

— Les mains en l'air, prononce-t-il avec son ton de gendarme.

Je pouffe et j'obéis.

— Oh ! Putain, sors d'ici, Joana, envoie-t-il en me tournant le dos brusquement. J'ai failli te... C'était beaucoup trop excitant !

— Rallume l'eau. Je me rince et je m'en vais, promis.

Il me donne la pomme de douche, et un instant plus tard, je m'enfuis en m'enroulant dans une serviette.

— Je vais me branler ! s'exclame-t-il alors que je quitte la pièce.

— Moi aussi, désolée !

Il explose de rire.

Une fois arrivée dans le lit, je me rends compte que je n'ai plus de culotte propre. Je fouille les cartons et déniche un boxer foncé uni que j'enfile avec le polo trouvé tout à l'heure. Il a des cartons de fringues partout. Et pas n'importe quelles fringues, que des marques. Je ne comprends pas, il ne semble pourtant pas attaché à son look.

Il vient se coucher un instant plus tard. Juste le temps de s'embrasser en se souhaitant bonne nuit, et mes paupières se ferment.

47
Henri

Le bruit de la porte du frigo me fait ouvrir les yeux brusquement. Où est Joana ?

— Mmh... mmh... la... la...

Sa voix me parvient depuis l'étage inférieur. La reine des abeilles chantonne joyeusement. Je reconnais la chanson de l'autre soir, quand on s'est embrassés dans le terrain du père Lapin, et je souris puis referme les paupières en m'étirant. J'ai eu peur que cette nuit ne soit qu'une invention de mon imagination.

— Lorsque tu t'ennuies de moi... je le vois... je le vois...

Je l'écoute un moment puis, quand une forte odeur de cramé arrive jusqu'à moi, je saute du lit, descends l'échelle en vitesse et trouve Joana la tête dans le four. *Mais qu'est-ce qu'elle fout ?*

— Je suis un mauvais coup à ce point-là ? interrogé-je.

Elle se redresse d'un bond et fait volte-face avec une paume plaquée sur le cœur.

— Nom de Dieu, tu m'as fait peur !

J'avale ma salive en la regardant. Elle est vraiment superbe. J'ai encore du mal à comprendre que la « randonnée » d'hier est réelle. J'ai le sentiment de ne pas mériter cette fille.

— J'ai voulu faire griller du pain, mais une tartine est tombée au fond du four, explique-t-elle. Ça a presque pris feu...

Je me gratte la tête.

— Mais pourquoi t'as pas pris le grille-pain ?

— Hein ?

Je lui montre l'objet qui est posé sur le haut du frigo. Elle le regarde en grimaçant.

— Bon, t'as faim ? envoie-t-elle en frappant dans ses mains.

Je me marre et on s'installe à table, l'un en face de l'autre. J'ai les jambes tendues, croisées devant moi. Ma copine a posé ses pieds dessus. Ça peut paraître rien, mais j'aime ça.

— Je vais rentrer à Paris aujourd'hui, annonce-t-elle sans me regarder, avec une grosse bouchée de pain beurré dans la bouche.

J'arrête immédiatement de bouger. Et de respirer. *Comment ça, elle rentre sur Paris ?*

— Parce qu'avec ce gros con de Mathéo, j'ai plus rien à me mettre ! Je ne vais pas aller à la réception du préfet sans un truc potable à me mettre sur le dos.

— Tu rentres à Paris ?

— Oui, je viens de te le dire !

Mon visage doit refléter les sentiments qui me traversent, car elle comprend que quelque chose cloche.

— Enfin, non, je ne « rentre » pas à Paris. Je dois juste aller chercher ma garde-robe.

— Ah ! O.K.

— Pourquoi t'as l'air si en colère ?

J'ai cru que tu allais partir, m'abandonner comme mes parents l'ont toujours fait.

— Je suis pas énervé du tout.

— D'accord. Dans ce cas, est-ce que tu veux venir avec moi ?

— Ouais, si tu veux. Mon grand-père a réparé la Clio.

Elle m'adresse un sourire qui disparaît vite.

— Et est-ce que tu peux venir avec moi en inspecteur spécial Bouseux ?

Quoi ? Mais pourquoi ? Je n'ai pas le droit de porter l'uniforme en dehors de mes heures de service. Je fronce les sourcils, et elle comprend ma question muette.

— Parce qu'une garce et son mec moche ont pris mes affaires en otage.

— Hein ? Mais pourquoi ?

— Bah euh... Parce que... J'allais te dire que j'en savais rien, mais c'est faux. J'ai loué l'appartement de cette fille mais je n'ai jamais payé les loyers... Elle m'a dit qu'elle me rendrait mes affaires quand j'aurai réglé ce que je lui dois, mais je n'ai pas un sou de côté. Ce n'est pas de tout repos de vouloir disparaître, dans la vie, et... disons que l'organisation n'est pas mon fort.

Je pose ma tasse sur la table. Reste zen, mec, elle t'avait prévenu que tu devais t'attendre à tout...

— Donc, tu veux que je les braque en uniforme ?

— Mais oui ! Les mains en l'air, bande de nazes ! Mais pas avec ton zizi, hein ? Avec ta vraie arme.

Un fou rire me prend. *Cette nana est folle !*

— Si je sors ma bite, je vais finir en prison.

— Ou dans leur pieu, ils sont super bizarres.

Il nous faut un moment pour arrêter de nous marrer.

— Alors, tu en dis quoi ? On y va ensemble ?

— Oui. Mais on va pas les braquer, désolé.

— Nul. C'était un super plan.

— Tu as reçu combien de recommandés ? Tu as reçu l'avis d'un huissier pour une saisie ?

— Quoi ? Non, ils ont changé la serrure et ciao ! Je n'avais pas de bail, je sous-louais l'appartement !

O.K...

— Peu importe, ils n'avaient pas le droit de t'expulser comme ça. Du coup, pas besoin de payer pour l'instant.

— Mais sans ça, je ne pourrai jamais récupérer mes affaires en temps et en heure pour la réception du préfet. Alors que si tu viens avec moi et que tu pointes ton zizi métallique sur eux, ça peut fonctionner...

Je ricane en faisant non de la tête.

— Pas besoin de sortir quoi que ce soit, mais je vais m'en occuper. On se prépare, on part maintenant, par contre ! annoncé-je en me levant.

— Attends ! J'ai pas de *make up,* tout est chez mon père.

— T'as surtout pas de pantalon !

— Oh ! Ça, c'est pas grave.

— Tu es vraiment certain que Mathéo ne va pas se repointer chez mon père un jour ? articule la reine des abeilles en se maquillant à côté de moi.

Je passe la quatrième et dernière vitesse de la vieille Clio.

— Il risquerait trop gros. Mais je serai là si c'est le cas, t'inquiète.

On échange un regard rapide.

— T'es vraiment quelqu'un de gentil...

On me l'a déjà dit, mais je ne l'ai jamais perçu comme un compliment jusque-là.

— T'es beau, en plus, ajoute-t-elle.

— N'importe quoi.

— Bien sûr que si. Je me souviens pas de grand-chose de notre rencontre au cimetière, mais j'étais si heureuse de te voir. Je...

Elle s'interrompt et pince les lèvres.

— J'avais trop envie de t'embrasser...

— Sérieux ?

— Ouais ! T'étais là, tout gentil, alors que j'étais super bourrée et... Enfin bref, ne doute jamais de ton sex-appeal, inspecteur.

Je me marre tout seul en me remémorant ce soir-là.

— Quoi ?

— Tu l'as fait.

— Hein ?

— Tu m'as embrassé au cimetière, expliqué-je.

Je lance un regard vers elle, inquiet qu'elle ne rétorque rien. Elle a la bouche grande ouverte et cligne des paupières à intervalles réguliers.

— Je suis vraiment pas nette, comme nana ! T'aurais pu être un tueur en série...

— Disons que t'as eu de la chance. C'est déjà oublié, t'inquiète !

— Personne n'oublie une pelle de Queen Bee !

— T'as raison, tu puais l'alcool, c'était immonde ! balancé-je en regardant à droite et à gauche après m'être arrêté à un stop.

Elle vient caresser ma nuque alors qu'on se bidonne.

— L'uniforme te va bien... On ne devinerait jamais que t'es du genre à avoir des capotes périmées dans un tiroir de ta cuisine.

Je ris tellement que j'ai mal au ventre. Assumer ce qu'on fait de travers, c'est bien. L'assumer à deux, c'est encore mieux.

— C'est ici, au quatrième, m'informe-t-elle.

J'attrape ses épaules pour la tirer contre moi. Le trajet m'a mis un stress pas possible. Paris, quand on n'a pas l'habitude, c'est hyper agressif. Même si j'admets qu'en d'autres circonstances, on pourrait y passer du bon temps.

— O.K., on y va ?

— Ouais...

Elle frotte ses paumes sur ses cuisses.

— Je suis pas bien, là, j'ai envie de pleurer... Imagine qu'ils appellent la police ou, pire, qu'ils aient tout balancé à la poubelle !

— On va vite le savoir. Et ils n'appelleront pas la police puisqu'ils l'auront en face d'eux.

Elle tape un code sur un digicode, et on pénètre dans une petite cour. Après avoir franchi une seconde porte, nous grimpons dans un ascenseur tellement petit que j'ai du mal à respirer. Les portes s'ouvrent sur un palier pas très grand sur lequel donnent au moins cinq portes. Elle me désigne l'une d'entre elles.

— Reste là.

Je la pousse doucement vers un recoin où on ne la verra pas.

— Non, je viens avec toi.

— Hors de question. Tu restes là, je m'en occupe, O.K. ?

— Mais, et si...

— Promets-moi de ne pas bouger de là.

Elle évite mon regard.

— Joana ?

— O.K., mais t'es chiant ! chuchote-t-elle avec colère.

— Tu vas rien louper, t'inquiète !

Elle me tire la langue et je m'éloigne. Je vérifie qu'elle est bien cachée puis je frappe. J'entends des pas de l'autre côté du battant, puis on m'ouvre.

— Bonjour, monsieur, salué-je aussitôt.

— Euh... Bonjour... Est-ce qu'on peut vous aider ? Ma puce, viens !

À l'intérieur, une nana approche. Des sacs-poubelle similaires aux deux de Joana sont entassés contre un mur au fond du salon. *Elle va être contente, ils n'ont rien jeté !*

— J'ai quelques questions à vous poser dans le cadre d'une enquête concernant Mlle Joana Mancini.

Silence en face de moi. Ils échangent un regard. Ils ne savent de toute évidence pas de qui je parle.

— Avez-vous hébergé à titre gratuit une jeune femme répondant au pseudonyme de Queen Bee ?

Ça y est, ils l'ont !

— Euh... oui. Mais elle vit plus là. Il y a un problème avec elle ?

— Vous pouvez nous dire ce qu'il se passe, monsieur l'agent ? tente son mec.

— Nous enquêtons sur une affaire de disparition inquiétante, annoncé-je sur un ton grave.

La fille met sa main sur sa bouche. *Je la tiens !*

— Un corps a été retrouvé dans le bois de Boulogne. Nous cherchons à comparer son ADN, car il correspond à la description de Mlle Mancini, qui visiblement vivait à la rue depuis quelques semaines...

Les larmes lui montent aux yeux, et son mec se frotte les cheveux.

— Merde, c'est horrible... souffle-t-il.

— Je suis à la recherche de quelque chose qui lui aurait appartenu pour pouvoir lancer une identification formelle, baratiné-je en posant une main sur mon arme, comme pour m'appuyer dessus.

— On a plein de trucs. Tenez, y'a tout ça. Elle a laissé toutes ses affaires quand on... Enfin, quand elle est partie. Prenez tout ce que vous voudrez, envoie aussitôt la fille, paniquée.

48
Joana

Alors qu'une pile de sacs-poubelle remplis de mes affaires se forme sur le palier, ça me démange d'apparaître pour jubiler, mais je reste planquée comme Henri me l'a demandé. Ce mec est génial. Il leur a filé la trouille de leur vie, c'était magique.

— Vous en aurez assez ? interroge le mec de Stella.

— Je ne sais pas, c'est le service de la criminelle qui va s'en occuper. Il y a tout ?

— Oui, oui. Il me semble.

— Très bien. Ce n'est jamais sympa de garder les affaires d'une morte chez soi, hein... Mes collègues passeront demain pour vous interroger. C'est la procédure normale.

Je pince les lèvres et serre les fesses pour ne pas rire. Je tire même sur le col du sweat emprunté à Henri pour y cacher mon visage.

Le mec aide même Henri à tout mettre dans l'ascenseur, puis il remercie le gendarme.

— Espérons quand même que c'est pas elle... pleurniche Stella.

— C'est l'enquête qui nous le dira. Nous allons déjà devoir déterminer pourquoi elle a fini à la rue puis les causes de la mort.

J'entends Stella qui renifle. *Je rêve, c'est elle qui m'a foutue dehors !* J'espère bien qu'elle s'en veut.

— On espère que notre aide aura servi... minaude son mec.

— Bonne journée à vous, dit Henri pour clore la discussion.

— Merci, à vous aussi…

La porte se referme et le silence revient. Henri arrive devant moi avec la démarche d'un cow-boy.

— Alors, bébé, t'es fière de moi ? questionne-t-il en forçant le trait.

Je pouffe et saute dans ses bras avant de l'embrasser.

— Carrément, murmuré-je. C'était super excitant.

Il me porte et fait quelques pas jusqu'à l'ascenseur. Alors qu'il me repose, on entend la porte de mon ancien logement se rouvrir. Henri me pousse dans l'appareil en me tournant le dos. Je trébuche sur les sacs et termine presque enfouie au milieu d'eux.

— Monsieur, attendez, on a retrouvé son ordinateur portable. On l'avait posé dans un coin et on l'a oublié, mais il fonctionne.

— Vous l'avez allumé ?

— Euh… juste pour regarder Netflix dans la chambre.

— O.K. Je serai obligé de l'annoter au dossier.

— On est désolés. Je vous jure qu'on lui voulait pas de mal, nous.

Henri commence à revenir vers moi, mais il semble se raviser.

— Comment ça, « nous » ?

— Bah un mec est venu ici, un ex à elle, je crois. Il la cherchait. Il était vraiment remonté. Il voulait savoir où elle était, mais nous, on en savait rien.

— O.K… Vous dresserez son portrait-robot avec mes collègues demain.

Henri recule et entre dans l'ascenseur. Je le vois chercher le bouton du rez-de-chaussée. Comme mon visage est presque appuyé dessus, j'attrape son doigt et le place bien.

— Encore merci, monsieur l'agent, souffle l'autre.

Les portes se referment sans qu'il réponde.

Je jette un coup d'œil à l'heure affichée par mon portable. Ça nous a pris un temps infini de charger toutes mes affaires dans la minuscule voiture d'Henri.

— Tu vas être à la bourre au boulot... lui fais-je remarquer.

— Ouais, tiens, appelle Chaton pour le prévenir pendant que je conduis.

Il extirpe difficilement son portable de sa poche et me le donne.

— Non, en fait, appelle Éric directement.

Dans le répertoire, je scrolle jusqu'aux E. Écologiste, Eddie Manouche, Éric et, juste au-dessus, Éloïse. *Tiens, une nana ?*

— C'est qui, Éloïse ? demandé-je aussitôt sans réfléchir.

Henri ne répond pas. Il scrute la route. Sa nuque est raide, ses mâchoires serrées, et ses mains semblent soudées au volant de la vieille voiture.

— Désolée, je pensais pas que...

...qu'il y a visiblement un gros délire qui m'a échappé. Ça me fait tellement flipper que je préfère changer de sujet.

— Donc j'appelle Éric, et qu'est-ce que je lui dis ?

Je le vois avaler sa salive avant de se racler la gorge.

— Que je serai en retard... Non, en fait, dis-lui que je viendrai pas bosser aujourd'hui.

Quoi ?

— O.K., murmuré-je sans oser le regarder plus.

Le malaise est étouffant, et je m'en veux d'avoir été aussi indiscrète. Je ne pensais vraiment pas qu'il pouvait avoir ce genre de réaction... Je clique sur le prénom de son collègue, mais le réseau étant mauvais, l'appel ne se lance pas. *La poisse !*

— Euh... Je vais l'appeler avec mon portable, ça ne passe pas avec le tien.

Il hoche la tête et marmonne à peine un « merci ». Je note le numéro d'Éric dans mon portable puis je lance un coup d'œil à Henri qui regarde droit devant lui.

— Allô ?

— Salut, c'est Joana, envoyé-je.

— Jo... Merde, Henri va bien ? Il est où ?

J'entends quelqu'un parler derrière lui :

— Qu'est-ce qui se passe ?

— Rien, il va bien. On est en voiture, là. Il m'a juste demandé de te prévenir qu'il ne viendra pas bosser aujourd'hui... C'est ça, Henri ?

— Oui, me répond le chauffeur. Remercie-le pour moi, s'il te plaît.

— Ah ! O.K., fait Éric. Aucun problème, je le remplace. Mais... tu es sûre qu'il va bien ? interroge-t-il tout bas.

— Oui, oui. On est allés sur Paris pour récupérer des affaires dans mon ancien appartement, il conduit.

— D'accord. Bon, euh... hésite pas à me rappeler si besoin.

— Ça marche, salut.

Je raccroche et reporte mon regard sur Henri.

— Merci. Tu peux remettre le GPS sur ton portable, je sais pas où on est...

Je m'exécute et lui pose l'appareil sur la cuisse. Il le prend et le cale derrière le volant, sur le compteur de vitesse. Il se concentre sur la route, et je n'ai pas besoin d'explication pour comprendre qu'il ne veut pas parler. Alors, je le laisse. Je baisse les yeux sur son téléphone toujours dans ma main. J'ai cliqué sur je ne sais quoi sans faire exprès et j'ai ouvert une conversation SMS. Éloïse... *Non, Joana, c'est pas bien, ne lis pas ça et verrouille ce truc.*

**** Éloïse : Réponds, espèce de merde. Si j'appelle encore une fois et que tu décroches pas, j'envoie un mec te buter. Tu sais que je ne supporte pas d'attendre. Tu ne vaux rien, t'as de la chance que je veuille encore de toi ! ****

Le suivant, légèrement plus récent, n'est pas mieux :

**** Éloïse : T'es où ? Réponds. J'attends cinq minutes et je débarque chez toi. On verra si tu feins l'ignorance devant moi. T'as intérêt à répondre sinon je te fais virer et tu perdras tout. ****

Qui est cette salope ? Comment peut-on s'adresser à un autre être humain de cette manière ? Ces échanges datent de novembre ? Ça fait six mois environ. Enfin, quand je parle d'échange... Il n'y a que cette Éloïse qui écrit. Henri ne répond jamais.

Il y en a un troisième en bas. « Réponds ! » est inscrit comme un ordre aboyé. Là encore, Henri n'a pas répondu. Cette fois, la date me fait arrêter de respirer. C'était il y a quelques jours.

Bêtement, je les relis comme pour être certaine de ce que je ressens. J'espère de tout cœur avoir cette pétasse devant moi un jour. Elle ne va pas être déçue.

— Efface-les, entends-je brusquement.

Je sursaute et comprends immédiatement qu'Henri m'a grillée en train de fouiner dans sa vie privée. Je rougis tellement que la peau de mes joues me brûle. Je croise son regard très brièvement en verrouillant l'appareil avec des gestes précipités. *Merde, j'ai fait n'importe quoi !*

49
Joana

Un silence de plusieurs secondes s'installe dans la voiture. Je ne sais plus où me mettre.

— Je suis désolée... finis-je par souffler sans oser le regarder.

Il ne répond rien. *O.K., j'ai vraiment merdé !*

Quand je trouve le courage de tourner la tête, il hausse les épaules.

— T'inquiète, j'ai rien à te cacher...

— Je voulais pas les lire, ils... ils m'ont sauté aux yeux.

Il lâche un petit rire.

— Supprime-les.

— Les messages ? interrogé-je pour être certaine d'avoir bien compris.

Il hoche la tête.

— Mais...

— Fais-le, parce que moi, je n'y arrive pas, avoue-t-il.

J'avale ma salive, et sans que je comprenne pourquoi, les larmes me montent aux yeux.

— Mais c'est qui, cette fille ? interrogé-je en soupçonnant parfaitement la réponse.

Il tourne le visage dans ma direction, visiblement surpris de ma réaction. Ses iris renferment quelque chose que je n'arrive pas à cerner, mais que je n'aime pas.

— Ne pleure pas, s'il te plaît. Je vais bien, c'est derriè...

— Non, tu ne vas pas bien, le coupé-je.

Il regarde droit devant lui, enclenche un clignotant et ralentit jusqu'à se garer. Il fixe ses cuisses du regard, perdu loin dans des pensées que je devine douloureuses.

— Je les efface, annoncé-je après un long instant d'hésitation.

Je le vois à peine hocher la tête. Je rallume l'écran, sur lequel les messages apparaissent aussitôt. Je les efface un par un.

— Voilà, ils ont disparu.

Ils resteront imprimés dans mon esprit pour longtemps, cependant. Et dans le sien pour plus longtemps encore, certainement.

— Merci, murmure-t-il.

Je pose le téléphone entre nous et, prise d'un besoin incontrôlable, je m'approche du gendarme, autant que l'habitacle me le permet, et le prends dans mes bras.

— T'es pas une merde... T'es beau et fort.

Il hoche la tête.

— Cette folle ne mérite pas de vivre sur la même planète que toi, Henri...

Nouveau hochement de tête.

— Et si je la croise, écoute-moi bien, je sacrifie les ongles qu'il me reste pour la gifler tellement fort qu'elle sera défigurée...

Un petit sourire passe sur ses lèvres, et il se redresse. Avant que j'aie le temps d'ajouter la suite de mon plan, il attrape mes joues et m'embrasse. Sa bouche emprisonne la mienne avec ferveur. Ses émotions s'infiltrent en moi, me déchirant de l'intérieur. J'attrape sa nuque pour le tirer plus contre moi. *Je suis là, Henri... Tu peux compter sur moi.*

Quand il recule, après plusieurs petits baisers, comme pour s'excuser, je croise son regard. Ses yeux contiennent les larmes qu'il a retenues. Ça me retourne le cœur.

— Ça va ?

— Oui... Je suis désolé que tu aies lu ces messages.

Je souris et caresse sa joue. Je ne voulais pas être indiscrète, mais je suis persuadée que rien n'arrive par hasard. Je me radosse à mon siège tandis qu'Henri souffle pour se détendre.

— Je suis désolé, dit-il encore.

— Ne t'excuse plus jamais pour ça. S'il t'arrive de réagir bizarrement à cause de cette cinglée, ne t'excuse surtout pas, O.K. ?

Il ne répond pas.

— Henri, promets-le.

Il me dévisage et sourit, sans que l'expression n'atteigne ses yeux pour autant.

— O.K., promis.

— C'est dit. Je n'oublierai pas.

Il enclenche la première et s'apprête à démarrer quand un couple se jette presque sur le capot. Une petite brune qui doit être plus jeune que moi, repousse son mec en riant. Il me faut plusieurs secondes pour comprendre ce qu'ils disent, car ils s'exclament en anglais US, vu l'accent.

— Teagan Doe !

— My Lioness ?

Henri et moi les suivons du regard tandis qu'ils traversent devant nous. Leurs sourires attirent les nôtres. Ils irradient d'amour au point de ne pas se rendre compte qu'ils ont failli se faire renverser.

— Alors lui, avec ses tatouages partout, on dirait vraiment un taulard américain, souffle Henri.

— Grave, il devrait poser pour ASOS.

Le gendarme me lance un regard perplexe. *Il ne connaît pas ASOS ?*

— Oublie ! Bon, en route, inspecteur !

Je perçois un léger tremblement lorsque sa main quitte le volant pour passer les vitesses. Il a l'air si touché par cette histoire de messages que je ne sais pas si je veux en savoir plus, mais un souvenir s'impose soudain à moi. Je repense à Chaton, après la nuit où j'ai dormi dans cette petite pièce de la gendarmerie, gueulant sur Henri et évoquant leur pacte. J'hésite un long moment, laissant les rues parisiennes défiler autour de nous, puis la question franchit mes lèvres :

— Est-ce que ça a un rapport avec le pacte ?

— C'est même précisément la raison du pacte, souffle-t-il après un instant.

Je fronce les sourcils.

— Je peux te poser des questions ou c'est compliqué pour toi ?

— Vas-y.

— O.K... Donc c'est avec elle que tu as passé ce pacte ?

Il secoue la tête.

— Contre elle.

— Ah ! C'est avec ton collègue, alors ? Chaton ?

— Lui, Eve et Éric.

— O.K., Eve a abordé le sujet une fois, mais elle m'a dit que tu étais le seul à pouvoir m'expliquer... Chaton aussi, pour être totalement transparente avec toi.

Je termine mon aveu par une grimace.

— C'est normal, ça fait partie du pacte. Ils ont interdiction d'en parler, c'est une des règles.

— C'est quand même flippant, votre truc... Ça fait un peu secte.

— Tu nous as découverts. On prévoit de conquérir le monde !

— Comme les Kardashian ?

— Les quoi ?

— O.K., arrête-toi, je dois descendre de cette voiture immédiatement, annoncé-je en mimant un saut sur le côté. Que tu ne connaisses pas ASOS, c'est une chose, mais les Kardashian... Comment oses-tu ?

Il se marre pour seule réponse.

— Bref, revenons-en à nos moutons ! Pourquoi me parler du pacte alors que je vous connais à peine, dans ce cas ?

Il tourne brièvement la tête dans ma direction alors qu'on pénètre sur l'autoroute.

— Parce que... tu comptes pour moi...

Je m'attendais à tout sauf à ça. Mon cœur se gonfle immédiatement d'amour.

— Et tu comptes aussi beaucoup pour moi, ajouté-je en rougissant.

Il sourit cette fois pour de vrai, je le vois à ses pupilles qui s'animent d'une lueur unique.

— J'ai encore une question, tu t'en doutes...

Il hoche la tête une fois.

— Pourquoi vous avez fait ce pacte contre elle, exactement ?

Il aspire une grande bouffée d'air, et ses mains se crispent sur le volant.

— Parce que j...

Il s'interrompt, met son clignotant pour se rabattre, vérifie ses rétros. J'attends que la manœuvre soit terminée, mais il garde le silence après celle-ci.

— Pardon, mais... j'arrive pas à en parler, avoue-t-il.

— O.K., aucun problème. Je te laisse tranquille avec ça.

Je pose ma main sur son bras.

— Par contre, t'as dit « pardon » ou j'ai rêvé ?

Il saisit ma main, entrecroise nos doigts et la porte jusqu'à sa bouche.

— Je ne recommencerai plus, promis, reine des abeilles... prononce-t-il en embrassant chacun de mes doigts.

— Rends-moi ma main, ça m'excite beaucoup trop et on n'a toujours pas acheté de capotes !

Il explose de rire.

— On s'arrête à la première pharmacie qu'on croise.

Je scrute l'écran de mon portable tandis qu'il vibre dans ma paume. Depuis que j'ai quitté Paris, c'est la première fois que mes amies tentent de me joindre. Mon premier réflexe est de ne pas décrocher. Pourtant, avant, je n'aurais pas réfléchi, j'aurais tout interrompu pour elles.

Henri est dans la pharmacie devant laquelle on est garés.

Mon téléphone arrête de vibrer et affiche un appel manqué de Karine, puis annonce un appel entrant de Sonia. Pourquoi chercher à me joindre maintenant ? Henri réapparaît brusquement dans mon champ de vision et s'affale derrière le volant.

— Ils n'ont plus de capotes, tu le crois ? me questionne-t-il, choqué. Problème fournisseur ou je ne sais pas quoi !

— Quoi ? T'es pas sérieux ? Tout se ligue contre nous, c'est pas possible... articulé-je en faisant mine de pleurer.

Henri tapote mon épaule, compatissant.

— Y'a une autre pharmacie à neuf kilomètres d'ici, on tente notre chance là-bas ?

— À ton avis ? Bien sûr qu'on la tente !

On échange un baiser avant qu'Henri relance la petite Clio d'au moins cent ans.

Les stores de la boutique supposée nous tirer d'affaire sont tirés, et un mot est collé à la porte.

« **De retour à la fin du mois.** »

— J'y crois pas... soupire le gendarme.

— Mais c'est possible de faire ça ? interrogé-je.

— On dirait bien.

— Arrête-les !

— Pour quel motif ?

— Bah, pour vacances interdites.

— J'appelle du renfort, ils vont croupir au cachot !

— Sinon, t'as bien un de tes amis qui doit en avoir... Moi, je ne connais que Mireille et j'ai peu d'espoir de ce côté-là !

Il se met à rire.

— Je donnerais cher pour te voir lui demander des préservatifs, mais je vais tenter de mon côté. Même si j'y crois pas trop.

Alors que nous arrivons en vue du village, Henri ralentit et s'arrête au milieu de la chaussée. Il fixe un point au loin dans un champ. Je suis son regard tandis qu'il articule :

— Mais qu'est-ce qu'ils foutent encore ?

— Quoi ?

— Là-bas, regarde, avant la forêt.

Je découvre nos deux vieux préférés en train de faire je ne sais quoi. C'est trop loin pour que j'en sois certaine, mais je dirais qu'ils enterrent un truc. Gros, long et emballé dans un tapis.

50
Henri

Je me jette sur le lit et écrase un oreiller sur ma tête avant de le caler en dessous. *Toujours pas de capotes, quel cauchemar !* On peut être fiers de nous, on tient bon. Enfin, je ne sais pas ce qui va se passer quand elle aura terminé de prendre sa douche… Je ne miserais pas gros sur mon self-control.

Dès que Joana grimpe à l'échelle, ça commence à se tendre dans mon boxer. *Mec, sérieux, t'as pas 14 ans !*

— J'étais vraiment heureuse de retrouver mes nuisettes en soie en fouillant dans les sacs qu'on a récupérés, mais pour notre bien à tous les deux, j'ai opté pour ça, explique-t-elle en me rejoignant.

Elle porte un gros sweat et un bas de jogging trop large pour elle.

— Très bon choix, mademoiselle Mancini. Car même comme ça, c'est dur.

Elle glousse.

— Alors… Tu veux faire quoi ?

Je hausse les épaules. *Calmer cette érection ?* Joana pince les lèvres comme si elle avait lu dans mes pensées et s'éloigne légèrement de moi.

— C'est un jeu de cartes que je vois dépasser du carton là-bas ? propose-t-elle.

Je récupère le jeu de Uno puis me redresse dans le lit. Joana s'assied en tailleur en face de moi. Cette tenue qu'elle porte n'a rien de sexy, pourtant ça m'excite d'imaginer ce qu'il y a en dessous.

— T'es bonne joueuse ?

Elle hausse un sourcil et glisse ses mains dans la poche ventrale de son haut.

— J'ai pas joué depuis des années, mais je veux bien tenter le truc.

On échange un regard complice pendant que je distribue les cartes. Une carte pour elle, elle se lèche les lèvres. Une carte pour moi, je ne la quitte pas du regard.

Très vite, la partie commence.

— Uno. Et hop ! dernière carte. J'ai encore gagné. Henri, que se passe-t-il ?

— Je suis pas concentré, on en refait une, envoyé-je aussitôt en ramassant le tas de cartes entre nous sur la couette.

— Mauvais perdant... ricane-t-elle en enfonçant encore ses mains dans la poche de son sweat.

— Tu as froid ?

— Non, j'ai plutôt chaud, en fait.

Moi aussi... Je distribue.

— Retire ton haut, alors.

Elle secoue la tête avec un petit sourire. La partie de cartes repart. Je dépose une carte, elle en dépose une à son tour. Je dois en piocher quatre, puis elle tend une jambe jusqu'à moi. Son pied chaud glisse le long de ma cuisse pour atteindre, à quelques centimètres près, mon paquet. Je déglutis en relevant le nez. Elle me dévisage avec un sourire timide.

— Tentative de déconcentration ?

— Absolument... Allez, joue.

J'observe la partie mais je ne capte plus rien. Dans mon esprit, il n'y a plus que son pied, juste là. Je pose une carte, elle joue aussitôt, et je remarque qu'il ne lui en reste déjà plus que deux.

— Tu planques tes cartes ou quoi ?

— Non...

Je lorgne le jeu malgré son pied qui se crispe contre ma peau.

— ...pas mes cartes, finit-elle par ajouter.

Je relève le nez, les sourcils froncés.

— Quoi ?

Elle pince les lèvres et retire son pied avant d'enfoncer à nouveau ses mains dans cette poche.

— J'y crois pas, t'as vraiment planqué tes cartes depuis le début ? m'insurgé-je.

Elle éclate de rire et bondit sur le lit avec souplesse. Ses mains sortent de leur cachette, et ce n'est pas une carte que je vois, mais bien un petit carré argenté qu'elle brandit vers le ciel.

— On a bien fait d'aller chercher mes affaires ! s'exclame-t-elle.

Cette capote tombée du ciel, c'est comme le coup de feu qui annonce le départ de la course. J'arrache mon tee-shirt tandis que mon Instagrammeuse fait sauter son jogging et son haut. Dessous, elle dissimule une nuisette en satin qui me fait perdre mon souffle un instant.

— Joana, on va partir à l'aventure.

Elle glousse et se jette dans mes bras en petite tenue. Mes paumes glissent sur elle comme sur de l'eau. Nos regards se captent, et j'emprisonne ses lèvres entre les miennes. Ses cuisses chaudes se lient autour de mes hanches. Elle se redresse, divine, et retire le peu qu'elle porte. Sa poitrine aux courbes parfaites m'hypnotise. Je pose mes mains sur ses cuisses alors qu'elle engage un mouvement de hanches. Entre ses doigts, elle tient notre précieux sésame. Elle l'ouvre, et sort le préservatif qu'elle attrape par le bout. J'avale ma salive, elle se soulève, et je retire mon boxer, libérant mon pénis hyper sensible. Nous avons trop attendu l'un et l'autre pour prendre notre temps. Faire monter le désir n'est pas à l'ordre du jour, il est déjà à son summum depuis bien longtemps.

— Je crois que pour... commence-t-elle en saisissant dans ses mains mon membre dur, ...une première randonnée, on s'en sort très bien.

Elle déroule la capote jusqu'en bas. J'enfonce mes ongles dans la peau de ses cuisses et la tire vers moi. Nos corps se connaissent déjà, j'entre en elle avec lenteur. La sensation me coupe le souffle. Elle s'assied sur moi, le visage levé vers le ciel, en gémissant de plaisir. Elle ondule alors que je donne des coups de hanches. Je me redresse pour retrouver sa bouche. Ses coudes sur mes épaules, elle monte et descend au rythme de mes impulsions. Je suis en elle, au plus profond. Elle m'accueille dans sa chaleur, offrant maintenant à mes lèvres ses mamelons durcis. J'embrasse chacun d'eux puis retrouve sa bouche. J'allonge Joana pour passer au-dessus d'elle. Ses cuisses s'écartent plus, j'avance, gémis et recule. Puis je recommence. Ses mains griffent mon dos, je me redresse, l'embrasse, et je repars goûter la peau de son cou quand je la sens se contracter autour de moi. Son souffle se saccade, et ses gémissements gagnent en intensité. Elle va jouir. Je pourrais ralentir, me dire que nous n'avons qu'une capote et profiter de chaque seconde qu'elle peut nous offrir, mais j'en suis incapable. Nous aurons bientôt tout le temps de nous découvrir avec lenteur. J'accélère mes mouvements et la serre contre moi. J'approche de l'orgasme à mesure qu'elle atteint le sien. Elle m'emporte avec elle dans un dernier coup de hanches.

J'ai le sentiment de revenir à moi lorsque je retrouve sa bouche pour y déposer un baiser. La reine des abeilles enroule ses bras autour de mon cou en y fourrant son nez.

— Ton odeur... Je pourrais te manger.

Je m'entends glousser. Je me redresse doucement.

— Je vais me doucher... T'endors pas.

— Promis, mon amour.

Je quitte l'étage sans passer par l'échelle.

Lorsque je reviens, Joana est roulée en boule sous la couette et dort à poings fermés. Je dépose un baiser sur sa tempe.

Queen Bee me reluque de la tête aux pieds. Je suis encore en boxer alors qu'elle est déjà lavée et coiffée.

— Je te dirais bien d'y aller comme ça, c'est la tenue qui te va le mieux...

On doit être chez le préfet d'ici une heure. Joana s'est levée bien avant moi et a déjà les idées parfaitement claires, contrairement à moi qui tente de comprendre ce qu'elle raconte.

— Ou t'y vas nu... J'aime bien aussi, ajoute-t-elle, songeuse.

— O.K., Madame la reine des abeilles, j'ai compris le message, je me bouge !

Elle m'adresse un clin d'œil tandis que je me traîne jusqu'à la salle de bains.

Ça sent bon, là-dedans. Ça sent Joana. Je pisse puis jette un œil à ma tête dans le miroir en me lavant les mains. Je fais tomber un truc dans le lavabo, puis un autre, et c'est l'escalade. Un tas de flacons chute dans un fracas agressif. Je me rends compte que la pièce a été envahie. Des pinceaux, des brosses, des boîtes en carton vides, du maquillage, il y en a absolument partout. Même sur le bloc de la chasse d'eau.

— Promis, je rangerai après ! envoie Joana depuis la pièce principale.

— Après quoi ? marmonné-je, terrifié, en passant la tête par la porte.

— Après m'être maquillée. Je vais chez un préfet, quand même... ajoute-t-elle en pénétrant dans la salle de bains.

Comment ai-je pu entrer ici sans rien remarquer ?

— C'est quoi, tous ces cartons, en haut ? interroge-t-elle.

— Des fringues.

— De quoi te trouver une tenue adaptée, tu veux dire ? Je peux fouiller dedans ?

— Fais-toi plaisir. Mais, s'il te plaît, ne mets pas tout ça sur ton visage... lui intimé-je en désignant les produits de beauté. Tu es très jolie comme ça.

Note pour moi-même : construire un meuble pour qu'elle puisse ranger tous ses trucs...

51
Joana

— Je peux te poser une question ? interrogé-je alors qu'il donne un tour de clef à la vieille Clio.

— Affirmatif, mademoiselle !

— Elles viennent d'où, toutes ces fringues que tu stockes dans ces cartons ?

Il passe un bras derrière mon appuie-tête et se tourne pour vérifier s'il peut reculer sans écraser quoi que ce soit. Avant de me regarder, il ferme les yeux une seconde.

— Mmh… La cinglée aux messages aimait m'habiller comme Ken, finit-il par répondre.

— Ah ! O.K. Alors en rentrant, on brûlera tout. Même le sac Hermès.

La voiture se met à rouler.

— Elle a les moyens, quand même… Y'en a pour des milliers d'euros. Tu pourrais t'acheter une maison si tu revendais tout.

— Ça se revend ? questionne-t-il, surpris.

— Ouais !

— Ah… Tu veux partir où ?

— Quoi ?

— On va tout vendre et partir en voyage !

— Oh ! J'ai jamais voyagé, j'ai trop hâte !

C'est con, mais j'aimerais tant qu'on le fasse vraiment.

Après une vingtaine de minutes de route, on arrive au domaine du préfet. J'en prends plein la vue. Je scrute chaque détail, m'émerveille d'un rien. J'ai l'impression d'arriver à Disney. Henri gare sa bouse mobile au milieu des grosses cylindrées de luxe. Un type en costume m'ouvre la portière. *Quelle classe !* Je relève le nez vers la bâtisse et ouvre la bouche.

— C'est un manoir ? C'est dingue !

— Mmh... grogne Henri en me rejoignant.

On grimpe les marches en haut desquelles nous attend un peloton d'accueil digne d'une personnalité. J'ai le sourire jusqu'aux oreilles, contrairement à Henri.

— Henri ! Quel plaisir !

Mon gendarme se crispe immédiatement en entendant cet homme d'une soixantaine d'années prononcer son prénom. *Il le connaît ?* Après tout, il est du coin, il doit bien connaître certaines personnes dans cette foule majoritairement composée d'hommes d'un certain âge.

Henri ne serre pas la main tendue de celui qui l'accueille, il sourit seulement poliment. Du moins, ses lèvres se tordent dans une expression qui ressemble à un sourire. L'homme attend un instant puis détourne son attention vers moi.

— Mademoiselle Mancini, je présume ?

— En chair et en os.

L'homme s'avance et me serre brièvement dans ses bras avant de déposer une bise sur chacune de mes joues. Un peu à la façon des Américains.

— Si vous saviez comme nous sommes heureux que notre Henri ait pu tirer au clair cette fâcheuse histoire autour de votre disparition. Je vous laisse profiter de la réception. Et si vous avez besoin de quoi que ce soit, n'hésitez pas.

Notre Henri ?

L'homme tourne les talons et s'éloigne.

— C'était ? demandé-je au gendarme.

— Le préfet... grogne-t-il.

— Ah ! O.K. Charmant.

— Pas méchant...

— Et tous les autres ? interrogé-je.

— Méchants.

Je lance un regard autour de moi, mal à l'aise. J'ai déjà eu affaire à ce genre de situations. Les gens donnent l'impression de s'intéresser à nous alors qu'il n'en est rien. À moins que l'on puisse leur apporter quelque chose. Ce qui n'est pas notre cas avec Henri. En dehors d'une bonne histoire sur la résurrection d'une morte. Quoi qu'il en soit, le lieu est magnifique. J'en ai vu des endroits luxueux dans Paris, mais rien d'aussi classe.

— C'est décidé, je veux être préfète ! m'exclamé-je. Tu crois qu'on peut visiter ? demandé-je à Henri en constatant qu'un chemin a été tracé sur notre gauche.

— Visiter ? On reviendra en pleine nuit quand il n'y aura plus personne, si tu veux. Mon grand-père et le père Lapin se feront un plaisir de nous donner leurs tuyaux pour s'introduire dans le domaine.

L'idée est tentante ! Je glousse tout en suivant le mouvement des gens autour de nous. Il y a beaucoup de monde. Des serveurs slaloment entre les têtes avec des plateaux de flûtes de champagne. Le couloir que l'on traverse me laisse apercevoir la salle à manger puis un petit salon avant de déboucher sur un plus grand. Celui-ci est baigné de lumière grâce à d'imposantes portes-fenêtres ouvrant sur une terrasse qui semble faire le tour du manoir.

Des tables remplies d'amuse-bouche ont été dressées sur notre droite. Je tire sur le bras d'Henri, et on échange un regard.

— Toi aussi ? me demande-t-il.

— Je vais rien laisser aux autres ! lui confirmé-je.

D'un même mouvement, on fonce vers les plateaux de nourriture. Je goûte à des trucs sans savoir ce que c'est. Je reconnais tantôt du foie gras, tantôt du radis noir mariné. Henri, lui, se contente d'enchaîner les verrines à l'avocat-écrevisse.

— C'est exactement les mêmes que quand j'étais gosse, explique-t-il, la bouche pleine.

Il garnit sa fourchette et la tend vers moi. Je déguste et tente de sourire en même temps, manquant de peu de tout recracher. On se marre comme deux gosses. On est bien habillés, et je suis maquillée pour un défilé, mais on reste deux enfants un peu idiots. *J'adore ça !*

— J'ai failli m'étouffer, râlé-je faussement en essuyant ma bouche.

— Mais c'était bon ?

— Très.

Il tend une main vers mon visage et passe son pouce au coin de mes lèvres.

— Tu manges n'importe comment pendant une réception, t'as pas honte ? me sermonne-t-il avec un clin d'œil.

— Je reste Queen Bee...

Je m'interromps, car il suce son doigt en me fixant droit dans les yeux. Le message est clair et est parfaitement reçu par mon corps. Mes mamelons durcissent dans la seconde, et je resserre les jambes.

— Je vais devoir me venger, tu sais ? le menacé-je en resserrant mes bras autour de ma poitrine soudainement hypersensible.

— Je suis prêt, bébé !

— Prêt à marcher avec la gaule au travers du jardin rempli de monde ?

Il rit si fort qu'il recrache un peu d'avocat dans sa verrine.

— Si tu me dis qu'il y a des capotes au bout, je le fais même à poil, si tu veux, réplique-t-il.

J'explose de rire. Je sens une présence dans mon dos. Henri relève le nez, et son visage se ferme.

— Veuillez excuser mon interruption, mais j'aimerais vous présenter quelques personnes qui seront ravies d'apprendre à vous connaître, mademoiselle Mancini, annonce le préfet.

— Oh ! Avec plaisir.

Je donne mon verre à Henri qui sourit avec les lèvres pincées et je tourne les talons en levant les yeux au ciel.

Je traverse la terrasse aux côtés du préfet, dévisagée par les invités que nous croisons.

— Votre domaine est magnifique ! engagé-je la conversation avec le propriétaire des lieux.

— Oh ! Merci, mais vous savez, c'est surtout grâce au grand-père d'Henri, c'est lui qui a entretenu cet endroit pendant près de quarante ans.

— Ah oui ?

On parle du petit vieux qui vole des scooters parce qu'il perd aux fléchettes ?

— Cet homme est un artisan exceptionnel. Il a rénové toutes les boiseries du domaine. Je vous ferai visiter avec plaisir une autre fois.

— Incroyable... Henri a hérité de son côté bricoleur, alors !

— C'est un jeune homme d'exception, notre Henri. Il est rigoureux et droit. Le gendre parfait ! D'ailleurs, j'ai cru voir que vous étiez plutôt proches... sans vouloir être indiscret.

— Euh... En effet. J'ai beaucoup de chance de l'avoir rencontré...

J'échange un sourire avec le préfet. Un sourire qui remonte jusqu'aux yeux. Ce monsieur est bizarre mais honnête. Henri avait raison, il n'est pas méchant.

— Sachez que je suis ravi pour vous deux. Henri mérite d'avoir quelqu'un qui le pousse à vivre à ses côtés ! Vous insufflez la joie autour de vous !

— Eh bien... merci. Si vous le voulez à tout prix comme gendre, vous pouvez m'adopter !

Il explose de rire et tapote le haut de mon dos en me dirigeant entre les gens.

— Bien tenté, mademoiselle !

La seconde suivante, il me présente à un groupe en pleine conversation.

— Je vous présente Joana Mancini, s'exclame le préfet. Vous vous rappelez certainement sa disparition il y a dix ans...

— Bien sûr ! Les gendarmes étaient venus jusqu'à notre propriété lors des recherches, lance une femme qui doit occuper ses journées à colporter les dernières nouvelles. Mais il me semble qu'elle avait été déclarée morte.

Je ne me ferai jamais à cette manie de parler des gens à la troisième personne quand ils sont à côté de vous.

— Eh oui, mais c'est une histoire rocambolesque. Pour notre plus grand bonheur, Joana est bien vivante.

— Mais alors, racontez-nous ! ordonne presque un bonhomme pas très grand qui porte des médailles à sa veste.

Je comprends aussitôt que j'ai été invitée pour servir de bête de foire. Le préfet est certes gentil, mais il a besoin de divertir sa cour... Le style Louis XVI n'est pas réservé aux meubles. Je me prête au jeu et réponds à quelques questions sans entrer dans les détails puis je m'éclipse pour retrouver mon gendarme. Le préfet me remercie chaleureusement et disparaît, happé par un groupe de personnes âgées.

Je retrouve Henri à la même place, il a simplement remplacé ses verrines par un verre de vin.

— Oh ! Monsieur l'inspecteur spécial Bouseux boit du vin rouge ? On s'embourgeoise !

— Tout à fait. Et je suis allé le chercher à poil, comme prévu ! Tiens, je t'ai pris du blanc, bien frais...

Je prends le verre qu'il me tend et on trinque.

— À notre retour à la maison que j'espère imminent.

— À cette longue journée qu'on va passer à se goinfrer gratos ! répliqué-je.

Je bois une gorgée. *Oh ! Bon sang, c'est délicieux.* Je replonge immédiatement le nez dans mon verre.

— Alors ? Tu aimes ? me demande Henri avec un sourire.

Il reste concentré sur moi, attendant ma réponse.

— Hum... Laisse-moi te faire goûter.

J'aspire un peu de liquide, m'approche d'Henri, passe mes bras autour de sa taille, me lève sur la pointe des pieds et l'embrasse, laissant le liquide se déverser dans sa bouche. Il avale, approfondit notre baiser alors que ses abdominaux se serrent, puis tente de retrouver son souffle en s'écartant légèrement.

— Alors ça, c'est une sacrée bonne vengeance... souffle-t-il avec un sourire en coin qui le rend terriblement sexy.

— Tu veux aller me chercher un truc à manger ?

Il pouffe et baisse les yeux sur son entrejambe.

— Je vais embrocher une vieille, t'es malade !

— Ça la rendra peut-être très heureuse, va savoir.

Alors qu'il me sourit, fier de sa repartie, son regard est attiré dans mon dos. *Encore le préfet qui veut que je saute dans un cerceau ?* Je jette un œil, mais à part la foule, je ne vois personne qui approche de nous. Le visage d'Henri vient pourtant de se refermer.

— Ça va ?

Il ne semble plus m'entendre.

— Henri ?

Il revient à moi.

— Ouais... Tu veux qu'on aille explorer le parc ? propose-t-il.

— Avec plaisir. Tu vas réussir à marcher ? le taquiné-je pour détendre l'atmosphère.

Il lâche un petit rire qui sonne faux et m'attire à sa suite. Après avoir descendu une volée de marches, on déambule dans l'herbe. Le malaise est évident, mais je n'ose pas creuser pour ne pas pousser Henri dans ses derniers retranchements. Alors, on marche en silence sous les grands arbres dispersés un peu partout.

— J'avais une cabane là-bas quand j'étais petit, je me demande si elle est toujours là, explique-t-il après un instant.

Je me jette sur l'occasion.

— On va voir ? J'ai toujours adoré les cabanes !

Il me sourit à peine, mais attrape ma main et colle son flanc contre le mien.

— Tu es trop loin de moi...

52
Henri

— Wouah ! s'exclame Joana, la bouche ouverte.

Elle reluque la vieille cabane du fond du parc. Je ne pensais pas vraiment qu'elle serait encore là, j'avais juste besoin d'une excuse pour m'éloigner du manoir où j'ai croisé le regard froid de mon passé.

— Tu déconnes quand tu dis que tu as fait cette cabane tout seul ? interroge la reine des abeilles en me ramenant au présent.

J'enfonce mes mains dans mes poches et me tourne vers elle. J'étais en train d'épier la terrasse, paniqué.

— Si, si. Enfin, avec Éric. On a fait ça pendant un été, c'était cool.

— J'ai envie de vivre dedans, c'est normal ?

Je me marre en l'imaginant chercher du réseau avec son portable là-dedans.

— Tu veux pas qu'on en construise une mieux, ailleurs qu'ici ?

— Si ! C'est décidé, on va le faire !

— On peut commencer maintenant ?

Elle se tourne vers moi avec un air surpris.

— Tu veux pas rester faire la fête ?

Je voudrais n'être jamais venu...

— Comme tu veux, c'est pour te faire plaisir que je suis là, réponds-je avec un sourire.

Elle me le rend mais fronce brièvement les sourcils. Tout ce que je veux éviter, c'est qu'elle se rende compte que la folle aux messages est en train de déambuler parmi les invités. Ou pire, de me retrouver moi face à elle.

— Mais toi, tu veux faire quoi ? intervient Joana en coupant le fil de mes pensées.

— Moi ?

— Bah oui, qui d'autre ?

— Je pensais que tu parlais à la petite fille en chemise de nuit blanche, dans ton dos...

Elle se retourne d'un bond et comprend que je me moque d'elle.

— Bon, on se casse, cet endroit me fait flipper avec tes conneries !

Elle attrape ma main et m'entraîne vers les terrasses du manoir. *Bien esquivée la question, Henri !* On marche en silence, chacun perdu dans ses pensées. Je comprends que Joana veuille rester et profiter de la nourriture et du cadre. Est-ce que je peux la laisser seule ici ? Non, c'est précisément pour cette raison que je suis venu.

Sa main se glisse sous mon bras.

— Arrête-toi, Henri, dit-elle sur un ton doux qui m'interpelle.

Je cesse aussitôt de marcher, et elle se place devant moi. Les terrasses sont à une cinquantaine de mètres, on profite encore de la quiétude du parc. Contrairement à souvent, Joana ne sourit pas, il y a quelque chose dans son regard qui m'écrase la poitrine. Elle s'approche assez pour passer ses mains autour de mon cou.

— Mon père a dit des tas de trucs cons dans sa vie, surtout quand j'étais ado, mais une fois il m'a dit qu'il valait mieux une bonne engueulade qu'un silence étouffant, chose que ni lui ni moi n'avons su appliquer... Et toi, tu es beaucoup trop silencieux d'un coup, alors explique-moi.

— Ne t'inquiète pas, tout va bien, me justifié-je aussitôt.

C'est évidemment faux, je me sens perdre pied et je tente de me raccrocher aux branches maladroitement.

Joana secoue la tête de gauche à droite en fronçant tellement les sourcils qu'une ride apparaît entre eux.

— Pourtant, tu as le même air que dans la voiture quand j'ai lu ces deux messages pourris. Alors, deux options : soit t'arrives pas à te sortir ça de la tête, soit la cinglée à qui je réserve mes derniers ongles est ici.

Mon ventre se noue, et je n'arrive plus à aligner deux mots.

— O.K., elle est ici, lâche-t-elle d'un ton sec. Mais pourquoi tu me le dis pas ?

— J'en sais rien... Je veux pas te prendre la tête avec ça.

Elle m'observe sans rien dire, puis s'avance et m'embrasse délicatement. Ce baiser a une toute nouvelle saveur. C'est comme s'il me maintenait la tête hors de l'eau. Son bassin s'écrase contre le mien et ses mains glissent dans ma nuque avec passion. Je m'arrime à ses hanches, et elle gémit. Ce son me fait oublier tout le reste et réveille mon envie d'elle. Lorsque nos lèvres se quittent, je plante mon regard dans le sien. L'air sur son visage est différent. Elle n'a plus les sourcils froncés, juste des joues rosies qui encadrent un joli sourire.

— On dirait bien que tu vas la traverser en bandant, cette foutue terrasse, finalement... se moque-t-elle.

J'explose de rire en la plaquant contre moi. Nos rires semblent résonner du manoir jusqu'à la cime des arbres autour de nous.

— Allez, on se casse d'ici, lâche-t-elle tandis que mon regard est attiré dans son dos. Je tenterais bien de voler une bouteille ou deux au passage.

— Oh ! t'inquiète pas pour ça. Regarde.

D'un coup de menton, je lui désigne le côté est du manoir. Mon grand-père et son éternel complice sont en train de sortir en catimini de la grande bâtisse avec les bras chargés.

— J'adore ces deux vieux ! Grâce à eux, on va pouvoir aller faire la fête à la guinguette !

Je saisis sa main et on se dirige vers la terrasse, qu'on est obligés de retraverser pour aller rejoindre la voiture garée de l'autre côté. *Dernière ligne droite avant de disparaître d'ici !*

— Si on croise Miss Connasse, on l'ignore. Ce genre de folle déteste ça, dit Joana.

— O.K.

Elle a raison. Elle semble déjà l'avoir cernée.

— Henri... Ça va aller, je ne te laisserai pas seul, d'accord ?

Le regard qu'on échange se passe de mots.

On arrive au bas des marches qu'on grimpe avec légèreté. Tout est tellement plus facile avec Joana à mes côtés...

On traverse la terrasse sans encombre jusqu'à ce que je croise le regard du préfet. Il fronce les sourcils et commence à passer entre ses invités pour nous rejoindre. *Eh merde !*

— Henri !

Joana tire sur ma main sans s'en rendre compte, alors je fais mine de ne pas avoir entendu mon supérieur. Je la suis en direction des portes qu'on a empruntées pour arriver là. Quelques mètres plus loin, un groupe se resserre sur notre chemin, nous obligeant à le contourner. Tout ce que j'ai le temps de voir, c'est un serveur qui approche, le plateau dont il est chargé qui perd l'équilibre, poussé par une main que je saisis avec force. J'ai cependant réagi trop tard, les coupes de champagne se renversent sur la robe de Joana.

Tout le monde s'affole, ma petite amie la première, tandis que mon regard remonte le long du bras que j'ai attrapé au vol. Je ne sais pas ce qui me rend le plus dingue : que ça soit celui d'Éloïse ou qu'elle affiche un grand sourire en me fixant droit dans les yeux.

— Oups, désolée, crache-t-elle alors que je la lâche brusquement.

Je la fusille du regard tandis que le serveur conduit Joana dans le manoir en se confondant en excuses. Je m'apprête à les suivre, mais le préfet m'arrête d'une main. La mère d'Éloïse apparaît et la repousse dans la foule, me laissant seul avec l'homme.

— Henri, attendez !

Je croise à peine son regard et me libère de son emprise d'un mouvement d'épaule.

— Je suis navré, j'avais demandé qu'elle ne soit pas présente, mais vous la connaissez...

— J'ai déjà entendu ce discours : vous êtes désolé, vous ferez ce qu'il faut, ça ne se reproduira pas. Mais vous êtes incapable de la contrôler. Je dois faire quoi ? Porter plainte pour harcèlement contre la fille du préfet ?

Il fronce les sourcils.

— Soyez raisonnable, Henri...

— Vous savez quoi ? Allez vous faire foutre.

Il s'apprête à répondre, mais je ne lui en laisse pas le temps. Je file entre les gens qui me lancent des regards indiscrets. Je viens certainement de perdre mon travail, mais cette idée, au lieu de m'anéantir, me soulage.

J'interpelle le premier serveur que je vois passer.

— Elle est où ?

— Euh... Votre femme est avec Amanda en cuisine, pour se nettoyer.

Je me dirige aussitôt vers le sous-sol. La décoration ici est bien différente de celle du reste du manoir. Il s'agit de l'étage des employés, pas besoin de faste. Les couloirs sont étroits, j'y ai passé mon enfance, je n'ai donc pas besoin de demander mon chemin pour rejoindre les cuisines.

Alors que je tourne une dernière fois sur la droite, un visage se dresse devant moi, me forçant à m'immobiliser pour ne pas heurter la personne qui attend là. Éloïse affiche un air froid et autoritaire qui me rappelle mes souvenirs d'une vie passée à obéir à des ordres absurdes.

— J'en étais sûre... T'es toujours aussi prévisible, on dirait, raille-t-elle.

Je recule, pris de panique.

53
JOANA

Les cuisines de cet endroit sont immenses. On se croirait dans celles d'un restaurant gastronomique. Dommage que je les visite dans ces conditions. Heureusement que je n'ai pas mis une robe à laquelle je tiens.

— Encore toutes nos excuses, répète la dame qui m'a accueillie ici.

— Ne vous en faites pas, j'ai vu pire ! Heureusement, j'habite pas loin.

Elle émet un petit rire.

— Je vais vous raccompagner, ce manoir peut être un vrai labyrinthe.

— On allait partir, Henri doit m'attendre à la voitu...

— Excuse-toi immédiatement, Henri ! hurle soudain une voix de l'autre côté de la porte que la dame s'apprête à ouvrir.

Une nana crie sur mon Henri ? Une nouvelle sommation à s'excuser retentit. Il n'y a qu'une personne pour s'adresser à lui de cette manière. La folle des messages est juste là. La dame recule tandis que j'avance et pose la main sur la poignée. Mes ongles sont prêts à entrer en action. J'entends soudain qu'on me traite d'*escort girl. Je rêve ! Je n'ai pas du tout le* make up *d'une escort !*

J'hésite un instant : j'ai dit à Henri que j'interviendrais, mais ne dois-je pas le laisser se débrouiller ? C'est certainement un combat qu'il doit gagner par lui-même. Alors que je reste indécise, il crie à cette folle d'aller se faire voir. *Bien envoyé !* Puis le bruit caractéristique d'une gifle résonne jusque dans ma tête. La dame dans mon dos met la main sur sa bouche de stupeur.

— Quoi que tu fasses, tu resteras toujours une merde à mes ordres. Même quand je te dis de te suicider, tu obéis, se marre-t-elle. Il paraît que t'as tenté le coup et que tu t'es loupé... Quel débile n'est pas capable de se pendre ? Il va falloir que je t'explique comment faire les nœuds ?

O.K., c'en est trop pour moi. J'ouvre la porte. La fille qui vocifère me tourne le dos. Par-dessus son épaule, je découvre le visage fermé d'Henri. Sa joue rougie m'indique qu'il a reçu la gifle entendue. Je me racle la gorge, mais personne ne bouge, je pousse donc la fille sur le côté d'un mouvement de hanche et pose une main sur une joue de mon gendarme.

— T'es vraiment un mec bien, Henri... Un mec capable de me faire sortir de ma tombe pour l'embrasser, de me donner envie de loger dans une cellule de dégrisement pour rester près de lui, de vivre dans une caravane loin de tout...

Il ferme brièvement les yeux et reprend son souffle avant de sourire. Son expression fait mal à voir tant il a du mal à la tenir.

— J'étais en train de lui parler ! rage la cinglée dans mon dos.

Dans ma tête, j'étire ma nuque et j'enfile mes gants de boxe. Je fais volte-face d'un bond, la faisant sursauter. Elle s'apprête à l'ouvrir encore une fois, mais j'écrase mon index sur sa bouche recouverte de gloss. *Qui met encore du gloss ?*

— Et on s'en fout complètement de ce que tu as à dire. Tu comprends ?

— Pour qui tu t... commence-t-elle.

Le secret, avec ces tarées, c'est de pas les laisser parler. Ou de leur faire comprendre que notre folie dépasse largement la leur. Elles sont incapables de gérer ça. Je secoue donc une main devant son visage.

— Bzzz ! mimé-je le bruit de l'abeille si proche d'elle qu'elle recule d'un pas.

— J...

— Bzzz ! Bzzz !

— Mais arr...

— Bzzz ! Bzzz !

Chaque fois qu'elle essaie de parler, j'approche davantage ma main de son visage, la faisant peu à peu reculer vers la cuisine. C'est tellement con que je finis par exploser de rire.

— Ça vous am...

— Bzzz !

Je recule soudain d'un pas et referme le battant de la porte entre nous. Certainement stupéfaite, elle ne la rouvre pas. Je me retourne vers Henri, lui adresse un clin d'œil et passe mon bras dans le bas de son dos tandis qu'il serre le sien autour de mes épaules. Sa bouche se pose sur ma tempe, et il m'embrasse.

— Merci... souffle-t-il contre la racine de mes cheveux.

Je saisis sa main pour déposer un baiser dessus. Ce que j'ai entendu de la bouche de son ex me reste en tête et n'est pas près d'en partir. A-t-il vraiment tenté de mettre fin à ses jours ? Non, c'est impossible, Joana ! *Si, c'est évident, maintenant...*

On rejoint la voiture d'Henri sans prononcer un mot. Après un tour de clef, on s'éloigne de ce manoir de malheur. L'ambiance dans l'habitacle est étrange et étouffante. J'aurais voulu la frapper, lui faire autant de mal qu'elle lui en a fait. Mais, j'ai tenu bon, je dois me contenter de ça.

— Ça va ? questionné-je Henri.

Il fronce les sourcils et hoche la tête sans la tourner dans ma direction. Je le laisse se perdre dans ses pensées un moment, mais je me rends vite compte qu'il roule bien trop vite sur ces petites routes de campagne. Alors qu'on franchit un virage, je dois me tenir à la poignée au-dessus de la portière pour ne pas valser dans celle-ci.

— Hey ! Ralentis, on va finir par avoir un accident.

Henri ne me répond pas, je vois juste ses mains se crisper sur le vieux volant. La route droite calme mes craintes, mais au loin, j'aperçois un autre tournant, si serré qu'on n'a aucune visibilité ensuite.

— Henri, ralentis.

Aucune réaction. Le virage arrive trop vite.

— Henri, freine, putain ! Tu vas nous tuer ! m'exclamé-je, paniquée.

Je plante les ongles de ma main libre dans la peau de son avant-bras. Les larmes me montent aux yeux. Il sursaute soudain, comme s'il se réveillait d'un cauchemar, et enfonce la pédale de frein. On est projetés en avant tandis que les pneus crissent sur l'asphalte. La voiture s'immobilise au milieu de la route, un peu de travers. *Je n'ai jamais eu aussi peur !*

Je relâche Henri et lui lève les mains du volant. Il ouvre sa portière et tire sur sa ceinture, mais il semble si paniqué qu'il ne sait plus comment faire pour se libérer.

— Attends, tu...

J'appuie sur le bouton rouge, et il saute hors du véhicule puis grimpe précipitamment le talus au bord de la route et disparaît de mon champ de vision.

— Henri, tu vas où ?

Je quitte la voiture à mon tour mais, avec ma tenue, je serais incapable de le suivre.

Une sonnerie attire mon attention dans la vieille Clio. Je trouve le portable d'Henri sous les pédales. C'est Chaton qui appelle. Je décroche.

— Mec, t'es où, bordel ? envoie aussitôt le gendarme.

— C'est Joana...

— Joana, qu'est-ce qui se passe ? J'ai eu un coup de fil du préfet. Henri va bien ?

— Non, pas du tout, on a failli avoir un accident et il s'est enfui. Je sais pas quoi faire ! Il a laissé la voiture en plein milieu de la route !

— Quoi ? Mais c'est pas vrai... souffle-t-il. Éric, bouge-toi ! Y'a un problème avec Minot ! l'entends-je invectiver leur collègue. Joana, vous êtes où ?

— J'en sais rien ! On revenait de chez le préfet, expliqué-je, les larmes aux yeux, en regardant autour de moi. On est paumés au milieu de nulle part.

— Mets-toi en sécurité, on arrive dans moins de dix minutes.

— D'accord. Et Henri ?

— On va s'en occuper. Ne reste pas dans la voiture, on arrive.

Chaton n'a pas exagéré, Éric et lui arrivent en trombe dans une voiture de gendarmerie.

— Éric, tu déplaces la voiture sur le bas-côté ! Joana, ça va ? Henri est parti par où ?

— Là-bas, indiqué-je aussitôt.

— O.K., reste là et attends qu'on revienne.

Je hoche la tête. La Clio est garée en deux temps, trois mouvements, et les deux hommes grimpent à leur tour le talus.

Un long moment passe avant que les deux gendarmes réapparaissent. À mon plus grand soulagement, Henri est avec eux. Sur ses deux pieds. Je me précipite vers lui, mais Chaton m'arrête d'une main tendue devant moi.

— Attends, s'il te plaît.

Je lui lance un regard plein d'incompréhension. Henri ne relève pas la tête dans ma direction tandis qu'Éric le fait monter à bord de la voiture de patrouille.

— Il... ne veut pas te voir... me précise Chaton.

Quoi ? Avant que j'aie le temps d'encaisser cette phrase, la voiture a démarré et disparaît après le virage.

Je me tourne vers le gendarme.

— Mais qu'est-ce que j'ai fait ?

— Rien. Ça n'a rien à voir avec toi. Viens, je vais te ramener.

Abasourdie, je me rassieds sur le siège passager de la vieille Clio. Chaton conduit en silence, puis il se racle la gorge.

— Bon, tu dois te poser des centaines de questions.

— Pas vraiment. J'ai… Je vais avoir besoin de prendre du recul, parce qu'il s'est passé trop de choses aujourd'hui…

— Le préfet m'a vaguement parlé d'un plateau de champagne et d'une altercation avec sa fille.

— L'ex d'Henri est la fille du préfet ?

— Oui… Leur histoire a débuté quand ils étaient gosses. Henri t'en a peut-être parlé, il a été élevé principalement par son grand-père, parce que ses parents ont toujours été de grands voyageurs. Et comme son grand-père a bossé presque toute sa vie au manoir du préfet, Henri et Éloïse se sont fréquentés depuis tout petit.

— Ah ! O.K…

C'était donc sa première copine… Et la seule, on dirait.

— Quand ils étaient ados, ils ont commencé à sortir ensemble. C'était une suite logique qui n'a apparemment choqué personne. C'est Éric qui m'a expliqué cette partie. Il traînait déjà avec eux. Moi, je n'ai fait la connaissance d'Henri que bien plus tard.

C'est terriblement indiscret, mais j'ai besoin de comprendre comment Henri en est arrivé là.

— Bref. Peu importe. Comme tu t'en es rendu compte, Henri est un mec discret qui va rarement à l'affrontement. Et… comment expliquer ça ? Il n'a connu qu'Éloïse et il pensait qu'être en couple signifiait obéir et encaisser les crises de nerfs de sa nana. Elle lui a vraiment tout fait : humiliations en public, coups, insultes…

— J'ai eu un petit aperçu tout à l'heure, soufflé-je.

— Je suis désolé que tu aies assisté à ça, mais heureusement que tu étais là. C'est le premier truc qu'il a dit quand on l'a rejoint avec Éric... Il y a six mois, c'était devenu insoutenable.

Chaton s'interrompt et prend une grande bouffée d'air avant de s'étirer la nuque.

— Tu vas me parler de sa tentative de suicide ?

— C'est ça. Henri t'en a parlé ?

Je secoue la tête.

— Éloïse lui a balancé à la tête. Je crois que c'est ça qui l'a perturbé comme ça.

— Comment elle sait ça ? se demande-t-il à lui-même. Bref, il a voulu... arrêter. La quitter. Comme beaucoup de couples se brisent, même après plus de dix ans. Il était pas heureux. Qui aurait pu l'être avec ce qu'il a vécu ? On pense qu'il a essayé de lui faire comprendre les choses pendant plusieurs semaines, mais Éloïse ne supporte pas qu'on s'oppose à elle. Alors, quand son larbin depuis l'enfance a voulu la fuir, elle a mis les bouchées doubles. Elle sait comment le manipuler et elle n'a jamais hésité à taper là où ça fait mal. Le dernier truc qu'il m'a dit avant... Tu vois, j'ai encore du mal à en parler... Le dernier truc qu'il m'a dit, c'était qu'il ne pouvait pas vivre en paix tant qu'elle était présente car elle ne le laisserait jamais tranquille, où qu'il aille.

Mon souffle s'arrête. Henri a pensé que la seule manière de se libérer de cette fille, c'était de mourir. À quel point se sentait-il coincé ? J'ai déjà ressenti ça, et c'est une véritable prison mentale. On est prêt à tout pour s'échapper, même à cesser de vivre. C'est comme l'ultime voie vers la liberté.

— Ça va ? entends-je au loin.

Je cherche le regard de mon interlocuteur. La voiture est arrêtée devant chez mon père, le contact est coupé.

— Il a dû se sentir si impuissant pour... vouloir mourir, murmuré-je.

— J'en ai encore le bide retourné de me dire qu'on n'a pas compris ce soir-là et que si son grand-père et le père Lapin passaient pas leur temps à traîner partout, tu n'aurais jamais connu Henri.

Je ferme les yeux, libérant une larme fugitive sur une de mes joues.

— Ils ont coupé la corde juste à temps.

— Il a eu beaucoup de chance...

Il hoche la tête.

— Oui... Depuis l'instant où le père Lapin a déboulé chez moi en courant, avec les larmes aux yeux, on s'est investi jour et nuit pour qu'Henri aille mieux avec Eve et Éric. Et ça a commencé par le pacte, avec le préfet.

Je plisse les paupières.

— Avec le préfet ?

— Oui... Henri n'est pas au courant, mais c'est le père d'Éloïse qui est à l'initiative du pacte qu'il s'efforce de suivre depuis six mois. Il a commencé par envoyer sa fille vivre un moment dans leur famille en Allemagne, pour qu'Henri puisse se remettre en paix. De notre côté, on a fixé des règles à Henri. Comme de reprendre le travail. On a lutté, mais il a bien voulu bosser de nuit. Je crois qu'il avait trop honte de lui pour se regarder en face.

— En vrai, il a juste fait ce qu'il a pu...

— Exactement, et je trouve qu'il s'en sort bien. Il en chie, mais il ne baisse pas les bras. Et de ce que j'en ai compris, il a réussi à l'affronter aujourd'hui. Je suis persuadé que c'est vraiment parce que tu fais partie de sa vie.

Je ne pense pas. La force vient de lui. Il lui avait dit d'aller se faire voir avant que j'intervienne. Il faut juste qu'il le comprenne...

L'attention de Chaton se concentre soudain sur le rétroviseur. Il se penche comme pour mieux voir en plissant les paupières.

— Qu'est-ce que c'est que ça ? demande-t-il à voix basse.

Je me penche à mon tour pour regarder dans le rétro de ma portière. Deux silhouettes avancent vers nous depuis le bout de la rue. Ce qui a dû faire tiquer Chaton, ce sont les deux valises derrière elles qui peinent à rouler sur la route abîmée. Sans compter que ces femmes ont étrangement décidé de porter des talons hauts.

— On dirait toi quand t'es arrivée au village, ricane-t-il à côté de moi.

— Elles m'ont retrouvée... marmonné-je en attrapant la poignée de la portière.

Mon interlocuteur pouffe tandis que je me ravise. C'est bizarre, mais voir mes deux meilleures amies ici ne me fait pas l'effet attendu. J'ai envie de me planquer pour qu'elles ne me trouvent pas.

Elles passent à côté de la voiture sans me voir.

— Sérieux ? Il s'est foutu de nous, son ex. C'est impossible qu'elle soit dans un coin pareil ! envoie Sonia.

— Grave ! On va tout de même vérifier la baraque qu'il nous a indiquée et, si elle est pas là, on se casse. C'était pas une bonne idée, ce délire de vacances à la campagne ! entend-on au travers des vitres de la voiture.

— Allez, va les rejoindre, elles ont déjà dépassé ta maison...

Je reprends mon souffle.

— Elles font chier, c'est pas le bon moment. Je dois aller voir Henri.

— On va s'occuper de lui. Ça te fera du bien de te sortir tout ça de la tête.

Je hoche la tête tandis que mes amies s'arrêtent au milieu de la route.

— Tu as raison, t'es un bon Chaton, articulé-je.

Il pouffe, et je quitte la voiture quand il redémarre. Ses révélations m'ont fait du bien. Je comprends désormais mieux celui que j'aime. Le plus difficile va être d'attendre qu'il soit mieux pour me voir.

54
Joana

Karine et Sonia envahissent mon salon – enfin, le salon de mon père – pendant que je change de vêtements. J'opte pour un jean à la coupe *boy-friend* et un tee-shirt simple. Elles regardent partout, touchent à tout et posent des questions bizarres.

Je m'inquiétais pour la porte, mais elle a été réparée après l'entrée au coup de pied de Chaton. Je passe vite à autre chose, accaparée par mes deux amies.

Elles m'ont expliqué comment elles ont mené l'enquête pour me retrouver. Après ma vidéo d'excuses, elles sont allées voir Stella, qui leur a expliqué qu'elle avait vu mon ex, qui me cherchait lui aussi. Puis un gendarme qui leur a annoncé que j'étais très probablement morte. Désespérées, elles ont tout de même recherché mon ex qui leur a tout simplement donné le nom du village en confirmant que j'étais tout ce qu'il y a de plus vivante... Elles ont donc décidé de venir passer une semaine de vacances ici, ce qui ne leur ressemble pas du tout. J'aurais pu vivre avec elles, avant. C'était même en projet, une coloc' d'enfer. Mais sept jours en leur compagnie me paraissent désormais infinis.

— Et t'as été cambriolée, en plus ? interroge Karine en passant derrière le canapé.

— Non, pourquoi ?

— Où est la télé ?

— Ah, ah ! Y'en a pas ici. Mais ça ne manque pas trop, en fait. Y'a plein de trucs à faire.

Elle écarquille les yeux puis fronce les sourcils. Elle doit se demander si je suis toujours en pleine possession de mes facultés mentales. *O.K., je ne vais pas leur dire tout de suite qu'il n'y a pas le wifi non plus...*

— La cuisine est cool, trop vintage ! s'exclame Sonia. Mais on va se faire livrer, parce que t'as rien, suggère-t-elle en fermant le frigo.

— Les livreurs ne viennent pas jusqu'ici, les préviens-je.

Elles se tournent dans ma direction d'un même mouvement.

— Pardon ? demandent-elles, outrées.

— C'est un petit village ici, les gens ont plus tendance à aller sonner chez le voisin qu'à se faire livrer... Mais c'est cool, vous verrez !

Je n'aime pas l'idée qu'elles critiquent sans savoir, alors qu'en arrivant, j'étais la reine pour ça...

— Respirez, on va aller chercher des trucs au potager d'... À deux rues d'ici.

— Le potager ? C'est un pub vegan branché, j'espère, envoie Karine.

Je secoue la tête.

— Désolée... chuchoté-je. C'est un vrai potager super mignon.

— Mignon ? Un jardin ? T'as changé... articule Sonia avec un air béat.

C'est vrai. Je ne m'en étais pas rendu compte jusque-là, mais j'aime ce village, et l'idée d'aller cueillir moi-même mes tomates me fait plus plaisir que celle de me faire livrer un repas.

— Bon, tu as plein de choses à nous raconter, alors en route pour ce potager, histoire que tu passes le plus vite possible à table ! ajoute-t-elle en renfilant ses talons.

— J'aime pas trop les soupes, mais comme on t'a cru morte, je vais faire un effort ! précise Karine.

— Je vous conseille de mettre plutôt des baskets.

L'une fronce les sourcils, l'autre recule carrément.

— Où est notre amie baroudeuse des soirées parisiennes sur douze centimètres ?

Elles veulent parler de Queen Bee, mais celle-ci n'existe plus. Henri m'a fait comprendre que je préfère être Joana, sans masque. Mes deux amies ne me connaissent pas réellement, en fait.

— Je sais ce qui lui arrive. Regarde-la... lance Karine avec un sourire en coin.

— Oui, c'est évident !

— Quoi ?

— T'es *in love*, ma poule !

Je grimace pour leur faire comprendre que leur analyse ne repose sur rien.

— Est-ce que par hasard le beau gosse flic de ta *story* serait encore dans le coin ?

— Cela expliquerait pourquoi t'es jamais rentrée à Paris !

Jusque-là, Paris était chez moi. Aujourd'hui, y retourner voudrait dire « partir de chez moi ».

— Elle ne répond rien, c'est bien ça ! s'écrie Sonia avant qu'elles n'explosent de rire.

Pour la première fois depuis notre rencontre en cours de droit il y a six ans, je me sens à côté de la plaque. Comme si d'un coup, on ne partageait plus les mêmes délires.

— Bon, il va falloir nous le présenter...

— Ah ! Il a dû s'absenter un peu, alors ce sera pas pour aujourd'hui, les préviens-je alors qu'une pointe douloureuse se plante dans mon cœur.

Il leur faut un moment pour se faire à l'idée d'enfiler des baskets, mais elles finissent par s'exécuter. Dehors, elles parlent fort et rient aux éclats assez fort pour déranger les voisins. De vraies tornades. J'ai du mal à me dire que j'ai été comme ça. J'étais même la pire des trois. Alors c'est ça que mes *followers* aimaient voir ? Du théâtre...

Après un instant de marche, on arrive dans le cul-de-sac où vit Henri. Sans surprise, il n'est pas là. Chaton n'a même pas ramené la voiture ici. Dans le potager, elles sont comme des enfants. Leur téléphone en main, elles font des *stories* dans tous les sens.

— Queen Bee s'est mise au vert ! annonce Karine en se prenant en selfie.

Sonia arrive dans son dos et me filme en train d'arracher une carotte.

— On va prendre trois salades et des chipos avec ça, poursuit-elle.

Je ne peux retenir mon rire. Elles sont folles, mais drôles, c'est vrai. Je comprends pourquoi elles sont devenues mes amies. Au moment où je les ai rencontrées, j'avais besoin de cette énergie superficielle.

— Attends, ce sont des fraises, là-bas ? questionne Sonia.

Elles délaissent leurs écrans pour se goinfrer des fruits en question. Il y en a tellement que j'arrive tout de même à remplir un petit pot en terre trouvé dans un coin du potager. Le reste des légumes trouve place dans un vieux seau un peu rouillé.

Une fois la cueillette terminée, je leur fais traverser le village. Alors qu'on passe devant la gendarmerie, mon cœur se noue. Il en va de même quand on franchit la ruelle qui conduit au domicile de Chaton et Eve. Et rebelote non loin des grilles du cimetière. Henri est partout sans être là... Il me manque atrocement.

Je pose le seau et le pot rempli de fraises sur la table en bois de mon coin « guinguette » chez le père Lapin. L'absence d'Henri est encore plus douloureuse ici. Je sors mon portable de ma poche, mais je n'ai pas reçu de nouveau message de sa part ni de celle de Chaton. Je prends mon courage à deux mains pendant que mes amies s'extasient devant la beauté de l'endroit et j'envoie un message directement à mon gendarme. J'ai besoin de lui dire qu'il peut compter sur moi..

**** Joana : Je suis là si tu as besoin… Bisous ****

Le nez sur mon écran, j'attends une réponse. Mais rien ne vient, et je me sens de plus en plus mal.

Mes deux vieux chéris finissent par arriver. Ils déposent sur la table des sacs-poubelle remplis de viande à cuire et de bouteilles de vin et de champagne haut de gamme. Je n'ai pas besoin de leur demander où ils ont fait une razzia, je les ai aperçus fuir le lieu de leur larcin.

— Il est généreux, ce préfet, dis donc, dis-je au père Lapin.

Il me répond avec un clin d'œil avant d'approcher de sa bouche un gros cigare déjà fumant. Je fais les présentations, et la fête commence pour mes amies qui n'en reviennent pas.

Une autre bouteille vide roule de la table jusqu'au sol. Mes copines dansent sous les guirlandes allumées de mon coin guinguette. Je suis assise sur le coin à coussins, je vérifie mon portable pour la centième fois au moins. Toujours pas de message. Je ravale ma salive alors que le grand-père d'Henri apparaît dans mon champ de vision.

— Y'va bien, t'inquiète don'pas, articule-t-il. L'est entre d'bonnes mains.

Je me redresse et soupire.

— Pourquoi il répond pas ?

Il hausse les épaules.

— Y'prend du r'cul ?

Je hoche la tête, comme pour me convaincre que c'est ça.

— Euh… tu pourrais récupérer mes affaires chez lui ? J'ose pas y aller…

Il hoche la tête.

— J'ai réparé ta porte, d'ailleurs, t'as vu ?

— Ah ! C'est toi ? Merci, fais-je en posant ma tête sur son épaule.

— Hey ! Joana, viens danser, c'est Enrico Macias ! m'interpelle Sonia.

Je rejoins mes amies sans entrain. Je suis trop inquiète pour Henri. Le seul moyen de soulager mon angoisse serait de courir dans le village pour aller le retrouver, mais je n'en fais rien. Parce qu'il est primordial que je respecte ce dont il a besoin. Alors, je vais attendre davantage !

J'attends...

J'ouvre les yeux pour fixer un pied nu qui bouge au rythme lent d'un ronflement. Karine a encore roulé du canapé pour tomber sur mon matelas installé en dessous. On s'est installé un dortoir dans le salon avec le matelas de ma chambre d'ado et celui de la chambre d'amis, on est pas mal. Je n'ai pas réussi à ouvrir la porte de la chambre de mon père, alors personne n'a pu y dormir. Mes deux amies ont respecté ça sans problème. On a longuement parlé de ce qui m'a conduite ici et a mis un point final à la carrière de Queen Bee l'Instagrammeuse. J'ai pleuré, beaucoup. Et Karine et Sonia m'ont soutenue sans concession. Elles ne m'ont pas jugée, elles m'ont même affirmé comprendre ce que j'ai trouvé ici. Sans même encore connaître Henri.

Je repousse le pied bien trop proche de ma tête à mon goût et je me redresse en grimaçant. *J'ai mal partout...* Ça fait déjà cinq jours que les filles sont là. Cinq jours depuis la réception chez le préfet. Cinq longs jours qu'Henri ne donne plus de nouvelles.

Le lendemain de la réception, j'ai croisé Chaton à la brocante. Il m'a dit qu'Henri remontait la pente lentement mais refusait catégoriquement d'aller travailler. Hier, au marché de producteurs locaux où tout le village était présent, j'ai espéré le voir, mais il n'était pas là. J'ai pu présenter Eve à mes amies. Le *feeling* est aussitôt passé entre elles. Elle m'a répété la même chose que son mec.

J'attendrai encore longtemps s'il le faut, mais chaque seconde sera une torture...

Aujourd'hui, on doit aller à la ferme d'une vieille du village pour l'aider à ramasser des patates. Je sais que mes amies vont mettre l'ambiance, me distrayant momentanément.

55
Henri

Je sors de la salle de bains et tombe nez à nez avec Chaton. Les bras croisés sur son torse, il me scrute sans un mot.

— Rallume ton satané téléphone et appelle-la.

Je l'ignore et force le passage dans le couloir pour rejoindre la chambre d'amis qu'il me prête.

— Minot, sérieux.

Je ferme la porte. Je sais qu'il a raison, mais je ne parviens pas à trouver la force d'affronter le regard de Joana maintenant qu'elle sait à quel point je suis faible.

— Tu vas devoir arrêter de fuir ! gronde Chaton.

Je sais aussi... Pourtant, les jours passent sans que les choses deviennent plus faciles à affronter.

— Elle demande de tes nouvelles tous les jours. Elle est super inquiète à ton sujet !

Je ferme les yeux et serre les dents. Chaton frappe contre la porte. Du poing, vu le son.

— La prochaine fois que je viens te voir, j'appliquerai le pacte, menace-t-il. Alors, profite de tes dernières heures enfermé ici.

Il va devoir aller jusque-là, car je suis incapable de me reprendre. J'ai la sensation que les paroles d'Éloïse m'ont enlevé le meilleur de ma vie. Joana. Non, ce ne sont pas les paroles de mon ex mais mon geste qui a tout gâché. C'est moi. Ce que je suis profondément. Un lâche pathétique. Je me recouche et laisse le temps m'assommer.

Quelqu'un frappe à la porte de la chambre. Doucement, Eve se montre.

— Chaton est parti bosser... me précise-t-elle en entrant pour ouvrir la fenêtre et les volets.

La lumière du jour m'agresse, et je tire la couette sur ma tête. Je sens une main sur mon épaule.

— Allez, tu sais que tu peux le faire, Henri. Ne baisse pas les bras...

Je hoche la tête mais uniquement par réflexe, parce que cette fois je n'y crois plus. C'est trop dur.

— Je t'ai dit que ton grand-père est passé samedi soir tard ?

Je repousse la couette et me redresse, dos à la fenêtre pour moins souffrir de la luminosité.

— Il a dit que Joana était triste... Et c'est vrai. Je l'ai vue au marché, elle n'avait pas bonne mine. Heureusement, elle n'est pas seule, deux copines l'accompagnaient. Tu les verrais, les mêmes que ta reine des abeilles quand elle est arrivée ! Tout le village va s'en souvenir longtemps ! explique-t-elle avec un sourire aux lèvres.

J'essaie de l'imiter, mais le mien reste planqué quelque part au fond de moi.

— On ne sait plus quoi lui dire, à force... Tu vas devoir lui parler.

J'avale ma salive trop tard, une larme coule sur ma joue.

— Je ne peux pas...

— Je sais que ça te semble insurmontable, mais tu ne peux pas la laisser comme ça.

Je hoche la tête.

— Pas elle... ajoute-t-elle comme un coup de massue.

Pas elle, parce qu'elle n'est pas n'importe qui. Parce que je suis amoureux d'elle.

Je serre les dents et ferme les yeux pour retenir les autres larmes qui veulent surgir.

— Tu sais qu'elle t'écoutera et acceptera ta décision, quelle qu'elle soit...

J'acquiesce de nouveau, incapable de plus.

Eve se lève quand le bébé se met à pleurer dans la pièce voisine.

— On croit tous en toi, tu vas y arriver.

Elle quitte la chambre et je craque. Les larmes coulent sur mes joues. Je sais ce que je dois dire à Joana et je souffre déjà du mal que je vais lui faire. Mais elle et moi, ça ne peut pas exister parce que je ne suis pas complètement libre.

On frappe à la porte avec violence.

— J'espère que t'es pas à poil, parce que je viens te foutre dehors, Minot ! hurle Chaton.

Le battant s'ouvre dans la foulée. Je suis en train de me redresser après avoir mis mes baskets.

— Ah ! Tu sors ? demande mon ami, soudain calmé.

Je hoche la tête et lui passe vite à côté pour fuir son regard. Il pose sa main sur mon épaule.

— Courage, mon pote...

— Merci, murmuré-je à peine en descendant l'escalier.

Une fois dehors, je respire un grand coup et sors mon portable de ma poche pour le rallumer. Un message reçu il y a plusieurs jours apparaît. Joana me dit qu'elle est là si j'ai besoin. Je suis à deux doigts de faire demi-tour, mais la voix de mon collègue derrière la porte me freine. Il va me casser la gueule si je reviens. Et il aurait raison. Je dois parler à Joana.

Je tape un message que j'efface. Puis je recommence et j'expédie en fermant les yeux. Je reprends mon souffle et pars en direction du lieu de rendez-vous que je viens de lui donner.

Je m'assieds dans la clairière au-dessus du potager à côté de chez moi, directement dans l'herbe. J'en attrape un brin pour le triturer, puis je vérifie mon portable. Le message a bien été envoyé. Je regarde au loin en essayant d'ignorer le stress qui grimpe en flèche en moi.

Trois brins d'herbe plus tard, j'entends des bruits de pas dans mon dos. Je n'arrive même pas à me lever pour l'accueillir, comment vais-je réussir à lui parler ? Sans un mot, elle vient s'asseoir à côté de moi. Son odeur me parvient, me donnant envie de me jeter dans ses bras, mais je n'en fais rien. Toucher sa peau, la voir sourire, soudain, j'en ai plus besoin que de respirer.

Le silence règne entre nous pendant un long instant. « Je suis désolé... », voilà les mots que je dois prononcer, mais mon Dieu que c'est difficile.

— Ça va ? finit-elle par chuchoter.

Je secoue la tête. *Non, ça ne va pas du tout, là.*

— Je suis désolé... Joana...

Elle ne répond pas. Elle fait pire. Elle se penche sur le côté et glisse sa main sous mon coude avant d'appuyer sa tête sur mon épaule.

— Tu me manques, t'as pas idée... souffle-t-elle.

Je suis incapable de rétorquer quoi que ce soit. Elle aussi, elle me manque. Plus que personne ne m'a jamais manqué.

— J'ai eu si peur pour toi...

— Je suis désolé... répété-je comme un robot.

Elle ne bouge plus. Pendant un instant, son pouce caresse ma peau, puis elle se redresse et apparaît dans mon champ de vision, accroupie devant moi.

— Qu'est-ce qui se passe ? demande-t-elle tout bas.

Elle cherche mon regard fuyant, puis sa main se pose sur ma joue.

— Parle-moi...

Je hoche la tête.

— Je ne voulais pas... Je suis vraiment désolé, Joana, articulé-je difficilement.

Elle fronce les sourcils.

— C'est rien, tu es humain, ça arrive à tout le monde de craquer. Je ne t'en veux pas du tout...

Je secoue la tête. Elle ne comprend pas. Je m'exprime mal.

— Non... Je ne voulais pas... te faire du mal. Et...

Elle ne s'attend pas à ce que je vais lui dire. Je sais déjà quelle va être sa réaction : elle va enfiler son masque de Queen Bee pour se protéger et me dire que ça ira, qu'elle en a vu d'autres...

— On aurait pas dû sortir ensemble.

Ses fesses retombent au sol et sa bouche s'entrouvre. Comme je m'y attendais, elle est sous le choc. Je m'en veux tellement de lui faire endurer ça, mais ça vaut mieux pour elle. C'est comme enlever un pansement pour laisser une plaie sécher.

— J'y arrive pas... Mon combat contre toutes ces années de souffrance est trop difficile pour être partagé. Tu... tu ne mérites pas de subir tout ça avec moi. J'ai encore trop de travail à faire sur moi et...

— Euh...

Elle regarde ses mains avant de froncer les sourcils.

— Tu es en train de me demander de te quitter ?

Sans la regarder, je hoche la tête.

— Je suis désolé. Tu es... parfaite, et j'espère que tu auras tout ce que tu veux dans la vie, car tu le mérites. Moi, je ne suis pas prêt pour nous... Je sais qu'il y aurait des hauts très hauts, mais aussi des bas insupportables. Je ne peux pas imposer ça...

Je laisse une seconde passer.

— Pas à toi... terminé-je à voix basse.

Elle ferme les paupières un instant. Je n'assume pas ce que je suis en train de lui faire, et elle ne parvient pas à encaisser. J'ai vraiment fait n'importe quoi avec elle. Si j'avais réfléchi et moins écouté mon cœur, elle ne serait pas en train de souffrir.

Elle finit par se relever et me fait face sans vraiment me regarder.

— On peut... se dire au revoir ? prononce-t-elle, au bord des larmes.

— Oui, bien sûr... acquiescé-je aussitôt en me levant.

Elle s'avance d'un pas vif et s'écrase contre mon torse. Elle me serre si fort que l'air a du mal à atteindre mes poumons. Ou bien c'est l'effet de mon cœur qui se brise. Je ferme les yeux et baisse la tête dans ses cheveux dont je capture l'odeur pour la dernière fois. Je sens mes larmes passer la barrière de mes paupières. Un sanglot quitte son corps tremblant, et je la serre plus fort contre moi. *Putain, c'est dur* ! J'en ai les mains qui tremblent. Elle s'écarte légèrement et pose son front contre le mien.

— Merci pour tout... murmure-t-elle entre ses larmes.

J'avale ma salive, et mes mains saisissent ses joues.

— Merci à toi, Joana.

Elle hoche la tête et je l'embrasse. C'est notre dernier baiser. Notre dernière bouffée d'air avant de plonger. Alors, je lui donne tout ce que je peux lui donner. Avant que mon souffle soit revenu dans mes poumons, elle s'en va en courant.

56
Joana

J'entre aussi discrètement que possible dans la maison de mon père. Je suis restée dans le jardin un long moment, attendant que mes larmes s'arrêtent de couler, sans y parvenir. Le froid a finalement eu raison de moi.

Je retrouve mes deux amies dans le salon en train de jouer aux cartes en écoutant la vieille radio de mon père.

— Le petit papi de l'autre soir a déposé tes affaires !

Je vois une pile de sacs-poubelle dans la salle à manger.

— Alors, cette balade ? Tu vas nous en dire plus ?

— Euh... Je... Je vais prendre une douche, j'arrive, articulé-je.

Sans le masque de Queen Bee, je ne sais plus cacher mes sentiments. Et le cœur brisé qui trône à présent au milieu de ma poitrine doit sauter aux yeux, car mes deux amies se tournent immédiatement vers moi, alertées.

— Est-ce que ça va ? questionne Karine.

— Oui, oui, j'arrive.

— Jo, pourquoi tu pleures ? ajoute Sonia.

J'essuie mes joues en montant les premières marches de l'escalier.

— Euh... Je... Ça va... Je vais prendre cette douche et je... je vous explique, d'accord ?

— O.K. Mais t'es sûre que ça va aller ?

Non, ça ne va pas aller... Je ne m'attendais pas à devoir le quitter quand j'ai enfin reçu son message.

Dans la salle de bains, j'évite de croiser mon regard dans le miroir. J'actionne le robinet de la douche puis je déboutonne mon jean qui glisse sans peine jusqu'à mes chevilles. Mes jambes se dérobent alors que j'attrape le bas de mon tee-shirt. Mon dos trouve appui sur le bas de l'étagère en osier et fait tomber les affaires de mon père autour de moi. J'éclate en sanglots. *Il n'y a plus d'Henri dans ma vie...* Je me sens seule et perdue sans lui.

— Joana ?

On frappe doucement à la porte puis j'entends qu'elle s'ouvre. Les filles vont me trouver la tête dans les genoux, pleurant à chaudes larmes parce qu'il m'a demandé de le quitter...

— Oh ! Non... Ma puce... s'exclame Karine avec la voix tremblante.

— Tiens, ma chérie... souffle Sonia en déposant une couverture sur mes épaules.

Comme de vraies amies, elles ne posent pas de questions. Elles me consolent sans chercher à comprendre. Quelle que soit la raison de ma peine, elles me soutiendront. Je distingue même Karine qui écrase une larme sur sa joue tant mon chagrin l'atteint.

— Nous voilà à pleurer comme trois gamines, renifle Sonia en déclenchant nos ricanements.

— Désolée, articulé-je.

— Non, non, ne t'excuse pas ! On est là. Pleure, si tu as besoin.

— On a un stock de larmes spécial « peine de cœur des copines ». Lâche-toi, ma puce, ajoute Karine.

— Merci...

— Merde... Sérieusement ?

Je hoche la tête depuis mon matelas dans le salon. Après avoir versé des torrents de larmes, la nuit étant déjà bien avancée, nous avons migré par ici. Je viens de tout leur raconter. Ma rencontre avec Henri, les cris, les baisers, les fous rires. La guinguette, l'amour dans son regard, notre première fois, son ex cinglée, ses potes géniaux et cette séparation déchirante.

— Votre histoire est à la fois magnifique et d'une tristesse...

Je reprends mon souffle et essuie mes larmes.

— Je comprends pourquoi il fait ça, il veut me protéger de ses problèmes...

— C'est un mec bien, cet Henri, souffle Sonia en attrapant un mouchoir.

— Ouais, franchement, j'espère que vous vous retrouverez quand il ira mieux. Vous avez l'air vraiment... amoureux, tous les deux.

Ma bouche se tord, et une nouvelle salve de larmes trace des lignes droites sur mes joues.

— Va falloir m'expliquer pourquoi ton père avait un tel stock de mouchoirs dans le placard sous l'escalier, déclare Karine en m'en donnant un nouveau paquet.

On se marre tout en pleurant.

— Il avait dû prévoir que j'allais aimer Henri, puis le quitter parce qu'il me le demande...

— Ah ! Joana, je dois t'avouer que tu nous as fait peur au début. On s'est dit qu'on avait perdu notre Queen Bee. Mais je te sens tellement mieux maintenant. Tellement plus toi. Et même si ton petit cœur est en miettes, tu es plus heureuse, me dit Sonia avant de se moucher bruyamment.

— C'est vrai. Je crois que vous ne verrez plus la Queen Bee d'avant. Je... Le départ de mon père m'a fait comprendre un tas de trucs, et Henri... m'a énormément aidée. Je suis heureuse d'avoir fait tout ce chemin.

Elles me sourient, et Karine attrape un des colis de mon père, dont la pile occupe toujours un coin du salon.

— On ouvre les derniers ? Qui sait, y'a peut-être un CD de Britney encore sous cellophane que tu pourras revendre 300 € !

On pouffe, et elle nous envoie un colis à chacune. On les déballe en discutant. En pleurant. En riant. Après avoir déballé une cassette de chants d'oiseaux, des jumelles, un livre sur le travail du bois et d'autres trucs dans le genre, il n'y a plus de colis à ouvrir. J'ai les larmes aux yeux en regardant tout ça.

— J'adore tous ces trucs nuls, avoué-je en pleurant, le sourire aux lèvres.

Karine et Sonia sont dans le même état.

— Ton papa était adorable... Henri a bien fait de t'empêcher de pisser sur sa tombe, ajoute Karine.

— C'est bizarre mais c'est comme si mon travail ici était enfin terminé... J'ai pardonné à mon père, je le comprends enfin. Et j'ai aidé Henri en retour de ses mains tendues...

— Tu vas faire quoi maintenant ?

— Je ne sais pas. Je crois que j'ai peur de croiser Henri tous les quatre matins en restant ici. Ça risque de nous faire du mal à tous les deux...

— C'est vrai, j'avais pas pensé à ça... souffle Sonia.

— Tu vas laisser cette maison et les gens d'ici ? interroge Karine.

— Je crois qu'il est temps de tourner la page du passé. J'ai arrêté de fuir. C'est comme si les compteurs étaient à zéro, maintenant.

— Et tu peux être fière de toi. Tu as fait un énorme travail sur toi.

C'est uniquement grâce à Henri...

— Honnêtement, je suis fière de vous aussi. Vous avez joué le jeu de la campagne, et ça m'a fait du bien de vous voir heureuses d'avoir les mains dans la merde...

Elles se redressent en même temps.

— Quoi ? Tu déconnes, là ? s'exclame Sonia.

— Attends ! Tu veux dire que le fumier, c'était de la merde ?

J'explose de rire jusqu'à en pleurer, et ça se transforme vite en sanglots quand Henri apparaît dans mon esprit. Il aurait pleuré de rire en entendant ça.

— Oh ! Rechute. Sonia, mouchoir ! envoie Karine dans le noir.

Je reçois un paquet en pleine tête.

— Aïe, merci...

— Pardon, ma chérie.

Je me mouche deux fois et souhaite bonne nuit à tout le monde.

— Bonne nuit, Queen Bee. Tu es forte.

— Merci...

— Bonne nuit, Joana. Tu es la plus belle fermière du coin.

On ricane, puis le silence s'impose. Mes paupières se ferment d'épuisement.

Je scrute la clef de cette maison et son porte-clefs reine des abeilles. Il fait super beau aujourd'hui, soit le temps idéal pour quitter cet endroit, même si c'est dur à admettre. L'entrée, le salon et la salle à manger sont impeccables, comme si je n'étais jamais revenue. On a refermé tous les volets, rangé mon merdier et plié mes affaires dans des valises prêtées par Mireille.

Je respire profondément. J'ai dit au revoir à Henri il y a quelques jours et je ne pensais pas que laisser cette maison serait aussi douloureux. Je recule, tourne les talons et referme la porte que j'ai eu tant de mal à ouvrir.

— Vous allez me manquer, les filles, sanglote Mireille dans mon dos.

— Vous aussi. Et cette blanquette... répond Karine lorsque j'arrive vers le petit groupe réuni sur le trottoir.

Les trois femmes me lancent un regard accompagné d'un sourire.

— Ça va ?

— Mouais... Je ne pensais pas dire ça un jour, mais je suis triste de partir.

Elles font la même moue que moi avant de m'étreindre chaleureusement. J'ai de la peine pour Mireille qui va se retrouver à nouveau seule. J'ai son numéro, je l'appellerai régulièrement.

Après un instant, on lui fait signe de loin avant de tourner dans la rue principale du village. C'est bizarre, mais je crois que c'est la première fois que je regarde vraiment le paysage autour de moi. Les maisons en pierre collées les unes aux autres, la verdure omniprésente et ce ciel bleu visible de partout. Ce ciel va me manquer à Paris.

On remonte la rue jusqu'à la place de la fontaine, en face de la gendarmerie. J'ai tellement peur de croiser Henri sans le vouloir que j'accélère le pas. On arrive à l'arrêt de bus à côté du parc pour enfants. Ce simple poteau planté au bord de la route.

— J'avoue que c'est trop mignon, ici, souffle Karine.

Sonia et moi hochons la tête d'un même mouvement. C'est unanime, nous sommes tristes de quitter ce village. Mais nos vies sont ailleurs, pour l'instant...

— Hey ! La môme ! appelle quelqu'un en face de nous.

Sorti de la forêt, le père Lapin m'adresse un sourire.

— Oh ! Non, je vais pleurer, cette fois, annoncé-je tandis qu'il approche.

— C'est lui, ton grand-père d'adoption ?

Je hoche la tête et serre le petit vieux dans mes bras.

— Chiale pas, va, me dit-il.

— Tu me promets que tu ne feras pas de conneries ?

— Impossible, rétorque-t-il alors que je le libère.

On ne peut retenir un rire.

— Tu prendras soin de lui, avec son grand-père ?

— Oui, oui, le faire courir, ça nous connaît !

Je lui souris alors que mes yeux s'humidifient. Le bus arrive et stationne devant nous. Assises à l'arrière du véhicule, on salue le père Lapin par la fenêtre. Le vieux lève un bras au milieu de la route. Je fais volte-face, comme mes amies, et on échange un regard.

— Je suis un peu trop émotive, non ? demandé-je.

— Grave !

— Mais on adore cette nouvelle Queen Bee !

Un sourire étire mes lèvres. Moi aussi, j'aime cette nouvelle Queen Bee. Elle est plus à l'écoute des autres, et d'elle-même. Elle a compris ce qu'est l'amour et elle accepte que tout ne puisse pas toujours aller dans son sens. Il est très difficile de tourner cette page de ma vie, mais comme m'a dit le père Lapin le soir où on a rempli deux scooters de merde : « Les gens, c'est comme l'argent, ça va, ça vient, alors tâchons de laisser une trace. » En y repensant, je ne sais pas vraiment de quel type de trace il parlait. Mais j'ai compris le fond. On rencontre de belles âmes, puis on les perd de vue, c'est ainsi que va la vie. Parce que chacun choisit son propre chemin.

Chacun choisit son propre chemin... Ma gorge se noue, et je regarde droit devant moi. L'allée du bus dirige mon regard jusqu'au conducteur puis au-delà, sur cette route de campagne qui m'éloigne de ce village.

Chacun choisit son propre chemin...

57
Henri

J'entre dans la gendarmerie par la porte arrière pour rejoindre mon supérieur dans son bureau.

— Oh ! Tiens. Salut, Minot, envoie un collègue.

— Salut, Guillaume, renvoyé-je.

— Hey, Minot, ça fait un bail !

— Salut, Thierry.

— Le retour du sauveur de ses dames, ajoute un autre. Comment ça va ?

— Salut, Tonio.

Il y a du monde à cette heure-là. Bien trop à mon goût. J'adresse un signe de tête à chaque personne me saluant et je vais me planter devant la porte de Chaton. Je prends une bouffée d'air et je frappe contre le battant.

— Oui ?

J'entre avec, en main, mon arme de service et une lettre. Chaton est absorbé par l'écran de son PC.

— Ah ! C'est toi, constate-t-il sans prêter attention au fait que je ne suis pas en service.

J'ai mis des jours à prendre cette décision, à écrire cette lettre. Je la dépose sur le bureau, et en fait de même avec mon arme dans son étui. Mon ami tourne la tête brièvement puis s'immobilise et fixe le calibre, les sourcils froncés. Son regard se pose sur la lettre puis me transperce.

— T'es pas sérieux ?

— Si.

— Assieds-toi, Minot.

— Pas besoin, j'ai pris ma décision.

— Assieds-toi quand même. On peut discuter ?

Je soupire. Je voulais que ça soit expéditif : déposer tout ça, qu'il dise O.K. et que je sorte d'ici pour la dernière fois. Mais c'était à prévoir, Chaton est du genre à creuser. Je pose donc mes fesses sur la chaise.

— On ne te voit pas pendant près d'une semaine, pas un mot ni un signe de vie et... maintenant te voilà avec une lettre de démission ?

— Désolé de ne pas avoir donné de nouvelles, j'avais besoin de réfléchir.

— O.K. Et pour ça ?

Il pointe la lettre et l'arme.

— J'ai décidé d'arrêter de me forcer.

Il hoche la tête, mais je ne le sens toujours pas convaincu, alors j'enchaîne :

— C'est pas pour moi, tout ça. T'as pas besoin d'un dessin, tu sais pourquoi je me suis embarqué dans ce job. Éloïse voulait que je plaise plus à son père, j'ai fait ce qu'elle m'a ordonné. Maintenant, j'ai envie de choisir ma route, et donc mon job, pour commencer.

Il ne dit rien mais hoche la tête doucement. Après quelques longues secondes, il tend la main, prend la lettre puis mon arme.

— J'imagine que tu envisages une dénonciation de contrat à effet immédiat ?

— C'est ça. Après les dernières frasques d'Éloïse, je sais que le préfet ne s'y opposera pas.

Il acquiesce, convaincu que j'ai raison.

— J'ai adoré bosser avec toi, Minot.

— Moi aussi, t'es un très bon gendarme. Et mon meilleur ami.

— Tu veux me faire chialer ?

— Absolument.

Il se met à rire et s'étire en envoyant ses mains au-dessus de sa tête.

— Toute la brigade va être triste de ton départ, mais je sais que tu as raison. T'es doué pour plein d'autres trucs : jardiner, bricoler, construire des trucs en bois... Je ne m'inquiète pas pour toi, tu vas trouver ta voie.

— J'ai déjà trouvé.

— Ah ?

— Je vais bouger d'ici. Ça fait quatre ans que j'ai pas vu mes parents, je vais donc aller découvrir Madagascar. Et ensuite... je sais pas trop, je verrai.

Il se redresse vivement.

— Si loin ? demande-t-il, visiblement contrarié. Et le pacte ? Il te reste plusieurs mois, mec.

— Je ne peux pas rester ici juste pour ça... articulé-je.

Il reste silencieux.

— Je vous remercierai jamais assez pour tout ce que vous avez fait pour moi, mais ça y est, je vais mieux. Je rame toujours, c'est normal, mais la raison principale de ce pacte, c'était que je reste en vie, et je peux t'assurer que ça sera le cas. Rien que pour avoir des nouvelles de Joana, de temps à autre, je ne ferai plus rien de stupide de ce côté-là.

— Je sais. Je vois que tu n'es plus le même. D'ailleurs, je comprends pas pourquoi vous êtes pas ensemble...

— Je suis pas prêt pour... nous. Plutôt, pour elle, pour être tout à fait honnête. Elle a mieux à faire de sa vie...

Ma gorge se serre tant mon bide se tord. Je ne sais pas où je trouve la force de l'éloigner de moi.

— J'ai besoin de partir loin d'elle pour ne pas la croiser par hasard... Il reste des trucs pour lesquels je ne me sens pas assez fort.

Chaton fronce les sourcils et respire un bon coup. On en a eu des discussions houleuses, touchantes, hilarantes, mais celle-ci restera gravée dans ma mémoire parce que c'est la première fois que je le vois sur le point de pleurer.

— Tu fais ça pour rien, lâche-t-il après un instant. Elle s'en va, mec. Aujourd'hui.

Alors que je ne pensais pas ça possible, mon cœur me fait encore plus mal que jusqu'à maintenant. *Elle part ?* J'essaie de cacher ce que ça me provoque à mon ami.

— C'est bien, elle rentre chez elle...

— Arrête ton délire, s'il te plaît. On sait tous que c'est pas ce que tu veux. Je comprends que t'as peur de la faire souffrir, mais parfois, il faut prendre des risques dans la vie. Joana Mancini, c'est un risque que tu dois prendre !

Je fronce les sourcils et évite son regard, de peur d'y lire qu'il a raison. Chaton vient d'ouvrir une porte que je m'efforce de garder fermée.

— C'est moi qui lui ai demandé de... me laisser. Je ne peux pas lui faire ça.

Il ne répond pas immédiatement, me laissant le temps de cogiter.

— J'imagine que tu as bien réfléchi et que tu sais ce qui est le mieux pour toi, finit-il par dire.

— T'es vraiment casse-couilles, râlé-je en cernant le dépit dans sa voix.

Il ricane.

— Certes. Mais je suis quand même ton meilleur ami.

J'acquiesce avec une moue désolée et je me lève. Il est temps pour moi de partir, ce que Chaton comprend immédiatement.

— Fais bon voyage, mon pote...

Je hoche la tête et m'en vais vite avant de me mettre à pleurer devant nos collègues.

Je traverse le village à grandes enjambées pour rentrer chez moi. Je pensais me sentir plus léger après avoir démissionné, mais j'ai l'impression de commettre une énorme erreur. Je suis pourtant prêt à tourner cette page de ma vie. La raison est ailleurs. Chaton a raison, Joana Mancini est mon risque. Je ne trouverai aucune autre femme capable de me donner envie de vivre à ce point-là. Mais il est trop tôt pour nous.

Un grognement me fait relever le nez de mes baskets. Mon grand-père m'attend, les mains dans les poches, devant la porte de ma grange. Il envoie un coup de menton dans ma direction. Traduction : « Qu'est-ce que tu fous là ? »

— Je rentre chez moi, pourquoi ?

— Non. Qu'est-ce que tu fous avec la môme à paillettes ?

Je tourne la tête en soufflant. *Décidément, ils se sont donné le mot !*

— J'espère que t'ouvriras pas les yeux à 80 ans alors qu'il te restera qu'une dent sur deux. Si tu ne te réveilles pas, tu seras tout seul, gamin. Personne la remplacera jamais.

Il me fixe droit dans les yeux. Ça fait tellement longtemps que je n'ai pas capté son regard que sa couleur me surprend soudain. Elle est toujours aussi bleue.

— Tu vas la laisser partir comme ça ? enchaîne-t-il. T'es con ou tu l'fais exprès ?

Ma gorge se noue. Je me rends compte de la violence de son quotidien. Il a aimé ma grand-mère au premier regard et, aujourd'hui encore, alors qu'elle n'est plus là, il la chérit. Je bats des paupières, gêné par les larmes qui envahissent mes yeux. Moi aussi, j'ai aimé Joana dès notre première rencontre, mais tout ce que j'ai réussi à faire à ce moment-là, c'est lui donner un seau de framboises. Puis elle a disparu, et je me suis senti seul comme jamais auparavant.

Mon grand-père me passe à côté, les mains dans les poches de son vieux jean délavé.

— Elle doit attendre le bus en ce moment même. Cours, crétin !

Il disparaît dans mon dos, me laissant seul avec ma conscience. Je lève la tête vers le ciel, de grosses gouttes de pluie froide viennent percuter mon visage, camouflant les larmes.

Joana Mancini est mon risque, et je décide de le prendre. Je hoche la tête et je cours pour me jeter dans la Clio. Chaton a laissé les clefs dessus, comme d'habitude. J'actionne le contact, mais le moteur souffle sans démarrer.

— Non, pas ça, s'il te plaît...

Je retente. Rien.

— Oh ! Gamin ! m'interpelle papi Gris.

Il soulève une vieille bâche non loin de moi. Dessous se trouve un scooter que j'ai déjà vu. Il prend le casque et le tend vers moi. Un instant plus tard, je démarre avec ce truc qui pue à des kilomètres. Peu importe, j'ai une reine des abeilles à attraper avant qu'elle ne disparaisse à nouveau.

La pluie m'empêche de rouler aussi vite que je voudrais. À l'arrêt de bus, je ne trouve qu'un autre petit vieux en bleu de travail. Je freine si fort pour l'éviter que mon scooter dérape sur l'asphalte mouillé.

— T'arrête pas ! me crie-t-il.

Je le dépasse pour filer tout droit. Après un long instant, le bus apparaît dans mon champ de vision. J'ai du mal à le rattraper. Je le dépasse et, sans penser au danger, je freine sous son nez pour l'obliger à s'arrêter au milieu de nulle part. Je balance le scooter et pars frapper contre la porte. Je reconnais le chauffeur qui m'ouvre.

— Mais qu'est-ce qui se passe, t'es malade ? me demande-t-il alors que je monte les marches, essoufflé.

— Je... Désolé, mais je dois...

Je regarde chaque visage qui me reluque et avance dans l'allée centrale.

— Désolé, répété-je à plusieurs personnes.

Lorsque j'arrive au bout du bus, je souffle de dépit. Mais où est-elle ?

— Henri ?

Deux nanas me dévisagent bizarrement.

— Euh... Oui.

— Elle est descendue... me souffle l'une d'elles avec un sourire en coin.

— Quoi ?

— Elle a dit qu'elle choisissait son propre chemin et elle est descendue, ajoute l'autre.

— Quand ? Où ?

— Moins d'un kilomètre après l'arrêt où nous sommes montées. Elle a filé dans la forêt directement.

Je sais où elle est allée !

— Merci ! m'exclamé-je en remontant l'allée jusqu'au chauffeur.

— Va la retrouver !

Les copines applaudissent en scandant mon prénom. Très vite, les autres voyageurs font de même. Je m'excuse encore une fois et je saute dehors sous la pluie. Je remonte sur le scooter, roule en sens inverse, puis le balance sur le bas-côté et m'enfonce dans la forêt. Au bout de celle-ci se trouvent le terrain du père Lapin et la guinguette de la reine des abeilles.

Je la trouve assise sur la première marche de la caravane. Elle regarde le sol, perdue dans ses pensées. J'avance doucement, essoufflé, et elle relève la tête vers moi.

— J'ai fait un rêve chelou la nuit dernière... explique-t-elle en se levant.

J'essuie la pluie sur mon visage, repousse mes cheveux trop longs.

— Ah ?

— On avait retapé cette vieille caravane et on partait en voyage. Juste toi, moi et le soleil.

— C'est marrant, j'ai fait exactement le même.

Elle me sourit et se jette contre moi, comme elle seule sait le faire, au risque de me faire tomber en arrière. Ses cheveux bouclés cachent jusqu'à mon nez, ses bras s'enroulent autour de mon torse, et elle me serre contre elle de toutes ses forces. Je fais de même en la soulevant du sol pour la faire tournoyer.

Quand elle relève la tête, j'écrase ma bouche sur la sienne si fort qu'on glisse dans la boue que la pluie est en train de former autour de nous. On rit, on s'embrasse, et on rit encore.

— J'ai failli te laisser partir... murmuré-je, les mains posées sur ses joues.

— J'ai failli partir sans toi... rétorque-t-elle.

Je l'embrasse encore. Elle s'agrippe à ma nuque, et cette fois, je glisse et parviens tout juste à nous rattraper contre la caravane.

— Je te tiens... dis-je.

— Ne me lâche plus. Je dépose mes lèvres sur les siennes. De grosses gouttes coulent sur ma nuque jusque dans mon dos.

— On va construire un auvent pour pouvoir rester dehors et être abrités ! lancé-je.

— Oh ! On pourra suspendre les guirlandes ?

— Autant que tu voudras !

— Et on pourra peindre la caravane en jaune ?

— En jaune ?

— Oui, en jaune ! Avant de partir en voyage avec !

J'explose de rire et l'embrasse. Peu importe la couleur, mon existence sera belle et douce avec Joana Mancini.

ÉPILOGUE

Je regarde droit devant moi en prenant une grande bouffée d'air.

— Tu sais quoi faire, me souffle Henri.

Je hoche la tête et lâche le volant une seconde pour passer la première vitesse.

— O.K., vitesse enclenchée ! précisé-je.

— Oui, c'est parfait, mais...

— Quoi ? J'ai pas retiré le frein à main ?

— Non, le frein à main, c'est O.K. Par contre, fais démarrer la voiture si tu veux avancer !

Je rectifie le tir en vitesse pendant que mon petit ami se marre. La Clio démarre. Papi Gris l'a encore sauvée de la casse.

— T'as pas intérêt à le raconter à qui que ce soit !

— Promis ! Allez, en route, on va être en retard à notre propre fête, mon amour.

Le véhicule avance. Je maîtrise le bolide jusqu'au bout du chemin de chez Henri puis je prends à gauche.

— J'y crois pas, je conduis ! m'extasié-je.

L'ancien gendarme me lance un sourire aimant et me fait signe de regarder la route.

C'est officiel, j'ai ressuscité. Mon avis de décès a officiellement été annulé par l'administration, ce qui n'a pas été facile à obtenir. Il a fallu justifier les événements ayant conduit au quiproquo autour de ma mort, encore et encore. Le préfet a passé les six derniers mois à faire des pieds et des mains pour accélérer les choses. La première chose que j'ai faite a été de passer mon permis. J'ai reçu mon papier rose hier.

Mes deux amies m'attendent devant la gare. Elles sautent de joie en découvrant que je conduis.

— Jo ! C'est pas vrai, félicitations ! s'exclame Karine pendant que Sonia salue Henri.

— Ça va, pas trop peur de monter avec elle ? interroge cette dernière.

— Si, grave !

Je lui envoie une tape sur l'épaule.

— Hey ! Tu t'es presque pas tenu, cette fois, râlé-je.

On se remet vite en route. Les filles sont en forme et chantent mon retour à la vie jusqu'au terrain du père Lapin. Son compère de toujours et lui nous attendent à l'entrée. Je me gare. Enfin, j'arrête le moteur et tire le frein à main en plein milieu de l'allée. Il ne faut pas trop m'en demander pour l'instant.

Notre joyeux petit groupe rejoint la guinguette Abeille où la famille Chaton avec son chien, Éric, La Bûche et Mireille sont réunis. J'aperçois également Amanda, qui travaille pour le préfet. Henri s'empresse d'aller la saluer. Je croise certains membres de la grande tribu Bigotte, dont la grand-mère qui se lance dans une discussion incompréhensible avec papi Gris et le père Lapin.

Aujourd'hui, on ne fête pas seulement ma résurrection administrative mais également la fin du pacte qui lie Henri à son passé. Ça fait un an, et il n'est plus le même homme. Bien sûr, peu de personnes sont au courant, cela sera donc une célébration secrète.

Tout le monde lève son verre dans notre direction. Cette fête à la guinguette se veut écolo, chacun a donc apporté sa vaisselle. Et tout ce qui est comestible provient de la production locale. Tout le monde discute avec le sourire, l'ambiance est géniale.

— À Joana qui est bien vivante ! s'exclame Chaton en levant son verre.

Princesse fait une moue qui signifie clairement qu'il en doute toujours.

La troupe répète en chœur avant qu'on trinque. Eve, Chaton, Éric, Henri et moi échangeons un regard. Nous pensons tous à la même chose. « À la résurrection d'Henri ! » est le toast qui résonne en réalité dans nos esprits.

— Alors, quels sont vos projets maintenant ? interroge Amanda alors que la nuit est déjà tombée et que la fête bat son plein.

— On aura bientôt terminé les travaux de rénovation de la caravane, explique Henri.

— Oh ! Merveilleux, vous allez partir en voyage ?

— Oui. Mais d'abord, on va aller à Madagascar pour rendre visite aux parents d'Henri, ajouté-je.

— Quelle bonne idée ! Henri, tu leur passeras le bonjour. Et donnez-nous des nouvelles.

Dans son dos, Henri et moi voyons le père Lapin sortir des bouteilles d'une caisse en bois. Mon petit ami fronce les sourcils et va les rejoindre. Mireille alpague la gouvernante du préfet, et Chaton se matérialise à côté de moi.

— Félicitations pour ton permis !

— Merci !

— Désolé, y'a pas de cervelle au buffet, me charrie Éric en arrivant avec un petit verre à la main.

— C'est normal, j'ai déjà tout mangé ! Et j'ai encore un petit creux...

Il recule et déguerpit pendant qu'on se bidonne.

C'est avec le cœur gros que je retrouve Henri à la fin de la fête. Tout le monde est parti, on s'affale dans le coin à coussins. Ils vont me manquer, tous autant qu'ils sont.

— C'était trop bien... soufflé-je.

— Ouais, si on oublie l'eau-de-vie frelatée de ton grand-père d'adoption !

— J'ai pas osé en boire mais j'ai senti et, maintenant, j'ai plus de poil dans les narines, regarde !

— Oh ! Non, arrête !

— Mais si, regarde !

Il finit par rire et m'embrasse.

— On rentre se coucher ?

— Mmh, je suis officiellement vivante, on devrait fêter ça, non ?

Il me lance une œillade avec un sourire en coin.

— On peut tester le lit de la caravane...

***

J'étale une nouvelle couche de peinture d'une main. Henri est dans la caravane, il s'occupe de faire les branchements des panneaux solaires qu'on a installés hier. Il y a trois mois, on fêtait la fin du pacte et mon retour à la vie. Entre deux, on est allés plus d'un mois chez ses parents à Madagascar.

— J'ai fini ! s'exclame-t-il.

— Ah ! J'arrive.

J'attrape la caméra et je monte à bord. J'allume la lumière et le micro, et je lance l'enregistrement.

— Salut à tous ! Bonne nouvelle, l'installation des panneaux solaires est terminée !

Henri prend le relais en expliquant de quoi on a eu besoin. C'est devenu une habitude pour nous depuis quelques mois de vloguer nos différentes étapes de restauration de la caravane. L'influence de Queen Bee n'est pas bien loin, mais YouTube est un autre monde qu'Instagram, et on s'y fait peu à peu notre place. Nos vlogs réunissent de plus en plus de monde. Peut-être parce que mon mec est souvent torse nu.

Henri s'est débarrassé des fringues de son ex, ce qui va nous permettre de financer le voyage qui débutera dans quelques semaines. On part en Norvège, avec la caravane et notre nouvelle voiture, la Clio étant trop vieille pour ce voyage. Plus de six mois de vadrouille sont prévus, et on compte bien vloger presque chaque jour.

***

— T'es prête, mon amour ?

Je termine de refaire le lit et je sors de la caravane. Henri envoie son sac sur son dos. Le mien est à ses pieds. Je ferme la porte de notre petit chez-nous sur roues et je donne un tour de clef avant de le rejoindre.

— Attends, je vais soulever ton sac pour que tu le passes, je veux pas que tu te fasses mal, me dit aussitôt mon petit ami.

Je lui tourne le dos en fermant ma doudoune, et il dépose le sac sur mes épaules.

— Oh ! Ça va, je m'attendais à pire, constaté-je en attachant les sangles sous ma poitrine.

Il se met à rire, et soudain, je manque de tomber en arrière tant le poids semble dépasser le mien.

— J'avais pas encore lâché !

— Ne me dis pas que c'est le matos du vlog qui pèse aussi lourd.

— Si, en partie. D'ailleurs, on fait l'intro ?

— Ah ! Oui !

Je mets le *setup* en place. Caméra au poing, on se tourne pour avoir notre habitation dans le dos.

— Salut à tous ! C'est le grand jour !

— Le jour J, ajoute Henri avec un sourire.

— On y est enfin arrivés. Nous avons passé la frontière norvégienne il y a quelques jours ! On veut donc tous vous remercier...

— ...pour l'accueil et les bons petits plats que vous nous avez offerts tout au long de la route pour arriver ici !

— On est prêts pour le dernier kilomètre de notre périple, et après tous ces pays visités, toutes ces rencontres incroyables qu'on a faites, c'est à pied qu'on va le parcourir. La guinguette Abeille nous attendra sagement ici cette nuit pendant qu'on campera. On a enfilé nos sacs à dos, il ne nous reste plus qu'à nous lancer sur le chemin.

— Son sac est trop lourd. Devinez qui va le porter ? demande Henri.

On se marre.

— Et elle me doit toujours 287 € ! ajoute-t-il en s'approchant de la caméra.

Ce running gag court depuis plus d'un an et fait bien rire notre communauté. Alors je crois que je ne rembourserai jamais cette course en taxi qu'il a réglé à ma place ! Je me précipite en riant jusqu'au setup et je coupe l'enregistrement. J'ai tout de même répondu de mes actes en faisant un don anonyme pour rénover et réparer la stèle du cimetière brisée par ma faute...

Après-demain, je ferai le montage sur la route du retour. On rentre chez nous avec des projets plein la tête.

Le kilomètre se fait plus facilement que j'aurais pu le croire. La vue est absolument magnifique. Le vent froid ne nous empêche pas d'installer notre campement à une dizaine de mètres de la falaise qui marque la fin du continent. Au loin dans cet océan se trouve le pôle Nord.

On s'installe, on fait l'intro de notre future vidéo puis on profite. Henri s'assied par terre, je me cale devant lui entre ses jambes qu'il replie, et on admire le coucher de soleil sur l'immense étendue d'eau face à nous.

— Je t'aime, Joana Mancini, murmure-t-il tout près de mon oreille.

Mon cœur se gonfle de bonheur, comme chaque fois qu'il le dit.

— Je t'aime, Henri Minot... Merci pour tout.

Il me serre dans ses bras et cale son menton sur mon épaule. J'enfonce mes mains dans les poches de ma parka où se trouve un trousseau de clefs. Je le sors et l'observe. Le porte-clefs en forme d'abeille qui y est accroché bouge entre mes doigts tandis qu'une larme coule sur ma joue. *Tu n'es pas là pour voir ça, mais je sais que tu aurais adoré. Si je suis là aujourd'hui, c'est grâce à toi. Merci, papa...*

Remerciements

Comme j'ai aimé créer cette histoire, j'ai aimé qu'Henri et Joana soient proches de nous en vivant un conte de fées moderne. J'espère que vous avez pris autant de plaisir à lire leur histoire que j'en ai eu à l'écrire.

Merci à vous, mes lecteurs et lectrices qui continuez à me soutenir. Votre présence à mes côtés sur les réseaux sociaux atténue le fait qu'on n'ait pas pu se rencontrer lors des habituels salons et dédicaces.

Un merci royal au miel pour mon éditrice qui a travaillé dur et pendant ses vacances pour qu'on termine ce roman à temps ! Edithor, tu es la meilleure. Travailler avec toi est toujours un plaisir, après ces presque cinq années !

Merci à mes filles qui sont toujours très fières de dire que leur Mama est écrivain, et qui aiment la bouffe que je cuisine alors que ce n'est pas toujours très bon. Vous êtes mes Queen Bees. Bzzz !

Un clin d'œil à tous nos gendarmes et policiers ainsi qu'aux gens qui les entourent et à celui qui a pris sur son temps pour répondre à mes questions !

Un *hug* à ces Instagrammeuses, YouTubeuses et autres influenceuses qui m'ont inspiré le personnage de Joana Mancini. S'il devait y avoir une morale à cette histoire, ça serait certainement de ne pas oublier que derrière chaque profil se cache un être humain avec ses failles.

Prenez soin de vous, faites ce que vous aimez, et j'espère vous voir bientôt !

BZZZ !
Gaïa

Par la même autrice :

Adopted Love, tome 1, 2017, Hugo Poche
Adopted Love, tome 2, 2017, Hugo Poche
Adopted Love, tome 3, 2020, Hugo Poche

Baby Random, tome 1, 2018, Hugo Poche
Baby Random, tome 2, 2018, Hugo Poche
Baby Random, tome 3, 2018, Hugo Poche

Le Marchand de sable, tome 1, 2019,
Hugo New Romance (2021, Hugo Poche)
Le Marchand de sable, tome 2, 2019,
Hugo New Romance (2021, Hugo Poche)

Retrouvez Gaïa Alexia sur les réseaux sociaux :
Facebook.com/ GaiaAlexiaBooks
Instagram.com/gaia_alexia